狼镝·鲸舟

凉蝉 著

深圳出版社

图书在版编目（CIP）数据

狼镝. 鲸舟 / 凉蝉著. -- 深圳：深圳出版社,
2023.8
ISBN 978-7-5507-3818-8

Ⅰ. ①狼… Ⅱ. ①凉… Ⅲ. ①长篇小说－中国－当代
Ⅳ. ①I247.5

中国国家版本馆CIP数据核字(2023)第080577号

狼镝·鲸舟

LANG DI JING ZHOU

出 品 人　聂雄前
责任编辑　简　洁　韩海彬
责任校对　叶　果
责任技编　郑　欢

选题策划　他系力二工作室
装帧设计　他系力二工作室
插图绘制　Anthony　鱼　闲
题字鸣谢　仓　鼠

出版发行　深圳出版社
地　　址　深圳市彩田南路海天综合大厦（518033）
网　　址　www.htph.com.cn
订购电话　0755-83460239（邮购、团购）
印　　刷　湖南天闻新华印务有限公司
开　　本　880mm×1230mm　1/32
印　　张　10.5
字　　数　331 千
版　　次　2023 年 8 月第 1 版
印　　次　2023 年 8 月第 1 次
定　　价　48.00 元

你有自己的狼镝，
你还有自己的心。

第十三章 逼宫 159
第十四章 余韵 180
第十五章 抵达 187
第十六章 狼面 205
第十七章 鲸舟 226
第十八章 尾声 235
番外 凤天语 238
番外 昨日霜 269
番外 醉千钟 287
番外 当欢游 302
番外 此心系 317
后记 325

目录

◇第一章 海门 001
◆第二章 会合 012
◇第三章 帝姬 019
◆第四章 逃脱 032
◇第五章 风平 051
◆第六章 封狐 062
◇第七章 求援 067
◆第八章 重逢 085
◇第九章 鏖战 100
◆第十章 回归 118
◇第十一章 风雨 124
◆第十二章 真相 140

第一章

海门

水寒烟淡，雾轻云薄。

日出得早，林间山中已有稠稠人声，随林雾一路流淌至山脚村镇。镇子名为海门，背靠姑姥山，面朝若海，人丁三两百，以猎兽、打鱼为生。

渔船夜间出海，清晨已满船鱼虾。小码头上摆开货摊，尽是新鲜鱼虾，大鱼先送至镇上唯一的酒肆，余下的摆在摊上，任挑任选。从海门的码头望出去，不远处便是姑姥山的悬崖。悬崖下方有极深的洞口，半浸在海水中，人称“吞龙口”。洞中常有怪声传出，据称这是海神号哭，海门镇的人不大敢靠近。

太阳渐渐升高，雾气驱散后，来采买的人也越来越多。岳莲楼买了满篮鱼虾，离开码头。

海门镇位于赤燕最南端，镇中百姓大部分不是赤燕人。有流落此处的大瑀人，也有定居的琼周人。岳莲楼长相端正，讨人喜欢，住在这儿的一个多月里已经把镇上两三百人记得清清楚楚。他一路往姑姥山去，一路不停与人打招呼，等来到人迹罕至之处，手里已经多了果子、鱼干、鲜肉、茶叶与一盒胭脂。见左右无人，岳莲楼施展轻功，奔向姑姥山的悬崖。

悬崖下的巨大洞口风声呜呜，岳莲楼脱了外袍包裹手上的东西，循着熟悉的路线，踏着石头从悬崖上往下移动。此时退潮，不会浸湿鞋袜，他扛着一包袱的东西，连跑带跃，进入吞龙口。

吞龙口洞口宽阔，越往里倒是越窄。穿过几处陷阱，只见洞中层岩嶙峋，间有鲛油小灯照亮道路，水面波纹映在洞壁上，摇晃如幻梦蜃影。沿绳梯爬上高处，眼前忽然灯火通明，豁然开朗，一艘巨船藏于洞中，半身破碎。船上攀着十几位赤膊船工，或是修理，或是谈笑，或是点火烘烤海鱼肉片，十分热闹。

岳莲楼抬手与众人打招呼，沿木梯爬上甲板。未走几步，斜刺里亮出一柄长剑拦住他的去路。

“又骗了什么好东西？给我瞧瞧。”

拦路的是一位年约三十的精壮青年，一头浓黑长发微微打卷，缠在他背上。同许多长年在海上劳作的船工一样，他肤色褐红，身材壮实，此时手中握着一柄长刀，背上还背着另外一把。见岳莲楼不说话，青年跳到他面前，把刀扛在肩上：“有啥吃的？我也要。”

说话时青年嘴角一勾，眼中带笑，但因为他浓眉大眼，面相有些凶狠，这笑容便因此显得古怪狡黠，令人不喜。

“有。”岳莲楼掏出那盒胭脂，“我给你抹？”

青年嗤笑一声，扭头便走。

岳莲楼忽然想起一件事：“郑舞，海门的铁匠开门了。我见门口有不少铁钉，你最好去看看。”

“现在就去。”郑舞从船上跳下，顺手抓起一件外袍披上，盖住自己结实的胸廓与遍布伤痕的背脊。船工和水手纷纷同他打招呼，“老大”“老大”地喊个不停。

岳莲楼进了船舱，一路快步穿行，走到舱尾才推门进入。房间窄小，只有一张床一张桌，里面有微弱的血腥味。床边地上蜷着一人，正是章漠。

岳莲楼把手上东西一扔，立刻把章漠扶到床上坐好。“又疼了？”他抚上章漠腹部，“那药不管用吗？”

章漠右手系着一个铁环，铁环用铁索固定在船板上。那固定之处已经损坏了几次，全是岳莲楼用铁丝加固的痕迹。章漠嘴角咬破了，双手十指又在船板狠狠抓抠，指尖血迹斑斑。

“管用的。”章漠声音虚弱，“偶尔还疼着，但我能看见些东西了。”他伸手去碰岳莲楼的脸：“虽然都是些黑影子，再多吃几服，会愈发清晰。”

岳莲楼抵达赤燕已经将近三个月。他是在一个被捣毁的炼药谷里找到章漠的。岳莲楼杀尽药谷里的炼药人，把连同章漠在内的一批药奴救出。

章漠进入赤燕之后已经处处提防，但赤燕炼药人善于用蛊下药，防不胜防，加之又是大瑀江湖人没见过、没碰到过的古怪方式——炼药人将虫卵藏于饭食、果菜、饮水之中，无法通过银针等试毒之物探出。一旦服用，蛊虫在体内孵化，人便丧失力气，只能被炼药人掳走，任其摆弄。

如今章漠体内藏有蛊虫，又被迫服下多种诡怪药物，导致双目失明，岳莲楼一路背着他前行，经人指点来到海门镇，在此等候从远方横渡若海来此行医的神人。那神医是琼周人，只在夏季到海门镇来。岳莲楼使尽各种手段，终于探问出海门镇这儿有一些琼周水盗出没。水盗每年夏季都会藏匿于海门镇，等风浪过后离开。那神医与水盗有些联系，因此才每年夏季都来海门逗留半个月。

水盗头领便是郑舞。

章漠被岳莲楼救出之后，一路浑浑噩噩，腹中不时绞痛，生不如死。他不知道岳莲楼和郑舞之间约定了什么交换条件，总之，郑舞因船在风浪中受损而被迫提前逗留海门，岳莲楼和他则得以在这船上住下，等待那位琼周神医。

章漠记挂大瑀的情况，尤其是明夜堂和靳岄。他打发岳莲楼先回去，岳莲楼却坚决不肯。因蛊虫发作不定时，郑舞建议岳莲楼把章漠捆起来，免得发作时他四处乱滚乱打，岳莲楼只在章漠手上设了一个铁环，铁环又用布缠着，生怕章漠手腕磨伤。

“以前我不懂，原来你小时候受的是这样的苦。”在岳莲楼为他擦去嘴角与手上的血迹时，章漠忽然说，“不，只怕你比我更甚。年纪那样小，怎么熬得住？”

岳莲楼笑道：“我熬不住怎么长成现在这样？”

岳莲楼掏出果子让他品尝，自己则拎着满篮虾蟹离开小舱。

他救出章漠之后不敢再让章漠吃别人经手的任何东西，凡事必定亲力亲为。船上水手教他用海水来蒸煮淡水饮用，岳莲楼来到吞龙口礁石上，看着辽阔海面发愣。

离开大瑀这么久，明夜堂没来人找过他们，也不知道靳岄、贺兰砜怎么样了。日盼夜盼都等不到那琼周神医，他愈发觉得每一天都极为难熬。他知道，章潆心中和他有同样的忧虑，只是两人都不愿意对方发愁，便竭力装作轻松。

头顶忽然传来声音，岳莲楼抬头一看，是郑舞拽着壁上铁索爬了下来。

郑舞的船维修需要大量铁钉，但赤燕所有铁制品都归赤燕王族分派售卖。好在海门镇疏于管理，铁匠又有些自己的门道，一直悄悄打制铁器售卖，但数量不多。郑舞需要五千根铁钉，铁匠一时拿不出这么多，与郑舞约定一个月后再取。

郑舞此去大半天，回来时一脸爽足，又带着些微脂粉香气，见到岳莲楼还顺便给他抛了个果子。岳莲楼知道他又去找镇上不知哪个相好的，懒洋洋应了一句。郑舞凑近问："你们俩要不都在我船上跟我干？"

岳莲楼诧异打量他："我们俩，跟着你干？"

郑舞："如今大瑀式微，赤燕没有大船，这若海都是我们琼周人说了算。你们跟着我，吃香的喝辣的，银子要多少有多少，夫人想要几个就有几个。"

岳莲楼："一年能有多少银两？"

郑舞："你们大瑀人就是俗气。"

岳莲楼看过郑舞的船，知道他这水盗队伍刚拉起来不久，这船还是前任水盗头子死后给他留的，生意做得不大。他对郑舞说："我们的铺子遍布大瑀，一个月光进账就不止几千两银子。你若是比这还多，那我们就跟你干。"

郑舞闭嘴不言，扭头便走。岳莲楼暗暗憋着笑，又听见郑舞在身后说："对了，铁匠在回来的路上遇到个古怪汉子，说不定是你们大瑀的江湖人。"

岳莲楼立即蹦起："什么模样？"

"长得挺俊，大约二十岁的青年人，背上有这么大一张弓。"郑舞比画着，"眼睛是绿色的，野狼一般。"

夜深，灯火晦暗。海门镇陷入一片静寂的漆黑中，只有海潮一浪一浪涌上岸。

姑姥山山道上站了两条人影。

"确定是这里吗？"贺兰砜问。

阮不奇催动手中的火折子，火光亮起，把树干上一枚记号照得清清楚楚。

"这是明夜堂的暗号。"阮不奇蹲在地上说。暗号位于低处，若不是阮不奇有心观察，贺兰砜是完全不会察觉的。暗号是一朵五瓣莲花，花瓣柔软，全朝着一个方向：海门镇。

两人从杨河奔赴赤燕，日夜赶路不敢松懈。还未进入赤燕，阮不奇就在边境处发现了岳莲楼留下的暗号。两人追寻着暗号而来，中途还为是直接去找靳岄还是先去寻岳莲楼与章漠而起了争执。

最后是贺兰砜让步。阮不奇所说确实有理：如果不能借助岳莲楼的力量，两人在赤燕必定举步维艰。

于是跋山涉水，历尽艰难奔来了赤燕，阮不奇笑称他们是来赤燕取经的。赤燕山岭众多，潮湿闷热，林中溪中毒虫毒蛇数不胜数，两人赶路时把自己蒙得密不透风，愈发难熬。此时站在姑姥山上，面向大海，才敢松一口气。

“这便是海吗？”贺兰砜问。

浪涛声绵绵不断，令从未见过海的贺兰砜诧异。

阮不奇沿着山道往前走：“等白天再看吧，这么黑，你以为自己真长了狼眼睛？”

镇上百姓早已入睡。阮不奇和贺兰砜很快把镇子走完，面面相觑。镇上没看到岳莲楼的记号。

“白天再看吧，这么黑，你还没有狼眼睛。”贺兰砜对阮不奇说。

阮不奇不服气：“不对，既然暗号指向这个破地方，岳莲楼不可能不继续留记号，除非他还没进来就死了。”

两人在弥漫腥气的路面又走了几个来回。都是泥地，浸透了海水，隐隐散出古怪臭气。阮不奇偷了盏灯笼提在手中，照着屋角。贺兰砜忽然发现这镇上的房子十分奇特：房子先用铁架搭好轮廓，然后才填入砖瓦之类的东西，造成房子模样，抗风抗雨，十分坚固。

身旁屋子里忽然传来声音，阮不奇连忙灭了灯笼，拉贺兰砜蹲在暗处。

房门吱呀打开，一壮实高大的青年边穿外袍边走出来。他草草系好腰带，把手中拎着的两把长刀背在背上。门里追出个衣衫不整的女人，搂着他亲热。

房中透出微弱灯光，阮不奇看着青年背上的两把长刀，眼睛发亮。

“郑舞，你啥时候带我去你船上看看呀？”女人挂在青年身上，声音软得要滴出水，“我还没坐过大船哩。”

郑舞揉她身上软肉：“女人不得上船。”

女人不悦：“骗人！你跟我说过，你的老大就是个女水盗。”

郑舞："你跟她能一样吗？"

两人一开始黏糊得不堪入目，渐渐吵得不堪入耳。郑舞拂袖而去，那女人气得在门口跺脚大骂。阮不奇悄悄从暗处追着青年而去，贺兰砜拉住她："你干什么？"

"那两把是好刀。"阮不奇兴奋不已，"这肯定不是大瑀铁匠的手法，大瑀没人能打这么大的刀。"

贺兰砜："高辛人可以打。远桑现在用的兵器就是这样的长刀。"

阮不奇羡慕坏了："这么好！不说了，我问他要来玩玩。"

贺兰砜一把没拉住，阮不奇往前蹿去。

郑舞此时已经走上姑姥山的山道。阮不奇借助黑暗夜色，几乎贴地而行，从袖中抽出长鞭，迅雷般袭向青年双足！

鞭子还没碰上那人衣角，眼前忽然一空——青年消失了。

阮不奇当即在地上一按，旋身打滚，双足踏在树干上，几步跨上树枝。就在她脱身瞬间，方才她停留的位置上砰的一声巨响——郑舞持刀落地，狠狠砍入土中。

"青虬帮郑舞，敢问阁下是哪条道上的朋友？"郑舞收刀站起，仰头去看站在树上的阮不奇，"看阁下这副身手，不像是赤燕人。"

他顿了顿，又低笑道："噢，两个人？"

贺兰砜已在弓上搭箭，于暗处探出箭头，直指郑舞持刀的手。他善于打猎，也善于隐藏气息，与姑姥山丛林几乎混成一体，郑舞只知道地上还有人，却无法辨清贺兰砜藏在何处。

树上传来阮不奇拍大腿的声音："娘呀，总算碰上个能说大瑀话的人了。"

郑舞："什么？"

贺兰砜和阮不奇自从进了赤燕便举步维艰，因语言不通，两人无法跟人交流，比画多了又怕引来赤燕人的怀疑，遂全靠偷吃偷喝过活。在阮不奇的教导下，贺兰砜学会了不少偷东西的窍门。

"我们确实是从大瑀来的。不过，青虬帮是什么东西？没听过。"阮不奇抄起鞭子，站在树上，"管你青虬帮还是红虬帮，姑奶奶要借你的双刀玩玩，你给是不给？"

"不妨来试试。"郑舞将长刀从刀鞘中拔出，笑道，"也让我瞅瞅别的大瑀江湖人都是什么身手。”

贺兰砜一看那长刀便知道郑舞也是练家子，忙收箭喊：“干正事，阮不奇——”

郑舞一怔：“阮不奇？”

阮不奇已经跳了下来。她人在半空，鞭子朝郑舞一卷。郑舞架刀格挡，鞭子缠在刀上，迸出星点火光。

郑舞不禁长笑：“好鞭！”

原来那鞭子嵌入铁丝，十分柔韧。只听一串刺耳的拖拉之声，郑舞力气极大，竟用那刀牵着阮不奇的鞭子，把她往前拖了几步。阮不奇双足在地面一蹬，飞身跃起，速度快得贺兰砜的眼睛根本追不上。她跃到郑舞身后，在郑舞未来得及完全转身之时竟去抽郑舞背上的另一把刀。

郑舞弯身一滚，躲开阮不奇的手。他双手握刀狠狠一抖，长鞭随之震颤，阮不奇一声大笑：“好大的力气！”但长鞭仍紧紧握在她手中不见松脱，反倒是她借着刀刃动势，把长鞭抽了回去。郑舞一口气未喘匀，长鞭直冲面门而来。他连退两步，挥刀平砍，又是铮的一响，长鞭鞭尾被长刀借力一甩，闷响一声，扎入树干之中。

郑舞低笑，双足点地前跃，单手握刀，另一手抓向正奋力挥鞭的阮不奇。眼看就要碰到阮不奇，忽见她松手，原本握在手中的鞭柄似有弹力，径直往郑舞脸上袭来，呼呼有声。

郑舞此时已经躲闪不及，立刻侧头旋身，却仍被鞭柄重重砸在肩膀上。

他失声一哼，连退几步跪倒，抬头再看阮不奇，眼中尽是惊讶之色。

“我这鞭子重四十余斤，鞭柄用精铁打造，是破脑袋的利器。”阮不奇嘿的一声落在他面前，“幸好你躲得快，受伤了是不？”

她按郑舞肩膀，郑舞疼得一缩：“好男不跟女斗。我见你是个小姑娘，所以手下留情。”

阮不奇伸手去拔他背上的另一把刀：“我不是小姑娘。好汉，你记住了，我叫阮不奇，是明夜堂——”

郑舞：“我知道，女山匪。”

阮不奇捏他下巴：“你说什么？”

郑舞打不过她，只得服输：“你们明夜堂还有个山匪头子在我船上住着。”

阮不奇捏得更狠：“你说谁是山匪？”

郑舞龇牙咧嘴：“岳莲楼！”

一番忙乱，郑舞带着两人进了吞龙口。阮不奇轻功比岳莲楼好得多，她直接从崖上跳落，几下翻滚后稳稳着地。郑舞又惊又奇：“山匪奶奶，你的轻身功夫真不错。”

“明夜堂里还有更好的呢。”阮不奇抹了把脸，当先走入吞龙口。

此时岳莲楼正仔细给章漠包扎手腕伤口。章漠腹中蛊虫几乎日日发作，今日疼得蜷成一团，铁环裹布松脱，便伤了手。两人正说着话，忽然同时抬头。章漠内力仍在，听觉敏锐，微微一惊：“不奇？”

话音刚落，舱门已被阮不奇大力推开。章漠不能视物，只隐隐看见一个人影扑来，抱着他大哭。岳莲楼扒拉不开阮不奇，只得把贺兰砜拽到一旁细问情况。

郑舞在门外揉着肩膀，嘀咕：“一个破山匪窝子，高手还挺多。”

与岳莲楼、章漠会合，令贺兰砜与阮不奇安心许多。得知分别后对方发生的许多事情，都是一番喟叹。贺兰砜和阮不奇担心章漠的伤势，章漠却让岳莲楼先给贺兰砜察看伤情。

贺兰砜背部蝴蝶骨被铁枷钉入，据行刑的卫岩所说，那枷具是北戎器物，看铁器来历，或许还是高辛族多年前打造的。铁枷多年不用，拿出来时锈迹斑斑，贺兰砜记得卫岩当时犹豫过。送来铁枷的是宫中太监，他盯着卫岩把枷具钉入贺兰砜背骨，才心满意足回宫禀报。

这些事情贺兰砜并没有告诉任何人，他甚至不确定自己会不会让靳岄知道。他全身伤势最严重之处便是背部，岳莲楼仔细看完，闭口不语。

贺兰砜：“我还能射箭。”

岳莲楼：“再射几回你这肩膀就废了。卫岩不愧是常律寺最出名的刑官，这铁枷钉得漂亮，至少没有损伤你骨头的其他部分。”

但这种伤情，几个月是决计好不了的。贺兰砜身上其余地方虽然伤痕狰狞，可都是皮外伤，唯有背上四处伤洞十分可怖，哪怕过了这么久，也仍在隐隐渗血。

“你的伤根本没好吧？”岳莲楼低骂，“不要命了！”

贺兰砜的伤情是因日夜赶路、休息不足而加重的，加之南境酷热，进入赤燕后为防蚊虫蛇蚁更是严密防护，伤情又有复发之势。岳莲楼探他额头，竟微微发热，便把他拉到甲板上，跟郑舞要了些烈酒。

他用烈酒为贺兰砜清洗伤口，又让郑舞去找些草药。郑舞起身笑道："使唤我？行，去就去，但你可别忘了你应承我的事情。"

待郑舞离去，岳莲楼解释："这汉子是琼周水盗青虬帮的老大，在琼周被大水盗排挤，只能周游于琼周及海门一带的海岸。你也看得出来，他这船不大，本身年纪也轻，不过是刚拉起来的一伙杂人罢了。"

青虬帮过去的老大倒是个狠人，他收养了郑舞，数年前因病离世。郑舞威望不够，帮中水盗走的走，逃的逃，最后就剩下这么三四十人。

但郑舞的义母是颇有名气的神医。

"我说，他若帮我和章漠这一回，收留我们并让我们与神医见上一面，我便为他带路，让他青虬帮进入列星江流域做事。"

贺兰砜睁大了眼睛："你要带这些强盗去列星江？"

岳莲楼大笑："等到了列星江，他们就不再是水面强盗了。你是驰望原的人，自然不晓得。如今在列星江活动的水帮，十个有九个半曾经也是水盗，只不过他们多在列星江行船，从不出海。"

贺兰砜："我在列星江上来回几次，见过水帮的船和人。他们并不抢东西，只是在两岸做运输生意罢了。"

"那是自然。"岳莲楼仔细给他背上圆洞般的伤口上伤药，"烧杀劫掠，来钱是快，但毕竟是把脑袋别在裤腰带上的行当。若是正经行船做生意，钱更多，更受敬重，船更大，日子更好过，谁要去做水盗？横竖挣口饭吃，谁不乐意轻松活着？"

贺兰砜听得入神。

"当然也有那死心塌地要杀人越货的。可我查过郑舞，他们不是。这些人都是琼周人，没有大瑀户籍。他想在琼周和大瑀两岸做生意，可路子全被琼周的大水帮垄断，他边儿都挨不上。"

贺兰砜明白了："明夜堂可以帮他们造大瑀户籍。等有了户籍，他们就可以进入列星江正经八百地做生意……他就这样信你？"

"也不看我这舌头什么玩意儿做的。"岳莲楼得意道，"对了，此事千万别告诉章漠，他还不晓得。明夜堂虽然在江湖上做大生意，但列星江水帮自成体系，明夜堂与他们井水不犯河水。我这是给章漠找了个大麻烦，等他好些了我再仔细跟他商量。”

贺兰砜疼够了，颤巍巍坐直。他告诉岳莲楼，自己和阮不奇一路过来，之所以能这样顺利地找到他，多亏了在仙门逗留时陆宏的指点。

岳莲楼想了半天才回忆起，陆宏正是他在问天宗救出的那小孩的爷爷。

原来陆宏一辈子生活于南境，靠售卖旧书为生，与南境许多文人志士都有来往。贺兰砜与阮不奇抵达赤燕边境时，背上旧伤发作，阮不奇又无法一直扛着他前行。多靠陆宏假造通关文牒，他们才能顺利离开大瑀，进入赤燕。两人扮作兄妹过关，又得到陆宏的朋友接应，一路安全探索，注意饮食，并未受到虫兽困扰。

岳莲楼叹气：“也是缘分。”

“陆爷手里还有一份赤燕的旧地图，”贺兰砜说，“他把地图给了陈霜。”

岳莲楼一下坐直：“陈霜也来了？在哪儿？”

“他比我们先来，紧随着靳岄。”贺兰砜说，“我与阮不奇抵达仙门见到陆爷时，陈霜应该已经进了赤燕。”

第二章

会合

赤燕象宫中青烟弥漫，驱虫香气味微苦，飘散于象宫四周。两头大象站在象宫旁的矮山上，昏昏欲睡。十几位奉象使正在擦洗大象，清歌与笑声隐约传来。

宋怀章回到象宫时，看见靳岄正站在竹影掩映的廊亭里张望。

这里是广仁王宋怀章与靳岄在赤燕的落脚处。靳岄起初还不太确信广仁王的能耐，但见赤燕王族竟然愿意让宋怀章借宿在象宫，待他俩如同贵宾，不禁深感佩服。

“广仁王，”靳岄向宋怀章颔首致意，立刻问，“允可了吗？”

“没有。”宋怀章淡淡一笑，“再等两日，赤燕王妃回来后我亲自去见她。王妃与我素有交情，她应该会答应让你见顺仪帝姬。”

靳岄“嗯”了一声，不再说话。他初来赤燕，满心期待、忐忑与兴奋，但等候了数月，赤燕王族始终不肯让顺仪帝姬现身，他的狂喜与忧虑渐渐平息，再没流露过一丝积极的情绪。

宋怀章顺着他的目光望去，竹林上是雾气弥漫的苍白天色，一只黑色纸鸢正在翻飞。

“这是你的随从吗？”宋怀章问士兵要来弓箭，“一路从大瑀跟到赤燕，也是忠心。”

“他是我的朋友。”靳岄回答。

话音刚落，箭矢离弦。锐箭破空而去，刺中纸鸢，很快落入茂密丛林之中。

密林中一阵衣袂飞掠之声。陈霜顺线而去，捡起了纸鸢。

在象宫外徜徉两个多月，他多次尝试以纸鸢传信，但纸鸢屡次被击落，他始终不能靠近。广仁王的军队与赤燕王族的军队将象宫包围得十分严实，他单枪匹马，不敢冒险，更怕自己万一折在这里，无法将靳岄的讯息送给其他来救援的人。

撕毁纸鸢后，陈霜沿着山道往南走去。

象宫往南约百里有一处秘密山谷，谷地低深，药味极浓。据陆宏说，这种地方大多被赤燕的炼药人占据，千万不可靠近。但陈霜在药味中闻到了浓郁血腥味，抵达后发现炼药谷中所有的炼药人均已死去，身首异处。

陈霜看那些尸体的头颅断处，利落狠辣，如同被剪刀铰下。这是岳莲楼那两把风天语的刀痕，只是不知此处药谷之人与岳莲楼有什么仇怨。古怪的器皿、锅子连同房舍全被烧了，这种赶尽杀绝的手法，俨然又是岳莲楼的泄愤方式。

之后陈霜便把药谷当作自己的落脚处。药谷中草药极多，蛇虫鼠蚁不敢靠近，他在谷中寻到一处山坳，遵照陆宏的叮嘱，吃食饮水十分谨慎。但长久地在此熬着，纵然是他也不禁生出躁乱之感。

他孤身一人，没有同伴。若是离开此处前往边境寻人送信，只怕回来之后靳岄已经离开，他难以再追寻。靳岄如今在象宫中不知生死，同样令陈霜焦急。他慢慢走回药谷，一面思索下次该用什么方式传信。

才踏入药谷，陈霜忽然一凛，立刻跃上一旁高枝。

在被烧毁了的房舍里，有人正在废墟旁扒拉着什么。

那人背上有两把大刀，一头卷曲乱发，起身时手里攥着几把药草。正是来药谷寻药的郑舞。

他才转身，耳边忽听得一阵风声，当即跃起，躲过两把平平飞来的小鱼飞刀。尚未落地，燕子镖又激射而来。郑舞拔刀格挡，当当当三声脆响。郑舞没见过小鱼飞刀，但他在岳莲楼手里拿过两个燕子镖，认得出来。还未开口，高树上已有人影袭来。

陈霜行动如风，比阮不奇更要轻盈迅捷。近身时手腕一抖，亮出指间十把飞刀。郑舞只来得及看一个大概，立即闪身躲开。小鱼飞刀紧随而来，他上蹿下跳，小刀几乎贴着他的鞋，扎入地面与树干。

郑舞怒了，用琼周话骂了一句，扬手冲陈霜甩出一把长刀。陈霜后退两步，跃上身旁巨石，郑舞已经挥着另一把刀冲近。

郑舞见陈霜身手利落，已经想好了他躲避之后的几百个后招，陈霜却不躲了。长刀压近，郑舞按住陈霜的肩膀把他推到树干上，长刀瞬间贴着陈霜脸庞扎入树中。

郑舞定睛一看，原来是个模样俊俏的青年男子，正瞪着眼睛上上下下打量他："你也是大瑀江湖人？"

陈霜怀疑自己听错了，为了验证，他用久不使用的琼周话问了一句："海客？"

郑舞一愣，下意识应道："对。"

两人对视片刻，同时脱口而出："琼周人？"

阮不奇说的轻功更厉害的人，或许就是陈霜。陈霜从悬崖上跳落时姿态轻盈，身法漂亮，看得郑舞眼睛发直。他和阮不奇话不投机，贺兰砜又不常说话，岳莲楼天天和章漠待在一块儿，他便问陈霜可否教他这种轻功。

陈霜打量他："你没资质，学不会。"

区区一个山匪，口气还挺大。郑舞心生不甘，见陈霜进了船舱，便坐在甲板上偷听。

陈霜与岳莲楼等人见面，自然又是一阵唏嘘。尤其是见到章漠现今模样，陈霜久久不说一句话，眼圈先红了。他不吭声，阮不奇心里也难过，揽着章漠的肩膀呜咽："都怪岳莲楼这个混账，没把你照顾好。"

自从阮不奇上船，岳莲楼天天被她责骂，又不好发作，只得忍气吞声。等众人情绪平复，贺兰砜立刻问靳岄的情况。

靳岄就在象宫中，距离此处大概十日路程。赤燕奉象为神，山中多象宫与奉象使。靳岄所在的象宫距离海门镇很远，几乎紧贴着赤燕王族的宫殿。赤燕境内本来已有广仁王的部分军队驻扎，广仁王带的随从不多，但士兵将象宫围得十分严实，难以突入。

阮不奇开口道："这有什么，我们几个人谁不是以一敌百的本事，冲进去就完事了。”

章漠和贺兰砜同时开口：“不成。”

见贺兰砜又不吭声了，章漠继续道：“我们不知道靳岄为什么会突然跟着广仁王来赤燕。若他有自己的目的，我们贸然闯入，可能会坏了他的计划。”

贺兰砜说出元宵当夜在皇宫朵楼内发生的事情。得知靳岄是为了换贺兰砜一条命才跟广仁王离去，众人面面相觑。

“他的母亲，这可能是他最终愿意到赤燕的原因之一。”章漠对阮不奇和陈霜说，“此前仅有陈霜一人，不便行事。不奇，你现在负责接应与掩护陈霜，试试潜入象宫。不要争执，不要吵架。”

贺兰砜现在并不适合直接闯入象宫。他没有异议，平静地接受了章漠的安排。

岳莲楼在吞龙口找到他时，他正在看海。

海天相接处白光闪动，刺得人眼睛睁不开。风倒是清凉的，连带着海水的腥味也变得不再难以忍受。贺兰砜站在礁石上，看海浪一波波撞碎，复又一浪浪不停卷上来。

“原来海是这样的。”他喃喃道，“比驰望原还辽阔。”

岳莲楼陪他一块儿远眺，良久笑道：“若是没有碰上靳岄，你或许永远也不会离开驰望原。”

贺兰砜：“天地太大了。”

“你还没出过海，”岳莲楼说，“等你出了海，你才知真正的海是什么样子。现在看起来平静，若是遇到风浪，随时是殒命之灾。”

小蟹爬上礁石，爬过贺兰砜的鞋面，趔趄往前。贺兰砜饶有兴味地盯着它看，听见岳莲楼在自己身边道：“你和之前不一样了。”

“什么不一样？”

岳莲楼认为，贺兰砜变得沉稳冷静了许多。若是以前，得知靳岄就在不远处，贺兰砜不可能这样沉静从容，必定一直嚷嚷着要立刻去见靳岄，一瞬间也不能耽搁。

“我一路上想了很多事情。”贺兰砜说，“我和阮不奇穿山过水，她照顾着我，生怕我又遭殃出事。我原来是这般脆弱不堪之人，嘴上说要保护靳岄，但我做不到。”

岳莲楼：“我觉得你挺好。”

贺兰砜：“我要变得更好。和你，和堂主一样强大可靠。唯有如此，才能真正保护靳岄不受伤害。”

岳莲楼：“他也在保护你。都是这样的，不必太过介怀。”

他这般温柔，和贺兰砜印象中的浪侠判若两人。“我晓得。”贺兰砜从辽远的海面收回目光，扭头问岳莲楼，“那神医一时半刻等不到，但郑舞学过医术，我想让他帮我。我何时把背上的伤和肩膀治好了，何时再去见靳岄。”

象宫中，正在抄写经书的靳岄手腕忽然轻抖。他抬头仰望廊亭外的天空，看见白云如被驱赶的羊群，纷纷从头顶经过。

身边的南军士兵跟了他几个月，随口道：“这是起风了。怕是很快有大风浪要来，海门镇那边又得全镇迁移进山。小将军见过飓风吗？”

“没有。”

那士兵同他形容飓风之可怕之狂烈，靳岄一时听得出神。

宋怀章今日又去赤燕皇宫见王妃，以求得到许可。靳岄不明白为何赤燕王族不允许他或者宋怀章见一眼岑静书。最坏的可能无非是，顺仪帝姬已经没了，但靳岄从不让自己乱想。他心里隐隐有感，母亲仍在，正等着自己带她回家。

象宫的奉象使在一旁小心窥探，士兵喝了一声，那两位奉象使忙缩回脑袋。

“无妨。”靳岄制止士兵，起身走出廊亭。象宫周围遍栽翠竹，夏风里清响如乐音，听之让人内心畅爽。两位奉象使跪在竹影中，抬头看靳岄。

“小将军，你去看圣象吗？”两人跟宋怀章与士兵一样，都喊他小将军，“圣象沐浴清洁，我们带你去瞧瞧它。”

奉象使懂得说大瑀话，靳岄常同他们聊天。这象宫中养了五头圣象，共有近三十位奉象使，眼前两位与靳岄最熟悉。两人年纪不过十五六岁，是一同进入象宫的兄妹，哥哥叫岩罕，妹妹叫玉姜。巧的是，在来到这座象宫之前，两人都曾在顺仪帝姬待过的象宫里做过事。

这一点儿联系，让靳岄觉得他俩异常亲切。

两人侍奉的圣象今年十岁，非常温顺。靳岄以往只在梁京见过参加灯会的大象，来到赤燕才有机会凑近细看。圣象象牙前端被折断，奉象使为圣象清洗身体后，会在它们的象牙上套上金子打造的象牙套。象牙套镶嵌精美的宝石，雕刻着赤燕神鸟白梅燕的花纹。岩罕爬上象背铺好毯子，在圣象头顶仔细摆上沉重复杂的饰链。饰链同样用金子打造，在阳光中闪闪发光，红、蓝、白各色珠玉仔细镶坠，垂挂在圣象的双耳上，更有一颗手掌般大的红宝石，摆在圣象额头正中。圣象双目睫毛纤长浓密，始终低垂。

玉姜则在象腿与尾巴上仔细装饰。尾上系了铃铛，一晃动便是一串脆响，象腿则环绕细细的金网，网上有指头大的珍珠宝石。

靳岈和士兵看得眼花缭乱。岩罕在象背上笑道："它明年若是被选中去参加大瑀的灯会，会穿得比现在更隆重哩。"

士兵问："它牙都断了，不疼吗？"

"疼才对哩。"岩罕拍拍圣象的耳朵，"疼了它才晓得怕，它怕我们，就会变乖。"

圣象此时睁眼，忽然看见了靳岈。靳岈被那双硕大温柔的眼睛吓了一跳，只瞧见眼珠里映出自己的影子。他不由得往前走了两步，想去摸摸它的牙齿。

忽然，那圣象仰头竖起鼻子呼啸，随即长鼻一甩，朝靳岈挥去。

靳岈闪身躲开，那圣象却没有继续进攻，反而后退两步缩进竹林里。

玉姜连忙跑过来："小将军，把你的外衣脱去！"

靳岈今日披了一件黑色的外袍，他匆忙脱下，那象果然平静下来。

"衣服怎么了？"靳岈问，"它把我认作了什么人？"

岩罕抚摸圣象头顶，解释道："你穿着黑衣服，它以为你是炼药人。"

靳岈心中一凛。赤燕的炼药人，他曾听岳莲楼说过。

玉姜拍拍圣象的鼻子，圣象温顺地半闭眼睛："炼药人会给它吃虫子。虫子在肚子里，它疼得受不了。我们再给它喂别的药，它便不疼了。"

靳岈惊疑不定：赤燕人原来以蛊来驯象！

"多疼几次它们就乖了。"岩罕笑着说，"小将军你想骑象吗？"

他在圣象耳后挠了几下，圣象温顺地屈膝趴下，岩罕从象背扔下绳梯。靳岈却无法动弹。他被圣象的目光笼罩，忽然从背脊蹿起一股寒气。

第三章

帝姬

岩罕他们说的话令靳岄对蛊产生了兴趣，他巧妙地向侍从与奉象使打听。

赤燕炼药人下在圣象身上的蛊称为阴阳蛊，分蛊子与蛊母，蛊子是蛊母所产的卵，真正需要炼制的是蛊母。炼制蛊母需要七七四十九天，炼药人把无数毒虫放入瓮中，以药香刺激，令蛊虫相互咬噬厮杀，无数次鏖战之后，唯一活着的便成为蛊母。炼药人多以药控制蛊母，待蛊母产下卵，便让药奴或圣象吞下蛊子。之后只要定期以药香刺激蛊母，蛊子便与蛊母一样感到疼痛难熬，进而在药奴或圣象体内翻腾噬咬，使之剧痛难当。曾有炼药人在刺激蛊母时被蛊母反噬毒死，药香却不灭，他的药奴在疼痛中失去理智，直接剖开肚子挖取蛊子，最终失血死亡。

靳岄听得心惊："为何不禁？"

侍从："这怎么禁？连王族也有炼药人，专炼长生蛊。"

靳岄想到那头比人大得多的圣象，还有小小年纪就饱受煎熬的岳莲楼。

这一日，广仁王宋怀章回到象宫，满脸喜气洋洋。"别抄这劳什子破书了！"他夺走靳岄的笔，"换件精神衣裳，我带你去见你娘亲。"

靳岄又惊又喜，忙抓起外袍，与宋怀章一同离开象宫。护送二人前往赤燕王宫的队伍全由赤燕士兵组成，宋怀章的人远远跟在后头。拉车的马儿极矮，但在狭窄山道上速度丝毫不慢，车乘与大瑀马车不同，四面敞开，只垂挂着轻纱与竹片，好让凉风灌入，纾解暑热。

宋怀章看出靳岈心中不安，笑道："抄这么久经书，看来也没什么用。"

靳岈以忖度的目光在他脸上打量。绿莹莹的蚊蚋从纱幔缝隙飞入，很快又被车内的药草气味熏得落荒而逃。宋怀章平静地坐着，迎接靳岈的眼神："看我做甚？"

"我确实从未听娘亲提起过你。"靳岈说，"爹爹倒是偶尔会说，若是大瑀多几个宋怀章这样的将领，将如何如何。"

宋怀章冷笑："不需要他夸。"

靳岈："你似乎与我娘亲的关系并不好？"

宋怀章："一些幼时的孽缘罢了。我少年时性情顽劣，你娘不畏惧我的身份，我与她常常起冲突。"

靳岈："你既然对她有意，为何又要处处惹恼她，让她心烦？"

宋怀章一怔，脸立刻沉下来，并不开口。

当年被召入宫中陪太子读书练武的人，除了靳明照，还有许多官宦子弟，彼时远离南境、寄身梁京的宋怀章便是其中一位。他当年与靳岈一样，都是官家[1]扣在身边的质子，用来制约边境的守将。

因有这层身份，宋怀章自小便学会察言观色。靳明照的脾气性格与他其实十分相似，但他比靳明照更圆滑殷勤。当时还是太子的仁正帝十分喜欢他，他便觉得有了靠山，自然不大看得起靳明照。

同在学堂读书学习的还有岑静书。她年纪虽小，但已经是个漂亮的姑娘，因有赤燕血统，长相和其他大瑀帝姬有几分不同，总引得人多瞧几眼。她和靳明照一样是不受欢迎的孩子，皇子帝姬扎堆玩闹从来不叫她。宋怀章从别人口中得知她母亲早逝，在宫中没有任何依靠，连穿戴都比寻常宗姬粗陋几分。

岑静书是一个天然的靶子，但凡有什么不顺意的事情，有什么会招惹太傅责罚的事故，一并推到她身上最为稳妥。岑静书常常背上莫名其妙的黑锅，众皇子帝姬便凑在一旁看她的笑话。

会为她据理力争的也只有同样落单的靳明照而已。

宋怀章也是排挤岑静书的其中一员。能得到皇子和帝姬们的喜欢多么不容易，他积极地给岑静书起古怪的外号，讥讽她深邃的眼窝与总是透出几分忧郁的眼睛。岑静书不哭不闹，渐渐地与他们愈发疏远，只跟靳明照玩在一

① 对皇帝的尊称。

块儿。

宋怀章年纪不大，却头一回从靳明照这儿学会了嫉妒。拥有异族血统的女孩本身长相俏丽，开怀大笑时愈发动人。他远远看着，总要忍不住走近。但只要察觉他靠近，岑静书脸上的笑意便迅速散去，取而代之的是极其警惕和憎厌的眼神。

于是他连带着，把靳明照也一并憎恨上了。

后来太子登基，宋怀章的表妹入宫成了惠妃，在官家面前哭诉宋怀章孤身一人在京如何难熬。官家疼爱惠妃，便恩准宋怀章离京返回南境，换别的将领的孩子为质。

宋怀章一走便是数年。等到了可以谈婚论嫁的年岁，他便想起了从不对他展露笑意的岑静书。他拒绝所有媒妁，只想求娶岑静书。

南境少将军娶一个有赤燕血统的帝姬，这件事落在官家眼中是极其不妥的。老广仁王打也打了，骂也骂了，宋怀章就是不肯改变主意，最终逼迫老父亲同意，带上他一同去梁京，打算当面跟官家请求赐婚。

只是他迟了一步。还在梁京城门审核关牒时，宋怀章便听见百姓议论，顺仪帝姬岑静书下嫁给寂寂无闻的北军校尉靳明照，仪式仓促，连宗姬都比不上，真真是好大一个笑话。

朝中有消息称，靳明照被授予西北军统领之重任，全是仰赖顺仪帝姬的身份和北军建良英将军的举荐，这才是官家给顺仪帝姬最大的一份嫁妆。朝中人全都等着看靳明照和岑静书的笑话，宋怀章只觉得这桩婚事对岑静书不公，他无法释怀。加之想到以前岑静书在宫中过得艰难，愈发认为这婚事是强加到岑静书头上的灾难，岑静书必定是不愿意、不快活的。

数日后的中秋，他在燕子溪边上偶遇即将启程前往封狐的靳明照夫妇。两人蹲在溪边放莲花灯，亲昵地说话，手牵着手，浑然不惧旁人眼色。水上莲灯灿烂，岑静书眼中满是欢畅快活，当年的阴郁不安已经无迹可寻。

宋怀章一路沿燕子溪往沐清池走去，在桥下捡起那盏写着小字的莲花灯。“与子偕老，百岁安乐”，落款是一个“靳”和一个“岑”。莲灯半浸在水里，宋怀章甩干水，在灯上放了一枚铜板，花灯得以稳稳向前。

他之后再没见过岑静书。梁京与封狐的情况倒是不断传回他的手中。父亲死后，他承袭广仁王封号，成为南军统领，而靳明照也不断在西北军立下大功，受封“忠昭将军”。他知道岑静书去了封狐，也知道她被迫回到梁京，和自己当年一样成为人质。

再之后，便是白雀关大败，靳明照战亡，顺仪帝姬深夜逆旨离京，在封狐城外失去音讯，生死不明。

“你娘亲失踪之后，我也一直在找她。”宋怀章说，“她被赤燕人带回南境的消息，或许我是第一个知道的。”

“你没有把这消息传回梁京。”靳岍说，“是想把我娘留在这里吗？”

“我是南军统领广仁王，她如今被困赤燕。我想让她留下她便必须留下，这有何不可？”

靳岍丝毫不恼，反而笑道：“如今看来，这事情广仁王还做不到。”

车内沉默片刻，宋怀章哂笑一声：“回去有什么好的？靳明照死成那样，梁京风雨如磐，她一个异族帝姬，无权无势，回去便身不由己。”

靳岍摇摇头。

宋怀章：“我说得不对？”

靳岍温和道：“娘亲性格刚韧，不喜欢别人代她做决定。”

宋怀章：“你与你父亲一样令人讨厌。”

靳岍惊讶：“人人都说我长得像父亲，性格像母亲。”

宋怀章：“那便更糟了。”

察觉宋怀章对自己并无恶意，靳岍心中又满怀即将与母亲相见的喜悦，说话愈发自在舒展。“对广仁王来说，我毫不重要。”靳岍又道，“你真正关心的是我娘亲，那你为何不把她直接救走？是顾虑到赤燕和大瑀的关系？”

“当然。”宋怀章交叉双臂抱在胸前，闭目道，“而且我不做无把握之事。如果救走她，她仍不肯随我而去，那救她便没有意义。”

靳岍看着他片刻，轻笑道：“原来如此，我是你讨好娘亲的筹码。”

宋怀章的回答在靳岍的意料之中，他并不觉得讶异。以宋怀章这样的地位权势，绝不可能为了一个曾经牵挂的心上人抛弃所有。因情爱之事犯蠢是少年人的权利。愈是功成名就重权在握，愈是不可能轻易允诺，毕竟允诺一旦被旁人当真，实在可笑又可怖。

靳岍想起血狼山的鹿头、驰望原的月亮，想起所有不经思索的承诺，义无反顾的追寻。

夜色降临时，车队抵达了赤燕王宫。车子从侧门进入，靳岈、宋怀章随沉默的宫人一路前行，穿廊过桥，终于来到一处宽敞明亮的庭院。月色如灯，照亮院中洁白的石桌石凳。宋怀章停下脚步，往一旁让了让。

庭院中一位妇人缓慢站起，靳岈只瞧了一眼，立刻飞身奔去。他急急扑进妇人怀中，还未喊出声已经流下泪来。他已长得比岑静书还要高了，在母亲面前却仍像孩子一样。靳岈挣脱开她的怀抱，在她面前跪下连连磕头："靳岈来迟……让娘亲受苦了……"

岑静书也只是流泪，她不让靳岈跪，牵着他起身坐在自己身边，细细地看他，如同端详失而复得的宝物。

"姐姐没事……我找到她了……"靳岈哽咽着，又怕自己哭得厉害让母亲担心，边说边擦眼泪，尽力做出畅快模样，"她在梁京住着，在我一个朋友家中，有明夜堂和岑煅的人看顾，很安全……"

岑静书却一把抓住了他的手。

靳岈左臂上的奴隶印记清晰可见。

岑静书怔怔盯着那印记。靳明照在北军服役，他跟岑静书说过北戎人是如何对待奴隶的。她细细摩挲那个伤疤，仿佛伤口还未愈合，她怕弄疼了靳岈，手指细细颤抖，小心翼翼。

"是爹娘不好……"她吞声抽泣，怀着恨又怀着悔意，一句话要断作许多截，"爹娘没保护好你们……"

吞龙口，浓夜中海天一色，星子自天穹倒映，纷纷碎在涟漪中。

青虬帮的水盗在吞龙口外游泳，忽见从东方缓缓驶来一叶小舟。舟上有位白发老妪，立在船头念念有词，摇桨的是个黑皮肤的少年人。

水盗们湿淋淋爬上礁石，有的在原地等着小舟靠近，有的飞奔入吞龙口，大喊："老大！阿嬷到了！"

岳莲楼立刻推窗跃出，咚地落在甲板上。青虬帮所有水盗都走到甲板上迎接那位"阿嬷"。老妪看着约五六十岁年纪，头发银白，一张脸却仍光滑细腻，如同少妇。郑舞亲亲热热地搀着老妪上船，一口一个"义母"。

岳莲楼便知道，他与章漠在此苦等的人终于到了。他理理衣襟，快步上前，躬身作揖："阿嬷。"

老妪自称贝夫人，琼周人，四处行医已有几十年。当年被青虬帮老大掳上船当夫人，不料却治好了船老大多年的头痛顽疾。老大对她又敬又爱，无论去何处都要带上她，郑舞便是两人在琼周附近海边捡回来的孤儿。老大死后，青虬帮交给郑舞继承，老水盗纷纷离去。贝夫人性好自由，便离开郑舞，带着徒弟到处周游行医济世。

“飓风要到了。”贝夫人坐下便说，“海面颜色变了，鸥鸟的飞行和声音也有了变化。郑舞，你得做好准备。”

“都准备好了。起风时我和几个人留在此处看船，其余的都转移到海门镇上。”郑舞说。

“不行。”贝夫人断然道，“船上不可留人。这次风非同寻常，我一路过来，海里出现了许多未见过的鱼儿，怕是极深之处藏匿的东西也全都翻了上来。”

郑舞一怔：“莫非是海溢？那海门镇也不能待，得告诉镇上的人，及早上姑姥山避难才是。”

在两人说话时，岳莲楼始终安静坐在一旁，不时给贝夫人添酒。贝夫人看他，他便笑笑。贝夫人指着他对郑舞说：“他到底来做什么的？”

岳莲楼连忙恭恭敬敬开口：“求贝夫人相救。”

郑舞与义母简单说了岳莲楼的来意。贝夫人得知岳莲楼提出的条件，沉吟片刻问道：“你要带青虬帮入列星江，这不是件容易的事情。你是谁？你凭什么夺下这样的海口？”

“在下明夜堂阳狩，岳莲楼。”岳莲楼坦诚道，“夫人若对大瑀江湖有些许了解，应当也听过明夜堂的名字。明夜堂虽为江湖帮派，但也是做生意的好手。我们与列星江水帮井水不犯河水，不过常有大宗生意往来，有交情在。”

“再好的交情，横插一脚抢人生意也是不行的。”

“如今列星江江北全境已经割让给北戎。大瑀与北戎以列星江为分界线，两国通商来往，比以往更加复杂。列星江水帮中不少有识之士，现在正在积极招揽能人。郑舞和青虬帮经我明夜堂推荐，自然不会引起水帮反感，有我们从中斡旋，得到水帮认可，生意自然滚滚而来。”

贝夫人静静看他，岳莲楼一口气说完，脸上平静沉稳，心里却嘀咕：说得太大包大揽了，只盼章漠之后不要罚得太狠。

贝夫人问郑舞是否想好了，郑舞点头应是。若海近岸生意几乎全被琼周水帮抢了，青虬帮难以为继，他不得不北上列星江求生。贝夫人沉思片刻，喝完杯中温热黄酒，问："病人在何处？"

章漠吃了郑舞开的药，视力已经在渐渐恢复，唯有腹中蛊虫仍每日发作两次，使他疼痛不已，折磨得他吃不好、睡不好，连带岳莲楼也憔悴许多。贝夫人为章漠看脉诊治，又看了他舌头、眼下等位置，双手在他腹部摸索按压，许久才起身问徒弟要来一支香。香点燃后，章漠瞬间疼得要弹起来，手上铁环铁索铮的一响，被他拉得笔直。

岳莲楼吓了一跳，忙扑过去撬开他嘴巴："别咬舌头，咬我。"

章漠把他推开，咬住自己的手指，额上大汗淋漓，目光涣散，垂着头不停喘气。贝夫人已经灭了那香，搓搓手指："蛊母未死，蛊子依律作祟。若是想活，先弄死蛊母，我再用药帮你去了蛊子。"

岳莲楼："什么蛊母？直接让他吃药杀死腹中虫子不可吗？"

"不可。"贝夫人不悦道，"他中的是阴阳蛊。赤燕炼药人炼阴阳蛊是专门为了控制人和圣象的，蛊母蛊子相联系，若现在用药杀蛊子，蛊母感知后愈发凶狠，只怕蛊子未死，这人已经肠穿肚烂。"

"那，蛊母在何处？"

"必定在炼药人身上。"

"炼药人已死。"

贝夫人一怔："死了？不妙，炼药人已若死，蛊母便会自行离开。"

岳莲楼不由得万分懊悔。他当日去炼药谷救章漠，哪里知道这么多弯弯绕绕。赤燕这么大，要找一条虫子，无异于大海捞针。

郑舞忽然问："就是你跟我说，有许多药草的那个药谷？"

岳莲楼："正是。"

郑舞扭头对贝夫人道："那药谷我去过几次，采药给他治眼睛。药谷边缘种满了驱虫的药草，外面的虫子不敢进去，里面的虫子也不敢出来。那蛊母应当是藏在了药谷的隐蔽处，至今仍活着。"

这话令岳莲楼重新燃起希望："我同你一起去找！"

"你得留在这儿看着这个人。"贝夫人道，"蛊母一击不死，受痛挣扎，他不会好过……但郑舞独自去，我也不放心。"

"我有个人选，你们明夜堂那个白面山匪，"郑舞说，"陈……陈什么？"

陈霜狠狠打了个喷嚏。

阮不奇和他正藏在象宫外的灌木丛之中："有人骂你？"

陈霜："是你吗？"

阮不奇嗤笑："我从来不在背后说人坏话。"

陈霜："……"

阮不奇："我都当面讲，反正谁都打不过我。"

陈霜冲她竖起手指，两人噤声，看着十几米外两个提灯的奉象使走过。

两人离开吞龙口一路紧赶慢赶，数日后终于抵达象宫。出乎他俩意料的是，与以往不同，象宫现在守备空虚，广仁王的士兵更是一个都没见到。等四下无人，两人施展轻功，翻墙跃入象宫。

象宫不大，两人分头搜寻。会合后，阮不奇指着南侧一个被翠竹掩映的小院："那里有大瑀人的东西。"

陈霜当即掠入小院。竹林里藏着曲折廊亭，廊亭与房内都有笔墨纸砚。陈霜一眼便认出这是靳岍的字："小将军住在这儿。"

但靳岍不知所终。两人在房中翻检，发现衣物、用具仍在。陈霜心中一沉，忽听竹林中传来脚步声。两人立刻掠上房梁，如壁虎一般紧贴藏匿。有人推门而入，正是方才在象宫外见过的两个奉象使。

等两人离开，陈霜扭头对倒挂着闭目养神的阮不奇说："他们说小将军快回了。"

靳岍与宋怀章这次去赤燕王宫，逗留数日才返回。一是因为宋怀章被赤燕王和赤燕王妃挽留，二是赤燕王妃见到靳岍后十分喜欢他，允许他在宫中多陪伴岑静书几日。回来的路上，靳岍都没怎么说话，他才离开母亲，又开始思念她了。

他跟岑静书说白霓和游君山，说贺兰砜，说朱夜和卓卓，说在北戎待过的那漫长又短暂的一年。太多事情根本讲不完，靳岍只觉得时间还是过得太快了。此次会面，让他心中原本摇摆的一个念头变得如磐石般不可动摇：他离开赤燕的时候，一定要带母亲走。

途经象所，靳岍看见十几个奉象使正等在墙下。

“岩罕，玉姜？”靳岄冲兄妹俩招手，“怎么了？圣象出事了？”

“炼药人来看圣象。”岩罕说，“我们不能进去。”

靳岄这才听见象所中传来沉重的呼吸声，是圣象在呻吟。他的心紧紧地揪了一下：“又让圣象吃蛊子？”

圣象身躯庞大，需要定期补充蛊子，因而炼药人也会定期到象宫来。为了不让圣象吃痛挣扎，他们会捆缚住圣象的四肢把它们放倒在地上，并用布网封住圣象的嘴巴，只留下投喂蛊子的小洞。象宫的圣象都认得炼药人，往往看见炼药人靠近便开始疯狂挣扎，甚至攻击炼药人。“不过很快就会变乖了。”玉姜搓着手指，频频回头，“它们很怕疼。”

谁会不怕疼呢？靳岄心中不忍，扭头离去。玉姜追着告诉他，已经为他收拾好房间。靳岄扭头问：“圣象疼的时候，奉象使不会难过吗？”

玉姜抖了一下，下意识左右地看。“不……不敢难过。”她缩着肩膀，“熬过这个疼就好了。”

靳岄走了两步忽然又回头：“那阴阳蛊只用来控制圣象吗？”

玉姜睁大了眼睛：“圣象可以吃，人也可以吃。”

靳岄在她眼中捕捉到一闪而过的惊悸，他霎时心头一亮，忙抓住玉姜的肩膀：“玉姜，奉象使也吃过蛊子？”

玉姜膝盖一软，咚地跪在靳岄面前，垂头跪趴，一声不敢出。靳岄把她扶起，发现她颤抖得厉害。

“小时候，刚来象宫的时候……”玉姜因为惧怕而站不稳，小心地握住靳岄的手指哀求道，“求小将军别说出去，这是不能告诉任何人的事情……”

奉象使在赤燕不是人，不是奴隶，而是与圣象伴生的一种物件。被王族确认为奉象使之后，小孩会被带到象宫，吃下阴阳蛊的蛊子。在漫长的折磨中，奉象使认可了自己的命运：圣象生他们便生，圣象死他们便死，他们会把自己的一切——包括生命奉献给圣象。

靳岄蹲在她面前，擦去她的眼泪：“现在也会疼吗？”

“现在没有了。”玉姜很快笑了一下，“奉象使还有别的作用，不能总在身体里带蛊子。”

“什么作用？”

玉姜怔住了。她看了一眼靳岄，很快低下头，半晌才小声道：“我们有时候会去王宫里，去……去侍奉王和他的客人。”

靳岄一声不响，摘去她发上的半片叶子。他直到此时才真正明白，所谓圣象与奉象使，只是差不多的东西罢了。需要他们听话，便让他们吃下蛊子；需要他们的身体保持洁净以供上人享用，便让他们脱离阴阳蛊的痛苦。

“我以为蛊一旦吃下，永远不能摆脱。”靳岄说，“原来蛊子是可以杀死的？”

“必须先杀死蛊母。”玉姜压低了声音，“蛊母永远藏在炼药人身上，只有蛊母死了，蛊子才会死。”

象所的门忽然打开了。数位瘦削的黑衣人静静走出，为首那位面目苍老，身材佝偻。他与其余人不同，除了黑衣，还着了黑鞋，头戴一顶沉重的黑帽，腰缠血红色腰带。一时间，周围都静了，玉姜连忙把靳岄拉到一旁，自己则迅速跪下。

炼药人一言不发，沉默离开。他们大步经过靳岄身边，掀起一阵腥臭得让人欲呕的风。

靳岄回到小院，将要推门时愣了一瞬。高天中星辰灿烂，他回头看了院子一眼，看见廊亭里的书册笔墨不知被谁叠放整齐了。他对身后的士兵说：“我今日累得很，直接歇了，你们也各自去吧，不必照顾我。”

士兵领命，很快散入院子各处，消失了踪迹。靳岄推门走入，立刻反手关上门扇，站在室内黑暗中。

“岳莲楼？”他低声问，“还是陈霜？”

梁上簌簌两声，有人落地。阮不奇的手心在桌上的灯烛上一拂，芯子便烧了起来。“小将军，是我们。”陈霜笑道，“你怎么知道有人在这儿？”

靳岄几步走过去紧握陈霜和阮不奇的手，来不及回答陈霜的问题，先急急询问：“贺兰砜怎样了？”

象宫之外，黑衣炼药人牵着矮马离开。矮马虽矮，四蹄跑动却很快。几位炼药人在夜色中顺着山道前行，翻山越岭，往自己的药谷赶去。经过溪水时，众人瞧见一匹浑身墨黑的骏马在溪边喝水。落在末尾那炼药人回头看了马儿两眼，心中喜欢，跑至上游时随手往溪水里扔了一个纸团。纸团遇水化开，包裹着的细小虫子散入水中，顺着水流往下游去。

“那马不是我们能动的东西。”为首的老炼药人忽然道，“马蹄上有上等蹄铁，似是军马。莫乱来。”

那炼药人立刻策马回头，在水中又撒了些药粉。

下游，贺兰砜拎着两只兔子从林中走出，牵着飞霄。“别乱喝水。”他说，“要是吃进了虫子，只怕你没好日子过。”

和阮不奇进入赤燕之后，因山道狭窄，车马难行，他把飞霄留在陆宏的友人家中托他照顾，如今安定下来，才把飞霄带回身边。飞霄只在溪边喝了两口水便停了，它警觉地站在溪边，盯着那潺潺流水发愣。

“水里有什么？”贺兰砜也盯了半晌，实在看不出名堂，回头上马缓行。静静走了一段，忽见林中掠过黑色人影。

树影浓密，飞霄和贺兰砜又是一身的黑，人影没有发现贺兰砜。贺兰砜只看到那人影从上游离开，骑上矮马，弯腰垂头往前去。

他拍了拍飞霄的脖子，低声道：“仔细跟着。”

离开封狐城时，岑煅嘱咐军中铁匠为飞霄打造了蹄铁，马儿踏在粗糙的山道上，不怕石子树根。因地上的青苔厚，行走时寂静无声，贺兰砜跟着那黑衣的炼药人，于夜色中沉默往前。

在象宫中，阮不奇正好将贺兰砜所经历的事情一一说完。知道贺兰砜如今一切平安，靳岄总算心安。能在象宫中见到陈霜和阮不奇，他心知离开象宫不是难事。但与母亲见的一面令他下定了决心：“若要回大瑀，我要带娘亲一块儿离开。”

三人久不见面，此时又是连奉象使都已经歇下的深夜，陈霜和阮不奇便留在靳岄房中陪他说话。阮不奇讲话东拉西扯，陈霜则细心许多，但凡聊起贺兰砜，说的都是轻松快乐的事情。

青虬帮藏在吞龙口，贺兰砜吃着郑舞的药，每天最爱做的事情便是站在吞龙口前看海。小蟹钳了几次他的手脚，贺兰砜竟对这身披铁甲的小东西产生了敌意。青虬帮的人天天要他说驰望原上打猎的事儿，他则同青虬帮的水盗们学会了捉蟹的本事，高超得连郑舞都会吃惊。

说到郑舞，阮不奇又提起郑舞在海门镇上的几个相好。她不经意间提及海门镇奇特的房子结构，引起了靳岄注意。

“海门的房子全都连在一起？是为了抵御风暴？”

“抵御风暴和海溢。”陈霜说，“琼周沿岸的村子也都是这样的房子，只不过琼周没有铁矿，我们都用粗大的木条来加固房子外廓。木条牢牢插入地下，再砌上石块砖头，便稳固了。飓风厉害，每次来袭，总要死不少人，打坏许多船。若房子不加固，必定会被飓风连根拔起，什么都不剩。”

靳岄不禁看向墙面。象宫距离海边颇远，因而没有对外廓和墙进行加固。

“飓风只在海边肆虐？”靳岄问，“它会吹到这儿吗？”

陈霜：“大风暴的话，很有可能。”

阮不奇一边吃果子一边问：“海溢又是什么？”

“海水会涨上岸来，与风暴一同袭击陆地。海浪极高极大，即便是琼周最好的船工也不可能幸免。”陈霜与她解释，“你还记得北都的最高塔允天监吗？海溢的海浪比它更高。”

阮不奇睁大了眼睛，又是恐惧又是兴奋：“我想看！”

靳岄忽然扭头对两人说：“听闻几天之后会有飓风从海上来。到时风大雨急，正是逃脱的时机。”

听靳岄这样讲，两人立刻知道他已经有了主意。靳岄拿出纸笔，匆匆画了象宫的地图以及赤燕王宫的图样。他并未走完赤燕王宫，在宫中逗留的几日也都在别人的监视中。但借助日月升落、风的走势，靳岄大致推断出母亲所在的地方位于王宫何处。

“两位内功深厚，请帮靳岄一个忙。”靳岄说，“在回吞龙口之前，先将象所周围的墙壁，以及我母亲所在之处的墙面以内力震松。”

第四章

逃脱

翌日早晨，得知靳岄找自己有事，宋怀章很快便过来了。

“又要去见你娘亲？”宋怀章坐在廊亭中喝茶，随口道，“我最近十分忙碌，只怕不能陪你过去。岑融新登帝位，不肯减免赤燕贡税，赤燕有些恼了。之前一直陈兵边境，没有动作，最近时常小打小闹，令人心烦。”

赤燕王族与宋怀章的关系复杂微妙。广仁王祖上三代均为镇守南境的大瑀将领，同赤燕来往极为密切。靳岄不止一次听父亲说起，仁正帝认为宋怀章一家长期驻扎大瑀、赤燕边境，隐隐有占地为王之势头，屡次想更换南军统领，而最佳人选便是靳明照，但此举风险极大。赤燕虽然国力不强，但大瑀十分依赖赤燕的铁矿，两国各有所求，相处和平，赤燕人更是信任宋怀章一家。若是贸然换将，只怕连南境也会风云突变。

换将之事便这样反复在仁正帝心中萦转，却始终不能落实。广仁王封号父传子，子传孙，如今落在宋怀章身上，他又是难得的将才，愈发让朝廷为难。

宋怀章能见到赤燕王与王妃，能带人进入王宫，能在象宫居住这么久，足见赤燕王族对他的礼遇。但礼遇归礼遇，尊重归尊重，毫不耽误赤燕在边境频频动作，表达不悦。

“你同你娘亲待了这么久，她可有告诉你为何会来到赤燕？”宋怀章又问。

靳岄不禁想起那日宋怀章与岑静书见面的事情。

两人多年不见，岑静书听靳岄说出自己为何能来到这里，微微一惊。抬头见宋怀章就在靳岄身后不远，忙敛了裙摆，俯身行礼："多谢广仁王。"

"帝姬不必多礼，都是我分内事。"宋怀章扶她起身，很快又缩手，只专注打量岑静书。

靳岄当时便觉得有些好笑：人人都称岑静书为靳夫人，唯有宋怀章依旧执着。

宋怀章说了些多年不见之类的客气话，岑静书目光茫然一瞬，笑道："我与广仁王曾见过吗？"

等宋怀章提到小时候在宫中相处的事情，岑静书这才勉强想起，原来真有一位名为宋怀章的少年曾与自己结识过。可她实在想不起小时候的许多事情，毕竟已经太久了。她忘了宋怀章捉弄、欺负自己的事情，连宋怀章这个人也没有在她心底留下任何痕迹。

宋怀章久久不忘的往事，对岑静书来说，竟是回忆中不值一提的碎屑。那一瞬间宋怀章脸上的表情异常精彩，他在刹那间经历了震惊、错愕、失落、愤怒、惆怅，最后笑道："罢了。"

岑静书确实是被赤燕人带回故乡的。她得知靳明照的死讯后，立刻决定去封狐寻找靳岄和靳云英。彼时靳岄已和白霓启程前往北戎，岑静书知道靳府或许很快就会被官家问责，她命管家疏散安顿家中仆人，带了两位懂武艺的随从，前往外城寻找明夜堂。

靳明照在世时多次叮嘱她，明夜堂将当年一份小恩看得太重，他受之有愧，不敢使唤。靳家无论出什么事都不得麻烦明夜堂，明夜堂堂主章漠是十足的江湖豪客，只要靳家有求，只怕会豁出明夜堂无数帮众性命，以舍生忘死之姿救扶靳家。

岑静书并非对丈夫言听计从的女子。她心知当时只有明夜堂才能救助靳岄，又怕自己若直接去见章漠，章漠会放下手头所有事务，直接护送她去封狐。她不愿多麻烦明夜堂，因而只去找了岳莲楼。

与岳莲楼道别后，她便与随从离开梁京，一路西行。那时靳明照的死讯已经从封狐开始传播，江湖上人人闻之扼腕。她每到一个城池，每进入一个驿站，都能听见人们议论靳明照之死与白雀关大败。等愈发接近封狐，传言渐渐出现了新的内容：靳明照之子靳岄死在了北戎，连尸身都没有找到；靳府满门流放，船在列星江倾覆，无人生还。

岑静书当即病倒，昏昏沉沉。她强撑着来到封狐城外，却发现封狐全城封锁，城外都是逃难的人，根本无法进入。

再后来，便是她在驿站中与赤燕人相遇。赤燕人认出她手上的金环是赤燕王族之物，见她病重，随从又死的死，伤的伤，便把她藏在车里，一路带回了赤燕。

赤燕王族的人救回了她，却不肯放她离开。岑静书在赤燕被看守起来，连一丁点儿大瑀的消息都得不到。她在象宫休养时结识了奉象使，其中便有瑞火和瑞草姐妹。得知姐妹俩会随圣象去大瑀，岑静书便说了些靳府和清苏里的事情，盼望姐妹俩回到赤燕时能给她带来些新的消息。

不料圣象在仙门关死去，瑞火与瑞草等人逃离队伍，再也没有露面。

岑静书是真的以为靳岄已经没了。直到不久前王妃来见她，她才知靳岄竟然仍活着，来到了赤燕，并竭尽全力想见她一面。岑静书此后几日再也没有睡着过，她日日夜夜地想，想过去的事情，想靳明照，想自己的一对儿女，还有只见过一面的外孙。她生怕靳岄虚弱病重，也怕他性情改变，但靳岄活着已经是天大的喜讯。岑静书什么都想好了，却没有想到会在靳岄手臂上看到北戎的奴隶印记。身为母亲，那一刻她自责得近乎崩溃。

顺仪帝姬无法帮助赤燕人换来更优惠的赋税条件，岑静书担心自己可能会被王族放弃。她只是赤燕公主与大瑀皇帝生下的孩子，与赤燕本来就生疏。广仁王和靳岄的出现，令她重新生出了希望。

靳岄心中清楚，想要安全离开赤燕，必须借助广仁王的力量。他直接问："若我有法子能让我和娘亲一同离开赤燕，只是这法子可能会惹得赤燕愤怒，广仁王是否愿意帮我？"

宋怀章："不愿意。"

他的斩钉截铁令靳岄想起一个毫不相关的人，夏侯信。靳岄非常喜欢这种干脆利落，这意味着他可以开门见山地谈更多事情。

宋怀章看他一眼，又说："我确实对你娘亲有意，她成了亲生了孩子，我也未改变心意。但我不可能为了救她或者你，放弃南境如今的安稳和平。"

靳岄点头："正因如此，宋怀章才能成为与我父亲齐名的大瑀名将。"

宋怀章沉默片刻，笑着摸摸胡子："你这性子让人生不了气。"

靳岄："面对坦诚之人，我向来都说坦诚之语。"

廊亭中一时静寂无声。士兵们全都退避，周围只有竹影重重。飓风来之前，天气闷热得令人喘不过气，仿佛有什么沉重巨大的东西压在头顶上，令人烦躁不安。

宋怀章吐出口中茶渣，说："我不帮你，但我想听听是什么法子。你孤身一人在此处，能有什么可利用的？"

靳岄微微一笑："圣象。"

陈霜与阮不奇离开象宫后，先去了不远处的王宫，照着靳岄所画的地图，将外墙以化春六变内力暗暗震松。两人轻功厉害，不走山道，齐齐从树梢借力腾跃，不久便回到了吞龙口。

贺兰砜已经回到吞龙口，飞霄认得两人，见到他们出现，立刻蹬蹄子哼哼。贺兰砜详细描述了药谷位置与炼药人的模样，听见那位老者腰缠红色腰带后，贝夫人很吃惊："红腰带是王族御赐之物。"

阮不奇和陈霜又惊又喜——那几位正是驯象的炼药人！

陈霜细细说出靳岄现状，贺兰砜听得异常认真，不敢插嘴打断。章漠告诉他郑舞的主意，得知郑舞想同自己去那废弃的药谷杀蛊母，陈霜毫不犹豫："好，我去。"

"带上你的暗器。那蛊母估摸也就是条手指粗细的虫子，谷中说不定还有蛊子，保护自己为上。"章漠说，"若情况不对你们立刻离开，不要硬来。"

陈霜："嗯。"

郑舞在舷窗上探进来一个脑袋看陈霜。陈霜脸上的神情明明白白地说明了，即便情况不对，他也一定会为了章漠硬闯。郑舞不禁对明夜堂这个山匪窝子生出更多好奇。

此时岳莲楼"咦"了一声："阮不奇，怪了啊，以往要帮章漠跑腿，你总要跟我争，争不过就打人。今天怎么这么乖？"

阮不奇坐在桌上，正用鲛油擦拭自己的长鞭，闻言咧嘴一笑："靳岄让我去做一件更爽快的事儿。"

贺兰砜："什么事？"

"杀人。"阮不奇双目发亮，"我要趁飓风来临之时，诛杀那几个驯象的炼药人。靳岄将在象宫中放走圣象，趁乱逃出。"

飓风如期而至。海面墨一般黑，猛烈风暴卷起白色水龙，天地混沌，只剩呼啸风声与岩石翻动、树木倒下的巨响。

因海水暴涨，吞龙口几乎全部被水淹没。青虬帮的船被数根粗大铁索牢牢固定在岩壁上，以免被水从山洞中卷走。所有水盗船工全部转移到海门镇，三三两两地填入郑舞几位相好的家中。郑舞和陈霜在风雨中前往炼药谷，寻找章漠体内蛊子的蛊母。

炼药谷被岳莲楼一把火烧过，地面岩石、谷中树木全都一片乌黑。但南境潮湿，黑魆魆的地面上已经长出许多新草，细长的藤蔓开始攀爬房屋废墟。两人进入药谷，细雨恰好落下，抬头便看见山巅高树摇晃不停。地面渐渐湿滑，一脚一步，全是泥泞。

“你这功夫是哪儿学的？”郑舞问，“琼周可没人有这么俊的身手。教我吧。”

他多次恳求陈霜，陈霜只觉得他烦，手指一动，一枚小鱼飞刀射出，当的一声扎在地上。一条指头粗细的虫子被钉在当场。郑舞看都不看：“不会是这种虫子。”

原来蛊母喜阴暗潮湿之处，除非栖身之处被水火侵袭，外物惊扰，否则几乎不可能主动爬出。郑舞踢翻一块石头：“石头底下，树根子，房屋废墟，都有可能。”

阴阳蛊的蛊母大多是柔软的虫子，乍看起来与寻常的虫子并无区别，但其身带异色，在日光中十分醒目。此时谷中已经下起雨，陈霜与郑舞头戴斗笠，分头寻找蛊母。炼药谷不大，山壁挖出几处深深空洞，洞中有无数镣铐木枷，是囚禁药奴的地方。陈霜仔细翻找，冒出来的都是寻常虫子，并无蛊母。

郑舞也没有收获，两人往已经烧成废墟的房屋走去。赤燕人房舍多为吊脚悬空小楼，竹木结构，岳莲楼一把火着实把这里烧得干干净净，谷中房舍全数倾塌，在地上堆成一片。陈霜站在废墟前让郑舞停步：“等一等，你别动弹。”

陈霜闭上眼睛，竭力去听谷中纷杂的声音。雨声、风声中掺着树木摇动的声响。风势渐大，他扶了扶斗笠。谷内地面渐有积水，藏于草丛或石下树根的虫子纷纷逃窜，一时间细杂声音密密麻麻。他耳朵微微一抖，便听到废墟的角落传来一丝异样响动。

陈霜睁眼，向前蹿，一脚踢开被烧得酥脆的木梁。黑色碎屑在雨中乱迸，郑舞还未看清楚发生了什么事，陈霜已经射出小鱼飞刀。

一条紫灰色大虫在刀尖下蠕动挣扎，片刻后彻底软垂。

“是它吗？”陈霜问。

“你能听到它的声音？”郑舞看陈霜的眼神带了前所未有的崇敬与钦佩，“正是蛊母。只不过药谷中的炼药人不止一个，所炼之蛊也必定不止一条，不清楚这是不是贝夫人那……别动！”

陈霜正要从虫尸上拔下小鱼飞刀，被郑舞一把抓住手掌。他的手指距离飞刀只有寸许，郑舞吼声落下，那虫尸恰在此时变色化水，最后成为飞刀下的一摊脓液，很快被雨水冲去。废墟里传来更多的簌簌之声，两人迅速闪开，随即便见废墟下有虫子蜿蜒四窜。郑舞解下大刀奋力挑开废墟上的黑色木梁与竹片，赫然露出地下一处黑色深洞。

这废墟之下竟还有一个虫窝！陈霜顿觉毛骨悚然。他在药谷这儿歇过许多天，幸好没有大雨，没有异动，否则光是地下潜藏的虫子就足够他死上千百回。

“原来如此。”郑舞摸着下巴道，“炼药人和蛊母住在楼上，楼下不养牲畜，挖了个洞口专门炼蛊。看来炼药人死后，蛊母便依照惯例爬入这洞中。又因洞口被倒塌的木梁盖住，火竟然没烧到此处。”

眼见虫子蠕动攀爬，其中更有不少与方才那紫灰色大虫类似的蛊母。陈霜浑身鸡皮疙瘩冒起，下意识去摸身上的暗器。可即便他全身挂满燕子镖与小鱼飞刀，也无法在瞬间灭杀这么多的虫豸。

郑舞把他往自己身后拉，随即从怀中掏出一个瓷瓶，将瓶中之物全数洒在废墟上。火石敲打，火星溅上废墟，轰然燃起大火！

“鲛油?!”陈霜吃惊，“你怎么带了这东西？”

“义母叮嘱我，要灭杀蛊虫，最方便的法子还是直接点火焚烧。”郑舞一笑，顶了顶斗笠，雨水从笠帽帽檐珠帘般滚滚而下，“现在我们发现了这炼蛊的虫洞，自然要把虫洞也一块儿烧了。”他把瓷瓶扔进那洞中，火遇到油，立刻蔓延入地洞深处，很快便有肉质烧焦气味传出。鲛油浮于水面，又无法被雨水浇灭，谷内大火熊熊，蚊虫乱飞。

陈霜小时候见惯了水盗。因娘亲以出卖身体为生，他又年幼需要人照顾，娘亲做生意时并不忌讳陈霜在旁。来去的船工水盗见了陈霜，少不得还要在他脸上捏一把，假惺惺地感叹他不是女儿身。陈霜从岳莲楼那儿听来许多郑舞的事情，知道他在海门镇有不少相好。那些与陈霜从未谋面的女子实则与陈霜母亲经营的生意差不多，陈霜心里清楚，平时看郑舞很不顺眼。

但郑舞这次确实帮了大忙，陈霜神色缓和，冲他点头道谢。

两人攀上岩壁，陈霜把屡屡下滑的郑舞拉到山上，坐下同看谷中大火，打算等大火烧灭后再去寻找清理残余虫子。郑舞又问起陈霜的来历，这回陈霜不再踌躇隐瞒。“我是琼周密海村人，”陈霜说，“娘亲后来把我带到大瑀，辗转数年，才入了明夜堂。”

郑舞呆了片刻，忽然朗声一笑：“密海村？是背靠新月谷的密海村？”

陈霜：“你听过？”

“同乡啊。”郑舞亲热地揽着陈霜的肩膀，“我也是密海村的人。你我年纪差不多，但我比你幸运一些。我娘亲同你娘亲做的是同一种生意，你也晓得，密海村的女人只能靠这个来谋生。只不过我娘亲得了病，早早便死了。”

郑舞那时只有三四岁，只晓得守着娘亲的尸体，不知究竟发生了什么事。青虬帮的船队在密海村靠岸，有水盗熟门熟路上门找乐子，看到的却是发臭的尸体与饿得大哭的郑舞。水盗妥善埋了女人，把郑舞拎回青虬帮。青虬帮老大见郑舞年幼，便收作义子，郑舞从此便成了青虬帮的一员。

“你娘过得好吗？”郑舞问，“渡海来了大瑀，总比在密海村好。”

陈霜目光冷淡：“不清楚。我已经许多年没见过她，是死是活也不知道。”

郑舞笑道：“出了什么事？看你这一脸苦大仇深。”

陈霜摘了斗笠站起，随手一挥，沉重雨珠带着内力砸入山谷之中，雨水瞬间打湿他的头脸，额前散发丝丝缕缕贴在面上，声音愈发冰冷。

“她卖了我，换得一两银子，从此我再没见过她。”

飓风愈发靠近，天际一片阴沉黑色，闷雷滚滚。另一处炼药谷外，贺兰砜与阮不奇藏身于树丛之中，雨水穿过树梢，已将两人浑身淋得湿透。但两人身着黑衣，几乎与这密林融为一体。

炼药谷中可见炼药人缓步来回。谷内散出怪异药香，令人反胃。

擒月弓已经拉满，一支狼镝搭在弓上，直指谷内弯腰摆动器皿的老者。

老者腰缠红色腰带，一张灰暗的脸布满皱纹。

贺兰砜背上共有四处伤洞，深可见骨。贝夫人看过贺兰砜的伤势，饶是她见多识广也难免吃惊：一是为贺兰砜上刑之人手法绝妙，骨伤之处虽然狰狞，但伤愈后，贺兰砜行动几乎不受影响；二是贺兰砜伤口根本未完全愈合，只不过外层皮肤勉强长好，里头还有脓血未化，换作别人，根本不可能在这种情况下千里跋涉，从杨河城直奔赤燕。

贝夫人捆了贺兰砜两日，不许他四处走动，为他仔细清理干净伤洞中的腐肉脓血，配合贝夫人的独门药方，贺兰砜的精神一天比一天好，胳膊肩背活动起来也愈发利落。贝夫人不允许他参与此次行动，但岳莲楼和章漠连连摇头："我们是去救靳岄，贺兰砜不可能乖乖待着。"

果不其然，刺杀炼药人这件事原本仅安排阮不奇独自前去，贝夫人拎着药包四处寻找贺兰砜时，才发现他已经不见踪影。

阮不奇从来不觉得贺兰砜的伤势很重，她唯一担心的是贺兰砜会不会拖自己后腿。比如此刻，她看着贺兰砜拉弓，低声问："能射准吗？你肩背没问题？不耽误我杀人吧？"

贺兰砜："能射准，没有问题。"

对常人来说难以忍受的疼痛，于贺兰砜而言，尚在可忍耐范围内。他拉弓的手其实有几分颤抖，毕竟射杀目标与朝树梢发箭是完全不同的。药谷中的人似乎都有几分腿脚本事，若是不能一击即中，便麻烦了。

那年老炼药人对杀机毫无察觉。阮不奇得到贺兰砜的回答后俯下身体，悄无声息地前进，直至潜入谷中。一个炼药人正用木板等物遮盖药田，他蹲跪忙碌，风雨声频密，掩盖了阮不奇行动的细微声响。阮不奇手持短刀，忽然从后捂住炼药人的嘴巴，双手把住他脑袋，飞快一拧脖子。炼药人头颈断裂，立刻软倒。阮不奇将他小心放倒在药田里，用短刀挑开他的衣裳。

他腹部捆着十余个镂空木盒，木盒中簌簌有声，虫身蠕动。阮不奇忍着恶心，手起刀落，将木盒中的蛊母一一刺死。

谷内药田分散各处，范围极大。阮不奇贴着药田边缘的驱虫药草而行，以这种方式接连刺杀几位干活的炼药人。

老炼药人终于察觉不妥。他经验丰富，抬头四望时顺手从颈上掏出哨子——炼药人的虫哨十分厉害，药谷中哪怕看似一如平常，但也藏着无穷无

狼镝
完结卷
鲸舟

世人都有自己的月亮。

月亮和风鹿一起，
他们穿过世间的风雪。

吾心切切，可昭明月；
生我死我，与君长随。

狼镝
第二卷
狂澜
完结卷
鲸舟

尽的毒虫毒蛇，虫哨一旦吹响，他们便无处可逃。

贝夫人的话犹在耳畔，贺兰砜松开手指。

狼镝破空射出！

虫哨已经放在炼药人唇边！

利箭疾飞而去，两层高辛铁打造的箭头锐不可当。虫哨应声而碎，炼药人还未来得及把它吹响，击碎虫哨的黑箭刺入他口腔之中，去势凶猛凛冽，仿佛有人用大力狠命拉扯。当的一声，狼镝将那老翁死死钉在他身后的吊脚小楼上。

老人尚未断气。他呻吟着，双手用力扯开衣襟，霎时间数十个香木打造的木盒纷纷落地。盒盖落地松开，柔软爬虫与带翅飞虫登时得了自由。

阮不奇狠狠骂了一声："浑球蛋子，你还是没射准！"

她向来是不怕虫子的，但见到章漠被蛊虫害得生不如死，日夜痛苦煎熬，不禁也起了畏怯之心，连退几步。

吊脚小楼上又窜出几个黑衣炼药人，阮不奇看看地上蛊虫，又看看楼上数人，咬牙抽出长鞭奋力一甩。楼上的炼药人被长鞭缠住双足，接连翻下楼来。贺兰砜站得高，看得十分清楚，楼中还有别的炼药人正抓起虫哨，拎着蛊瓮跑出来。

狼镝接连射出。肩背的疼痛让他不断调整自己的姿势，黑箭愈发准了，楼内三位炼药人心口中箭，瞬间断气。

贺兰砜急喘一口气，缓和背部的疼痛。他再次搭弓，这回瞄准的是谷中正要朝阮不奇发动攻势的虫子。

"阮不奇！上来！"射出数支箭之后，贺兰砜冲阮不奇大吼，"我要放鲛油了！"

阮不奇收鞭，跨过驱虫药草，飞快攀上山崖。回头再看时惊讶地发现蛊虫没有追逐她，反而围在炼药人尸身上啃噬伤口。

贺兰砜扔出数个小瓶子，瓶子在雨中翻滚打转，朝药谷落下。阮不奇趴在湿漉漉的山崖上，手心脚底灌注内力，牢牢吸紧山壁，空着的另一只手抽出长鞭，打向空中的瓷瓶。

长鞭内嵌铁丝，铮然有声，击中瓷瓶后鞭尾回甩，铁与铁碰击，溅出火花。

空中轰地燃起一片大火！大火如烧着的云落入药谷之中。药谷已经积满浅水，鲛油不沉，迅速烧成一片。阮不奇回到贺兰砜身边时，身后的药谷已是一片熊熊烈火。

“你在这儿等着，火灭之后再清理剩余的虫子。”贺兰砜把擒月弓与箭筒背在背上，“我去象宫。”

赤燕象宫内，竹叶被骤雨打得哗哗作响。靳岄放弃了纸伞，披一件兜帽长袍，带着几个士兵往象所走去。象所之中，圣象嘶吼痛呼的声音惊人惨烈。无数奉象使从象宫各处跑至象所，面面相觑，满脸困惑。圣象脾性温顺，他们从未见过它们发出如此可怖的声音。

“广仁王是怎么嘱咐你们的？”靳岄低声问身后的士兵。

士兵便把不久前才说过的话又重复了一遍：“广仁王对小将军筹划之事一无所知。只是我等受广仁王派遣，誓死保护小将军安全。小将军脱离象宫后，我们便不再追随。”

象所中，数头圣象趴在地上，不断呕吐。它们吐出的东西恶臭难闻，尽是一团团的破絮状污物，仔细看去，那竟是无数纠缠虬结成团的细小虫子。

奉象使惊呼四散，岩罕与玉姜提着火油奔去，泼油、点火，一气呵成。

圣象吐出蛊虫，不住喘气，急急忙忙喝下水后又继续呕吐，吐出的东西渐渐清澈，呻吟之声也不再响起。

象宫中值守的赤燕士兵过来围观，议论纷纷。此时风暴已经愈发接近，山中树木疯狂摇晃，风声如同异兽怪哭，呼呼不绝。

岩罕与玉姜回到靳岄身边，齐齐看着他。

“准备好了吗？”靳岄低声问，“此刻天摇地动，风雨交加，错过此次机会，便不会再有下次。”

玉姜点头，岩罕却问：“逃出去……我们是奉象使，一生只学过侍奉圣象与王的本事，我们能做什么？”

“当水盗吧。”靳岄笑道，“若海岸边有一个青虬帮，正等着你们这样的人加入。乘船过海，江岸打鱼，不比服侍圣象有趣？”他扯了扯兜帽：“行动吧。”

广仁王的士兵此时突然与赤燕士兵起了争执，有的说被踩了脚，有的说被吐了唾沫。赤燕士兵虽不明就里，但本来就对大瑀士兵存着敌意，双方争吵的声音极大，一时间盖过了象所中的其他声响。

靳岍与岩罕、玉姜走向兄妹俩最亲近的那头圣象。圣象吐出腹中异物，尚有几分虚弱。玉姜抚摸它的大耳朵，圣象眨眨眼睛，温柔地看着眼前三人。岩罕先爬上象背，随后扔下绳梯，让靳岍攀爬上去。

“我们带你逃跑，好不好？”玉姜挠了挠圣象的鼻子。圣象听不懂她的话，但知道这个动作的意思，很快用长鼻卷起玉姜，将她稳稳放在自己背上。

赤燕士兵终于发现不妥，几人呼喝着要冲入象所。广仁王士兵不住阻拦，象所中的其他奉象使察觉异样，纷纷后退。

“走吧木旦！”岩罕高呼圣象的名字，在它右耳上端狠狠一拍。

木旦伸直鼻子长啸，忽然奋起四蹄往前猛冲！它是这座象宫诸象之首，一呼百应，象所中其余圣象紧跟其后，巨大四蹄踏动地面，山峦峡谷似乎也在这天摇地动的风暴之中颤抖起来。

一声巨响！木旦撞破了已被陈霜与阮不奇震松的墙壁！

无数砂石迸溅，岩罕高声怪笑，靳岍抓起长袍护住玉姜。群象一步未停，宫墙接二连三崩塌。风暴呼啸，卷起石块打在众人头脸上。冲破宫墙的圣象一路撞倒无数山木，靳岍只觉得身躯不停震动摇晃，他眼前旋转，要不是玉姜拉住自己，只怕立刻就要滑下去。

身后是追逐的赤燕士兵和假装一同追逐的广仁王士兵。靳岍和玉姜回头看去，象宫的高墙几乎全部倒塌，象所中呆立的奉象使们开始三三两两往外奔逃。雨势越来越大，砸在人脑袋上仿似石子，没有任何东西遮挡的奉象使自象宫四散而去，尖叫声和呼喊声从身后不断传来。

靳岍心脏怦怦直跳，玉姜拉了拉他的衣袖：“我们现在去海边吗？”

“不。”靳岍大笑一声，胸口中有无边无尽的畅快洒脱，“岩罕，我们去王宫！”

顶着风暴与狂雨一路进发，终于抵达赤燕王宫。

宋怀章在宫中与赤燕王一同饮酒。赤燕王与王妃对靳岍一家人十分好奇，问了不少问题，宋怀章正着力解释何谓瑜亮之争。

赤燕王宫外，四头圣象放慢了脚步。木旦背上坐着岩罕兄妹与靳岍，圣象身躯巨大，赤燕王宫的士兵已经发现异样，吹起了号角。

岩罕和玉姜都是赤燕人，立刻因畏惧而扭头看靳岄。靳岄指着宫墙的一处：“撞过去。”

只要撞破那里，就可以救出岑静书。

岩罕：“那是赤燕的王宫！”

换作以往，靳岄可能会想出九十九种说服岩罕的方式。他知道自己脑子转得快，舌头也灵活，相处多日更是已经摸清楚了岩罕的性格，不然也不会选择这对兄妹来实施计划。但现在坐在圣象背上，坐在这雨僝风僽的密林中，他忽然不想再用任何智计。圣象脱困而出的那一瞬间令他心情爽畅，想起与贺兰砜骑马在驰望原上奔驰的日子。那是无可名状的自由和快乐。

靳岄盯着岩罕，微微一笑：“你还能回头吗，岩罕？”

岩罕脸色发白，嘴唇嚅动。靳岄继续道：“你劫走圣象，破坏象宫，已经不能再当奉象使。你们无路可去了，岩罕，玉姜。撞过去，狠狠撞过去！”他指着被暴雨打湿的宫墙，声音是前所未有的疯狂与有力——

“撞碎这一切！像人一样，光明正大在这世间活下去！”

圣象扬起长鼻，长声嘶吼。岩罕还在犹豫，玉姜却从靳岄身边蹿了过去，双手同时在木旦耳上一拨——

木旦往前疾冲！

紧随其后的三头圣象蹄声如雷，长嘶之声接连不断。守在王宫周围的赤燕士兵不敢对圣象下狠手，举着长枪、铁刀踟蹰不前。终于在圣象靠近之时纷纷四散奔逃。

又是一声震天巨响！

王宫深处，赤燕王与赤燕王妃被巨响吓了一跳，酒浆从杯盏中溅出，湿透了衣裳。宋怀章当先站起：“出了什么事？”

很快有人来报：“奉象使骑着圣象，把宫墙给撞碎了！”

赤燕王脸色一变。

那人又说：“大瑀那位小将军也在圣象上。”

赤燕王当即冷笑：“宋怀章！”

宋怀章没说一句话，厉声喝道：“带我去看看！”

宫墙破碎，一地碎渣乱石，尘土浓厚。圣象停在宫廷之中，待尘烟散去，靳岄立刻看到了站在不远处笑着的岑静书。

“你果真来了。”岑静书面对这惊天动地的撞击丝毫不惧，也没有流露一丝惊讶，“广仁王说你会用一种吓人的方式来接我，原来是大象。”

靳岄跳下圣象，搀扶岑静书爬上象背。混乱过后，他已经听见了士兵围拢的声音。来不及多说，他立刻让玉姜和岩罕驱使圣象离开。玉姜护着岑静书，岩罕破罐子破摔般狠狠一拍象头，长喝一声。木旦又扬鼻嘶吼，圣象一头接一头从豁口退出。

岑静书从未骑过大象，更没见过这样的景象。她不觉得怕，反倒惊奇地“嗬”了一声：“岄儿，这可真有趣。”

宋怀章等人带着赤燕士兵冲了进来。靳岄抄起从地上捡的一把弓，搭上木箭直指宋怀章。

“放我们走！”他厉声道，“宋怀章，我敬佩你，不想与你起冲突。”

宋怀章哪里管他，大手对身后南军士兵一挥：“把人给我揪下来！”

话音刚落，身边众人忽然惊呼：一支木箭破空而来，恰好击在宋怀章肩膀上，擦穿了衣裳，登时溅出一串鲜血。

“靳岄！”宋怀章退了一步，大吼，“你看看我是谁！”

“若非我父亲逝世，宋怀章，你怎能骗到今日这等威望！”靳岄把那弓抬手一扔，“箭上淬了毒，你自求多福吧！”

赤燕王与王妃俱是一惊，宋怀章作势软了膝盖。南军士兵只顾着护卫自己的统领，哪里还管得了追不追击。一时间，急追在象队之后的全是赤燕士兵。

“我们现在去哪里？！”岩罕破声大吼，“给我指路！”

圣象在密林中横冲直撞，靳岄跪在象背上，与岩罕并肩，指着右前方：“往那边跑。”

“你疯了！”岩罕不肯，“那是赤燕陵墓的方向！有守军！”

“没有了。”靳岄抹了一把脸上的雨水，这骤雨令他脸颊和眼睛都疼，“广仁王已经帮我们把这条路清理干净。”

玉姜立刻指挥圣象转向，巨象四足发出震撼天地的轰然巨响，往赤燕陵墓的方向奔去。

“那个人，不是坏的吗？”玉姜完全不明白，“他帮了我们，你为什么要用毒箭射他？”

“普通的箭而已。”靳岄回头对她一笑，“而且他只能算是半个坏人。”

他忽然看见了母亲脸上的笑容。这狂风暴雨丝毫没令顺仪帝姬畏惧，她披着陈旧的蓑衣，钗环已不知丢到了哪里，只有手上一串刻着白梅燕的金环彰显着她的尊贵身份。

“峋儿，大象原来这样有意思。”岑静书笑道，“我在赤燕待了这么久，还是头一回遇到这种飓风，真是吓人。”

玉姜低声道：“吓人……那你还笑？”

岑静书揽着她的肩膀：“我心里快活，自然就笑了。”

靳峋想起幼时与母亲在封狐城外雪原策马驰骋时，她也是这样的快活表情。这儿的天好大——他的母亲，本来就是会为这种事情欢喜的性子。

象队身后忽然传来几声古怪声响。落在最后的一头圣象似乎被什么刺中，没跑多久它便倒了。“岩罕！”靳峋吃惊道，“怎么回事！”

“赤燕的吹箭队！”岩罕一张脸白了，“那是毒箭！护好自己，别被箭射中……”

岩罕话音刚落，靳峋便看见身后跃起一个浑身绘彩的人。那人动作飞快，如一只动物攀在树上，抓起箭筒朝岩罕奋力一吹。竹箭疾飞而来，靳峋扑过去把岑静书与玉姜按倒，岩罕最为灵活，翻身躲过。靳峋起身，却觉得耳郭有些黏腻，抬手一摸，雨水混着血水。

“小将军！你中箭了！”玉姜连忙去拉他。

靳峋霎时间只觉得天旋地转，狂风太急，雨水太重，他在象背上晃动，抓不紧玉姜和母亲的手。

在他从象背上倒下的瞬间，前方看不清去路的密雨狂风被撕裂了。一支高辛铁铸造的黑箭射破水雾与风云，刺入那吹箭人额头！

马儿一声长嘶，腾空越过低矮丛林。靳峋在混沌中只感到腰上忽然一紧，随即自己便被揽入一个温暖的怀抱中。

吹箭上的毒素令靳峋浑浑噩噩，唇舌发麻，只顾得上回头抓住贺兰砜的衣襟。

飞霄越过圣象，直冲方才从树上掉下来的吹箭人而去。贺兰砜在吹箭人腰间找出绿色小竹筒，从中倒出两颗褐色药丸。他先自己吃了一颗，片刻后察觉无异，才把另一颗喂进靳峋口中。趁靳峋吞咽药丸的空隙，他低声道：“别怕，我来了。”

追来的赤燕士兵渐渐逼近，圣象背上的岩罕等人一直奋力驱赶大象往前跑，隐隐传来呼唤靳岄的声音。外间杂音贺兰砜全当作没听到，他只关注靳岄吃下药丸是否好转。直到靳岄呼吸渐渐平顺，他跨上马背，让靳岄靠在自己身前，搭弓回身，连珠般射出数箭，暂且逼退了追兵。

飞霄撒开四蹄，奋起疾奔，四面八方风雨如磐。贺兰砜听见靳岄说话，因声音含糊，仍是听不清。他拉了拉靳岄的兜帽把他遮盖好，应道：“我很好。”

跑了一段，他发现大象停在前方。贺兰砜勒停飞霄，先看到的是象背上一位大瑀妇人朝自己投来的眼神。

岑静书上下打量他，用手挡着雨水大声问：“贺兰砜？”

贺兰砜登时明白，此人应该是靳岄的母亲。他默默点头，不知道怎么回应，问道：“怎么停下了？不识路？”

“靳岄说往这边走，可前方是赤燕王族陵墓，我们这等人不能随便进入。”岩罕按住玉姜的手，不让她驱使大象行动，“若是擅闯，会被巨石砸中……”

“是吗？”贺兰砜双腿一夹，驱马往前而去。

他分不清什么陵墓，只晓得这是一处极幽深的峡谷，谷中雾气弥漫，树木于风雨中疯狂摇动。他不理会身后岩罕的大喊大叫，消失在谷中。

岑静书转头问：“你们不打算进去，是吗？放我下去吧，我自己走。”

玉姜哪里肯让她独自前行，她猛地推开岩罕，喊道：“哥哥！我们偷走了圣象，我们已经不能做奉象使了！你还怕什么！”

她拍拍木旦的耳朵，木旦稳步朝前，带着其余的圣象走入深谷。

谷中没有想象中的赤燕士兵，往前走了一段，风雨声仿佛被高耸岩壁与林木隔绝在遥远的地方，只隐约听见雷声隆隆。前行片刻，便看见雨雾中露出一角白石飞檐。

赤燕王族的陵墓均以白石砌就，三三两两坐落在谷中。赤燕士兵不敢进入此谷，在谷外叫骂。岑静书回头去看，忽听一片惊天动地的巨响，随即便见泥尘扬起，天地间只剩风雨声而已。

“山塌了。”玉姜惨白着脸，“把人都给埋了。”

岑静书抱住她的肩膀，低声安慰。

再抬头时，浓雾中出现一队赤燕士兵打扮的人，三人全都一惊。但那一队兵丁整齐直立，齐齐朝圣象行礼："靳夫人，我等乃广仁王属下，在此恭候多时。"

宋怀章嘴上说着不愿意帮靳岄，但靳岄提到这个计策可将母亲一并带走，并且可扰乱赤燕内局，帮他松缓边境态势后，他细细地听完了整个计划。

这个计划如此不缜密，几乎让宋怀章在听完的那一刻就断言"不可行"。宋怀章行事谨慎，没有万全把握，他不可能做出行动。但靳岄与他截然相反，不会放过任何可利用的机会。他一生中无数次脱离注定的命运、违抗写定的生死，凭借的全是瞬间生出的念头与转瞬即逝的机遇。

靳岄与宋怀章太不一样。他没有宋怀章那样的条件，可以细细把未来与命途逐一思量，也没有宋怀章那样的身份地位，只要宋怀章想，他就必定有借力的东西，或者是家族的势力，或者是他手握的兵权——靳岄什么都没有。

靳岄铁了心要在飓风天里出逃。宋怀章思索犹豫，最终点头，答应提供少许帮助。商议结束时，他突然叹道："岑融不可能控制你这样的人。即便用高辛邪狼或是你母亲来威胁，也只能换得你片刻的假装顺从。靳明照的孩子，骨子里没有半分服从与温顺。岑融和你相识多年，竟然从未看清。"

靳岄惊讶于宋怀章竟如此直接坦率，而在这句话之后，宋怀章便拂袖而去，没有给靳岄任何回应与感激的机会。

陵谷中驻守的赤燕士兵已经全部被控制。这里是赤燕的禁地，寻常百姓根本不敢靠近，岩罕自从进了陵谷便彻底沉默，只抱着脑袋叹气。岑静书找到了歇在角落的贺兰砜和靳岄。靳岄吃了那药丸很快精神起来，倒是贺兰砜趴在地上吐了半天，一张脸发青。他也不说自己吃了什么，只坐在靳岄身边，让他靠着自己。岑静书见靳岄无恙，转头笑眯眯地看贺兰砜，把贺兰砜看得害羞起来。

他挠挠下巴，一双狼瞳左顾右盼，之前在靳云英面前的怡然自得完全消失。面对姐姐与面对母亲完全是两种不同的感受。尤其在看着岑静书的时候，贺兰砜会想起已经忘记了的自己的阿妈。他看岑静书与靳岄温柔说话，心想，原来天底下所有的阿妈，讲话的语气都是差不多的。

靳岄已经跟岑静书说过贺兰砜的事情。贺兰砜别别扭扭，相当拘谨。

"高辛人都这么傻吗？"岑静书笑着问，"你还有个哥哥？"

贺兰砜点头。

“你哥哥和你长得像吗？”

贺兰砜又点头。

靳岄看着他笑：“你平时话不是挺多吗？”

陵谷山壁高耸，风雨难进。在这难得的安稳时光中，靳岄听见岩罕和玉姜正小声争执。他和贺兰砜起身走到两人身边，两人正为如何处理圣象犯愁。

兄妹俩像两只因紧张和恐惧而疲惫不堪的小兽。与岩罕的焦灼不同，玉姜倒是带着几分兴奋。她迫不及待地想去看看青虬帮的大船。

“你们都同我们一块儿走吗？”靳岄说，“等风雨平息，我们会离开陵谷，去海门镇找青虬帮。我答应过的，会让你们俩脱离奉象使身份，你们在海门镇生活也好，随青虬帮出海过江也好，悉听尊便。”

兄妹俩互看一眼，玉姜应道：“我同你走。”

岩罕：“玉姜！”

玉姜：“小将军，我想离开赤燕。”

靳岄微微点头：“岩罕，你什么打算？”

圣象在谷内三三两两分散而立，慢慢地咀嚼谷中草木。陵墓周围绿意葱茏，看着圣象啃吃祭祀的神树，岩罕只觉得心中充满了匪夷所思的感受，从脱离象宫开始，他和玉姜便被抛入一个巨大的、令人恐惧的旋涡。

他们自由了，但还根本不懂如何抉择。

“我……我带圣象走。”岩罕说，“圣象从小被喂养在象宫，我得带它们找到新的象群。如果它们被象群接受，我就离开。如果不行，我来照顾它们。”

“那你还要留在赤燕？会不会不安全？”靳岄问。

“我往西边走。西边有许多高山深谷，象群大多在那里聚集。”岩罕抹了把脸，“我们现在就走。”

他始终对停留于陵谷心怀恐惧。兄妹俩怔怔地牵着手，最后是玉姜先哭了出来。

两人自小没分开过，一腔莽撞的玉姜此时也终于感到了害怕：“哥哥……”

下定了决心的岩罕拆下圣象身上的各类外饰。饰物缀满金珠宝玉，他全塞进了玉姜手中：“你拿着，等去了海门镇，要是能换，就全都换成方便随身携带的东西。”

一旁走过的士兵笑道："这些物件若是变卖，那可就瞬间腰缠万贯了啊。"

玉姜要与岩罕分，岩罕全都不要："我是要进深山里过活的人，要这些有什么用？"

兄妹俩依依不舍地道别。岩罕抹了眼泪，骑在木旦背上，领着群象从另一端走出陵谷。

雨雾朦胧，万物影影绰绰，丛林浓郁，如同一摊墨迹，大象的身影渐渐消失在雾气中，只剩远处隐隐传来的鸣啸之声。

靳岄拍拍玉姜的肩膀，玉姜一双眼睛哭得通红。她知道在此一别，余生将难以与大哥再见一面。

岑静书揽过少女轻声安慰，等玉姜情绪稍稳才问靳岄："岄儿，我们去海门镇，之后你如何打算？"

靳岄无一丝一毫的犹豫："去封狐城。"

岑静书吃惊："你要做什么？"

靳岄面色平静："我要让岑煅成为万人之上。"

第五章

风平

封狐城，西北军军部。

白雀关外，金羌军队已经列出精兵，沿边境线排布，战旗翻滚。与金羌的议和条件最终不能谈拢。最大的障碍便是已经割让给北戎的封狐城北废城。北戎不肯让出，金羌不肯放弃，两方指责大瑀，大瑀做缩头乌龟，一声不吭。

岑煅已经做好应战准备，但萦绕在西北军上空的阴云并不能消散——西北军自靳明照统领之后，从未有过败绩，两年前的惨败令所有人心有余悸。岑煅军功不显著，又是皇家血脉，军中对他半信半疑之人仍旧很多。

岑煅与宁元成正在细看军报，门外奏报，仙门有信送来。

送信前来的人不是军中信使，而是明夜堂的帮众。他亲手将信交到岑煅手中，甚至不肯让宁元成接手。看完那信，岑煅立刻把信笺烧了，向那人道谢，亲自送他到门口。

宁元成："这信里有靳岄的消息吗？"

"没有。"岑煅想了想，低声道，"是夏侯信写的。"

宁元成目瞪口呆："他……将军认识他？"

"我不认得，但靳岄认得。"岑煅推窗看院中景色，低声道，"靳岄给我写过一封信，信中提及夏侯信，并且问我是否敢实现野心。"

宁元成喉结一动，忙站到窗前。他不出声，只细细听周围声音，确定周围无人才用近乎耳语般的声音问："可……那时你已经是玹王，官家登基，一切尘埃落定。”

岑煅沉默片刻，低声道：“总之，靳岄提醒我，夏侯信其人谙熟吏道，可堪一用……我没想到，夏侯信竟会主动给我来信。”

此时的赤燕，飓风已经过去，天气酷热如常，沉闷难耐。姑姥山的山崖上，岑静书与靳岄坐着看风景说话。

“先皇之死疑点重重。我至今不相信他会立岑融为帝。”靳岄说，“岑煅没有争抢之心，但他若是知道先皇因岑融而死，必定大怒。”

“煅儿与先皇感情其实不深。”岑静书接话道，“但他这孩子心气耿直，最看不得这些乌七八糟的事情……岄儿，现在还不确定先皇驾崩的真相，你要骗岑煅？”

“我此前指望岑融为父亲平反，但岑融已经不可信任。岑煅若是上位，他定能为父亲和靳家洗清冤情。”靳岄道，“我不骗他，只是借助他的力量。”

“你不必做到如此地步。”岑静书握着他的手，“娘亲也不愿看你再为这些事情奔忙，丢下这些，平静生活去吧。”

“娘仍想去白雀关外找爹爹的坟冢吗？”

“当然。”岑静书说。

“我也一样。心中有这样一件事，哪里会有什么平静生活？”

岑静书忽然明白，她的孩子已经无法再被这些柔情劝动。这两年足够让靳岄飞速长大。岑静书先觉欣慰，随后忍不住又垂下泪来。她也曾是孩子，她知道一个孩子脱胎换骨，需要经历怎样的痛苦。

岑静书不再试图劝服靳岄：“你想做的事情，要娘亲帮你吗？”

“娘和姐姐好好的，我心里就满足了。”

岑静书岔开话题，与他聊起贺兰砜。

贺兰砜正帮青虬帮的水盗打扫飓风扫过的吞龙口。他抬头望向高处，看见靳岄和岑静书正在说笑，却不知道二人谈的什么。他把岸上搁浅的死鱼收拾好时，郑舞与陈霜正好回到这儿。

两人原本早就该离开药谷，无奈药谷周围山石崩塌，道路全被堵上了。若只有陈霜一人，自然脱身容易，可郑舞不懂轻功，又不肯让陈霜背他，所以足足耽误了数日。陈霜心头恼火，若不是临行前章漠和岳莲楼叮嘱他照顾郑舞，他早把人丢下了。

郑舞眼角余光瞥见吞龙口角落怯怯站着一个少女，面色一变："怎么有女人在这儿？赶走赶走。"

琼周水帮十分忌讳女人上船，因觉得女人是不洁之物。那少女一身赤燕奉象使打扮，却丝毫不畏惧他："她也是女的，她怎么就能上船？"

玉姜指着贝夫人。贝夫人悠然地笑，等待郑舞回答。

"她年纪大，我尊重长者。"郑舞粗暴道，"你这么小，行什么船！走走走，去海门镇找个地方，自己过活去。"

话音刚落，阮不奇从山崖上翻进吞龙口。她熟门熟路，落地后也不跟谁打招呼，她只记挂靳岄和章漠，嗖的一声钻进船舱。

郑舞："……"

玉姜："那她呢？她跟我年纪差不多！"

郑舞："她是老妖婆。"

说完他回头找陈霜，却发现陈霜也钻进了船舱。青虬帮这大船原本属他所有，如今却被明夜堂这些山匪自由出入，仿若无人之境，郑舞气得脸都白了。

陈霜和阮不奇一前一后来到舱内。章漠正拿着几本册子坐在桌边详看，面色凝重。岳莲楼在他对面正襟危坐，一声不吭，是个听训的姿势。阮不奇捏着章漠的胳膊和脸："堂主你好了吗？蛊子都吐出来了吗？"

飓风来时，陪在章漠身边的只有岳莲楼。两人转移到海门镇住下，岳莲楼只能根据章漠的状态来判断陈霜与郑舞是否已经找到炼药人所在之处。

章漠腹痛剧烈，岳莲楼怕他咬伤自己的舌头，硬把胳膊塞进章漠齿间，被咬得血肉模糊。章漠最后吐出不少秽物，岳莲楼看得毛骨悚然。足足折腾两日，章漠才在他的照顾下恢复些许元气，并能顺利喝下水去。

之后便是飓风平息，众人回到吞龙口，终于见到靳岄。靳岄得知章漠为了寻找岑静书竟然受了这样的苦，忍不住抱着他痛哭。此时阮不奇也要哭了，边哭边骂："都是岳莲楼害的！"

岳莲楼百口莫辩，悻悻闭嘴。

得知靳岄平安归来，陈霜自然也松了一口气，他看向章漠手中册子，发现是青虬帮的账簿记录。

"我早知道你爱胡作非为。这次你是为了救我，但……把琼周水帮引入列星江，实在是绝无可能之事。"章漠对岳莲楼说，"列星江水帮与海上水帮年年都在入海口争抢，江与海，不同的生意，向来互不干涉。你把青虬帮带进列星江，以后怎么办？你依托的还是明夜堂的身份，这让明夜堂如何自处？"

阮不奇听得半懂，总之责骂岳莲楼是没有错的："又是你岳莲楼！堂主好不容易才恢复，你又惹他生气！"

岳莲楼自知理亏，一声不响，只对着章漠笑。

章漠没法责备他，长叹一声："净给我惹麻烦。"

陈霜问："一点儿可能也没有吗？"

"唯一的路子便是送上拜门银帖，或许还有几分可能，但青虬帮太穷了。"章漠断然道，"想在列星江经营生意，总要一些敲门的银两。青虬帮一年收入还不足列星江水帮一个月的数目，这如何能打动他们？江上水帮也讲仁义，但不能无端端同你讲仁义。唯有银钱才能打动他们，这一步走通了，以后便能顺利一些。"

陈霜："郑舞和贝夫人这次帮了明夜堂大忙，这笔钱明夜堂给他们出了吧。"

章漠："不成。明夜堂只能引见。我们与列星江水帮素来和平共处，不犯边际。若水帮知道明夜堂给青虬帮出拜门的银钱，明夜堂只怕说不清楚。"

陈霜眨眨眼睛。他心里冒出一个念头：堂主唯有在处理岳莲楼与靳家的事情时才会不计代价，别的事儿，堂主还是那个堂主。

正商量着，外头吵吵嚷嚷，郑舞拎着玉姜冲进来，靳岄和贺兰砜也紧随其后，窄小船舱霎时间被塞得满满当当。

"青虬帮与明夜堂互相帮忙，各有所求。"郑舞把玉姜扔在地上，"但女人就是不能上我的船！"

他看着阮不奇："我打不过你，我没办法，但这个女子是赤燕的奉象使。我不允许她进入青虬帮！"

玉姜紧咬嘴唇，靳岄冷冷一哼："就你这样的水帮还想去列星江？你怕是不知道，列星江最大的水帮把头，便是女人。"

"那我不管，青虬帮的规矩就是这样，不能坏。"

这时章漠开口道："郑老大，这两位都是我明夜堂的客人，有什么得罪之处请你海涵。我方才算过青虬帮这几年的收入，怕是还远远不足以打动列星江水帮的人。”

郑舞愣了：“我有三百两银子。”

章漠：“至少得要千两。”

郑舞愣了片刻，指着岳莲楼：“骗子！”

岳莲楼默默垂头。

舱内一时沉寂，只剩郑舞愤怒的呼吸。这时靳岍忽然开口：“你答应收下这位奉象使，让她在你们青虬帮当一个最普通的船工，我便告诉你如何在一日之内取得千两甚至更多银子。”

郑舞：“你又是谁？你说话算什么？”

他意识到身边的贺兰砜霎时流露出了强烈不满，但此时心中正愤怒着，根本顾不上贺兰砜的反应。“你们大瑀人说话不算数，爱骗人。我只信这个头子。”他指着章漠，“你们可是答应过我，我帮你解决蛊虫，你把我青虬帮带去列星江！”

章漠：“他是我最尊贵的客人，他说话自然算数，也绝对可靠。”

岳莲楼嘀咕：“比我可靠百倍吧。”

“你倒有自知之明。”郑舞顶了他一句，回头打量靳岍。他看不出这个瘦弱的大瑀男子有什么可取之处，也没察觉他身上有陈霜、岳莲楼等人的武学之气，他冷哼道：“你有什么办法？”

“她叫玉姜，你是否答应让她加入青虬帮，当你的船工？”

郑舞怒道：“好吧！我答应又如何？你能给我变出千两银子吗？”

靳岍点点头，对玉姜说：“玉姜，你哥哥给你的那些东西，挑你舍不得的留下，其余都给你的船老大。”

玉姜从船舱角落里拖出一包东西，拆开后，那耀眼光亮霎时闪得郑舞睁不开眼睛。数头圣象身上的珠宝，金丝银线织就的精美绳毯，编缀大颗明珠的纯金细网，全都摊在郑舞面前。

郑舞：“……”

他忙将玉姜从地上拉起，亲热道：“这位赤燕妹妹，真是不错！”

“郑舞这人不坏，有股子古怪江湖气。”贺兰砜说，“人倒是有趣的。”

他看看靳岄，又说：“你若讨厌他，也行。”

靳岄笑了：“不讨厌，也谈不上喜欢。反正到了仙门，我们便分道扬镳了。”

两人坐在吞龙口的岩石上，一边吃着烤鱼，一边看辽阔水景。青虬帮的人今夜举行宴会，彻夜狂欢，玉姜被郑舞奉为座上宾，与贝夫人共享一张桌子，好吃好喝的如流水般端到她面前去。玉姜没受过这样的礼遇，坐都坐不稳，一直想溜到甲板上跪着吃饭。郑舞拉她两次，骂了一顿，她才乖乖坐下。

船上热闹非凡，靳岄却只想在角落里跟贺兰砜说些话。

因赤燕炎热，贺兰砜背上的伤口又沾了雨水，还因贸然拉弓，隐隐有发热之势。贝夫人责骂之后，命他在伤口痊愈前不得再穿上衣，贺兰砜便一直赤裸上身，倒也轻松快乐。

只是这样一来，他背上那四处狰狞伤口便一览无余。

贺兰砜本不想细谈这些伤口是如何造成的，但他明白靳岄很想知道。他受刑时靳岄不在，现在细说这个过程，靳岄便如同与他一起经历了那锥心刺骨之痛一样。受刑时，贺兰砜有几回怀疑自己已经死了。痛楚原来是不可能麻木的，他仍知道痛，感觉到痛，但他喊不出声，手脚也根本无法动弹。除了呼吸，他再不能做其他任何动作。

“听说这刑具是高辛铁打造的。”贺兰砜笑道，“或许它知道我是什么人，所以没有真的把我折磨死。”

靳岄只是听着，黑眼睛里掠过恨，也掠过疼痛和愧疚。贺兰砜轻声道：“都过去了。我现在很好。”

他知道靳岄为何愧疚：“不是你的错。”

“我很记仇。”靳岄闷声闷气地说，“我要让岑融付出预想不到的代价。”

贺兰砜不喜欢靳岄总把这些挂在嘴边。因为这一遭意料之外的分别和自己的伤，靳岄变得和以往不一样了。贺兰砜口讷，不知道怎么形容，他只是感到靳岄的心里多了一处暗伤，就像自己背上的伤口一样难以愈合。甚至表面看去平滑了，按下去，仍能流出血来。

他扔了手里的烤鱼串，拉着靳岄跳进水里。夜间的海水冰凉舒适，两人踩着石块往前走。贺兰砜半身浸在水里，靳岄紧张地劝他尽快上岸，以免伤口又有不妥。贺兰砜丝毫不在意这种事情，他看着天顶的弯月。

海如此辽阔，令他想起春风中绿意盎然的驰望原。

"我喜欢这里。"贺兰砜对靳岄说，"吃什么样的苦，受什么样的刑，我全都不怕。世上没有比现在更令我欢喜的时刻。"

这一夜彻夜疯狂饮酒舞乐，岳莲楼久违地来了兴致，从海门镇偷来女子衣衫，干起自己的老本行。几支舞跳下来，几乎征服了整个青虬帮。

第二日，岳莲楼去海门镇还衣裳。他在姑姥山山道上看见几个身材高大之人正在问路。那些人操着一口带大瑀口音的赤燕话，岳莲楼掠过去一问，为首那位上下打量他，自报家门："你是大瑀明夜堂的人？我找的就是你们。我乃宋怀章，专程来见靳岄和顺仪帝姬。"

靳岄射向宋怀章的那一箭只令他受了皮肉之伤，箭上自然也没有什么蛊虫之毒，很快被赤燕王宫的医者识破。赤燕王自然知道靳岄逃离和宋怀章有关，他勃然大怒，立刻将宋怀章赶出了王宫。

圣象逃离和象宫崩塌还在其次，数日后应该给圣象喂食新蛊的象宫的人纷纷来报，炼药人的药谷一片狼藉，满谷死人死虫。没有新蛊，圣象们因疼痛不住吼叫翻滚，无法制服，还有不断冲撞象宫宫墙，最终逃离的。

圣象是赤燕人信奉的神，圣象癫狂是为不祥之兆，如今流言如大水一样在赤燕土地上漫延。

"现今你们想从边境离开，困难重重。"见到靳岄后，宋怀章开门见山，"想别的路子吧。"

"多谢提醒。"靳岄坦言，"我们将乘船离开，沿海岸向北，直到进入沈水的入海口。"

"你早有打算？"宋怀章双眸微微眯起，"除了我之外，还盘算了别的通路。"

"事关这么多人的性命，我不能不谨慎。"靳岄笑道。

"走了。"宋怀章起身，"我最后还有一份礼，就当送给你和你娘亲。一路顺风。"

靳岄："广仁王这样待我，不怕我对官家不利吗？"

宋怀章："你有什么本事？"

靳岄笑道："我睚眦必报。"

宋怀章伸手入怀，良久才低声道："那便让我看看，是你的本事大，还是他的本事大。”

他扔下一封信，离开青虬帮的船。越是靠近吞龙口，光线越是强烈。岑静书发现他，掩着阳光同宋怀章打招呼。她与玉姜正跟着贝夫人学撒网，忙得不亦乐乎。宋怀章不舍得离开，在吞龙口静静看了许久。

贺兰砜在船上帮郑舞修船，上到甲板便看见靳岄拿着一张纸发呆。纸上大多是贺兰砜看不懂的字，盖着红色大印，其中“贺兰砜”三字尤为硕大清晰。

“你给我的卖身契？”贺兰砜问。

靳岄不知他与郑舞聊了些什么，失笑道：“这是你的军籍。”

贺兰砜坐到他身边，半晌才反应过来：“我可以在大瑀当兵？”

“嗯。广仁王给了你军籍。”靳岄折好放回信封中，交到贺兰砜手里，“他是大瑀唯一一个可以自行招募士兵的藩王。有他亲自签章盖印，你从此便有了大瑀士兵的军籍。广仁王没写明你从军之地，等我们到了封狐，岑煅填好这空白之处，你便可以跟他一块儿上阵杀敌了。”

贺兰砜抓起那封信，跳下甲板，往吞龙口奔去。宋怀章还在跟岑静书说着话，忽然便被吓了一跳。一个青年跑到他面前，扑通跪在水里，朝他连磕三个头。

岑静书满头雾水，宋怀章反倒流露几分倨傲。“不必谢我，起来吧。”他说，“反正也不是为了你。”

直到他走上姑姥山的山道，远远地还望见吞龙口上方的山崖上，有人骑着一匹高大的黑色骏马，身负大弓，朝海中射出箭矢。五支箭矢首尾连发，是北戎猎人道谢的礼仪。

夕阳把射箭青年光裸的身躯照亮，残阳中一双狼瞳熠熠闪光。

“要变天了。”宋怀章低笑，“真是有趣。”

八月底，青虬帮大船终于修好，顺利入水。大船载了五十多位船工与水手，外加明夜堂这个山匪窝子的人，浩浩荡荡离开吞龙口，迎着海浪往南而去。

海门镇码头上站着几位俏丽姑娘，叫骂之声不绝于耳。岳莲楼完全恢复了元气，一边坐在船顶抽烟筒，一边对身边的章漠复述：“死不要脸……欠钱不还……连船都不带老娘上……”

“行了！”章漠烦极，“我听得到。”

郑舞只当那些都是杂音，他威风凛凛地在船头跟新招募的水盗训话，末了一指站在身边的贝夫人和玉姜："这位，贝夫人，我义母。玉姜，我义妹。都记住了吗？"

船上女子不多，有水盗小心翼翼指着立在桅杆最高处的阮不奇问："那位呢？"

"老妖婆。"郑舞言简意赅，"不要惹，你们谁都打不过她。"

阮不奇听到了，但她现在心情极好，并不在意。她冲甲板上吹风的靳岄大喊："靳岄——我不要大宅子了！我要大船！"

自从在北都住过大宅子，阮不奇从此对大宅子生出执念，三不五时要求靳岄给她买间宅子。

靳岄揉揉耳朵，不应。

陈霜问："打算毁约吗？"

"我敢吗？"靳岄震惊了，"世上有谁敢毁不奇的约？我只是发愁，宅子和船都容易，就是她想要的人……"

高处果真传来阮不奇下一句话："……还有一百个美男子！"

郑舞训话完毕，来找陈霜聊天。他与陈霜有一种难言的亲近，无奈陈霜并不太搭理他，都是他自顾自地热络，不住打听陈霜过去的事情。

为了在行船途中稳定郑舞的情绪，陈霜已经将杀气压抑到极点。贺兰砜向船工学习上锚拖网，拎着一条活鱼来找靳岄。他察觉陈霜脸色极差，忙说："敢惹陈霜，郑老大是不怕死吗？"

郑舞听不懂他的话，仍笑嘻嘻地问个没完。岳莲楼生出醋意："堂主、灯爷都疼陈霜，陈霜就是明夜堂的宝贝。现在多了个郑舞，也想疼陈霜，总之没人心疼我。"

阮不奇甩下鞭子，差点打到岳莲楼背上。

"皮痒了？"她大笑，"我来疼你！"

阴阳二狩又打得不可开交，贺兰砜为了解救郑舞，插入他和陈霜之间，岔开话题："郑舞，我能看看你的刀吗？"

郑舞把背上的两柄大刀解下，交给贺兰砜。他的刀入手十分沉重，刀刃比远桑用的大刀窄，但更长。贺兰砜很感兴趣，抓起舞了几把，很快捕捉到靳岎的紧张目光。他放下刀，活动肩背，笑着对郑舞说："在我们驰望原也有用这种大刀的刀客。"

郑舞来了兴趣："驰望原也有？什么样的？也跟我说说？"

大船破浪前行，鸥鸟回转腾飞。船上人们忙忙碌碌，揍完岳莲楼的阮不奇从怀中掏出一根竹笛，吹起了清脆悠扬的曲儿。

北方天际，藏着暴雨的阴云正在堆积。

第六章

封狐

青虬帮的船沿着海岸航行了一个多月，终于在冬季来临之前进入了沈水流域。

沈水虽然只是列星江的支流，但流域宽广，大瑀境内无数百姓依赖沈水生活。沈水东面的入海口更是平坦开阔，有大瑀仅次于梁京的一片繁华城池。从未来过大瑀的琼周水盗看着沿岸风光，眼睛都要掉出来了。沈水与若海相接之处有大城四五处，其中最有名的称平澜城。平澜城的繁华热闹不下于梁京，岳莲楼和陈霜在靠岸之前先行离去，在明夜堂的平澜城分堂里拿到一张船舶证，青虬帮这艘船才得以靠岸。

郑舞起先认为自己这船已经足够大了，没料到连沈水这样的河里，举目所见也均是大船，精美恢宏，比青虬帮的威风太多。郑舞自信心受挫，不乐意下船去玩儿，贝夫人和岑静书带上玉姜与小徒弟，随水盗船工们一同走了，郑舞在船上独自烤鱼，听见章漠等人在甲板上聊天。

他凑过去细听，竟是章漠与阮不奇打算与众人辞别。

章漠离开明夜堂太久，沈灯独力支撑，实在对不住他。加上之后靳岄还有筹谋，他得回去整顿明夜堂，做好准备。岳莲楼自然立刻举手称要一同离去，但章漠瞥他一眼："你留下来陪郑舞和青虬帮，一直到青虬帮顺利进入列星江，并被列星江水帮接纳为止。"

岳莲楼不愿意："那若是水帮十年不接纳郑舞，我就在列星江上漂十年？"

章漠："正是。"

岳莲楼左右看看，没有任何一个人给他帮腔。他自知这次许下的诺言实在太大、太麻烦，只得暗暗忍下抱怨。

章漠给郑舞留岳莲楼，给靳岄留陈霜，只带了阮不奇离开。阮不奇同章漠一起行动的机会并不多，高兴得坐不住，又爬上桅杆吹竹笛。

靳岄依依不舍。章漠此次为寻找岑静书实在付出了很大代价。贝夫人把他救回来，但悄悄告诉岳莲楼等人，章漠被蛊虫折磨许久，只怕内力有失，脾脏受损，之后小病小痛不断，需多加注意。这事儿章漠心里有数，但谁都没提起，只默默藏在心里。

"陈霜会照顾好你的。"章漠从不拖泥带水，只拍拍靳岄肩膀，洒脱道，"封狐城再会。"

章漠与阮不奇在平澜城下了船。几日后，青虬帮的水盗们几乎在平澜城里花光了钱，一个个灰溜溜回到船上。平澜城街巷密集商铺林立，妓馆赌坊随处可见，是专门做水帮生意的销金窟。郑舞把情况问清楚，勃然大怒："大瑀也不是什么好地方！"当即扬帆行船。

船逆流而上，两岸景色仍旧怡人，但渐渐地出现许多古怪现象。

江边无人的村落里，有身着医者衣裳的人在焚村。巨大的熊与猛虎于林间出没，吼声震天动地，偶尔还能看到它们在岸边盯着船上的人，垂涎欲滴。空气中时不时传来恶臭，山间冒出黑烟。穿着各色奇特衣裙的人们在江滩上绕圈行走，高唱听不懂的歌谣，正在进行祭祀。

郑舞和贺兰砜都不大明白这是什么情况。靳岄解释："下游没人了。"

经过去年一场滔天大水，沈水下游受灾严重，死伤人数十余万，死尸满地，群鸦起落。无法及时收殓的尸体腐烂发臭，瘟疫盛行。人少了，山林中的猛兽行动愈发无所顾忌。高山深林中总有村庄被焚，那是因为村人已死绝，疫根却未消。而越是这种时刻，各种宗教越发兴盛，人们无法指望天子救助，只能求神拜佛，寄望于神子降世。

郑舞一脚踏在船舷上，看着江滩上跪拜哭号的人冷笑："这就是大瑀？听闻大瑀遍地宝马香车，美人美玉，现在看来不过如此，也不比琼周、赤燕好多少。那平澜城就是个大陷阱！"

靳岄袖手与他站在一起，默默点头："对，这也是大瑀。"

贺兰砜在郑舞身后说："梁京每天都有乞丐死去，饿的、冻的。"

郑舞一拍膝盖："娘的！天下果真各处都一样！"

十月底，寒风越来越猛的时候，青虬帮的船抵达了仙门城。郑舞不允许船工与水盗下船，陈霜去了明夜堂分堂打听消息，得知各分堂已经收到堂主无恙的飞信，总算放下心。

靳岄则去见了夏侯信。两人密谈许久，贺兰砜在门外守着，把听到的话全都藏在心里，陈霜怎么问都不肯讲。

一夜之后，三人回到船上，大船继续前行。越是接近列星江，郑舞越是坐不住。在最靠近梁京的码头上，贝夫人与岑静书下了船。贝夫人打算带着徒弟去梁京行医，岑静书思念女儿，三人与靳岄辞别。靳岄告知岑静书靳云英的地址，陈霜又给了她们一封信，让她们带去给明夜堂。岑静书在梁京的安全由明夜堂负责。

"我有友人名叫纪春明，是当今刑部大司寇。娘亲若是见到他，把我们的情况略微告知即可。"靳岄叮嘱，"春明可以信任，母亲不必多疑。"

岑静书一一应了："我还得去探望谢元至先生，你有什么要跟先生讲的吗？"

"不必讲了，我已托明夜堂给先生捎信。"

岑静书看着他，微微笑道："岄儿，一路保重。"

靳岄眼睛一热："娘，我会在春天回家，你和姐姐好好的，在梁京等我。"

大船离开码头，继续往北而去。进入杨河城码头当夜，靳岄、贺兰砜与陈霜正式同郑舞道别。

岳莲楼仍留在船上料理之后诸般事宜，他一颗心分作两半，一半催促他去找章漠，一半挑拨他去封狐城凑热闹。可自己胡说八道许下诺言，不能不践行。他抱住靳岄哇哇假哭："你我这样分开，以后各自生死，可怎么再见哇！"

贺兰砜把他扒拉开，警告地嘟哝几句。陈霜提醒："咱们先去分堂，堂主给你捎了点儿东西。"

杨河城分堂屋舍低矮，门庭简陋，但门前拴马石上那匹白马却如同这陋巷中错置的宝物，夺人心魄。靳岄一见，立刻欢喜地飞奔过去——是那匹贺兰砜赊账给他买下的骏马！

章漠回到梁京明夜堂后，很快在马厩里看到了这匹绝世骏马。得知这是靳岄的马，他便专门派了两位明夜堂帮众连夜启程，把马儿和冬季行李送到杨河城，等待靳岄。

那马儿脾气温顺，飞霄绕着它看来看去，鼻子一喷。白马认出靳岄与飞霄，愈发乖顺，浅金色的尾巴甩来甩去，看得靳岄心都软了。

三人骑上各自的马，在清晨城门开启之时离开杨河城，顺陆路前往封狐。

途径昌良城，贺兰砜在街上买来护佑平安的小木片，木片上刻着一个老头。靳岄和陈霜见那老头十分面熟，仔细辨认，几乎同时脱口而出："夏侯信？！"

客栈中掌柜和小二竟齐声笑起来："两位客人也知道夏侯大人？"

靳岄没料到昌良城中百姓竟用夏侯信的刻像来祈求平安。一顿饭吃下来，掌柜、小二和邻桌客人不住夸赞，那掌柜说着说着竟还哭了。他老父、老母在雪灾中冻饿而亡，幸好有夏侯信夺下军粮，他与妻儿才保住了性命。

"我们后来才晓得，那军粮是忠昭将军在白雀关打仗用的。没了这批军粮，忠昭将军人没了，白雀关也被金羌狗贼攻破。昌良人悔哇！"

靳岄才知每年都有昌良人长途跋涉到白雀关外去祭拜靳明照。百姓不知如何是好，后悔不该抢粮，不该吃粮，但生死面前，谁又能知道得这么周详？

临走时靳岄给了那掌柜一块碎银子："忠昭将军不怪你们。大瑀吏局污浊，早该涤荡了。"

三人在城外将刻有夏侯信的木牌给了流民。此次启程后不久，飘飘洒洒下起雪来。靳岄披上狐裘，几乎与马儿浑然一色。他回头看贺兰砜的模样，令贺兰砜想起自己与他初见时那张鲜明的脸庞。

"快到了。"陈霜看了看地图，"离封狐城不足百里。"

"好大的雪。"靳岄笑道，"我要带你们去看封狐城冬天最漂亮的江景，锁玉渊。"

大元初年冬季，雪来得迟，但气候极冷。这一日，封狐城守城兵士看见官道上有三匹马儿奔来，为首那位似曾相识。等靠近了，他登时睁大了眼睛：是长着狼瞳的高辛青年。

贺兰砜在他面前摘下兜帽："高辛人贺兰砜，来向封狐守将玹王报到。"

第七章

求援

贺兰砜和靳岄、陈霜刚到军部门外，宁元成便冲出来，重重在贺兰砜肩上一拍：“好哇！你可来了！”说完上下细细打量他，转着圈儿检查：“怎么听说你在梁京受了重刑，人已经没了？我与将军知道后好个伤心欲绝，哭了两场，还给你烧了些纸钱。”

贺兰砜：“怎不多烧点？我没钱。”

宁元成：“烧！算了，你这高辛邪狼，听不懂咱大瑀的笑话。”

无奈这笑话丝毫不好笑。他挠挠头，自己干笑几声，转身恭恭敬敬向靳岄、陈霜打招呼。岑煅从里头奔出，嘴角还有饼渣子。他哈哈一笑，与贺兰砜用力拥抱。

贺兰砜亮出自己的军籍，岑煅笑道：“靳岄说会给我一个大惊喜，原来竟是你！”得知军籍是广仁王给的，岑煅更是惊讶：“宋怀章不是……怎么愿意帮你们？”

靳岄一边随他往军部里走一边说：“无论上位者是谁，广仁王永远都是南军统领，他的位置不会有任何变化。他对我有恻隐之心，还有几分私心。”

岑煅：“他与官家不是一条心。”

靳岄：“他当日在宫中，面对官家把我要走，便已经做好了与官家不和的准备。但我毕竟只是个平头小百姓，掀不起什么风浪。若在赤燕落难的是宁将军，广仁王不可能放他走。”

宁元成正跟陈霜说话，闻言笑道："小将军说的什么话？我若有陈霜或贺兰砜的本事，还用得着他放？早把赤燕和南军搅得鸡飞狗跳！"

岑煅落实贺兰砜军籍之事，又张罗了一桌饭菜给他们洗尘。靳岄离开封狐十几年，此地面貌改变却不大，他十分熟悉军舍大道与军部。吃饱喝足，岑煅便带着他四处溜达。军中多是张越新招的人或从北军带来的士兵，西北军旧部并不多。岑煅每碰到一个上了年纪的人，就把靳岄拉到自己身边："还记得吗？这是靳岄！"

这一趟走下来，哭的哭，笑的笑，靳岄倒是愈发明白为什么贺兰砜会跟岑煅、宁元成当了朋友。实在是三人性情中有许多相似之处，融洽得令靳岄都有几分嫉妒。

忙乱过后，岑煅把众人请到议事堂，在墙上绑好地图，连沙盘也仔细摆放上。他玩闹归玩闹，很快收拾情绪，开始跟靳岄介绍当前战事。

如今金羌、北戎、大瑀三国均陈兵此处，势成水火，但无人轻举妄动。北戎占据封狐北城，与大瑀遥遥相望，因为废城，现在同大瑀、金羌关系都并不好；金羌与北戎争这废城，忌惮北戎和大瑀会联合起来对付自己；而大瑀同样提防着其余两国在废城一事上暗通款曲，表面仍抗争实则已经背地里达成一致，此时的宁静或许是两国为大瑀设下的陷阱。

"如此僵持已有数月。边境确实有些小打小闹的战事，大多是流兵滋扰，够不上威胁，也不能当成进犯理由。"岑煅移动沙盘上的人马，"只是不知这样的和平能维持到什么时候。"

"大瑀太被动了。"靳岄果断道，"碧山盟埋下的陷阱本来就是为了让西北军恢复元气，让大瑀北军、南军可以调兵支援。如今广仁王不肯出兵，机会完全被白白浪费了。"

岑煅欲言又止，与宁元成交换了几个眼色后，喟然长叹。

自从白雀关大败，西北军元气大伤。靳明照战亡的消息传回封狐城，无数百姓、兵丁连夜溃逃，只求活命。西北军战力损失大半，剩下的已经没了战意。喜将军率军洗劫了一次封狐城，掠走无数军备物资，更是从根子上重创西北军。后来建良英与张越从北方过来支援，张越最终留下担任统领。但他并未着力建设西北军军队，而是笼络人心，把西北军完全当作他张越，甚至是梁太师的后备军队。不少将士唯张越马首是瞻，而张越本人对抵抗外敌信心不足，应对乏术，麾下将士自然有样学样。

“喜将军当日进入封狐城，其实唯一搜检全城寻找的只有你的姐姐一家人。城中如今有各种传言，说大瑀即将放弃封狐，又说金羌军队军纪严明，从不烧杀抢掠，若让他们管理封狐，只怕比玹王更出色。”岑煅无奈笑道，“你别吃惊，这种小道信息随处可听，而且信的人不在少数。”

贺兰砜插嘴道：“说这些话的都是金羌细作吧。”

“有金羌人，也有大瑀人。”宁元成苦笑，“封狐本来是东西商道交会之处，来往的人三教九流，各色各样，复杂得很。”

“封狐城城守不做些事情吗？”靳岄问。

“城守是梁太师的学生。梁太师倒台后，他没什么动作，大概是不想多管闲事，打算安安稳稳熬过这几年，告老还乡吧。”

西北军此时对金羌发动战事，若北戎不动，西北军竭尽全力或许能有几分胜算。但岑煅实在不敢冒险。“如今能把军队调往封狐的只有北军。建良英将军年事已高，不过我相信，只要我们请求，他一定会答应。”

靳岄点头：“但岑融不会。”

北军调往西北支援，军令必须由官家签订发出，否则便是谋逆的大罪，牵连成千上万将士家族。靳岄自然也不相信岑融会调兵。岑融巴不得岑煅在封狐落败，最好就此身败名裂，一命呜呼。

岑煅却不认为三哥对自己有这样深的恨意：“只是官家主和不主战罢了，你把他想得太坏。”

靳岄不跟他争辩这个，盯着地图和沙盘发呆。没有援兵，胜率太低。这种战争是能免则免，不可强行举旗。局限条件太大，即便他想破脑袋也想不出还有什么办法。他看向岑煅，明白岑煅和自己的想法是一样的——这并非智计可以补足的缺憾，面前的选择实在太少。

或是放弃封狐，割地求和，金羌和北戎想怎么争就怎么争，他岑煅撤离封狐，也不必管沿途百姓，继续回梁京当他的玹王就行。

或是拼死一战，把西北军数万将士性命抛在这场难以获胜的战争中。他玹王可能博得一声赞誉——“誓不低头”。

以及第三条路：回梁京，用尽一切办法求岑融调兵。岑煅不信岑融恨自己，岑融却是实实在在地不愿意让岑煅再在眼前出现。岑煅若开口恳求，只怕岑融会用无数苛刻条件刁难。靳岄相信岑煅不会在意刁难的条件，只怕接受刁难了，岑融也不肯松口调兵。岑融只希望帝位坐得够牢，割几座城池换一世平安，这是一桩好买卖。

议事堂中陷入长久的沉默，靳岄和岑煅呆站在地图前，宁元成用一把小刷子把沙盘里的沙子山石归置好，一时间寂静无声。贺兰砜看看众人，问道："若有外援，能不能打？"

岑煅叹了一口气，他以为贺兰砜没有听懂："贺兰兄弟，我们没有外援。西北军……说句不好听的，连同我和封狐城，已经基本被朝中主和一派放弃了。"

贺兰砜坚持问："能不能打？"

靳岄心中一动，忙问："外援在何处？"

贺兰砜手指着沙盘上列星江北的另一端。他的指尖越过英龙山脉，一直往北而去。

"驰望原，血狼山。"贺兰砜看着岑煅，"高辛人和怒山人的军队，你要不要？"

列星江上游的古穆拉塞河在冬季几乎干涸，荒凉广袤的土地全被茫茫白雪覆盖。而白雀关和封狐城这段列星江也已经彻底冰封。从高处望去，列星江两岸高山如黑色屏障，倒映在冰面之上；冰层厚实如同巨大镜面，黑色山峦在镜中化作深渊，影影绰绰，令人生畏。

"封狐城这段江面在冬季的时候被称作'锁玉渊'。你瞧，冰河就像玉造的深渊，只有春天到了，它才会化冻，重新奔流起来。"靳岄看着山下的列星江说，"列星江化冻的声音就像火药爆炸，也像天雷巨响，响彻全城。小时候每每听见这样的雷鸣声，我便晓得，春天到了。"

玉渊一般的列星江上，陈霜身穿几乎与这冰天雪地混成一色的白色斥候服，骑着靳岄的马儿，正穿过无法被踏破的厚重冰层，离开封狐城，沿冰封的古穆拉塞河而去。

进入古穆拉塞河就进入了金羌。从金羌抄近道去血狼山，不到半个月时间。

飞雪翻卷，寒风入骨。贺兰砜眯眼远眺。他和靳岄正站在封狐城外的山巅。岑煅说若是天气晴好，从这儿可以直接望见北方的英龙山脉。他的故乡就在英龙山脉背后。

“高辛人不信缘分。”贺兰砜说，“我们信奉天神，信奉神女的预言。我们认为一切都是已经注定的，有时候我们能感受到命运的存在，它是驰望原夏季的雷雨，我们谁都躲不开。但我现在有些怀疑……”贺兰砜喃喃说，“命运和缘分，是哪个神负责推算？”

靳岄扭头看他。

“是我哥哥在血狼山酒馆千杯不醉，折服了怒山人。是朱夜点燃北都南城大火，才有我大哥誓死相陪。是我点燃了血狼山鹿头，高辛人才认我为王。是我和巴隆找回远桑，怒山人和高辛人才能结成联军。”贺兰砜目光平静，“我没见过神灵，命运也从未在我眼前现身。怒山人和高辛人能够守卫部落和血狼山，能够脱离北戎，是所有人拼死抗争才得到的荣耀。靳岄，世上原来没有神。”

寒风愈发猛烈了。他深棕色的长发被吹卷而起，狼瞳直视前方，穿着西北军军服的身体笔直挺拔。

北风从驰望原吹卷而来，它均衡公平，扫荡封狐城，也扫荡金羌大军营地。在营地后方百里之外的小镇上，喜将军雷师之正在一间小院门外徘徊。随从拿来金面具，他戴上之后才轻轻推开院门。

院中安静，他看见白霓在屋内缝补小孩衣裳，两人目光对上，各自轻轻点头。一个穿着棉袄的小孩儿在门前雪地里扑腾，看见雷师之过来，她连忙从地上爬起，怯怯看他。

“锦儿，玩雪呢？”雷师之笑着在她面前蹲下，给她拍打身上的雪末，“不冷吗？”

白霓的孩子乳名叫锦儿，她常常见到雷师之，但认不得他模样，只晓得这人总是戴一张金面具。雷师之把锦儿抱起举高，让她去够柿子树上没被鸟儿吃完的一颗干柿子。锦儿扯下了柿子，兴奋地在他怀中手舞足蹈，一不留神打落了面具。

面具下那张沟壑纵横的脸立刻一怔，忙把锦儿放到地下，去捡面具。锦儿蹲在地上歪头瞧他，眼神里没有半分恐惧、害怕和憎厌，仅是好奇。

雷师之心中一动：是了，这孩子如同白纸，不懂辨别美丑。

他从未在锦儿面前露过真容，此时拿着金面具也不想戴上了。“怕不怕？”他低声问那孩子，“叔叔脸上都是疤。”

小姑娘咯咯地笑，亮出自己手背上的一道小疤痕。这是她前几日乱跑乱跳摔伤的。“我也有！”她高兴地举起给雷师之看。

雷师之很喜欢她，笑着往疤痕上吹了一口气：“痛不痛？我帮你吹走。”

锦儿笑着和他玩在一块儿。闹得欢腾时，柔软的小手忽然抚上雷师之的脸。孩子双眼如点漆，纯真干净，嗓音天真稚嫩：“你痛不痛？”

雷师之心中如被重锤狠狠一敲，干涩眼底酸痛难当，陌生的泪潮霎时涌上来。从他被俘到成为喜将军，再到拥有今日这般超然地位，从未有人问过他痛不痛。这话现今从一个稚子口中说出，他一时间难以自抑，喉中干涩，发不出一句声音。

身后的房门打开，白霓唤了一声。锦儿立刻从雷师之怀中跳下，奔向母亲。白霓把锦儿交给奶娘，雷师之戴好面具才回头去看她。白霓对他并不热络，今日却倚在门边，主动开口：“我有一事想请教喜将军，还望将军不要隐瞒白霓。”

雷师之点头：“你说。”

白霓目光平静：“金羌细作游君山已经死了吗？”

雷师之万没料到白霓会这样问出口。他甚至不知道白霓是什么时候得知游君山真实身份的。

白霓笑笑：“迟早会知道的，只不过我觉得将军对我和锦儿有几分真心，所以白霓愿意从你这儿问答案。将军如果不想说，那便算了。”

“没错，已经死了。”雷师之不再隐瞒，“死在你的小将军靳岄设的局之中，就在去年冬天的梁京。”

白霓：“怎么死的？”

雷师之：“为靳岄所杀。”

白霓看着惨灰色的天空，雪又稀稀落落降下。“很好。”她低声道。

见她转身回房，雷师之又说：“你不想知道他究竟是什么身份吗？为何一个大瑀人，会成为金羌的细作？”

白霓迟疑片刻，对雷师之做了个请的手势。

屋内比外头温暖许多，地炉燃得正旺。茶水是烫的，几口下肚，浑身都热暖起来。雷师之与白霓分坐木桌两侧，略略说起游君山的来历。

游君山对白霓所说的话中，至少有一部分是真实的——他确实父母双亡，因而在白雀关外流浪。金羌军队常在白雀关周围抓他这样没有来历和身份的人，有的当作军队靶子来练习枪箭之术，年纪小的便留下来在军队里做些杂活，游君山这样体格健壮的男孩，不少都被选入军队之中，培养成为细作。

游君山确实是大瑀人，但他完全有一颗金羌的心魂。把异族人培养成自己的细作，最关键的第一课是让异族人摒弃对故乡的思念。金羌人用漫长的岁月锤炼了游君山对大瑀的恨意，他坚信自己的流离失所是大瑀所为，封狐原本就是金羌的土地，若不是被大瑀强占，白雀关不会出现这么多战事，他也不至于失去父母，在关外流浪。

在封狐生活的几年里，游君山有过短暂的茫然和混乱。有人喊他游大哥，有人喊他夫君，有人喊他游将军。他在世上有许多个身份，偏偏每一个都无法令他稳稳立足。他是在深渊之上脚踩薄冰的人。

白霓细细地搅拌碗中茶渣。金羌人与北戎人都喜欢喝加料的油茶，她却怎么都吃不惯。“说这些有何用？”她问，“我不想知道他过去过得多痛苦。”

“他对你的心是真的。”雷师之又道，“你若是在北都逗留时已经知道，那你一定也晓得，他常常到你房中探望你，和你说话，盼望你们的孩子——”

“那又如何？”白霓打断喜将军的话，却没有继续往下说。她怔怔看着手中茶杯，因为手上力气太大，茶杯裂开数道缝隙，碎片在她掌心划出几道痕迹。

见她兴趣不大，雷师之便不再多言。奶娘带着锦儿在门外徘徊，是孩子玩累了想睡觉。自从阮不奇走后，白霓便自己带锦儿，后来见她忙碌，雷师之又找了个奶娘，但这奶娘是金羌人，不懂说大瑀话，两人交流并不顺畅。

白霓照顾锦儿睡下，回到厅中，雷师之正要告辞。

“将军，白霓还有一个请求。”白霓忽然出声挽留，“只是这个请求或许有些过分，白霓不知将军是否会答应，心中不安，不敢开口。”

雷师之心想这倒是罕见，他有几分警惕和惊奇：“什么请求？”

“我知道如今边疆战局有变，大瑀和金羌两国都在白雀关陈兵僵持。”白霓看着他说，“我想知道战局变化，将军可否答应白霓，每日都遣人来跟我说一说？”

雷师之哑然失笑："不可能。"

"我现在在金羌完全受你控制，又有锦儿，我能做得了什么？自从阮不奇离开，你对我的监视愈发严密，平时也不允许我离开这个院子。雷师之，我就这一个要求，我想知道大瑀、封狐和白雀关，现在是什么样子，开战之后又是什么样子。我的请求不算过分！"

白霓说得激动，紧紧咬着下唇。雷师之极少见她在自己面前流露真实感情，一时间犹豫起来。

见他不答，白霓忽然后退一步，咚地朝他跪下："将军，我是大瑀人，封狐更是我的家乡。我年迈的老母亲如今生死未卜，可我相信她一定仍活着，仍在封狐等待我的消息。将军如今是金羌的将军，可我即便死在金羌，也仍是大瑀封狐人氏，我的心魂总要回归大瑀的。求将军怜悯我孤儿寡母，给我一点儿念想吧。"

离开白霓的院子时，雷师之心事重重。他唤来随从："昂车，金羌与大瑀的战争若是开始了，你常来跟白霓说说情况。不涉及机密，随便聊些战况变化即可。"

昂车不禁愣住，这要求实在太过古怪："为何是我？我虽不陪同将军上战场，但将军衣食住行均由我负责，怎么现在连……"

"我身边能说流利大瑀话的人也只有你了。"雷师之说，"两国开战，她心中慌乱，你便当作来陪她说说话吧。"

昂车笑道："将军对白霓真是好。"

雷师之笑笑："她恨我。"

昂车一怔："不会吧？我见她请你喝茶，也允许锦儿同你玩耍。"

雷师之摇摇头，转了话题："记住，每次见她，都要细细观察她的行为举止，有任何与往日不同的，必须告诉我。态度好一些，尽量让她信任你，但无论她问你要什么，都不能给，她让你捎带的东西，全都要给我看。"

昂车点头应下。

驰望原上，一匹白马风尘仆仆，穿过凛冽风雪。

从古穆拉塞河到驰望原，陈霜已经在这路上奔驰了十日。马儿疲惫，他也一样疲惫。随身所带的干粮所剩无几，他驱马在避风处停下，展开贺兰砜和靳岄所画的地图继续细看。冰天雪地中，分辨方向十分困难，好在贺兰砜熟悉这条路，细细地标注了许多路标。陈霜现在距离怒山部落不到半日路程。

陈霜在地上抓起一捧白雪，放进水囊子里，等它们化了便喝下冰水解渴。马儿在地上寻找枯败的野草，陈霜掰开一张饼子和马儿分食。他得在剩下的两张饼子吃完之前，至少见到一个活人。

风雪稍停，他立刻牵马启程。过了一条冰河之后，陈霜忽然察觉此处温度有了变化。积雪减少，迎面吹来的风里隐隐带着异常的热量。陈霜激动起来，他和马儿绕过眼前一座高山，前方苍白天空下，赫然是一座黑色的炽热山峰！

身后是冰封的土地，但越是靠近血狼山，驰望原的春天仿佛提前在此地降临。溪水从不冰冻，草原已经生出细微绿意，马儿一路走得极慢，它饿极了，看到能吃的东西便低头狂啃，浑然不管背上的陈霜如何催促。

眼前山峦一片紧接一片，陈霜骑着马儿来到一座山脚下，忽见几个异族打扮的汉子从林中跃出，冲陈霜吼了句他听不懂的话。

陈霜用北戎话询问："这是怒山部落吗？"

"是又怎么样？"为首大汉换了北戎话，手持黑色大刀，上下打量陈霜，"你不是北戎人，从哪里来的？"

"我是大瑀人。"陈霜摘下兜帽，诚恳行礼，"在下明夜堂陈霜，求见怒山部落首领远桑。"

大汉们并不放行："你认识远桑将军？你到底是什么人？"

陈霜没想到他们戒心这么重，连忙又说："我和贺兰金英也认得。"

这名字一出，大汉们面面相觑。正犹豫时，山道上传来马蹄声。陈霜还未抬头，脆生生一句欢喜的呼唤便响了起来："陈霜！"

卓卓骑着一匹黑马，满脸惊奇。她跑到山下勒停马儿，陈霜认出这是靳岄那匹四蹄洁白的踏云，一句话还没说出口，卓卓就抓住了他的外袍："只有你呀？靳岄呢？不奇姐姐呢！"

陈霜被她扯得差点掉下马去，心想，这力气、这做派，果真和阮不奇同出一脉。

有卓卓带领，陈霜顺利过了几个关卡，往怒山部落而去。卓卓比之前长大了许多，大瑀话不大利落了，北戎话、怒山话和高辛话混杂着一通乱说。陈霜想破了脑袋都想不出她像谁，心道，难怪贺兰砜每次提起卓卓，都要对阮不奇唉声叹气。换作两年前，谁都想不到阮不奇在卓卓这儿留下的最深刻印记，是卓卓使用得灵活自如的骂人的话。

两人来到部落外缘，远远地便看见一个瘦削的黑衣人背着大刀，正跟人拉拉扯扯。

“远桑将军不能走！”隆达紧紧拖着远桑，“你现在是怒山的首领，你走了，怒山……”

“我把首领之位交给你了。”远桑卡着他手腕，轻巧一拧，隆达登时痛得缩手。谁都拦不住远桑，隆达回头冲抱着个婴儿慢吞吞从部落里走出来的贺兰金英吼：“贺兰金英！拦住她啊！”

贺兰金英嘬嘴逗怀中小孩笑，很快回一句：“拦不住。”

陈霜听不懂他们说的话，但认得出远桑，连忙冲掠过自己头顶的远桑挥了挥手。远桑落地后回头，诧异打量：“明夜堂无量风？你来干什么？”

一阵忙乱，远桑不得不再次回到怒山部落。她满脸不悦，坐在营帐中阴沉凶恶，杀气腾腾。陈霜惊奇地看她。远桑剃了头发，看起来愈发英气，意识到陈霜的目光便冷冷瞥他一眼。几人挤在贺兰金英的营帐里，四周飘着甜蜜的奶香，小锅子在地炉的火上嘟嘟地煮着东西，贺兰金英把一支黑箭塞到小孩手中，但婴儿的手根本抓不紧。

“男孩吗？”陈霜问，“朱夜呢？”

“去血狼山找矿了。”贺兰金英说，“擒月弓给了贺兰砜，她连弹奏的乐器都没了，准备再打造一个。”

“废话少说，不要耽误我去大瑀。”远桑声音仍旧低哑，“这儿住得我憋闷，太没意思。我这回走之后你们就当我死了，别来找我，我不会回来。”

贺兰金英应道：“你去大瑀，也不过是杀人挣钱，这是什么好生意？”

远桑：“生意有何不对？”

陈霜笑道：“巧了这不是！我此次前来，正是应贺兰砜的要求，打算邀请远桑将军和贺兰将军去一趟大瑀。”

他三两句说明来意，还未详细说明，远桑一拍他肩膀：“好，走吧！”

陈霜：“我还没说完，如今封狐的情况……”

“我懂了。”贺兰金英突然说，“我不同意。”

陈霜沉默起来，在贺兰砜的预想里，确实是他的哥哥最难说服。

贺兰金英把婴儿放回摇床轻轻摇着，目光在陈霜脸上游移：“我们为什么要千里迢迢去帮大瑀人打金羌？”

若是一人一马日夜兼程，从怒山到封狐城至多半个多月工夫。但现在天气寒冷，雪原难行，一路上更是常有饿狼、雪崩等意外，陈霜来时艰险重重，他很明白贺兰金英的顾虑。

正要开口，贺兰金英又说：“驰望原的人冬天不出门，我们知道这雪天的可怕。血狼山周围温暖，但不代表外头没问题。你从古穆拉塞河过来，你应当知道一路风霜难熬。”

贺兰金英转头看自己的孩子，孩子已经闭眼熟睡。他放低声音：“谁的命都是命。贺兰砜别以为让你用他的名义来找我，我就会答应这种不可能的要求。从我得知他和靳岄一路之后，我就知道会有这样一天。靳岄会把他拉进旋涡里，他没有选择，也不懂选择，从小就是个傻子。他若想让我去帮忙，我随你走，自然不会犹豫，但他是要我们怒山人和高辛人的军队。陈霜，怒山人与高辛人好不容易得到一隅安宁，我为什么要把所剩无几的士兵带去封狐城，为你们大瑀人干架？”

远桑起身要说话，贺兰金英瞪她一眼，她只得咬牙坐下。

“部落士兵不多，当日与北戎军队鏖战，是我们以必死之心拼出的胜利。”贺兰金英说，“我们为了家乡可以付出鲜血和性命，那是因为我们不能后退，我们站在身魂相系的土地上。去封狐做什么？你给我一个能打动我的理由吗？”

帐中一片安静，连卓卓都不敢吭声。

她很少见到大哥这般严肃。从北戎烨台，到北都，再辗转逃到血狼山，如今终于在怒山安顿下来，她年纪虽小，却经历了常人难以承受的颠沛流离。贺兰金英的话令她沉默，土地、山脉、天空、牲畜，牧民的生活由这些东西组成，她从未思考过彼此之间要如何相连。

陈霜平静道：“贺兰将军，你可知北戎蛮军为何会突然撤离怒山边界，天君阿瓦为何会答应放过怒山和高辛？”

贺兰金英：“他们在战斗中讨不到便宜。”

陈霜笑了笑。贺兰金英一直以为他只是明夜堂的一个普通帮众，身手好一些、对待靳岄尽心尽力一些罢了。和靳岄在一块儿的时候陈霜像一个温顺听话的仆从，但如今身披寒意跪坐在营帐之中的青年，有了几分令人刮目相看的沉稳与刚健。

贺兰金英忽然想起卓卓说的一句话——阮不奇说，陈霜是个见人说人话，见鬼说鬼话的高手。

“贺兰将军方才问我能否给你一个打动你的理由，我确实有。怒山部落得以在蛮军之中保全自身，并且成功脱离北戎，成为独立的部落，你们必须感激靳岄。”陈霜说，“北戎撤军的真正原因，是靳岄当年引爆了埋在碧山盟之中的炸弹。”

此时封狐城军部中，岑煅温好一壶黄酒，正同靳岄与贺兰砜小酌谈天。窗外飘着细雪，酒香醇厚，令人舒畅。

“贺兰金英并不知道碧山盟中具体藏了什么陷阱。金羌向北戎发难的时候，正是北戎蛮军与怒山部落战事胶着之时。”靳岄说，“两相权衡，阿瓦为了保住北戎的边境，放弃了怒山部落，把蛮军调往列星江之北，与金羌、大瑀对峙。这件事贺兰金英更是无从知晓。”

这是靳岄想出的第一个理由。从贺兰金英对靳明照的感激，到贺兰金英想尽办法从北戎天君哲翁手中保下靳岄一命，靳岄知道他是一个知恩图报的人。

“我大哥并不容易说服。”贺兰砜抿了口酒，补充道，“他非常严格，也非常固执。”

宁元成端了盆热菜从外面钻进来，正好听见贺兰砜这句话。

他把热菜放在桌上，随口道：“再固执也有兄弟情。就说你身在封狐，生死攸关，急需帮助，难道他还会不来？”

靳岄和贺兰砜几乎异口同声：“他不会。”

宁元成塞了满口的肉，含糊大叫：“这是什么大哥！”

“我到大瑀来找靳岄，已经打定了不会回去的主意。”贺兰砜说，“驰望原的人认为，离开家乡远行的人是离巢的鹰，是生是死，如何过活，都是他自己的事情。”

宁元成艰难咽下口中羊肉，问：“那怎么办？”

靳岄伸出两根手指：“陈霜还有第二个理由。”

怒山营帐中一片沉默。陈霜细细说完碧山盟之中的陷阱及陷阱暴露后发生的事情，众人面面相觑，一时无人出声。

陈霜担心他们认为自己说谎，正要细谈时，贺兰金英点头道："多谢。"

"不必客气。"陈霜说，"那……"

贺兰金英："多谢归多谢，出兵不可能。我们感激靳岄的设计，阴差阳错令我们得益，我们可以用别的事情来回报，出兵着实不可以。我与你也算相识一场，我并非为难你或不顾惜靳岄与砜儿，只是我不能用怒山人的命当报恩的礼物。"

陈霜认同："我完全明白。所以我接下来说的并不是出兵之事，而是大瑀玹王岑煅的一笔生意。"

贺兰金英与远桑都是一怔："什么生意？"

陈霜："玹王要买高辛铁。"

这次是远桑先开口："大瑀不是有属国赤燕吗？赤燕有铁矿，并且一直供应大瑀，这是江湖人都知道的事情。"

"但赤燕铁的坚韧度远远不如高辛铁。"陈霜直视远桑，"玹王如今是西北军统领，贺兰将军应该知道，这个位置之前是忠昭将军靳明照的。玹王十分敬重忠昭将军，他如今在封狐领兵，继承忠昭将军遗志，誓要断绝金羌对白雀关与封狐城的觊觎之心。"

远桑和贺兰金英对了个眼色，明白了陈霜和岑煅的意思：他们需要更好的兵器，更好的蹄铁，高辛铁是最佳选择。

陈霜看出这个提议令他们心动。他趁热打铁，掏出一封信："这是大瑀玹王写给怒山首领远桑的信。信中已经写明了我们首批需要多少铁，以及我们愿意出多少银两。"

远桑接过那封信，陈霜补充道："除了银两之外，怒山有什么需要的物件、材料，玹王都会尽量满足。"

远桑拆信看完，递给贺兰金英。

军部中酒香肉香弥漫，靳岄正跟宁元成细细解释高辛铁对高辛人和怒山人的重要性。

高辛人一直依赖血狼山生存，最重要的东西就是血狼山上的矿，尤其是铁矿。高辛人炼铁、铸铁的技术在驰望原是出了名的好，贺兰砜所用的箭便是高辛铁铸就。

如今高辛人与怒山人一同生活，怒山部落地方不大，以前依赖老首领敏将军带出来的怒山部队，也算威风八面，但怒山部队在五部落之乱中被哲翁重创，如今怒山人丁稀少，已经大不如前。

即便北戎愿意放过怒山，但怒山与高辛实力不足，仍有无穷后患。

“远桑我不了解，但贺兰金英我熟悉。他为人谨慎周密，光用感情来说服他是不可能的，除非我们能给怒山人和高辛人找到新的出路。”靳岄说，“高辛人离开血狼山数十年，即便是贺兰金英与贺兰砜这样的高辛王后裔，他们对血狼山的感情也并不深厚。怒山人大多是牧民，这几十年来在北戎侵占之下苟延残喘，说一句苟且偷生并不为过。若有别的可能，他们也定会尝试，哪怕需要远走他乡。”

宁元成听得入迷：“那怎么办？我们买高辛铁，对他们有什么意义？”

“高辛铁怎么买？买到了怎么运过来？”岑煅笑道，“他们若是答应这笔生意，是不是要在血狼山和封狐城之间，开出一条新路？”

靳岄：“有路就有商人，有商人往来，便有四面通达之希望。”

宁元成狠狠一拍膝盖，他想起了封狐城之所以能建立起来的原因，同样想起了在金羌勃兰湖周围歇脚的商客。

那些在北戎、大瑀和金羌之间奔走的商人，有许多原本也是牧民。他们或者失去了故乡，或者逐利而来，渐渐地，才有了沟通各地的商道与商道上繁华的城池。

“你的意思是，让怒山人和高辛人去做生意？做什么生意？除了高辛铁，他们还有啥？”

“还有第三个理由。”靳岄蘸着酒液，在桌上草草画了一匹马。

看完了玹王的信，贺兰金英忽然发现后面还有一张纸。纸上大开大合写了几个字，落款是贺兰砜。

“要马，一百匹，给我。”

贺兰金英：“不仅买铁，还要买马？”

陈霜露出乍然想起重要事情的表情："是我疏忽了！将军，卓卓，你们还不知道贺兰砜如今是什么职位吧？"

贺兰金英皱眉："职位？他能有什么职位？靳岄的跟班？随从？马夫？"

陈霜不知为何贺兰砜在贺兰金英心中是这样一个形象，笑道："贺兰砜如今入了大瑀军籍，是玹王麾下一名校尉。"

"哦。"贺兰金英按住兴奋的卓卓，"这有什么？不过跟北戎蛮军百夫长一样。"

陈霜仍是笑着："将军听过莽云骑？"

贺兰金英心中一凛，片刻才答："知道。白雀关大战中已经全军覆没。"

陈霜："全军覆没，才需要有才能之人协助重建，贺兰砜正是绝佳人选。这也正是他向你要马的原因。"

贺兰金英微微眯起眼睛，盯紧了陈霜。他终于察觉陈霜一步步把自己引入了局中。

高辛铁的生意实在令贺兰金英心动。而若要接受这门生意，就必须要开辟一条从血狼山到封狐城的道路——只要贺兰金英领兵前往封狐城，这通路便等于是成了。

他从小在烨台部落长大，烨台是北戎五部落中距离大瑀最近的部落，也是商旅往来最多的地方。他也去过北都，见过一座城池因商业而真正繁华是什么样子。

如何稳固怒山部落？如何让北戎对怒山心生忌惮？怒山需要更多的钱，更多的兵器，更多的人丁。而这些"更多"，全都需要一个前提：怒山需要被更多的人知晓。

贺兰砜草草写就的这封信令贺兰金英生出了新的念头。

"靳岄的意思是，让怒山成为连通北戎、金羌和大瑀的商道重地？"贺兰金英说，"我们把高辛铁卖给大瑀，这笔生意做成后获得的钱就是怒山的第一笔资金。"

陈霜眼里闪动亮光，他知道贺兰金英明白了自己的意思。

"贺兰将军，实际上我带来的是两笔生意。"陈霜笑道，"高辛铁是一笔，马儿是第二笔。"

卓卓插嘴道："可是整个部落里都数不出一百匹高辛马。"

陈霜：“我们可没说一定要高辛马。”

贺兰金英似笑非笑，他懂得了靳岄真正的用意：“他是要我去更北的地方，为砜儿买马。”

“这场谈判最关键的，其实不是我们给出的条件或者生意，”靳岄对宁元成和岑煅说，“最关键的是陈霜。陈霜如何把握节奏，既不让贺兰金英反感，又能让贺兰金英自己察觉我们的真正用意，一层层往深处推进，直到贺兰金英主动提出为我们赴北疆买马。”

宁元成怀疑道：“陈霜行吗？”

靳岄：“我信他。”

宁元成对岑煅笑道：“真是看不出来，当年那么孱弱一孩子，现在居然单枪匹马，能去谈判了。”

靳岄被他一打岔，忽然想起自己一直在意的事情：“你们认识陈霜？”

岑煅：“你不知道他是谁？”

靳岄：“他是谁？”

岑煅和宁元成愣怔一瞬，各自摆摆手：“让他自己对你说吧。”

靳岄气急，一下把筷子拍在桌上。

岑煅自斟自饮，嘿嘿一笑拾回话题：“贺兰金英如果答应为我们去北方买马，那就不是他们单纯来援助封狐城和西北军。这彻头彻尾就是一场生意，有来有往，有利益也可能有折损。这笔大生意对怒山人、高辛人有莫大好处，他会被打动的。”

贺兰砜学靳岄的样子，在桌上用筷子画出长长一条酒线。

线的左端是大瑀，右端是血狼山以北从未开拓过商道的地方，居中之处，便是怒山部落和血狼山。

血狼山以北的情况，他在血狼山生活的时候曾听人们说起过。

那是更北的土地，拥有漫长的冬季和短暂的夏季，他们有质量上乘的皮子、浓郁的油膏、能把人醉死的酒，还有许多结实高大、勇猛无比的异族战士，只要提供粮食、床铺和酒，他们就能为雇主付出忠诚和生命。

贺兰砜心想，打开北方的通路，怒山便有了人丁、有了商道，也有了钱。

这一切的前提是，他们接受靳岄的提议，愿意用高辛铁来换取第一笔买马的资金。而为了完成这笔生意，他们必须在怒山和封狐城之间开辟出运输高辛铁的道路。

怒山和高辛的士兵来封狐城，并不少为了报恩，也不是为了帮大瑀去攻击金羌。他们是为自己的故乡和伙伴战斗。伙伴是谁？伙伴是为他们带来利益的人。靳岈的提议和岑煅的钱，将是怒山成为连通东西南北四个方位商道枢纽的开始。

只要贺兰金英愿意冒险。

“怒山人的伙伴是玹王，高辛人的伙伴是我。”贺兰砜低声说，“两者合并，他们就是我们的援军。”

第八章

重逢

白雀关外风雪漫漫，令人睁不开眼。贺兰砜与靳岄同乘飞霄，正在雪原上飞奔。

两人今日离开封狐城出关，是为了去寻找靳明照的坟冢。贺兰砜身着大氅，靳岄坐在贺兰砜身前，披着狐裘。

贺兰金英收殓了靳明照的尸体后，把他掩埋在一处稳妥的地方，确保不会被金羌人发现。他只把地点告诉了靳岄。此时靳岄指着前方一座立刀般陡峭的山峰："在那座山下。"

山脚积雪极深，飞霄无法前行，两人下马踏雪而过。雪几乎没过膝盖，贺兰砜扭头看靳岄："你又长高了。"

靳岄一怔，抬手和他比了比高度，发现果真如此。他原本沉重的心情忽然明快了一点儿："爹爹见到我，一定很高兴。"

坟冢藏在那山峰下一处凹陷的窄谷中。因有山崖遮蔽，谷中只有少许积雪，雪片偶尔飞落，轻轻落在灰色的岩石地面上。贺兰金英没有为靳明照立碑，坟冢是一个鼓起的土包，被枯草覆盖。靳岄跪在坟前，拨开坟上浮土，在坟包上找到了属于靳明照的一枚玉佩。

玉佩碎裂只剩一半，贺兰金英把碎片也一并埋了，作为标记。玉上有青色花绳打的结，歪歪扭扭不成样子。靳岄那时候年纪还小，这结本是母亲教姐姐编织的，他看到了硬要学。靳明照也不觉得丑，高高兴兴拿来佩戴在身上。

行军打仗时这玉佩不便佩戴，他会把它藏在怀中，这是他最重要的东西。

靳岄在坟前烧了些纸钱，同靳明照说了许许多多的话。贺兰砜陪着他，两人跪累了，便搬来岩石坐下。靳岄的话压根儿说不完，他恨不能把自己经历的所有事情都告诉爹爹。他长高了，长大了，变得和以往不一样。母亲活着，姐姐活着，唯一不能回家的只有靳明照。

直待到天色转暗，贺兰砜才催促靳岄离开。靳岄起身拍拍衣裳，拉着贺兰砜再次跪在父亲坟前。

“爹爹，你的遗憾，你未竟的理想，由我和贺兰砜来完成。”靳岄说，“一切过去后，我接你回家。”

雪已经停了，愈发冷得厉害。离开窄谷不远，两人看见暗夜中有马队从关外缓缓行来，风灯招摇。见这些人都是商旅打扮，靳岄便多问了几句。原来他们都是在大瑀和金羌之间行商的商人。天寒地冻，风雪肆虐，他们本不该在路上奔波，但金羌境内近日气氛愈加令人不安，原本停留在金羌的大瑀商人们纷纷冒着大雪回白雀关。

“反正就要打仗了。一旦打仗，哪里还有我们的活路？”商人们笑道，“只有不怕死的才敢穿过白雀关战场，我们只想好好活着，挣一口饭钱，不掺和了！”

他们与靳岄、贺兰砜同行。此夜白雀关被月色照得明亮通透，商队中有人吹起洞箫，曲折悠扬，如泣如诉。

“月亮出来了。”贺兰砜指着头顶。

靳岄回头，看见白色孤蟾悬挂在立刀般的山峰上。他忽然“咦”了一声，指着那山峰。峰顶俏生生立着一株红梅，在月光中仿佛披了一身冰霜。

“雪里已知春信至，”坐在马车顶上吹洞箫的青年笑着说，“大家伙儿，梅花初绽！等咱们回到家乡，春天就真到了！”

元宵这日，贺兰砜仍随岑煅、宁元成两人去练兵选人。等贺兰砜走了，靳岄便在家中细看兵书和地图。白雀关地形他如今已经烂熟于心。

无论是什么士兵都难以熬过这样的寒冷天气，今年冷得尤为可怕，金羌始终按兵不动，这给了西北军喘息和练兵的机会。下午，靳岄骑着从军部借来的马，再次登上封狐城附近的山岭。他每天都要到这儿来看一眼，等待陈霜带回好消息。

春天确实快要到了，锁玉渊的景象渐生变化，鱼儿们渐渐开始活跃，江面上凿冰打鱼的人越来越多。

封狐城的元宵节以往都是热闹的，今年却大不如前。除夕那几天尚算闹腾，今夜却冷清得可怕。许多人拖家带口离开封狐，两年前的白雀关大败令百姓心有余悸，封狐一下空了大半。如今哪怕点起花灯光廊，行人稀少，反倒显得更加空旷寂寥。

山上风大，靳岄披着狐裘仍觉得冷，他打算回头时，忽见列星江河面上如游鱼一般，从对岸弹出几道黑影。

影子越来越多，它们仿佛一直潜藏在雪山之中，直至此刻才纷纷出动。靳岄心头又惊又喜，骑在为首那匹白马上的人正是陈霜！

陈霜、贺兰金英和远桑带着怒山的士兵与一百多匹马儿，日夜兼程，足足跑了大半个月。

他们穿过驰望原，但不经过金羌，而是从英龙山道的密道通过。这密道是高辛人才知道的秘密路径，他们愿意与怒山人分享这个机密，却不信任陈霜。陈霜几乎全程被蒙着眼睛走过山道，心中暗斥不止：离开怒山时卓卓那一通大骂，还真是有道理。

贺兰金英去北疆买马，因他早有为怒山军队添马的想法，与北疆的白原族人已有频繁来往，只是因为银钱不足，始终无法做成生意。有了陈霜带来的一大袋银两和珠玉，贺兰金英一口气买了一百多匹白原马，浩浩荡荡地回到怒山。彼时朱夜已经从血狼山找矿归来，得知贺兰金英和远桑要去封狐，她也跃跃欲试。

卓卓一听大哥和嫂子都要去，立刻在帐中跳脚，要求同行。为了安抚这个小麻烦，朱夜只得留下照看一大一小两个孩子。卓卓却不是这么容易放弃的人。启程当日，她悄悄骑马跟在军队后面，踏云脚程很快，她竟丝毫不落人后。被发现后她不敢靠近，只得在远处徘徊，时不时冲贺兰金英大喊两句话。陈霜只能听懂一些，总之都是骂她大哥不地道的。

队伍再次出发，卓卓继续紧跟。贺兰金英二话不说，抓起弓箭回头，连射六箭逼退卓卓。卓卓知道大哥是真的生气了，她不敢再上前，也不敢骂人，风里远远传来她大哭的声音。

远桑和贺兰金英同来，这倒很令陈霜意外。远桑身为怒山首领，对自己这个被强加的身份深恶痛绝，把首领之位草草传给隆达之后，她便快快活活做起了来大瑀的准备。隆达十分了解她，揪住贺兰金英和陈霜不住警告：绝对要看紧远桑，绝对不能让远桑借机逃跑，远桑如此热衷去封狐城，无非是为了寻机会溜走，再去当她那天地都管不着的仙门怪客。

贺兰金英和陈霜听得耳朵都生茧。陈霜身在别人部落里不好拒绝，贺兰金英倒是坦白："她要是想走，我拦得住吗？"

陈霜试过远桑的大刀，上手不过片刻，他立刻对远桑生出了无穷敬意——这刀实在是太重了。贺兰砜说郑舞的两把长刀和远桑的差不多，但陈霜却认为，两把长刀加在一起，都比不过这一把大刀的重量。卓卓跟他描述远桑如何用这刀来劈开熊头、狼头，如何一挥刀便砍断战马双腿，如何用刀背击中北戎蛮军士兵并把人拦腰劈成两段，陈霜心惊肉跳。

队伍抵达英龙山脉脚下时，正好又下起了雪。雪越来越大，正是潜入封狐城的好时机。陈霜带着这三百余人的队伍与一百多匹马儿，穿过锁玉渊，绕到封狐城的东城门。

贺兰金英骑马与陈霜并行，陈霜偶尔看他一眼。贺兰兄弟俩长得很像，但贺兰金英身上的杀伐之气比贺兰砜沉重许多。贺兰砜虽有不少成长，但仍显得稚嫩，陈霜有时候会从贺兰金英的只言片语里察觉，这分别的一年里他身上又多了许多血腥故事。他畏惧什么？他热爱什么？陈霜对他生出微妙好奇。

"看我做甚？"贺兰金英忽然问。

"贺兰将军令我想起我最崇敬的人。"

"谁？"

"明夜堂的灯爷。"陈霜笑道，"你与他很像。"

眼前是一片缓坡，两人牵马潜行。贺兰金英开口道："陈霜，有一件事，我需要与你理清楚。"

陈霜："将军请说。"

"你说碧山盟的炸弹引爆，才阴差阳错救了怒山人和高辛人，我其实并不同意。”贺兰金英扭头看他，“若没有我们在北方牵制了阿瓦的一部分蛮军，纵使你们有碧山盟这个陷阱，难保不会同时激怒北戎与金羌，两国将合围大瑀，大瑀根本不可能抵挡得住。”

陈霜没有流露惊讶之色。他点了点头，微笑道：“不愧是贺兰将军。”

“谈判时当然要说对自己有利的话，我明白你和靳岄的心计。”贺兰金英又说，“天下事就是如此，相互制衡，相互牵绊，对你有利，对我有利，我们便是同个阵营。”

陈霜：“正是。”

贺兰金英：“我此次前来，是因为我信任他的父亲，也信任他和我的弟弟，以及你们的提议和援助，确实能让怒山部落得到改变。我对你们的提议感兴趣，这才是我答应援助的真正原因。”

陈霜：“我明白。贺兰将军有如此魄力，如此气度，如此胆识，你是真正的高辛王。”

贺兰金英瞥他：“不必给我戴这样的高帽，跟你说话令人不愉快。我听你跟卓卓、朱夜聊天，倒是比现在自在得多。”

陈霜连连憨笑，心想，废话，面对你和面对卓卓、朱夜，这能一样吗？

士兵纷纷牵着马儿上了缓坡，风急雪重，视线模糊，众人上马前行。靠近封狐城，众人影影绰绰地看见了不少立在城门之前的人马。当先那位正是一身戎装的岑煅。

贺兰金英一眼扫过等候的人群，在许多欢喜的脸庞中，他几乎立刻就捕捉到了站在岑煅身后的贺兰砜。

贺兰砜攥住靳岄的手，喉咙不自觉地吞咽口水。靳岄知他紧张，低声笑道：“怕你大哥吗？”

贺兰砜：“我不怕。”

他抬头便见贺兰金英与岑煅结束寒暄，笔直冲自己走过来。

西北军士兵诧异地看着他们这位不怕虎狼、不怕风雪、不怕疲累的高辛校尉绷紧了肩膀，急急连退三步。

预想中的责备没有出现。贺兰金英走到贺兰砜面前，贺兰砜笑得十分古怪僵硬，但贺兰金英只是拍了拍他的脑袋，大手在他头发上揉了几下，又重重在他腰背和肩膀上捶了两拳："壮实了。"

一切就像少年时代一样。他偶尔做了些让贺兰金英不悦的事情，紧张地等待责备时，贺兰金英有时会放下手中的马鞭，揽着他的肩膀，和他在雪原或小松林里走一走。他们都不是善于表达之人，在沉默的路途中，疙瘩像烈阳下的一团雪，悄无声息地融化。

来的士兵都作商客打扮，为避免引起城中探子注意，趁着雪重，队伍分几批进入城中。马儿分散安置，其余人根据军部的安排住下，贺兰金英和远桑则被岑煅请入军部，好生接待。

趁着人少，兄弟俩终于有机会说话。贺兰砜见到大哥实在很高兴，未等他开口，贺兰金英突然来了一句："不骂你，是因为城门人多，有你的兵，给你几分面子而已。"

两人用北戎话交谈，靳岄听懂了，匆忙避走。

贺兰金英从怀中掏出那封信，信纸已经被他揉皱了："这信是什么意思？这样跟大哥说话？"

贺兰砜挠头道："简单明了，不好吗？我何必跟你寒暄，再说我也托陈霜带去问候。大瑀人都这样的。"

"你是大瑀人吗？"贺兰金英瞪他，"还有，这信为什么要写大瑀文？字还写得这样丑。"

贺兰砜便知道贺兰金英并非真的生气，笑道："靳岄说我写得好。"

贺兰金英又把信纸折好放回怀中："这可信吗？朱夜还说我歌儿唱得不错，但从来不让我唱曲哄孩子。"

两人聊起贺兰金英的孩子，贺兰砜惊讶地看着大哥又是笑又是比画，开心快活，与以往全然不同。

贺兰金英毕竟在北戎军中待过一段时间，又当过不大不小的北戎将军，很会说场面话。他原本以为岑煅也是那种爱听好话、受人奉承的将军，不料岑煅直来直去，性情爽朗，与他十分投契。不过半个时辰工夫，两人已经聊得火热，不时畅然大笑，连谈论国事家事也很对胃口。

贺兰金英感谢岑煅的那笔钱。虽然陈霜说买马的主意是贺兰砜出的，买铁的生意是岑煅提出来的，但贺兰金英猜测这些都是靳岄的计策。因而从岑煅口中得知竟是贺兰砜提出了两个方案，他不禁大为吃惊，连连抬头去看自己弟弟。

贺兰砜自然是成长了的。他和贺兰金英差不多高大，一身铁甲，俨然已是大瑀西北军中颇受重视的异族校尉。虽然在发式上仍保留北戎风格，但行动举止已经渐渐同大瑀士兵差不多，说话的口吻也令贺兰金英感到陌生。

“大哥，怎么了？”意识到贺兰金英注视自己，贺兰砜忙走近询问。

贺兰金英笑着摇摇头。他的弟弟长大了，在离开自己、离开驰望原之后，这一年中他经历过什么，懂得了什么，贺兰金英要就着烈酒，仔仔细细地询问。

洗尘宴结束后，贺兰金英主动提出想看一看白雀关的战况。他曾在白雀关活动过，对地形地貌十分熟悉，更重要的是，他清楚喜将军排兵布阵的风格，提出了许多建议。远桑原本对这些事情不感兴趣，但见众人聊得热烈，便也凑过去细细地看。她盯着那地图，又回头看沙盘，一言不发，默默记忆。

讨论中，靳岄察觉贺兰金英的目光常常会停留在自己身上。

夜深了，贺兰砜带贺兰金英到军部的厢房去就寝。趁着贺兰砜铺床擦桌的工夫，贺兰金英低声对身边的靳岄说：“对不住。”

两人站在澄澈月色中，一时相对无言。今夜元宵，军部外偶尔传来一些欢笑之声，士兵挑着飞星灯打闹玩乐，愈发衬得此间寂静。靳岄久久不发一言，贺兰金英又说：“你去看过你阿爸了吗？”

“多谢贺兰将军。”靳岄回答，“爹爹得你收殓，保全尸身，靳岄十分感激。”

“上了战场，各有其主，各有所求。”贺兰金英望着飘洒细雪的天空，“我此生最大遗憾，是不能与靳明照将军在沙场上堂堂正正地比一回。你若怪我，也是自然。你若恼我恨我，尽管冲我来。”

靳岄这才转头看他：“我不能原谅你，但我也已经不打算恨你。”

贺兰金英露出询问神情。

“其一，我理解你的选择。你当时是北戎的士兵，一心想当上北戎将军，让贺兰砜和卓卓能够免受屈辱，能在浑答儿和虎将军面前扬眉吐气。你若身为北戎士兵，却去帮助大瑀，这才是怪事。”靳岄慢慢道，“其二，你是贺兰砜的大哥。我若恨你，他不好过。”

贺兰金英静静听着，良久才应道：“多谢。”

和贺兰砜回去的路上，靳岄心里想着白雀关的事情，一言不发。

贺兰砜以为是贺兰金英和他说了些什么，问道：“莫非大哥不骂我，反倒说你不对？”

靳岄：“你们兄弟俩在各自心里究竟都是什么样啊？”

他跟贺兰砜说陈霜的所见所闻，得知大哥认为自己只够资格做靳岄的随从或马夫，贺兰砜点头大笑，但听见卓卓一路追随不得，在雪原上放声大哭，他沉默了很久。

“解决了这儿的事情之后，我们去找卓卓吧。”靳岄说，“她若是想到大瑀来玩儿，我们就把她带过来好生照顾。”

贺兰砜心中的难过消去几分：“大哥真的没跟你说什么不好听的话？”

“他赞了我一句。”靳岄笑道，“他说，当日在烨台初见小将军，实在没料到你会跟我们有这般牵扯，我虽然不习惯也不喜欢，但砜儿喜欢，我便由他去。现在砜儿有这般本事，结交这么多好友，可见你也还算不错。”

贺兰砜怒道：“只是不错？”他低头，补充说，“你分明是天底下第一好的人。”

两人小声说了两句话，在雪停的深夜里往家中走去。

靳云英离开封狐城之后，她的家便无人打理。岑煅命人清理干净，让贺兰砜和靳岄住下。此时路上安静，只有遥远的街巷深处偶尔传来炮仗炸裂之声，是还留在封狐的小孩儿们趁夜玩闹。

贺兰砜看见云层散净的天空中有三两盏天灯。此时风也小了，天灯稳稳往天空升去，黑夜中仿佛闪动的星辰，与明月同争此夜光辉。

“前几日前门卖布的王二娶老婆，说什么缘定三生。大瑀人的命也是算定的吗？”贺兰砜问。

“大瑀人缘定三生，驰望原的人信天神，能算出前后十辈子的命运，还是你们厉害些。”靳岄笑道。

第二日清晨，靳岄和贺兰砜在院子里迎接了明夜堂堂主和阴阳二狩。

陈霜住在军部，负责安排怒山军队的事宜。得知章漠等人来到，他兴奋不已，扔下手头活计便奔了出去。

靳岄正跟章漠说陈霜勤快得不可思议，章漠只是笑笑：“封狐与你、与玹王相关，他自然分外上心。”

章漠给靳岄带来了一个好消息，两人暗暗沟通商量。这好消息现在还不能透露，靳岍和章漠都极能守秘密，就连岳莲楼也牙关紧闭，不肯泄露只言片语。贺兰砜只知道这好消息与梁京、与岑融有关。见靳岍不肯说，他也就不问了。这两天城中忽然涌入这么多旧相识，他高兴得紧，这天散值后又同岑煅等人在军部安排筹谋，回到家中时，靳岍和岳莲楼已经喝上了小酒。

家中有院子，院中有回廊与小亭子，天上飘着小雪，亭中红泥小炉细细舔烧，黄酒正温，香醇诱人。岳莲楼、靳岍和陈霜围坐喝酒，章漠和阮不奇则坐在亭子顶上，一个看风景，一个吹竹笛。

贺兰砜加入了喝酒行列，发现靳岍和陈霜已经喝得有些多了，舌头飘起来一般，说着些漫无边际的事情，边说边傻笑。

岳莲楼拍陈霜脑袋："小霜儿啊，小霜儿。"

靳岍舔舔嘴唇说："岳莲楼，陈霜比你还受欢迎哩……怒山人和高辛人都喜欢同他说话。西北军里他比贺兰砜还吃得开。"

岳莲楼继续拍陈霜脑袋。"这不是正常的吗？毕竟是陈霜啊，咱们明夜堂里最好最好的陈霜。"他想起了什么似的扬起脖子，"对了，瑶二姐定亲了。"

陈霜满是醉意的脸上总算有了几分动摇。他挑了挑眉："跟谁？"

"玉丰楼二掌柜的儿子，读过书，现正跟着他爹学做生意。嫁妆是三间铺子，那地段是一等一的好。我跟春明见过那人，人挺不错，知书识礼，看瑶二姐的时候那眼睛笑得都要滴出蜜来了。"岳莲楼说，"就是去年中秋，你把瑶二姐丢在灯会上自个儿跑了，他在街上与二姐猜中同一个灯谜，才有了这段姻缘。"

陈霜："这跟我有什么关系？既然是好姻缘，那就是瑶二姐命中注定的缘分。"

靳岍却难过起来。他十分喜欢瑶二姐，怎么看怎么觉得她与陈霜相配。他摇着陈霜，醉醺醺地大声道："只是定亲，还没过门！去，去把二姐抢回来！二姐对你多好，你不晓得？"

"我晓得。"陈霜把靳岍按在坐垫上让他坐稳，"是我不好。"

"你有什么不好！"靳岍指着亭子顶上大喊，"你要是把二姐抢回来，我给你十间大宅子！比阮不奇的还大！我……我再把郑舞的青虬帮买下来给二姐……"

阮不奇挂在亭子边上骂道："好你个靳岍！"

贺兰砜拉紧靳岄的手不让他乱动，劝他："别说了，咱们没那么多钱。"

"钱可以挣，或者……或者你有，你是高辛王……"靳岄说着忽然哽咽起来。他有多在意陈霜，多信任陈霜，就有多渴望陈霜获得凡俗人的幸福。他应当有一个爱人，有挡雨遮风的屋檐，最不济，他得有可以回去的地方。靳岄至今不知道陈霜为何对自己这样全心全意，比对明夜堂还要投入。或许是靳明照，或许是岑静书，是他的爹娘曾经对陈霜有过一些微不足道的恩情，陈霜回报不了，所以一腔感激全都倾注在靳岄身上。

靳岄一直是这样想的。他脑袋发晕，说话有点儿不利索，只顾得上紧紧揪住陈霜的衣襟。陈霜握着靳岄的手让他松劲，认真擦去靳岄的眼泪，笑着对贺兰砜说："以后可不能随便让小将军喝酒。"

或许因为身边都是相熟的朋友，或许是酒意作祟，令他戒备松懈。陈霜接过岳莲楼递过来的一杯酒，岳莲楼顺势在他手背拍了拍。陈霜喝下那酒，转头对拉着自己衣袖的靳岄微微一笑。

"小将军，不成的。"他说，"我是阉人。"

陈霜的娘亲带他坐上横渡若海的船时，两人身上只有从客人口袋里偷出来的二十多个铜板。铜板是大瑀的钱币，在琼周用不了，那客人是大瑀船工，身上只有这种铜板。

陈霜后来想，娘亲可能是杀了人。他藏在屋后吃摘来的野果子，屋里传来男人的喘息声和女人的呻吟声，片刻后所有声音变成了打骂和惨叫，之后便是长久的沉寂。娘亲披着衣裳，满脸惊惶地找他。两人在浓雾弥漫的夜里登上了一艘过海的船。

他从小只知道琼周和琼周周围的若海。若海之外的世界是什么样的，他并不清楚，娘亲也从来不说。或许连娘亲也不知道。年幼的陈霜有时候会冷漠地想，娘亲除了撑船出海打鱼，只会带不同男人回家过夜。她会把他赶到屋外，或是把他藏在箱子里。他有时候又想，娘亲或许也是怜爱自己的，有客人曾摸过陈霜巴掌大的小脸，娘亲后来再也不敢让客人瞧见他。她告诉陈霜："别让人看见你，你丑，你脏，你得把自己藏起来。"

无论在船上还是到了大瑀，陈霜唯一能感受到的就是无穷无尽的饿和惶恐。娘亲带他下船，他不懂得大瑀话，娘亲还能勉强说上几句。听人说梁京最繁华最美丽，母子俩便偷偷钻进沈水的船上，一路跌跌撞撞，吃尽了苦头。

梁京确实繁华美丽，但这种繁华美丽和他们没有任何关系。他们跟乞丐混在一起，学乞丐去抢顺燕子溪流下的花灯，从花灯中抠出一枚枚铜钱。娘亲又做起了旧生意，被打骂、抢钱，落魄中遇到一个过路的商客。那商客可巧也是琼周人，已经在大瑀定居。他想带走娘亲，却不想要陈霜。

陈霜记得娘亲带自己去玉丰楼吃东西，用的是陈霜从未见过的银两，圆滚滚一颗，入手凉润。“好东西呀，”娘亲笑着让他摸银子，“陈霜，这是他给我的，多好的东西，对不对？”

他记得自己换上了新衣裳，脏脸被娘亲洗得干干净净。娘亲打扮得尤为美丽，他们牵着手走在梁京的大街上，街巷里传出咿咿呀呀的嘌唱，陈霜一句都听不懂。他只记得日光灿烂，秋天的梁京像一个橙金色的仙境，云从天上流过去，风穿过娘亲的珠佩，发出海浪打在礁石上的冲击之声。他记得娘亲把自己交给一个光脑袋的老头子。他回头喊了一句，心里有些害怕。女人站在光亮的街上，颠了颠手里刚拿到的一两银子，怔怔望他片刻，扭头走进白日灿阳里。

再后来的事情，陈霜便有些记不清楚了。他的记忆有漫长的一部分被草草涂擦过去，每每要回想，便浑身抽搐发疼。

他在黑屋子里熬了几天，头脑昏沉，睁开眼睛就是哭。被打了几次之后，他连哭也不敢。

进宫之后，又是一段更难熬的日子。他还不太懂大瑀话，听不明白别人的吩咐。像他这样年纪的内侍只有干脏活累活和被打骂的份儿，被打得狠了，他也有几分海客的硬气，挣扎起身和别人扭打在一起，但这样只会换来更严厉的责罚。他被关在黑屋子里，连续几日不得吃喝。听见外头有人经过，他咬着牙用琼周最脏最恶心的话骂人，反正这偌大皇宫中没人听得懂他说什么。正大骂，有人打开了门。一个眼角耷拉的公公站在外头，扭头问看管他的人：“怎么有个琼周娃娃？”

陈霜后来才晓得，那是仁正帝身边最受信任的杨执园。

杨执园见他长得机灵，可怜他身在异乡又遭此大劫，便把他留在自己身边。跟着杨执园之后，陈霜的日子变得好过了许多。宫中人知道他是杨公公身边的内侍，自然不敢对他张牙舞爪再行棍棒之刑。

他在杨执园身边足足待了五年，一张嘴练得油滑至极，却偏偏因为太过油滑惹了事端，让惠妃生气。惠妃不处理陈霜，反而跟杨执园要了他。彼时惠妃是仁正帝最疼爱的人，杨执园不敢违逆，惠妃又是当着仁正帝的面开的口，陈霜在地上跪了片刻，便知道大事不妙。

他从此跟着惠妃，日子又回到了五年前。羞辱打骂没有一刻停止，他从杨执园身边最受宠的内侍变作惠妃宫中最低等的奴才，不过是一日之事。宫中平常捧着他、围着他的内侍宫人纷纷远离，看到他被欺辱也只捂嘴跑过，留下低低笑声。

再后来，便是正月十四，仁正帝宴请众臣。陈霜前一日刚被责打，手腕酸软无力，端着惠妃那一盅金银祥瑞羹，不慎打跌，他被内侍踹入水中。他水性极好，无奈岸上两人踩得他口鼻流血，半晌浮不上来。

若不是靳岄和岑煅出现，陈霜怕是已经没了。

靳岄怔怔听他说着。这事情谢元至跟靳岄提过，但只是为了说明岑煅对靳岄有救命之恩，靳岄应该帮一帮岑煅。他哪里会记得当日自己曾试图救助的一个小太监？

“我想起来了。”靳岄说，“先生……先生明明不认识你，他却说得出你的名字。他还记得你！”

“谢元至先生自然是记得我的。”陈霜笑道，“我能进明夜堂，有他一份力。”

当日他被岑煅救起来之后，便知道回到惠妃身边是有死无生。他惶恐不已，一直缩在宴席角落，等宴席将散的时候，远远看见岑煅在长廊走过，立刻奔到岑煅身边咚地跪下。他甚至不敢抬头，这是他唯一能恳求的人了，说出“求五皇子救奴”时，他完全豁了出去。若岑煅拒绝，他便做好了死在宫中的准备。

岑煅和宁元成离宫的时候，把他扮作一个随从，带着他走出了宫门。

那夜下着大雪，陈霜身上病痛未愈，浑身热烫，站在宫门前雪地中摇摇欲坠。他跪在岑煅跟前磕头大哭，岑煅问他要去何处，他却茫然四顾。天地是大，可再大也没有陈霜的容身之处。他恳求岑煅收留自己，自己可当牛做马。

岑煅和宁元成为难之际，靳明照带着两个孩子，跟谢元至拉拉扯扯，一路走过来。

谢元至根本不想教靳明照的孩子，靳明照却怎么都不放过他，来到岑煅身边时，见雪地里跪着个十来岁的孩子，两人都是一愣。靳岄和靳云英牵着手站在靳明照身后，好奇地探头探脑。

谢元至有心要给靳明照出难题，他指着陈霜说："这孩子现在是不可能回宫的。他一个阉人，身无长技，你能给他找到活路，我就答应你。"

此事与靳明照实在是没有丝毫关系。靳明照一怔，靳岈恰在他身后扯了扯衣袖："爹爹，他真可怜。"

靳明照抱起靳岈，拍着胸脯："帮！"他把一双儿女安置在马车里，又让陈霜坐进去。

陈霜昏昏沉沉，只听见靳明照上车后问他："你晓得明夜堂吗？"

"我这一病就睡了好几日，醒来时已经在明夜堂里，是灯爷在照顾我。"陈霜说，"灯爷说，你爹爹把我放在明夜堂门口，却不肯见堂主，只交代灯爷说，这孩子以后就交给明夜堂了。从此之后，我便成了明夜堂的人。"

他从一场大病中复活，看着眼前陌生的环境与沈灯的严肃面孔，自然生出怯意。沈灯在房中捣药，屋外跑过一个扎揪揪的女娃娃，正拖着一根长鞭子大声地笑。有一身武艺的少年来看过他，撩起衣袖探他额头温度，松了一口气似的："总算好了。"

陈霜不知这是什么地方，但他心想，自己必须跟这些善良的人说明白自己的身份。"我是阉人。"他跟那少年说。

"嗯，"少年垂目看他，"那又如何？"

陈霜平常油嘴滑舌，在这两人面前却全然忘了言语技巧，喃喃道："我……我与你们不同。"

沈灯在窗边大笑，笑完冷冷回答："年纪不大，废话却多！"

陈霜躺在床上，羞耻感像虫子一样在他心里钻来钻去，他抬不起头。闭目蜷缩时，那少年站在床边开口："管什么同与不同，活着就是了。你活下去，你顶天立地，还有谁敢笑你一句？"

靳岈一听便知："是堂主吗？"

陈霜点点头。明夜堂里知道他来历的原本只有章漠和沈灯，后来岳莲楼进了明夜堂，一双眼睛又利又毒，很快也察觉出来。最令陈霜惊讶的，是岑煅、宁元成，甚至谢元至都记得他。他曾是多么微不足道的一个奴仆，只一面之缘，也有人把他一生记挂心上。每每念及此处，陈霜心头便似波浪翻涌。

亭子里，岳莲楼突然哇哇哭出来，抱着靳岈和陈霜稀里糊涂地说话。靳峋满心震惊和难受被他一搅，就像没烧沸的水，蟹眼大的泡泡一个个消了，胸口只存余温。“你不必对我这样好……”他挣脱开岳莲楼，对陈霜说。

陈霜握着他的手，极为认真，一字字道：“小将军，陈霜不可怜。陈霜如今很好。当我在琼周、宫中时，何曾想过有今日这样洒脱快活的日子？你别以为这是报恩。我乐意跟着你，愿意对你好，是因为……”

岳莲楼抱住靳岣猛亲一口，喊道：“喜欢你就对你好，是不是，陈霜！”

陈霜笑着连连点头。靳岣推不开岳莲楼，三个人在亭子里闹成一团。靳岣醉得糊涂，带着哭腔大喊：“你们江湖人怎么都这样！”

岳莲楼也学他那样喊：“你们江湖人好烦啊！”

贺兰砜站在亭外挠头，扭头看见章漠落地，他不由得对章漠说：“岳莲楼真吵。”

章漠却对他笑了。贺兰砜很少见他这样笑，大概面对岳莲楼时他才会流露如此开怀活泼的表情。“陈霜极为在意此事，多亏莲楼总在他面前乱扯，同他开玩笑。天长日久，陈霜也就逐渐地不在意了。”章漠笑道，“莲楼不是不着调的人，他或许比你我要细腻温柔。只是并非人人能消受他这番曲折心意。”

贺兰砜半信半疑，章漠冲他晃晃手中长剑。两人走到院子另一侧，在月色中比画起来。

阮不奇听到了亭中的话，可她听到了也不觉得有什么不合适。她是一定会让陈霜在自己宅子里做客的，在岳莲楼和陈霜之间，她必定会在宅子里永远给陈霜留一片他可以栖身的屋檐。

竹笛又吹出了声音，这次是悠长活泼的乐声，像羽毛一样，轻盈地跃上了天。

乐声在风里散去。寒风吹卷积雪，也吹动了白雀关上那株盈雪的红梅。

花瓣随风飘落，雪地里像滴了几滴血。两具尸体埋在雪中，只露出脑袋和半身。他们身着黑衣，喉间各插一支箭，箭上刻有云纹。

大元二年初春，两名金羌斥候在白雀关被莽云骑射杀。

这两人的死点燃了盘桓在白雀关上空的战火。同年二月，金羌喜将军率兵踏入白雀关。

第九章

鏖战

金羌大营后的小镇子上，畏惧战乱的人们已经带着家人远走，镇中冷清凄凉，只剩风雪。

昂车一路策马飞驰，最后停在一座小院外。他用带着浓浓金羌口音的大瑀话喊道：“白夫人！”

白霓应声而出，见到昂车，那张平素缺乏表情的脸上油然露出喜悦：“昂车！”

昂车对这位大瑀妇人并不算熟悉。他只知道这女子很受喜将军重视，曾是西北军莽云骑的猛将，如今却甘心在这小镇子上抚养女儿，身上已经没了一丝一毫的杀伐之气。他年轻，对长相好看的女子有天然的好感，白霓对他起初冷淡疏离，最近渐渐有些热络，这让他心里十分快活。

或许是因为锦儿喜欢我捎来的糖，又或许因为我长相英俊。昂车如此这般想着，看着白霓走近。白霓手中托着几块饼子，笑道：“瞧你满身是雪，刚做好的饼子，你拿去吧。”

昂车对这大瑀风味的吃食不感兴趣，但喜将军是非常喜欢的。他仔细收好，按照喜将军与白霓的约定，把最近白雀关的战事挑了些无关紧要的告诉白霓。

金羌率兵踏入白雀关已有十日。大军谨慎推进，西北军并无抵抗，几次小小对战都以西北军将士落荒而逃告终。但喜将军仍旧万分警惕，从金羌境内入白雀关，需经过一处易守难攻的谷地，谷地附近有立刀般陡峭的山峰，金羌人和大瑀人都称那一处为刀谷。刀谷再往前，则是一段漫长的陡坡，人称周王坡。金羌军需爬上周王坡，才算进入战场。

刀谷和周王坡是西北军设伏的地方，喜将军对此早有预计。

“你们打算怎么过刀谷和周王坡？”白霓问。

昂车笑道：“昂车不能说。”

白霓便点点头，也不见失望，只轻轻一叹：“只怕如今的西北军，敌不过……”她掐断话头，面露忧愁。沉默片刻后，似是见昂车紧张，白霓很快笑道：“我听听罢了，你不要在意。今日是换了装备吗？”

她指着昂车背上的一把弓。昂车见她注意到自己的变化，心头愈发像是攒满了轻软的春花，连说话也变得活泼愉快起来：“是啊，这是新弓。听闻白夫人以前也用过弓？”

“用过的，但用得不好。”白霓似是羡慕，“我是女人，力气总逊男人几分，能拉开弓弦已是不容易，平时也就骑马舞剑，做个样子。现在荒废了这么久，也谈不上什么功夫了。”

俏丽妇人面露遗憾之色，一双秋水般的眼睛噙着羡慕与懊恼。她的目光掠过昂车的脸庞，又立刻偏转了头，把鬓角散发别到耳后，笑道：“不说了，说这些让昂车将军笑话。我现在只怕连弓都拉不开了。”

昂车自然还不是将军，可他听白霓说这些话，心里是快活的。他解下那弓让白霓细看，白霓摆弄来去，试着拉弓，很快又力竭了似的放弃。她忽然指着昂车身后的马儿：“那是什么？”

昂车回头，白霓在他身后忽然扭转弓弦，迅速套在昂车脖颈上。弓弦结实，白霓狠狠一旋，锐利坚韧的弦丝便死死勒进昂车脖子。昂车连声音都无法发出，他一只手去抓那弓，一只手摸到腰侧小刀，反手刺向白霓腰腹。

不料白霓看似娇弱，力气却大得惊人，她背靠小院的墙壁，一脚立定，一脚踩在昂车背上，几乎踩断昂车的背脊，一手狠拉勒紧昂车喉咙的弓，一手反扼昂车手腕。细微脆响，昂车手腕脱臼，疼痛令他松了力气。不消片刻，他整个人软了下去。

白霓松手把他扔在地上，弯腰确认此人已经断气。马儿对这场沉默的谋杀一无所知，轻轻踏动双蹄。

白霓回房抱起穿好棉袄、披好小披风的锦儿，对缩在角落的奶娘讲了一句金羌话："不想死就快走吧。"

她拎起早已准备好的包袱，卸下床板，在床板下的空洞里拿出一把大弓。

这是阮不奇离开她之前特意为她找来的强弓。贺兰砜之前来此处与她会面，留下了十来支狼镝。白霓把包袱、弓箭全都放在马儿身上，又从昂车尸身上解下佩剑。一切准备停当，她低头看锦儿。

"娘带你回家。"她轻声说，"回咱们自己的家。"

抱着锦儿上马，白霓狠狠一勒缰绳。马儿长嘶，细雪飘零，她不疾不徐往东方行去。

此时封狐城外，白雀关中，贺兰砜正在活动手脚。金羌军已经穿过刀谷，抵达周王坡。周王坡早已设下埋伏，靳岄和岑煅等待着前方送来的消息。

"上一次白雀关大败，是因为喜将军使用了铁鲁达。"宁元成说。

因大量作战记录被游君山与喜将军夺走，当日大战的信息，只能靠幸存战士与曾于高处俯瞰全局的贺兰金英获取。铁鲁达是金羌军中一种特殊的装备，三匹骏马连成一排，人与马全身披挂坚硬铁甲，马前顶着铁铸的长枪，冲锋时能将敌人直接挑在枪尖，甚至能把战马撕碎，威力十分惊人。当日正是铁鲁达冲破周王坡的伏兵，打乱了莽云骑的部署。因军粮不足，军马疲惫不堪，受伤未愈，莽云骑被冲散得七零八落，最终落败。

贺兰砜与宁元成分别率部队离开，靳岄坐立不安，爬上高塔眺望。白雀关外风雪连绵，不能远视。

周王坡上一片冲杀之声。三组铁鲁达奋力爬坡，果真冲断了西北军设在周王坡的埋伏。坡上大瑀将士纷纷扯旗后撤，场面混乱。

金羌军自然乘胜追击，大瑀将士不住后退，速度飞快。为追上溃逃的大瑀人，十余组铁鲁达全力冲刺，队伍拉成一条长线。

领兵的金羌将军忽觉不对，忙命号兵吹起号角，舞动旗帜示意铁鲁达停步。

长线忽然被截断了。周王坡上平坦的雪地中，忽然跃起十余匹黑色战马！

战马与人埋伏于积雪之中，难以察觉，此时一跃而起，顿时将铁鲁达围在当中。

铁鲁达上的金羌士兵没弄明白战况，但他们认得这些战士都作大瑀西北军打扮，便依照之前的方式，三马齐冲，试图撞碎包围之势。

黑马矫健异常，为首那匹黑马上的战士一身黑衣，头皮光溜。只见那人驱马冲向当先的铁鲁达，单手握持长刀——二十丈！十丈！五丈！

黑马腾身跃起，如龙般矫健！长刀滑过铁鲁达身前枪阵，擦过马上金羌战士的铁甲，火星四溅。一声嘶哑长吼！黑衣人手腕旋转，长刀飞掠，只见飞起的三颗头颅带出三腔喷涌的血，铁鲁达上的三名金羌战士已成无头尸体。

马儿长嘶，又有两匹黑马一左一右奔来，速度奇快。黑马上的战士俯身各自抓住铁链的一头，绊马索飞快移动，接二连三绊倒铁鲁达，马上的金羌士兵未来得及起身，已被利刃削去脑袋。

金羌军领兵将军高举右手，用金羌话发令。马上的号手再度举起兽骨制作的号角与战旗。三支黑色箭矢刺破雪雾，扎入号手额头，最后一支穿过金羌领军的手心，仍旋转着扎入他身后一名金羌兵心口。

金羌军队霎时大乱。金羌将军忍痛大吼：“铁鲁达后撤！”

但铁鲁达之前追击逃兵，求胜心切，已经入了埋伏，被大瑀骑兵彻底截断。领将又急又怒，他看见黑色战马身上并未披着莽云骑的标志，况且莽云骑已经全军覆没，无一人幸存，此时怎么还会有这样凶狠的骑军？他来不及细细思索，分出两支小队援助铁鲁达，其余人等守定周王坡。只要他们守住周王坡，后面的金羌军就不必再受一次埋伏之苦。

然而所有金羌军都被黑色战马上的刀客吓住了。他们没见过这样长的刀，没见过这样狠辣的刀法，那根本不是战场上会使用的刀术。擅长打猎的金羌兵在大刀砍到自己面前时甚至会想起猎熊人的身姿。

控制铁鲁达的士兵久经沙场。在短暂的惊惧和混乱后他们立刻调整好队伍，几组铁鲁达士兵背靠背围成一圈，与形成包围之势的大瑀骑兵对峙。大瑀骑兵呼喊着金羌人听不懂的话，金羌领将忽然察觉，那种语言和歌谣，他曾在某处听过。

黑箭再次呼啸而来！

铁鲁达的士兵们举起盾牌格挡，迅速往周王坡移动后撤。他们落马的同伴被马蹄踏成肉泥，无人敢回头看。雪愈发大了，烈风疯狂与谷中山壁搏杀，呼吼不断。斜刺里数支长枪忽然刺出，扎入一匹马儿的脖颈。马儿吃痛长嘶，跌倒在雪地里。与它相连的两匹马立刻被绊倒，一时间铁鲁达纷纷翻倒在地，马上士兵来不及爬起来便被大瑀士兵制住。

金羌将军忽然意识到，这些骑兵的作战方式与莽云骑全然不同！那是一种粗狂、鲁莽，以生死为目标的战斗方式，他们要杀人、杀马，要刺破所有拦路之人的胸膛。包围之术还能看得出莽云骑的痕迹，但使用的武器、杀戮手法，完全是猎兽的技巧。以往西北军与金羌作战很少伤害马匹，因为大瑀所产的马儿脚力不足，需要从金羌军手中抢马。但大瑀骑兵今日居然开始杀马。

“后撤！后撤！！”金羌将军大吼，“有援兵！！！”

他忽觉胸口一凉。一支黑箭刺破他的铁甲，透胸而出，金羌将军愣愣抬头望向前方。在铁鲁达与大瑀骑兵混乱的战阵之中，有一位高大青年身骑黑马跃阵而出，举弓对准他。

青年身穿西北军盔甲，却有一头浓金色的长发。他戴黑色的铁制狼面具，面具之下有一双蕴含着绿火的眼瞳。

金羌军带着将军的尸首后撤，离开周王坡。回到金羌大营禀报后，雷师之又惊又疑：“莽云骑怎么能恢复？西北军根本连合适的马都没有。”

副将摸不清楚情况，答不上来。雷师之发现那名将军胸口的黑箭，不禁心中一动。他拔出黑箭，发现这黑箭箭杆上有精巧镂空。

他霎时间想起自己曾见过这样的箭，那箭曾刺入他的掌心，伤口至今仍存留疤痕。随从从帐中找出黑箭，交到雷师之手中。

“你还记得此箭的来历吗？”雷师之问。

随从忙答：“记得。当时大瑀五皇子潜入营中，有人来救他。那救他之人用的，正是这样的黑箭。那人还说，这是狼镝。”

雷师之微微一笑：“高辛邪狼，用的是北戎天君身边人才能使用的狼镝。”

帐中一时间陷入沉默。雷师之把黑箭扔到地上，一脸阴沉起身道：“火速回报大王，北戎与大瑀已经联合。”

周王坡之战三日后，贺兰砜与宁元成率领的军队终于抵达刀谷。被俘虏的铁鲁达士兵死的死伤的伤，活着的全扔在笼子里，宁元成一见便大皱眉头，拉着贺兰砜低声说：“你大哥这样不行，两军作战，得善待俘虏。”

贺兰砜虽然不解，仍硬着头皮去跟贺兰金英商量。贺兰金英和远桑对大瑀人的规矩嗤之以鼻，但两人是来帮忙的，便都由宁元成去安排了。宁元成与贺兰砜询问周王坡之战详情，贺兰砜颠了颠手里的高辛箭，答道："一切顺利。"

至于那支杀死金羌将军的高辛箭是否会被喜将军误认为是北戎狼镝，是否会引起北戎与金羌的矛盾，他们无法预计。

贺兰金英细细地擦拭自己的狼面具。这是朱夜亲手为贺兰金英打造的，纤薄坚固，锋锐张扬。见贺兰砜看个不停，贺兰金英笑道："也让小将军给你做一个。"

"他不会打铁。"贺兰砜拿过面具戴在自己脸上，他忽然感觉自己被一种牢固永恒的东西保护着，大地、山峦，黑色的铁、红色的火，高辛人的血液在他身体里奔流。他想起自己和靳岄在血狼山短暂停留的那几日，不禁变得怅然："我学过了，但我也不会。"

贺兰金英失笑，揉了揉他的头发。

周王坡一战，贺兰金英和远桑带着一部分怒山部队的人，狠狠地给了金羌军一个下马威。金羌军一直认为莽云骑已经全军覆没，西北军再没有可以与金羌军抗衡的骑兵，却不料杀出这么一队又狠又猛的蛮兵。

周王坡是阻隔金羌行军路线的天然壁垒，它是西北军设防的最重要一环。西北军先是扮作无法抵抗，诱引铁鲁达越过周王坡，深入白雀关。待铁鲁达入瓮，立刻用怒山部队截断金羌军，把铁鲁达包围在内。歼灭铁鲁达是极关键的一步，可重创金羌军的冲锋力量，狠挫金羌军士气。

接下来便是守定周王坡，等候金羌来犯。

两军僵持半个月，谁都没占到上风。倒是贺兰砜和宁元成选了百来位精壮士兵，每人配一匹白原马，在周王坡上像模像样开始习练。白原马体格较高辛马健壮，皮毛厚实耐寒，腿长身健，性子刚烈，光是驯马就花了不少时间。好在选出的西北军士兵个个都是出色骑手，半个月的磨合后，这支骑军已经略有小成。

这群白原马原本有一匹头马，飞霄性烈，与那头马搏战数回，总算占了上风。头马顺服，连带着一整群白原马也完全服从飞霄指令。宁元成夸贺兰砜有本事，贺兰砜美滋滋地享受夸赞，贺兰金英在旁淡淡补充一句："是飞霄的本事，夸错了。"

在之后僵持的一个多月里，金羌军数次试图强冲周王坡，无奈没有足够的铁鲁达，他们无法突破西北军的防线。

没有仗打的远桑渐觉无聊，又生出逃跑想法。宁元成日日骑马到高处远眺，眉头越皱越紧。

“起风了。”他说，“接下来会是最难的一仗。”

“起风怎么了？”远桑问。

“那可不是一般的风。”宁元成答，“如今三月中，积雪消融，黄风乍起……”他忽然闭上嘴，舔了舔嘴边沾上的沙子。

此时在金羌大营中，喜将军雷师之正听随从禀报。

昂车的尸体在小院外被人发现时已经冻成了冰。他颈上还挂着弓，那坚韧的弓骨竟被彻底拉弯，弓弦如利刃般切入昂车脖子之中，背骨断裂，可见动手之人力气极大。白霓和锦儿失踪了，连同衣裳、干粮等物，还有昂车的马儿、佩剑一起，消失得无影无踪。

随从小心观察雷师之的表情，雷师之却像套了一副面具，眉眼全然不动。“西北军情况呢？”他忽然转了个话题。

如今战况对金羌军不利，封狐城中探子年初被岑煅等人扫荡了一批，剩下的几个昼伏夜出，愈加小心，能打探到的情报少之又少。他们并不知道莽云骑已经重组，也不知道西北军多了许多雄壮马儿。令金羌军不安的原因有三点：一是从狼镝上泄露的北戎援军消息；二是莽云骑已经重建，且比之前愈发凶猛勇武；三是有了前面这两个条件的西北军，实力并不比靳明照在的时候差。

雷师之分派斥候绕过高山，试图潜入白雀关或封狐城，但无一例外都在半途被人诛杀。下手之人所用武器十分古怪，有用毒箭暗器，有用破肉断骨的长鞭，更有如剪刀般铰下斥候脑袋的。雷师之对大瑀江湖人有所耳闻，知道这是遇上了武功厉害的大瑀军的帮手。

他不会向随从透露心中想法，但他知道，这僵持和连连落败的战斗，令军中之人渐渐对他生出了怀疑。靳明照战亡的消息同样震惊金羌，传言不断从封狐、大瑀，像风一样渗入金羌的每一个角落，每一个人都知道靳明照战亡，有雷师之的功劳，也有军粮匮乏、北戎协助的原因。

如果当日西北军军粮充足，如果当日没有北戎探子传回消息，如果金羌军和西北军堂堂正正在白雀关作战，还会是这个结果吗？

雷师之从不让自己深想。

他站在高坡上，风已经越来越大，他能闻到属于土地和沙尘的腥苦气味。

“沙暴还有两日就要到了。”随从低声道。

贺兰砜生于北戎，章漠等人生活在梁京，都从未见过可怖的黄风暴。风暴来临之前，岳莲楼和阮不奇打打闹闹跃上刀谷的高峰，抬眼便见到天边一层重重黑云。饶是两人见多识广，也还是结结识实吓了一跳：“那是什么！”

黑云和沙尘如同一堵无法逾越的巨墙，被风推送着飞速逼近，那混着黄黑之色的巨墙中还有隐隐雷光，令人恐惧。强大的压迫感有如实质，只看一眼也不禁汗毛直竖。岳莲楼和阮不奇手持风天语和长鞭，对视一眼，心知不妙，齐齐纵身一跃，跳下山峰。

消息立刻在军中传开。宁元成早有预计，几日前已经命人在周王坡附近用岩石木头搭建防护墙。西北军中的将士和马儿每年春季都要见几回这样的沙暴，已然习惯，但高辛马和白原马却从未经历过这种来势汹汹的灾难。马儿乱嘶乱叫，将士们纷纷为它们蒙上眼罩。怒山部队的士兵们无法忍受沙尘袭扰，难以上马作战。

“金羌一定会趁此机会进攻。”宁元成与贺兰兄弟、远桑等人说，“他们善于在风暴中作战。”

不消半日，狂风挟带黄沙，卷过周王坡。众人用布巾蒙着口鼻，纵使如此，也仍然感觉呼吸困难。风沙打在头脸上，又疼又麻，贺兰砜睁眼去看，连在自己身边的宁元成都只能模糊瞅见一个身影。

在这狂烈的黄沙之中，章漠和岳莲楼仍在周王坡上站得笔直。两人衣角发带被狂风吹得胡乱飞扬，岳莲楼左右手各执一把风天语，章漠手持长剑，如同木桩一般插在这狂风和乱沙之中，毫不动摇。

刀谷中传来如雷般的蹄声。岳莲楼把手指伸入口中，吹响了一声尖长的口哨。

“他们来了。”贺兰砜当即跃起，跨上飞霄的背。宁元成在狂沙中挥动长枪，在铁盾牌上重重一击。巨响中，马儿长嘶，西北军列出巨阵，呼喝着朝周王坡压去。他们把铁枪阵从铁鲁达身上拆下，装配在自己的马儿身前，以牙还牙，冲向金羌军！

霎时间，周王坡上风声、沙尘摩擦声、吼叫声、铁器碰撞声，纷杂密集，如这方天地中爆响了无数惊雷！

风沙阻拦了西北军的战士，金羌军一鼓作气，以剩余的铁鲁达开路，疯狂涌上了周王坡。西北军立刻分散为左右两列，呈包抄之势。金羌军后列传来雄浑号角声，身披硬甲的金羌战士在涌上周王坡后化作数个小队，突破了西北军的包抄阵法。宁元成回头看远桑，远桑扛着长如男子手臂的沉重军号跃上马背。她力气奇大，一人便可托起这三人才能扛稳的号角，动作更是利落干净，还未落定，号角声便悠悠响起，仿似巨人脚步声。

“大哥！真棒！”宁元成蒙上口鼻，率队冲杀了出去。远桑把号角背在背上，骑着马儿紧跟其后，根据宁元成的指挥吹起不同的声音。

西北军阵法一变再变，无奈风沙狂烈，涌上周王坡的金羌士兵越来越多。金羌士兵身穿硬甲，马儿更是浑身包覆薄薄铁片，不惧风沙。西北军士兵因前几日的胜利，士气大振，长枪、大锤、利剑挥舞不停，一时间与金羌士兵战得不分高下。

山峰上，章漠与岳莲楼、阮不奇静静蛰伏。金羌军号角声再起，攻势愈发猛烈。岳莲楼眼尖，看见乱沙之中有人骑着黑色骏马，贴着峰底，一路挥刀冲杀。金羌士兵只顾着往前疾冲，并未看到这贴着山边插入队伍之中的人。

“是贺兰砜。”章漠话音刚落，阮不奇已经掠了出去。她朝着号角声处跃去。

吹号之人必定就在将领附近，岳莲楼蒙好口鼻，章漠说：“小心。”岳莲楼跃出山峰，回他一句：“你也是。”转瞬便没了踪影。

章漠不可离开此处，他是观察战场全局的重要人物。他眼睁睁看着岳莲楼与阮不奇的身影迅速被风沙吞没，心中焦躁不安。就在此时，他耳朵一动——在刀谷之外，金羌的方向，他听见了一声极细微的、孩童哭闹的声音。

金羌军的号角声接连不断响起。阮不奇半悬挂在山壁上，越是靠近越是惊疑，原来金羌军在这风沙中前进、攻击，全靠号角传声，发出指令。她竖起耳朵，竟听见了五六处号角发声。多种声音还各有节奏，阮不奇暗骂：原来是这样指挥的，果真是有强风作战的经验。她正要掠出去，岳莲楼擦着她后脑勺跳过：“先细听号角规律，我左你右，各杀三个。抢到手后便吹号。”

贺兰砜并未见到岳莲楼与阮不奇的身影。只是他也有着一样的想法：擒贼先擒王。那日周王坡之战，贺兰金英射杀金羌将军后，金羌军火速退去，今日他便是冲着金羌军将军去的。跑下周王坡后，刀谷因地势较低，周围山峰高耸，竟稍稍阻挡了风沙，能看到些人影了。大部分金羌士兵都已经涌上周王坡，殿后的人并不多。贺兰砜手持大刀，一路砍杀过去，忽觉耳旁一凉，连忙低头。

一支黑箭贴着他耳朵掠过，当一声扎入山壁。

贺兰砜只看一眼，立刻认出这是高辛箭。他心中有所感，抬头望去，只见昏黄风沙中，一名高大将领身骑赤红骏马，正持弓对准自己。

“高辛邪狼，贺兰砜，我记得你。”雷师之冷笑道，“怎么，如今仍为北戎天君卖命？”

贺兰砜巴不得他继续误会，并不出言解释。只要能给天君阿瓦多添麻烦，他很乐意制造这样的误会。他双脚一夹飞霄腹部，马儿箭一般冲出去。雷师之把弓箭抛给随从，单手握持一柄银亮长枪，驱马迎战。

刀枪碰击，溅起一串亮银火星！

雷师之大笑：“膂力不错！”两人交错而过，他立刻勒转马头，不料贺兰砜从马上跃起，大刀一挥，险险擦过其脸面，削下几丝头发。贺兰砜落地后飞霄正好跑到，人马配合默契，雷师之长枪还未刺到，贺兰砜已经掠上马背，远远跑开。

“好俊的身手。”雷师之大笑，“你这样的人才，为阿瓦卖命岂不是亏了？”

贺兰砜颠颠手中大刀：“你这样的人才，为金羌卖命难道就不亏？”

“人各有志罢了！”

两马再次疾奔，相遇，刀枪碰击，雷师之这回使出了八九分力气，打得贺兰砜几乎抓不稳手中长刀。贺兰砜不敢轻敌，勒马后撤，雷师之紧追不舍，再度举枪猛刺。贺兰砜躲避不及，以刀格挡，手腕使出巧劲，卷着那枪尖绕了几个小圆。雷师之冷笑，心中却不禁一声暗赞，他中途变力，长枪一缩一伸，贴着大刀刀刃一路滑下，猛扎贺兰砜手背！

贺兰砜反应极快，当即松手后缩。长刀掉落，他脚尖一踢又把长刀弹起，手指捏着刀柄，往前一砍，正正划过雷师之鼻梁！

一切不过是两马交错瞬间发生的事情。雷师之鼻梁上一道血痕，贺兰砜手背被枪尖划伤，同样鲜血淋漓。

面上的伤霎时令雷师之想起了许多不快的事情。他狂怒中抓起长枪朝贺兰砜狠狠掷去，长枪去势凶猛如同野兽，贺兰砜驱马躲避，长枪一下扎在飞霄臀上。

飞霄痛得前蹄离地，一声长啸，刺破了狂风的怒吼。

贺兰砜与雷师之终于拉开距离，他自认没有雷师之的腕力，投不出这样如有千钧之力的一枪，立刻收起长刀，解下背上擒月弓。擒月弓沉重稳妥，落在他手里，令他忽然想起点燃鹿头的那个深夜。

他没有高辛箭，箭囊中只有双层箭头的狼镝。第一支狼镝射出去，被狂风吹得偏离了方向，落地时扎在距离雷师之极远之处。雷师之仰头狂笑，同样亮出自己的黑色长弓，拉弦射箭。贺兰砜只见有黑色影子穿过风沙，飞霄一声嘶鸣，他肩膀狠狠一痛。

不等那箭继续入肉，在察觉它刺中自己肩膀的瞬间，贺兰砜立刻伸手拔出。箭头生有倒刺，他肩上出现一个血口，顿时血流不止。雷师之狂笑不歇，贺兰砜再度拉开擒月弓。

他少年时是烨台乃至北戎最好的弓手。他熟悉风的速度，熟悉马儿颠簸的频率。他用这把弓燃烧过沉寂的血狼山，救过心爱之人。贺兰砜一颗心霎时沉静，如落入一片深潭，风沙掠过他的耳朵与眼睛，他呼吸平缓，略略抬高擒月弓，偏转方向。

狼镝破空！

雷师之笑声未消，坐骑忽然倒下！

一支黑箭正正扎在马儿头顶，马儿吃痛翻滚，很快断了气。雷师之从地上爬起，风暴中又射来数支黑箭，他举刀格挡，心中大惊，这些箭全是冲着他身上要害来的！弓手仿佛有一双神赐的眼睛，穿透漫天风沙，盯准了雷师之所在之处。

雷师之并非寻常之人，他就地一滚，躲开那几支箭，却又见五支黑箭从上至下齐射过来！他再度翻滚躲过，却没能避开五箭之后的一支狼镝。狼镝扎入他腿中，雷师之满心惊愕。他从未见过能连发这么多箭的弓手，更何况贺兰砜肩膀已经受伤，理应无法再拉开这样的硬弓。

这高辛邪狼，宁可不要自己的肩膀，不要自己的手，下半辈子不再使用弓箭，也铁了心要取自己性命。

雷师之根本不知道为何贺兰砜对自己会有这样大的恨意，他不再恋战，也不拔箭，拖着伤腿立刻往随从停留的地方奔去。不料背上又是一痛，箭镞如尖钉，狠狠扎入他背骨，他差点跌倒在地。

“阿奇！”雷师之大怒，“人呢……”

号角声忽然在刀谷深处响起。雷师之心中一悚，他并没有发令。

眼前是倒毙的马儿和身首分离的随从，他们竟然都悄无声息地死了。

号角声仍在持续，这是冲锋的声音。阮不奇吹了一通，觉得有趣，背着号角爬上高坡，再度奋力吹起冲锋号令。

而岳莲楼带着另一个号角，正越过一片狼藉的周王坡。宁元成利用俘虏们的铁鲁达装备，与金羌军打了个漂亮的还击战。金羌士兵如今抵死顽抗，后部士兵听见了冲锋号，继续不要命地往前狂奔。岳莲楼跳上高坡，与高处的章漠打了个平安无事的手势，举起金羌人的号角，奋力吹响。

他吹的是撤军号。

金羌军队霎时乱了。前头的人往后撤，后面的人往前冲，一时间乱作一团，愈发给了西北军可乘之机。风暴往封狐城方向去了，周王坡风势变弱，远桑扛起巨大的号角吹起号令，怒山部队的马儿解下眼罩，又是一批新的战力。

金羌军中将领纷纷呼喊着“莽云骑活了”，指挥军队后撤。撤军的部队骑着奔马，如涌动的雷声，往刀谷深处退去。一路上无数跌落战马、来不及爬起的士兵被奔马踏成了肉泥。群马掀起谷中黄沙，比风暴来时更能迷乱视线，将领的呼喝之声也几乎听不见，只有响彻刀谷的冲锋号与撤军号仍在不停回荡。

雷师之不敢与这些奔腾的战马面对面，他滚落一处狭窄低谷中，只听见耳边是震天的蹄声。大腿与后背都中了箭，他忍耐着疼痛，挥刀砍断箭杆，坐在谷中静等奔马离去。

这低谷中也扬起了烟尘，周围一片模糊。他方才还看到谷内有一处圆圆的坟包，但没有细瞧，如今连那坟包也看不见了。

不知等了多久，蹄声渐渐远去，他急喘几口气，从低谷爬出。不料还未爬到地面，忽然便被狠狠一踹，又跌入谷内。这一跌，他背上残留的箭杆直刺入肉，雷师之霎时失去了起身的力气，只能躺在谷内大口呼呼喘气。

踹他之人瘦削高挑，满头黑发扎在头巾里，眼内毫无情绪。她怀中抱着一个孩子，手持弓箭，走近雷师之。

“哈……”雷师之哑声笑了，“白霓。”

路途颠簸，母女俩从金羌到这儿，一路东躲西藏，疲累不堪。方才风沙起时锦儿甚至被吓哭了。

孩子毕竟年幼，哭得累了，最终在白霓怀中沉沉睡去。白霓小心翼翼把锦儿放在窄谷避风处，扭头看了眼谷中的坟包。坟包上没有墓碑，似乎有人来祭拜过，留了些痕迹。

不知是哪个可怜人，死在这荒芜的地方。这一念头掠过白霓心口，她轻轻拍了拍眉头微皱的锦儿。

雷师之看着白霓在谷中走来走去，问：“马呢？”

“没了。”白霓走到他面前，从他身旁抓起他的佩剑，握在手中，垂眸看他，“这样的风沙天，人和马都顶不住。”

背脊上的箭镞扎得太深，雷师之说一句便喘一声，知道自己可能走不出去了。

他心中倒无太深恐慌，意识到白霓不会放过自己之后，他忽然很想跟这个女人说一些从未提过的心里话。

“我记得你。”雷师之说，“第一次见你的时候，你和靳明照一起来救我……一队人里，你个头最矮，靳明照在牢车里见到我……他哭。你也随他一起哭。”

白霓微微一怔。

“我当时心想……靳明照这个蠢货，居然是他来救我。我心里还想，靳明照居然还带个女人……一个女人，能有什么用？”

白霓握紧了手中佩剑。窄谷之外，马蹄声逐渐远去，风沙、惊雷涌向封狐城，刀谷与周王坡一片死寂，阵阵风声穿过此地，仿似鬼哭。

“靳明照背我逃离，但我不肯……我骗他，我说我已经快死了，我这样的人，没脸回大瑀。”雷师之坐在地上，抹了把腿上汩汩流淌的血，“他跪我，哭我，喊我子业……你也哭，我记得的。你知道我也叫子业吗？这是师父赐我的字。”

“我知道。”白霓说，“建良英将军希望你能建立自己的功业。”

“勃兰湖一别，世上再无人唤我子业。”雷师之笑了一声，“强行留你在金羌这么久，是我对你不住。我和游君山都对你不住。”

他提及游君山，白霓脸上掠过一丝混杂疼痛的憎恶。

“在你来之前，我已经很久没有跟人说过大瑀话。”雷师之问，“如今梁京还有人唱《燕子三笑》吗？”

那已经是一首过去的歌谣。除了怀念往事的人，没有谁晓得它唱的是什么，又是怎么唱的。白霓踩在雷师之心口，把他整个人压在地上，剑尖悬在他胸前。她一言不发，只是看着雷师之伤痕累累的脸。

多年前与靳明照在金羌的牢车里找到年轻的雷师之时，雷师之已经满脸血痕。任何人只要看到雷师之身上的伤痕，见识过他破碎狰狞甚至有如恶鬼般的脸庞，都会生出恻隐与畏惧。如今伤口愈合，疤痕犹在，一条条如同爬虫，贴附在雷师之脸上。

她犹豫一瞬，雷师之忽然攥住剑尖，大笑道：“靳明照被游君山杀死的时候，我就在他面前。你恐怕不知道他有多么幼稚。他仍在问我为什么，为什么要叛国？为什么要帮助金羌侵略大瑀？为什么要杀这么多大瑀百姓和士兵？为什么要与他兵戎相见？为什么——自然是因为我是雷师之，他是靳明照，我们生来是仇敌！只有在敌对的战场上，我和他才能真正较量，才能真正分出胜负！我没有错，我从来没有错！”

他被建良英取字子业，他决心建立自己的功业。然而许下他承诺的将军早已经死了，他即便回到大瑀，也永远会被人记得是曾被靳明照救过的俘虏。这对他来说是最无法忍受的羞辱。

“为将之人，谁不想立万代功业，谁不想流芳百世！他在大瑀是人人熟知的忠昭将军，我不比他逊色，我也是金羌乃至大瑀、北戎人人生畏的喜将军！今日落在你手里，是我雷师之命该如此……我只是不明白……”雷师之急急呼吸，未几竟从口中吐出血沫。

白霓冷冷看他。剑尖已经刺过雷师之铠甲缝隙，插入肉中。

“我对你，对锦儿，已经好到我自己都无法想象的地步……”雷师之直直看着白霓的眼睛，“我所作所为，从未有一刻打动过你？”

“没有。”白霓跪在他胸口，这动作令雷师之又吐出一口血来，“你所说的仇敌，他是我的兄长，我的师父，我最崇敬的人，是受到大瑀全境敬重的将军！我生下锦儿之前，你一直囚禁看管我，我无法离开，生下锦儿后我必须照顾她，这一路山长水远，她太过弱小，我不能贸然带她上路。正因如此，我才在金羌与你盘桓了这么久。雷师之，和你说的每一句话都令我恶心，都令我想到，你和游君山在商量如何谋杀将军时，是何等得意扬扬！”

她恨游君山，这是一种雷师之根本无法理解，白霓也无法向任何人清晰说明的仇意。过往所有的爱与快乐发酵成了酸苦的仇怨，若不是有锦儿，有一丝归乡的愿望和重见靳岍的渴望仍在心底拉扯着她，她知道自己早就被这滔天的恨弄疯了。

雷师之是这场恨的始作俑者。

“你对我们好？”白霓赤红的双眼里是无遮无掩的赤裸憎恨，“你知道一切，你知道将军如何死去，知道靳岍受过什么样的苦，知道游君山是个多么卑鄙无耻的渣滓！我挂念他的时候，你心里是笑着的吧？你很快活吧？你如此操纵我，甚至还妄想让我一生蒙在这骗局里！”

话音未落，雷师之忽然一把捏住白霓的腿，把人狠狠从身上摔了下来。白霓防备不及，跌得头昏脑涨，仍紧紧握住剑柄。雷师之抄起身边石块，扭头竟冲熟睡的锦儿扔去！

白霓飞身挡下那块石头，长剑脱手而出！

雷师之身形一顿，抬起的胳膊软软垂下。长剑穿过他的左胸，将他整个人钉在了地上。

喘出最后一口气时，他看向怒视自己的白霓，碎脸上露出了抽搐的笑。他想起同样被长剑穿胸而过的靳明照。雷师之最后的念头是欢喜的，靳明照被至爱的下属背叛刺死，死前悔恨、惊愕、不甘，多么好笑，多么讽刺。而他雷师之不一样。他至死都是极狠极辣之人。

杀他的人是白霓，他此生圆满。

周王坡之战结束后，贺兰砜立刻被章漠等人送回封狐城。

他受刑的伤已经基本痊愈，拉弓射箭没有问题。但贝夫人千叮咛万嘱咐，连珠箭这种需出大力气，且可能损伤肩骨的箭术先不要使用。出发之前靳岍就跟宁元成等人说过，贺兰砜不会听的，甚至靳岍劝他，他也不会听。

靳岍在封狐城苦等数日，先是等到大瑀击退金羌军的消息，紧随其后的便是半身是血的贺兰砜。

他吓得脸色惨白，双手哆嗦着撕开贺兰砜肩上裹伤的布条。贺兰砜被雷师之那一箭刺中肩上要害，因他拔出及时，原本并不太深。可他紧接着便拉弓连发，那血怎么都止不住，岳莲楼撕了干净衣裳才堵住血口。

军部的大夫也惊了，脱口骂了一句，立刻命人烧起火钳，准备烈酒。两壶烈酒冲伤口淋下，冲洗嵌在肉里的沙子等污物，贺兰砜半昏半醒，被那酒一刺激，整个人几乎弹了起来。

他疼得喊也喊不出声，扭头看见靳岄守在一旁，连那伤口也顾不上了，牵着靳岄的手："我……我为你报仇了。"

靳岄眼睛都红了，吼道："躺下！"

贺兰砜乖乖躺下，这时才觉得疼痛难忍，眼里不禁冒出眼泪，狠狠瞪着那大夫。大夫被他那狼瞳看得心里发毛，扭头对靳岄道："小将军，你跟他说说话，别让他看我。"

靳岄万分心疼，只恨不能以身代之。"报什么仇？"他问。

"帮你杀雷师之，给你和你爹爹报仇。"贺兰砜疼得龇牙咧嘴，说话含糊不清，"我答应过你的，高辛人不撒谎，说到就要做到。"

他因为疼也因为激动，满头是汗，黑绿双色混杂的眼睛里如同燃起火光："但我……我不知道他是否真的死了……我射中了他，可后来金羌撤兵，岳莲楼和阮不奇把我带走……"

靳岄自己都已经忘了这回事，难为贺兰砜还一直记挂在心上。他握着贺兰砜另一只手，贺兰砜忽然发现他手上有咬痕，登时怒问："谁咬的你？"

大夫叹气："除了你还有谁。你从周王坡回来，颠簸了快两日，衣裳堵死了血口子，和皮肉长在一起，我不得撕开它？你那时候还没醒，小将军怕你咬伤舌头，用自己的胳膊填了你的嘴巴。哎哟，那血流的，真是吓人。"

贺兰砜有些悻悻。此时伤口清洗完毕，大夫举着烧热的火钳，预备烫那伤口止血。靳岄捧着贺兰砜的脸："看着我，看着我就行。我知道你疼，你乖乖的，忍不住了就喊出来。"

烧焦的气味从肩上冒出来，大夫一边忙碌一边说话："好在没伤到筋骨，静养一两个月也就长好了，别动啊，别动别动……"

贺兰砜以前倒不觉得自己是这样脆弱的人，但不知为何，靳岄在面前，他便连一点儿疼也忍不了了，喉中呜呜作声。

此时的封狐城西门戒备森严。风暴已经过去，苍天湛蓝，雄鹰低飞。守城的士兵忽见前方有一匹马缓缓行来。

将士们大吃一惊，纷纷举起手中武器。封狐城外便是白雀关，但宁元成守定了白雀关，鸟雀难飞，怎么会有一身布衣的寻常百姓经过？待那人走近，愈发看得清楚：竟是一个风尘仆仆的女人。

女人怀中抱着一个娃娃，以布覆面，只露出两只眼睛。她背上背着弓箭，腰上一把金羌军的剑，一手握缰绳，一手拎着个脏污的小包袱。

“来者何人！”士兵吼道，“停下！否则放箭了！”

女人摘下面巾，左右一看，无人认出她。她轻轻一笑，将手中小包袱扔在马前。包袱散开，包裹之物一路滚到城门口的士兵脚下。

士兵惊得往后一跳，那竟是一颗伤痕累累的人头！

“我是莽云骑旧将白霓。”马上女子朗声道，“西北军统领现在是谁？我要见他。”

第十章

回归

大夫下手毫不留情，贺兰砜疼完了，眼泪也流完了，躺在床上睡了一觉。他醒来时发现房间里竟然空无一人，连本该在身边的靳岄也无影无踪。

贺兰砜心头先是一惊，随即听见外头隐隐传来欢呼声和笑声。他顿生几分不悦，心道，莫非是军部已经开始庆祝胜利？连靳岄也被外头的热闹吸引，竟然不顾我的伤势？他看着屋顶生了片刻闷气，肩膀自然是疼的，而且不知为何，似乎比之前受伤那次更疼。他必须要在大家面前多多说明这种痛楚，好让他们理解及关心自己。

贺兰砜强撑起身，小心翼翼地看着包裹伤口的布条。不妙的是布条上很快洇出血迹，他心头猛一跳，立刻听见有人大骂一声："混账！"

大夫拎着一壶热水从外头风风火火走进来，见他起身，忙冲到床边，把他又按回床上，焦急化作怒气，噼里啪啦地责备他。贺兰砜乖乖躺着，晓得自己的身家性命都在大夫手上，不敢造次。好不容易等大夫骂完，他才寻到空隙问一句："靳岄呢？"

"白霓将军回来了！小将军自然要去迎接她的……你认识白霓将军吗？她还带来了那喜将军的脑袋……"大夫回头一看，登时又竖起眉毛，"躺下！"

贺兰砜坐在床上，眼睛瞪得滚圆。

白霓拎回来的脑袋着实令西北军又惊又喜。金羌军打仗带一股子野气，当日靳明照战亡，莽云骑全军覆没，西北军幸存之人便心惊胆战，生怕金羌军会在阵前亮出靳明照的尸首或头颅。但不知为何，靳明照的尸体竟无人寻得见。最后金羌军进城时，在展示战绩的长枪上挑着的，是莽云骑几位将军的头颅，其中包括靳明照的女婿裘辉。

西北军终于等到依样画葫芦的机会，立刻把雷师之首级挂在城墙上。不仅挂上了，还在那首级上系了一块颇长的布条，上书“败将雷师之”，大咧咧亮相。

靳岄在城墙上眺望，回头便见白霓和岑煅正在说话。

一别两三年，白霓变化并不大。她在人前仍喊靳岄为“公子”，这比“小将军”亲近几分，等两人独处时，她便直呼靳岄名字。锦儿进城后被人声吓醒，哭了几次，靳岄想抱她却不成，白霓见他手足无措，笑着说，他小时候也是这样，只亲近熟悉的人。

两人都是一愣，几乎同时想起，靳岄出生时是游君山跑遍整个封狐城才找来稳婆。靳岄出生后，除了爹娘之外，游君山是第一个抱他的外人。

白霓看着靳岄，低声道：“听闻是你处理了那人。”

靳岄：“是我。白霓，对不住，我……”

白霓：“你做得很对。白霓和锦儿都感谢你。是我不能带眼识人，你手刃奸细，白霓只恨自己不能代替你受这种煎熬和苦楚。”

靳岄眼眶一热，摇头道：“我仍记得他曾对我好。”

白霓把他抱在怀中：“我也一样。”

得到白霓的这句话，靳岄心头一直盘桓的沉重阴云终于有了消散之势。世上有人与自己拥有同样感受，甚至比自己痛楚更烈，他那些无法与人诉说的痛苦似乎也变得轻了一些。

岑煅与白霓有过一面之缘，但白霓对他并不了解。两人简略说了些京中变化，白霓谈到金羌军的战备。

喜将军死后，估计很快就会有新的将领填补上来。以往西北军和喜将军交战颇多，是因为雷师之熟悉靳明照的作战方式。如今西北军的作战记录大部分已经被雷师之拿走，想必之后的将领也可以拿到手，这对西北军极为不利。

但西北军与怒山军队联合歼灭铁鲁达，这对金羌军是一记重锤。

“金羌军极为忌惮莽云骑，如今他们以为莽云骑已经重新建立，至少不敢再轻举妄动。”岑煅说，“我的目标从来不是侵入金羌，也并非要杀尽金羌所有人。金羌与大瑀，以封狐城、白雀关为界，其实是可以和平相处的。”

白霓有几分讶色：“你和靳将军的想法是一样的。”

封狐城、白雀关是连通大瑀与金羌的要塞。两国商旅交通往来，饮食、服饰均互有效仿与潜移默化，百姓联姻更是数不胜数。靳明照常与白霓等人说起自己的想法，他希望两地人人有衣穿有饭吃，不必担惊受怕，不用背井离乡。

“治军为将，谁不愿四野清平？”他常把这话挂在嘴边。

白霓心头充盈着归乡的兴奋和快乐，虽颠簸多日，但她丝毫不觉得累。封狐城有许多变化，西北军军部却与她记忆中一般无二。岑煅细听她的建议和说法，态度万分认真，连白霓都觉得有些不好意思：“玹王殿下不必太客气，白霓是西北军旧将，一切都要请殿下定夺。”

得知莽云骑已经做好了重建的准备，率领它之人竟是贺兰砜，白霓不禁回头去看靳岄。

岑煅不断地说贺兰砜的好处。白霓听得脸上带笑，和靳岄走下城墙时小声道：“咱们在烨台初见贺兰砜时，可完全没想到他会跟你有这样的缘分。”

贺兰砜又躺在床上，闭目皱眉，默默忍受大夫的唠叨。大夫为他煎药，房中弥漫着怪异药味，贺兰砜并不适应，只是想着靳岄为何还不回来，埋怨片刻又强迫自己理解，毕竟和久不见面的白霓相比，自己可能不太重要。

听着听着，大夫忽然不吭声了，贺兰砜睁眼一看，靳岄与一个女子站在门前，正笑着看他。

贺兰砜一下从床上弹起：“白霓将军。”

大夫又开口骂人，白霓朗声大笑。贺兰砜在烨台见过她，后来在金羌也见过她，却从未听过白霓这样快乐爽朗的笑声。

“你怎的总是受伤？”白霓左看右看，忽然发现了贺兰砜背上四处伤疤，大吃一惊，“这又是怎么回事？”

贺兰砜喝了药汤，昏昏欲睡，靳岄和白霓不打扰他，说了几句话便离开了。贺兰砜甚至没能跟靳岄细细说清楚自己的疼痛，怀着微小的怒气入睡。

靳岄和白霓挑着灯说话，把离别之后无数日夜、大事小事全说个清清楚楚。白霓一会儿叹气，一会儿惊奇，她没想到贺兰砜竟然受过这样多的苦，更没想到靳岄于梁京、赤燕筹谋了这么多大事。她看靳岄的眼神渐渐改变，最后低叹一句："靳岄，你真像你爹爹。"

直到三更过后，靳岄才回到房中。贺兰砜原本睡得昏沉，一听见靳岄进来立刻便醒了。

"还疼吗？"靳岄给他搓了热布巾，擦干净伤口周围皮肤的污血。

"疼坏了。"贺兰砜说，"我要死了。"

靳岄："……"

贺兰砜："我的手，我的肩膀，这辈子是好不了了。心里头难过，躺也躺不安稳。"

靳岄："你方才睡得很熟。"

贺兰砜："……"

两人相互看着，靳岄把布巾按在他脸上一通乱擦，半晌才说："多谢你。"

贺兰砜小声道："我是不是很威风？"

靳岄忍不住笑出声："高辛邪狼一直都很威风。"

贺兰砜极喜欢靳岄喊自己为"高辛邪狼"。贺兰砜和他说自己当时何等厉害，与雷师之如何面对面打斗，又如何忍着疼连发数箭，在密密沙雨中刺中雷师之。

可惜最终杀了雷师之的并不是他。

两人说了许多话，眼看夜深了，靳岄出门倒水，忽然发现雪地上有一团影子。他抬头望向屋顶，岳莲楼不知在上面坐了多久。

岳莲楼冲靳岄招了招手，装模作样叹气："可不是我故意偷听你俩说话，是堂主让我来找你，说有要事商量。我不想打扰你们，冷天冷地的，在这儿坐了好久。"

靳岄随口安慰他几句，岳莲楼心情大好，从窗户钻进去探望贺兰砜。两人不知商量什么，声音越来越低，夹杂着岳莲楼几声不怀好意的笑。靳岄竖起耳朵也听不清楚，转头往外去找章漠了。

两人碰面，见章漠面色严峻，靳岄已经猜到他想说什么："时机到了，可以向岑煅坦白一切。"

章漠问："你认为金羌不会卷土重来？"

靳岄："金羌必定会换将，但我猜测，他们不会再贸然犯境。一是他们以为西北军已经有了莽云骑，这等于西北军恢复了大部分战力。二是贺兰金英抓到了两个雷师之麾下的领将，两人都称，金羌已经知道大瑀和北戎联合。"

"所以金羌不会再冒险出战。"章漠点头，"小将军的计策成功了。"

"都是运气。"靳岄摇头，"但我们最大的运气，是贺兰金英答应来援，以及白霓的归来。"

陈霜听两人说了半天，忍不住插话："战场的事情我从来不懂，堂主和小将军讨论军事，叫我来做甚？我去给你俩泡茶吧。"

但章漠与靳岄同时出手按住他，不让他离开。"章漠接下来说的事情，或许你也是想知道的。"靳岄微笑道，"与你的一位故人有关。"

陈霜先是怔住，随即脸色阴沉："我说过我不想找我娘亲。"

靳岄停顿一瞬，忙握紧陈霜的手："不，是另一个人。"

章漠："我们找到杨执园了。"

陈霜几乎浑身一震："杨公公？！"

仁正帝驾崩后，纪春明几次出入宫中，却再也没见过杨执园。他曾跟人打听过杨执园的下落，古怪的是，宫人内侍不是一无所知，便是摇头闭嘴，不发一言。坊间与杨执园相关的传闻数不胜数，潘楼里甚至已经有人写出了故事，称杨执园哭着喊着要给仁正帝守陵，甘愿被封进了皇陵之中。

"他……他现在如何？"陈霜在宫中五年有余，对他最好、最善之人，也就杨执园一个，他心头打鼓，"没了吗？"

"仍活着，"章漠低声道，"但受了大苦，生不如死。"

陈霜："你们找他要做什么？"

靳岄把双手袖起，盯着桌上半弧油灯。灯火被窗缝吹进的春季晚风晃得飘摇，他眼中亮起两簇小焰，跃动如萤。

"先皇驾崩时，杨执园就在他身边，"靳岄带一丝似有若无的轻笑，"只有杨执园能跟我们说清楚，先皇究竟因何而逝。"

第十一章

风雨

章漠是在瑶二姐家中找到杨执园的。

去年元宵之夜，卫岩把贺兰砜拉出去公开羞辱，纪春明因此揍了卫岩一拳。那拳正砸在卫岩鼻子上，把他鼻梁也砸歪了，如今朝中人人都知道他与纪春明有了极大矛盾，明面上无人提起，暗地里却不知被多少人悄悄嘲笑。

这事情宫中自然也是知道的，包括杨执园。

在宫中主动找纪春明说话的不是杨执园本人，而是一个身穿禁卫服的禁卫。

原来那禁卫几年前曾受过杨执园赠银救母之恩，他受杨执园所托来找纪春明。杨执园知道纪春明是靳岄这边的人，纪春明跟卫岩打的那场架更让他确认，纪春明可以信任。

在纪春明帮助下，杨执园辗转从宫中逃出，如今藏在瑶二姐家中地窖，十分隐秘。

章漠一口气说完，陈霜听得糊涂："杨公公为何要离开皇宫？"

"皇帝要杀他。"章漠言简意赅，"他是先皇身边最受信任的内侍，知道的事情只会多不会少。那禁军侍卫冒死救下杨执园一命，杀了杨执园身边另一个年纪相仿的公公，伪装成他的尸首，骗过了皇帝。"

陈霜："他如今情况如何？"

章漠："很不妙。当日那侍卫救他之时，他已经受尽折磨，奄奄一息，只一口气吊着而已。加上他年纪太大，重伤难愈，如今一直卧床，不能走动，凡多说一句话便会急喘不止。满床便溺，夜不能寐，食不下咽，只怕时日无多。”

陈霜怔住了。

章漠未能从杨执园口中问出仁正帝驾崩时究竟发生了什么，但单从岑融不肯放过他这一点，已经猜出了大概。杨执园不肯告诉任何人当日之事，除非见到靳岄或者岑煅。

陈霜终于明白，章漠专程赶到封狐城，实际上是为了给靳岄带这一个口信。在开战之前，两人隐而不谈是为了不让岑煅分心，如今鏖战许久，西北军优势尽显，章漠与靳岄打算对岑煅坦白。

靳岄回到房中时，贺兰砜还没有睡着。他半靠在床头，一脸若有所思。

靳岄坐在床边，犹豫很久才开口：“我要回梁京去了。”

贺兰砜登时怀疑自己听错了：“什么？！”

“陈霜、章漠他们随我一起走，阮不奇留下。”靳岄说，“梁京有一些极为重要之事，我必须去处理。”

贺兰砜当即扭头不吭声。靳岄知他不悦，好声好气地和他说了半天。贺兰砜现在是莽云骑的校尉，白霓又回来了，若想将莽云骑练回靳明照率领时的水平，他是绝对不可离开的。这样一来，两人又要分别了。

贺兰砜心头有些不好受。他看出靳岄心中愧疚，但想到靳岄总是将朝廷和梁京之事摆在自己之前，胸中便像是被闷住了一样，喘不上气。靳岄凑近，小声和他说话。贺兰砜心头有许多无奈。他很明白靳岄何其重视自己。如今在自己受伤之时，靳岄却要回梁京，可见梁京那件事必定极为重大。

他不能生气。他绝不可生气。同贺兰金英喝酒聊天，细说别后之事时，贺兰金英劝过他：“靳岄是要做大事的人，你若执意要陪他长久，那有些时候就不能让靳岄为难。”

“你说句话呀。”靳岄问，“你是不是生气了？”

贺兰砜在沉默时已经自己消化了所有情绪。他忽然想起方才岳莲楼教导的事情来。

岳莲楼对那些引人愧疚的把戏颇有心得。他谆谆教导：“靳岄这样的人，也就对你才会心软，才会什么都顺着你来。你如今受伤，那便牢记，时时刻刻都要在靳岄面前表现出你的痛苦来。但光痛还不行，你还要装出忍耐。”

贺兰砜不解："为何要装忍耐？"

"傻子。"岳莲楼转着手中烟管笑道，"你要是能让他心里过意不去，对你生出愧疚，那你就可以为所欲为了。"

贺兰砜始终半信半疑，他觉得靳岄不会是这么软乎的人。

"太疼了，不想说话。"他对靳岄讲。

靳岄黑眼睛里尽是难过和惆怅："要不是我，你也不会老受伤。"

"我也想当将军，建功立业，死后有许多人给我烧纸。"贺兰砜想了想说，"这和你没关系。"

靳岄不吃他这个理由："若和我没关系，你就不会出现在这里了。"

贺兰砜："还是疼。"

靳岄："我去叫大夫。"

他跳下床，贺兰砜却一把抓住他："大夫说疼很正常。我能忍。"

靳岄忽然想起贺兰金英说过的话。身为兄长，他忧心弟弟鲁莽，曾提醒过靳岄不可将贺兰砜卷入争斗之中，但靳岄并未做到。他心头实在有许多愧疚，贺兰砜身上不少伤都是因他而来，他是怎么都报答不了的。

"下半辈子，我给你做牛做马吧。"靳岄说。

半天听不见贺兰砜回答，靳岄扭头一瞧，原来他已经闭目睡着了。方才嚷嚷着这里疼那里痛，全是装的。靳岄哭笑不得，小心翼翼用帕子擦去他头上的汗。

第二日，在询问了大夫之后，靳岄打来热水给贺兰砜洗头。贺兰砜仍躺在床上，在床沿探出脑袋，靳岄用沾水的梳子一点点地给他清理发中沙子。

岳莲楼在窗口探头探脑："还有这待遇？"

等洗完了，擦净脸，贺兰砜仍是引得城中少女频频回头的英俊邪狼。梳好了头，一直倚靠在窗口抽烟管的岳莲楼怔了一瞬，笑骂道："贺兰砜，你咋又长俊了？真让人不高兴。"

靳岄回头看岳莲楼："比你岳坏楼好看。"

岳莲楼一拍膝盖："是不是跟阮不奇学的？怎能骂人！"

他不明白为何短短一夜，贺兰砜竟然就学到了他这些撒娇本事中的精髓，靳岄竟然为了贺兰砜和他顶嘴。岳莲楼对贺兰砜生出无穷妒意，专程跑到阮不奇面前说："贺兰砜这厮坏透了，比我还会撒娇。好恶心！"

阮不奇飞快跑开："傻子。"

大夫看过贺兰砜的伤势，捋着山羊胡子点头，表示贺兰砜可以起身，可以缓步在院中走动，但肩膀仍不可做大动作。等贺兰砜美滋滋跑到院中晒太阳，大夫一脸惊诧地拉着靳岄："小将军，你这朋友体格真惊人。"

也幸好是未伤到筋骨，止血之后静等伤口复原长肉便可。这一日靳岄没出过门，宅子不大，他走去哪儿贺兰砜都跟着。

靳岄埋头整理行李时，贺兰砜便搬了张凳子坐在一旁和他说话。靳岄在院子里泡茶，贺兰砜便坐在石头上瞧他。

岑煅走进来时，两人正小声说话。

章漠已把杨执园的事情告诉岑煅，不出靳岄所料，岑煅并不相信。

"我知道你与官家素有矛盾，也知道他确实对我心存芥蒂……但不可能的，靳岄。"岑煅落座后立刻开口，"无论如何，他都不会对爹爹动手。"

"他若不动手，如今坐在那个位置上的人不是他而是你。殿下，人心难测，何况那是天底下一等一的权势，能抵受这种诱惑的人又有多少？"靳岄问。

岑煅张了张口，闭嘴不言。实在是因为他也曾是无法抵受天子权位诱惑的人，只不过一切还未开始，仁正帝便没了，岑融上位，他那刚冒头的争夺之心不得不随之消失。

"靳岄，你坦白告诉我，你为什么要查这件事？"岑煅压低声音，"是你听到了什么风声？还是……"

"这些起初只是我的怀疑。先帝驾崩之前已经病重，一直被困在惠妃宫中，情势可疑。且他对你赞赏有加，对岑融渐渐不满，为何会突然决定把天子位传给岑融而不是你？"靳岄微微一笑，"靳岄不过是心中常有好奇与困惑，所以很想找杨执园杨公公仔细问问。谁料一查才知，杨公公已经消失不见。一来二去，便查出了些古怪端倪。"

岑煅凝视靳岄的眼睛。他想起梁京发生的许多事情，想到这个年纪不大却城府颇深的青年曾搅动过怎样的风云，想起他在碧山盟埋下的雷，他与贺兰砜设计请来的怒山援军。岑煅确实从没有小看过靳岄，但如今坐在靳岄面前，他眼角余光瞥见贺兰砜在一旁静静地沏茶，心中突兀地生出一阵后怕。

靳岄比他所想象的更狡猾。

岑煅转开了话题：“你让我与夏侯信联系，莫非早就存有此心？”

“玹王，你可以说我自私狭隘，睚眦必报。岑融曾对贺兰砜下那样的毒手，几乎毁他一生，此仇我非报不可。但若是你再看得远一些，岑融可以为一己私欲，利用常律寺戕害寻常百姓，甚至对自己的父亲……你真的认为他有天子心怀？”

岑煅沉默片刻，只是仍旧追问：“这与夏侯信又有什么关系？”

靳岄跟他解释，梁安崇落马后，夏侯信就没了靠山。夏侯信家人大多在京中，职务上与梁安崇牵连甚广，岑融恨梁安崇入骨，对梁安崇的幕僚自然也不会留好。另外，夏侯信与岑融在定山堰泄洪一事中生了矛盾，岑融不会再信任他，夏侯信即便投诚，也没有好处。如今夏侯信的当务之急，是寻找新的、可以跟岑融抗衡的靠山，才能保住自己和家人的性命。

“此人深谙吏道，心有九窍，虽绝非忠臣，却是可堪一用的能臣。”靳岄跟岑煅细说当日发生在昌良城与仙门城的事情，“夏侯信最难得的，是他分明已经对这官场、吏途有万种心得，以他能力，在灾厄中自保并非难事。但他在心中排第一位的却并非自保，而是百姓。”

靳岄很难说出原谅之词。但若是放下军粮之事，放下他自己的恨意，他又清晰地明白，夏侯信是一个值得保留并且值得重用的人。

岑煅静静地听他说话，靳岄从他眼中捕捉到了一丝不忍与困惑。“殿下无须诧异。对于当日抢粮之事，靳岄永远不会原谅。但这两三年中我经历了许多事情。人之祈愿有千万种，然而世事复杂多端，人也万变莫测。我只要认准自己想要做的事情，往前去就行了。”

“你是在利用我，向岑融复仇吗？”岑煅忽然问，“这才是你认准的事情。”

屋内一时间静寂无声。贺兰砜抬头看他，惊诧与愤怒在绿色眼瞳中滚动：“靳岄没有这样想！”

“那你不想利用我，为枉死的先皇复仇吗？”靳岄十分平静，笑着反问，“如果你将你我的情谊全都看作利用关系，我也无所谓的。靳岄只会记住殿下曾真诚对我，也曾真诚对待贺兰砜。这并非恩情，而是靳岄认可你的根据。我只是认为，你有治理天下之能，那就应该拨乱反正。我能帮你多少，我就一定竭尽全力。”

三日后，靳岄与章漠等人离开封狐城。离开之前，章漠陪他去靳明照的坟前把尸骸起出，以火焚化，装在精巧匣子里带回梁京。

启程时分，锁玉渊上最后的冰层终于碎裂，春水汹涌，从古穆拉塞河一路往下，冲击沿岸光秃秃的黑石与碎裂冰块。冰层断裂的声音如同惊雷，冰块错杂往下游移动，轰然作响。

靳岄远远看着列星江上涌动的冰，心中有无边畅快。他曾答应岑静书，春天时会回去。

他做到了。

与众人挥手道别，靳岄没有回头。贺兰砜骑着飞霄在城门前徘徊，忽然拍马奔驰，追上了靳岄。他一言不发，伸手揽住靳岄的肩膀。激烈的动作令贺兰砜肩膀伤口作痛，但痛也成了离别的赠礼，他在疼痛中愈发觉得不舍。

两个人没说一句话，以目光相互递送无声话语。

等靳岄从山道上消失，贺兰砜驱马上山远眺。他慢慢唱起许久之前在列星江边学会的歌。岳莲楼耳朵尖，回头对靳岄笑道："是那首歌！君是济川舟楫手，将许事，笑谈成。"

靳岄不禁回头。贺兰砜勒马立在山巅，积雪渐渐化去，在这寒冷之处，春意才刚刚沾染树梢。他的长发被春风吹起，身姿挺拔潇洒，仿佛身怀风霜雨雪都不可动摇的魂魄。

靳岄离去后第二日，贺兰金英与远桑等人从周王坡撤回。宁元成回城禀报战况，贺兰砜从大哥脸上看出一丝喜悦："打完了？"

"还没有，但金羌不敢动了。"贺兰金英指着城墙上的头颅，"这东西发挥了大用处。"

原来宁元成接到喜将军被白霓斩首的消息之后，放松了刀谷的巡逻，故意把两个金羌探子放了进来。探子一路穿过白雀关，却在封狐城外吓得半死，喜将军的首级就悬挂在城墙上，因天气寒冷，结了一层白霜，看起来愈发可怖。

探子把消息带回，金羌军登时乱了。

"宁元成说金羌也许会换将，换将之后也许还会再次进攻。"贺兰金英用皮绳束起浓金色长发，异族的英俊面庞毫无遮掩，来往的大瑀士兵都忍不住往兄弟俩这边看上几眼，"不过都与我们无关了。"

贺兰砜正扭头看阮不奇与远桑说话。阮不奇和远桑在封狐城一见如故，没几日就好得仿似姐妹。

远桑出战回来，阮不奇带着锦儿跟她打招呼。锦儿见远桑脖子与下巴尽是烧伤痕迹，伸出小手去触碰，小心翼翼：“你痛不痛？”

白霓走过，笑道：“也不知谁教的，她看到受伤的人就问别人痛不痛。”

远桑被孩子柔软的手指吓了一跳，小心翼翼地捏着锦儿的手掌，连声音也温和的与以往大不一样：“谢谢你，我不痛。”

贺兰金英揉了把贺兰砜的头发：“听见我说话了吗？我和远桑要回去了。”

贺兰砜吃惊：“这么快？”

“还快？”贺兰金英笑道，“如今战局稳定，白霓回归，她跟你一同训练莽云骑，没有我们什么事。我必须走，朱夜和娃娃还在家里等着我。”

这场仗只在周王坡开战，封狐城内完全没受任何影响，百姓来来往往，人人脸上带着春季的喜色。贺兰砜带贺兰金英去吃白霓娘亲摊上的水滑面，贺兰金英一口气吃了两碗，扭头跟老太太细细询问如何制作。他回去要做给朱夜尝尝。

老妪与白霓重逢，脸上满是笑意，仿佛年轻了十几岁似的，整天嘴上念叨的不是白霓就是锦儿。贺兰金英和贺兰砜如今是封狐城中出名的异族将领，老妪又听白霓说过兄弟俩的事情，知道这两人都是来帮封狐百姓的，不肯收一文钱，把自己制作水滑面的心得倾囊相授。

城中渐渐热闹，人们以往只知道靳明照将军在，封狐城就绝对不会有事。如今玹王殿下和狼将军在，封狐城也仍然安稳妥当。贺兰砜走过街巷，指指点点地跟贺兰金英解说：这一处那一处，都是靳岄小时候曾经逗留过的痕迹。

贺兰金英陪他走着，腰上悬挂的黑色狼面具与剑柄撞击，轻声作响。

“以后还回血狼山吗？”他问。

“回去找卓卓。”

“你还想把卓卓也拐到大瑀来？”贺兰金英笑骂，“离我太远了，不成。”

“鹰长大了就要离巢，你应当高兴。”贺兰砜说。

两人走在军舍大道中央，此时暮色四沉，苍穹上燃烧熊熊热霞，城中灯火已经次第亮起，又是静谧平和的人间。

“我很高兴。”贺兰金英摘下腰间面具，盖在贺兰砜脸上，“这个给你。”

贺兰砜不肯收："我不要。"

"拿着它，我的弟弟。"贺兰金英把面具戴在贺兰砜脸上，盯着他幽绿色的狼瞳，手指点在他胸口上，"贺兰砜，从今日起，你便是世上唯一的狼面将军。你属于驰望原，也属于大瑀。可我要告诉你，你是你自己，你要做你自己想做的事情。生在血狼山、驰望原，能走到此处的人不多，大哥做不到，你比大哥更出色。只是你别忘记了，纵然走得再远，你的根永远在血狼山。若是天下太大了，你累了，随时回来。我和朱夜永远在家中等你。"

等贺兰砜手忙脚乱摘下面具，贺兰金英已经大步踏入军部，朗声大笑呼唤远桑："收拾行李吧！"

贺兰砜重又戴上面具。他仿佛被一种坚固的东西保护着。狼面具、擒月弓、高辛铁打造的狼镝，他与自己的故乡原来是这样不可分离。

边地莺花少，年来未觉新。第一朵迎春在军部绽放的时候，贺兰金英与怒山人辞别了封狐城。他们扮作商旅，在金羌与大瑀战事稍歇的间隙，与两地重新开始活动的商人一起，穿过白雀关，渡过古穆拉塞河，往驰望原而去。岑煅、宁元成带着西北军的将领们送别贺兰金英，贺兰金英与岑煅约定，夏季还会有三百匹白原马、一百匹高辛马渡江而来。

流利地说着金羌话和大瑀话的商人们热闹地在封狐城外大声谈笑，贺兰砜与白霓训练归来，一时间以为战争已经结束。住在烨台部落的时候，只要春季时有大瑀商客骑着马儿、风驼抵达烨台，烨台人便知道，边境不打仗了，人们有安心日子过了。

商人们的到来是和平与繁荣的信号。只要路仍能走，货仍能买卖，商人便永远不会停下脚步。他们如同最灵活的鸟雀，在城池与城池之间飞行，带来各处的新鲜讯息。

白霓给锦儿买了一串珠子，穿在手上，抬头便见阮不奇和远桑在路边说话。

远桑最终没跟贺兰金英一起回驰望原。她铁了心要离开怒山，继续在大瑀当她自由自在的江湖客，少不得还跟贺兰金英吵过几次。贺兰金英根本不可能说服她，吵到最后干脆服输，转而祝愿远桑一切顺利。

白霓十分喜欢阮不奇，连远桑的古怪脾气她也觉得有趣。锦儿年纪还小，不辨美丑，天生懂得谁对自己好。她亲近阮不奇，在阮不奇与母亲的影响下，连带着远桑也成了她新结交的好朋友。

白霓在军部下马，回头又看两眼，眼角余光瞥见宁元成在军部门口走过，拉着他说：“你再不动弹，阮不奇就要被远桑拐走了。”

宁元成先是一愣，随即眼神乱晃：“什么？什么？”

吃饭时贺兰砜端碗跟阮不奇聊起卓卓，宁元成远远走来，招呼阮不奇和自己去练剑。贺兰砜偷偷跟上，两人在练武场比画一通之后，战了个平手。宁元成攥着自己的剑，激动得话都说不利索了：“我不会再让你弹走我的剑了！”

贺兰砜心生不忍，连他都看出阮不奇留了手，是给宁元成面子。

阮不奇倒也爽快：“不错嘛宁将军！”

难得听她赞自己一句，宁元成脱口而出：“既然如此，你想不想当将军夫人？”

白饭吃到一半的贺兰砜：“……”

恰好从场边走过的岑煅和白霓：“……”

宁元成手忙脚乱，挠挠头发又挠挠嘴上的小胡子：“那个，呃，就是……我、我、我的意思你懂吧？”

“不懂。”阮不奇问，“将军夫人好玩吗？”

“谈、谈不上好玩，就是——”

阮不奇又打断：“还能杀人吗？”

宁元成：“战场上可以。”

阮不奇想了想：“你给我置办大宅子吗？一间就好，里面得有一百个漂亮公子，任我赏玩。”

宁元成正想应承，听完后面半句，脸色突变：“一百个什么？”

“一百个俊俏的公子，你也算一个吧，可以来住几天。”阮不奇兴奋道，“这是我毕生夙愿。”

“……”宁元成指着自己，“有我还不够吗？”

“你才一个，不够我玩儿的。”阮不奇扔了木剑，抓起长鞭几下跃到刚刚冒出叶苞的柳树上，回头笑道，“等你给我凑到一百个漂亮公子，我再当将军夫人。”说完便翻墙而出，抄起锦儿，同远桑一块儿出门去。

宁元成攥剑呆站，半晌才意识到一旁有人围观。他看向岑煅，委屈又尴尬。

岑煅忙拍拍他的肩膀："男人嘛，有时候是要做一些鲁莽的事情！"

此后，阮不奇一厢情愿地找到了与宁元成的共同乐趣。每每见到宁元成，她便自来熟地蹦过来揽着他肩膀问："找到几个了？"

宁元成被她问多了，自暴自弃："就我一个，你要不要？"

阮不奇嫌他懈怠，不住地与他解释自己的愿望如何美好："你喜欢漂亮公子吗？不喜欢？那我给你找一百个漂亮姑娘，春风春雨楼你晓得吧？"

宁元成哭笑不得，那一点儿恋心被阮不奇慢慢磨成了耐心。

这些事情贺兰砜会写进家书里。明夜堂帮众常在梁京与封狐之间来往，脚程快，马儿耐跑，贺兰砜三天两头便跑分堂去塞信。去得多了，帮众不得不提醒："校尉，你前日的信咱们还没送去梁京，不必这么快。"

贺兰砜闻言怒道："那为何不送？快送、快送！"

贺兰砜写字一笔一画，有时候碰上不会写的字，他谁都不问，只问阮不奇。因阮不奇不会取笑他信中内容，只会笑他握笔姿势难看。信里什么都有，絮絮叨叨的，他恨不能把靳岄离开之后每一日发生的所有事情，巨细无遗，都告诉他的勒玛。

梁京城中，靳岄和章漠等人抵达明夜堂时，帮众立刻掏出七八封家书，全是给靳岄的，每一封都又厚又沉。

岳莲楼又生妒意："堂主，你很久不给我写信了。"

章漠："你是希望你我分隔两地，我天天给你写信，还是想让我和你一块儿在明夜堂待着？"

岳莲楼火速答："一块儿待着。"

靳岄察觉章漠对待自己的态度已经悄悄发生变化，愈发像对岳莲楼那样了。

两人只不过是逗他玩儿，岳莲楼捏捏他的脸："走吧，去找你娘亲。"

岑静书和靳云英如今住在宁元成家中，靳岄果真在春天回来，带着靳明照的骨灰。岑静书没有大哭，只是用衣袖细细地擦拭木匣子，把它紧紧抱在怀中。

"咱们又一家团聚了，这个春天真好。"她眼里噙着滚动的泪星，微笑道。

安顿好之后，靳岄在院子里拆看贺兰砜写来的信件。岑静书偷偷凑来看，靳云英也蹑手蹑脚靠近，靳岄全神贯注，完全不知身后站着两个人。岳莲楼挂在树上，扮作猴子样偷看，还大声念出来。

靳岄一下把信盖上，怒吼：“岳莲楼！”

回头一看，岑静书和靳云英掩着嘴巴窃笑走远。靳岄呆了一瞬，气得跳脚：“姐姐！娘！这……你们！”

岳莲楼翻身坐在树上，看着天上的大月亮，半是好笑，半是认真：“我们哪里来的好福气，居然遇到贺兰砜这么有趣的一个宝贝。”

靳岄已经抓起灯盏躲进了房间里。岳莲楼坐在树上吹起竹笛，靳岄摊开信笺，一字字地在灯下细看。字迹笨拙，忽大忽小，但贺兰砜写得十分认真，竭力地学习大瑀人的行文方式，半文不白，十分好笑。

回京好几日，忙忙乱乱，好不容易打理好一切，靳岄与陈霜一同去找瑶二姐。

知道靳岄和陈霜回来，纪春明早在几天前就登门拜访。一年未见，纪春明老成了一些，走路行步端着架子，但一见到老友，脸上立刻涌上孩子般的笑意。

他今日在瑶二姐门前等待两人，陈霜一路十分警惕，并未发现有人跟随。“官家不知道你回来吗？”陈霜低声问，“没见到任何动静。”

“应当是知道的，可知道也不能怎么样。当日是广仁王宋怀章把我带走，又是广仁王宋怀章把我放了。他若有不满，应当找宋怀章去。”靳岄挑帘进入。

瑶二姐一身喜气洋洋的新装，她婚期将近，整个人洋溢着快乐和甜蜜。见到陈霜，她也不见羞涩，粲然一笑：“你如今可好？”

“很好。”陈霜认真答道，“二姐更精神了。”

两人寒暄几句，一切如常。靳岄静静看着陈霜的背影，心头涌起无法言喻的隐痛。他置身此处，更觉陈霜是那些碎裂的、亟待修补的玉石。可谁都不知道应该如何修补陈霜的裂缝。

瑶二姐把两人带到后院，指着地窖。纪春明小心启开地窖门，霎时一股混杂了草药与腐朽臭味的气息从地窖涌上。陈霜丝毫不觉难受，他急着见杨执园，当先跳了下去。

地窖里灯烛昏昏地烧着，床上一张新被，裹了个瘦巴巴的人。靳岄和纪春明紧随陈霜跳下，陈霜已经跪在床边，抓住床上老翁的手，轻轻喊了声：“杨公公。”

靳岄才知章漠说杨执园“生不如死”竟是真的。他受了毒打，不知还吃过什么折磨，人已经瘦得不成样子，印象中那富态的圆脸完全塌陷，浑浊的眼珠滚动时，仿佛一具骷髅。他无力反握陈霜的手，左眼看不见东西，勉强睁开右眼：“小将军？”

“是陈霜，公公还记得我吗？”陈霜一字字慢慢道。

杨执园愣怔片刻，枯槁的手指脆弱不堪，仍试图牢牢抓住陈霜手掌。他苍老嘶哑的嗓子滚动着虚弱的喘息，一口痰卡在喉咙里，半晌后开口，已经带上了哽咽之声：“霜儿？我以为……我以为你已经死了。”

陈霜是他从牢房里拎回来的小东西，不会说大瑀话，却长了双灵巧狡猾的眼睛，如同误闯陌生丛林的小兽，本能地用攻击来保护自己。杨执园带陈霜五年，陈霜活脱脱长成了一个小杨执园，一张嘴油滑无比，做事情周到妥帖，逢人便笑，可不知为何，不喜欢他的人仍旧很多。

陈霜问杨执园，杨执园笑答：“原因有二。一，你是琼周人，与大瑀人本来就不是一条心；二，你有我这个靠山，自己却又没什么本事，自然惹人厌。你年纪尚小，但也应当明白，有些话能说，有些话不能说。哪怕是好话、漂亮话，我可以说，你没资格。”

再后来，陈霜因说话惹恼惠妃，惠妃开口跟皇上索要他，杨执园拦也拦不住。迎凤池对宴中，陈霜受罚，杨执园得到这消息去找他时，人却已经不见了。有宫人说他悄悄跑了出去，此处戒备不如皇宫森严，有不少内侍看见他溜走了。也有人说他已经死了，被惠妃的人悄悄拖走扔掉，尸首落在何处，谁都不知道。

杨执园一直把陈霜看作自己的孩子，回宫后唏嘘几日，每年清明都悄悄给他倒一杯水酒。

“你……你出宫了……吃了许多苦吗？”杨执园艰难坐起，靠在墙上，抓住陈霜看个不停。陈霜高大许多，已经是个俊俏挺拔的青年，一身衣裳虽不名贵却也整齐干净，杨执园再看他模样，便知他离宫之后并未受苦受难，而是被人好好照顾着。

“我是明夜堂的人，已经快十年了……”陈霜坐在床沿，与他轻声说起这许多年来的遭遇。杨执园又惊又奇，哑声笑道：“也是奇遇了，你竟有这般造化……现在江湖人见到你，莫不是都要喊一声陈大侠？”

等两人叙旧完毕，杨执园转头看向靳岄与纪春明。纪春明本来打算把他安置在府中，但府内人多口杂，怕生事端，瑶二姐建议让杨执园住进补玉铺子后院纪春明的旧房间里，但杨执园不肯。后来果真有朝廷中人借补玉或拜访瑶二姐之名，强行进入后院察看，幸好地窖位置隐蔽，探子无功而返。

“小将军，我知道……你要问我什么。”杨执园哑声道，“但此事，我只跟你说。陈霜和纪大人，不能留下。”

陈霜与纪春明只得爬上地面，地窖半掩着，里头的声音听不清楚。瑶二姐在前头看铺子，陈霜拉着纪春明走远了一些，好让靳岄问得更详细。他耳力不错，隐隐约约地，也能听见一些语句。

但他很难凝神细听。纪春明一直跟他说话，尽是些絮絮叨叨的废话。陈霜想让纪春明停口，但扭头看见纪春明愉快的模样，便觉喉中干涩，难以开口。

陈霜与靳岄还在梁京生活时，纪春明便三天两头借瑶二姐之名去找陈霜，说的事情天南地北，见到陈霜就乐得像个孩子。陈霜后来想了又想，那时候瑶二姐已经跟玉丰楼的公子结识，她送自己礼物，不过是出于朋友情谊。纪春明自然是知道姐姐恋情如何发展的，但他仍用瑶二姐为由去打扰陈霜。

陈霜心想，纪春明不知是装糊涂，还是真糊涂。他性格如此，朋友稀少，当上了刑部大司寇后，真心来往之人更是屈指可数。那双快乐、喜悦的眼睛注视着陈霜的时候，陈霜没来由地想，若是纪春明能得到俗世幸福，自己不知会有多么开心。

“二姐的婚事准备得怎样了？”陈霜问。

纪春明便约他改日一同去玉丰楼吃酒，顺便见见那掌柜的儿子。他说自己起先不喜欢那男子，觉得他家中行商，嘴甜舌滑不可信任，怎么看都是陈霜更好一些。但来往渐多，他慢慢发现那人对二姐完全捧出一颗真心，连带着他也被折服了。

说完后纪春明有些忐忑，笑着转开话题：“你呢，你又打算何时娶妻？”

“不娶。”陈霜看着头顶黑色天穹，“江湖人干的是刀口舔血的生意，成家生子，非我所愿。”

“你们明夜堂里娶妻生子的人也不少，这有什么关系？”纪春明道，“不娶无子，绝先祖祀，这是大不孝。”

陈霜看着他笑道：“我最想娶的人已经跟玉丰楼公子定了亲，我还能怎么办？”

纪春明别过头，看着铺子后窗的灯光，半晌才说：“那就是你不对。我姐姐对你有意的时候，你总是不理她。”

陈霜又逗他：“那现在我若去跟瑶二姐求亲，她肯不肯？”

纪春明毫不犹豫：“她不肯的。”

“为什么？”

“她喜欢你时真心真意，如今对姐夫自然也是真心真意。”纪春明看向陈霜，“你不要把我姐姐当作水性杨花的女子，她喜欢什么人，从来坦坦荡荡。”

“春明，你很好。你们都很好。”陈霜看他的眼睛，里头映着月色与清澈的自己，“赤子难得，是陈霜没有福气。”

纪春明一时难以回话，怔了许久。

此时地窖传来声音，是靳岄爬了上来。他脸色凝重，与纪春明和瑶二姐道别后，同陈霜一起离去。途中陈霜询问，但靳岄只是轻轻摇头，不肯细说。陈霜知此事关系重大，便识趣地闭了嘴。

此时宫中，有银甲校尉手持军报跪在殿外等候召见。内侍传令入殿内，岑融正在批阅奏折。仙门城的夏侯信与包括游隶城在内的几位城守合力清理了沈水下游的洪灾遗祸，如今沈水下游一片清明，朝中大臣们纷纷称赞这几位城守立了大功，奏请嘉奖。

听内侍奏报完，岑融当即抬头，又惊又疑：“西北军大捷？”

军报写得一清二楚：西北军在珓王带领下，重建莽云骑，并于周王坡重创金羌军，诛杀金羌大将喜将军雷师之。金羌士气受挫，随后换将再攻，但气势消沉，始终无法突破周王坡防守。如今西北军已将守军推至白雀关之外，与金羌遥遥对峙。又有箭法超卓的斥候潜入金羌，以火箭点燃金羌军粮大仓，将敌军粮草烧得一干二净。如今金羌腹背受创，难以再组织大军犯境。

岑融细看军报，眉头拧成一团死结：“莽云骑谁统领？”

跪地的校尉回答：“白霓白将军。”

岑融愈发吃惊：“白霓回来了？她消失了许久，发生了什么？”

“属下不知。”校尉回答，“属下过去并非莽云骑中人，只晓得白霓将军归来后便率领莽云骑，上阵杀敌。”

岑融想了想，又问：“只有白霓？没有别的统领？”

校尉答得飞快：“只有白将军。”

岑融沉吟片刻，再问：“你们哪儿来这么多马？”他记得非常清楚，岑煅离京前往封狐城之前，曾请求自己给他一些战马，但他拒绝了。

校尉认真道：“都是西北军的旧马。莽云骑马儿虽然数量不多，但威力不减。”

一切毫无破绽，均有道理可循。岑融点了点头，命人嘉奖这位校尉。西北军和岑煅的胜利大大出乎他的意料，愈发令他焦灼不安。

内侍再次回到殿中，疾步走到岑融身边，低语几句。岑融猝然抬头：“靳岄回来了？仅他一人？”

“有明夜堂的人陪着，倒是不见那高辛人。”内侍道，“说是怀中抱着个匣子，也曾对着匣子哭过，或许……”

岑融并未犹豫太久：“去做准备，明日出宫，我要见他。”

第十二章

真相

孟夏之月，律中仲吕。梁京万花烂漫，燕子溪喧杂吵闹，雏啼不断。

靳岄趁着太阳还未完全升起，抓紧时间在门外扫地。对面就是明夜堂，墙中无数蔷薇攀爬而出，花瓣落了满地，与靳岄家院子里盛开的海棠相映。地扫到一半，眼前出现一双镶了金线的精致玄履。靳岄抬头，便见岑融带着两三个侍从，站在自己面前。

靳岄作势要跪，岑融连忙将他扶起。两人互看片刻，恰好岑静书从院中走出，招呼靳岄去吃早饭。

岑融向她问好："顺仪姑姑。"

岑静书大吃一惊，但跪拜不下去，又被岑融身边的人拦着。她从贺兰砜、靳岄这儿听过岑融的事情，脸上带笑，一双眼睛刀子般在岑融身上打量，一言不发地缩回院子。

门外两人都沉默着，最后是靳岄先开口："官家如今可好？"

"不必如此生分，你……"岑融想让靳岄直呼自己大名，就像以前一样，但话未出口已紧紧抿唇。他是君，靳岄是臣，又有之前的许多事情，两人已经不可能一如往常。

靳岄与他在晨雾中往前行去。燕子溪在外城的这一段尤为热闹，一路上都是卖吃的、卖喝的，马头竹篮盛满时令鲜花果子，卖花的人唱着清脆曲儿招徕客人。岑融想起年少时他也曾与靳岄逛过这样的集市，如今旧地重游，心绪已经大不相同。

岑融心中对靳岄存着愧疚，两人一路行来都是无话，站在燕子溪边，依赖着溪上轻雾，他才开口："你想要些什么，只要你开口，只要我有，我都给你。"

靳岄晓得他话中意思，笑笑不答。

"朝中如今人才紧缺，你若有意为国效力，我立刻可安排你进御史台。"岑融又说，"乐泰常抱怨手下无人可用，你与他一定相处得来。"

"不了。"靳岄摇头，"说到愿望，靳岄确实有一事相求。"

岑融立刻道："你说。"

"请官家放过靳岄，放过靳家。您是君，我是臣，君臣有别，理当循规蹈矩，不可僭越。"靳岄说，"您若能答应我这件事，靳岄一生感激。"

岑融沉默许久，艰难道："你果真恨我了。"见靳岄又不答，他想起内侍所说的话，迟疑着问，"听闻你回京时，带了一个匣子。莫非是贺兰砜……"

靳岄飞快眨了眨眼，立刻道："别说了！"

他语气很冲很急，岑融登时截断话头。贺兰砜在杨河失踪的事情，杨河城守怕触怒梁京，不敢据实禀报，只说贺兰砜与梁安崇都在渡江时翻船沉落。岑融一听靳岄对着匣子哭，以为是他找到了贺兰砜的尸骨。

靳岄回头跑上街面，回头看岑融一眼，双手作揖虚虚一拜，扭身便走。他走得飞快，拐到街角才刚停下。等心口剧跳稍缓，偷偷探出个脑袋。燕子溪边上已经没了岑融和侍卫的踪迹，想来是已经走了。

他莫名其妙，不知为何岑融会以为贺兰砜死了，装在那匣子里。但靳岄巴不得他有这个误会。按照靳岄与岑煅等人的商议，在奏报西北军战事的军报里，岑煅不能提贺兰砜，更不能提那些买来的白原马和高辛马。

他们要尽可能地向岑融隐瞒，直到无法再瞒，大幕揭开的一刻。

端午，梁京仍笼罩在晨雾之中，好梦初觉。玹王岑煅率领一小支军队，带着功勋回到了梁京。

与他同来的还有两个人，但并不与他一同进城。等到城门过路之人渐渐稠密，这两人才骑上马儿，装作旅人，顺利进入梁京。城门士兵只记得那两匹马上有一位少女亮出了明夜堂的腰牌。她身后的人戴着笠帽，从帽檐下露出一双幽绿色的眼睛。

“我看到了一只骑马的鬼哩！”士兵转头对人说，“狼眼睛，狼面容，啧，不会是狼妖吃人之后化的形吧？”

这件事后来在梁京被传成了带血腥味儿的诡怪传说，那是后话了。

同一日，仙门城城守夏侯信等人因治理沈水下游乱象有功，回梁京禀报，领赏。两队人分别从南侧与西侧城门进入梁京，并无交集。

阮不奇和贺兰砜先回了明夜堂。她才下马，回头一看，贺兰砜已拎着包袱翻入靳岄家的院墙。

靳岄起得很早。明夜堂的人几日前收到阮不奇的书信，岳莲楼拿着两张信纸过来，在他面前故意一字字大声念。靳岄对他又爱又恨，恨全是因他多嘴而生，但是听到信里说贺兰砜也会一起回来，他登时甩去所有恨意，开天辟地头一回主动跳起抱了抱岳莲楼。

可他实在起得太早了，在院中等了半天，昏昏欲睡。乍听见院墙传来声音，他心头一激灵，回头时忽然被一顶笠帽罩在头上。贺兰砜隔着帽子拍他的头，又按他肩膀，断然道：“瘦了。”

靳岄：“我没有。回京之后天天大吃大喝，有我娘在，怎么可能让我瘦？是你又长高、长大了。”

贺兰砜看着自己的手，半晌才说：“那，你也快长吧。”

无论分别时间是长是短，两人都有说不完的话。贺兰砜风尘仆仆，靳岄催他洗脸清洁，贺兰砜浸在热水里叹气。

“不打仗了，打仗有什么意思。”他懒洋洋地说。

靳岄任由他耍赖。等日头再升高一些，岳莲楼在院外一声声喊他俩名字，贺兰砜理好衣裳推门而出，又是器宇轩昂的莽云骑统领。

“我不敢靠近哩。”岳莲楼笑道，“若是听到些不该听的，靳岄又要骂我了。”

贺兰砜正思考如何回答，阮不奇蹦上墙头大声说：“他敢听，我帮你毒聋他耳朵！”

端午热闹非凡，岑煅进宫去了，贺兰砜和靳岄在明夜堂里消磨时间。远桑原本也随队一同往梁京方向来，经过沈水的时候与众人辞别，继续往南去，当她的仙门怪客去了。阮不奇挺想念远桑，撺掇岳莲楼剃光头，说这一定会让章漠惊喜。

岳莲楼丝毫不为所动："你怎不剃？你剃了，往梁京街上一走，至少三百个俊俏公子迷上你。"

一帮人闹闹哄哄，唯独不见陈霜。靳岄一问，原来陈霜又往瑶二姐家去了。他始终牵挂杨执园，隔天就去探望，回来则坐在院中发呆，也不知想些什么。

这一日深夜，贺兰砜与靳岄披着衣裳在院里说事。门忽然被闷闷敲响，贺兰砜开门一看，外头竟是乔装打扮的岑煅，只带了一个贴身的随从。

"我要见杨执园。"他说。

把人带到瑶二姐家里，陈霜正在门外辞别纪春明。岑煅草草与二人见礼，大步走入后院。他十分心急，靳岄劝他冷静，他在地窖前徘徊，呼吸，稍稍平静。

杨执园比之前更枯瘦了。仿佛撑着一口子活气，就是为了见到靳岄和岑煅。他赶走其余人，只留靳岄和岑煅，断断续续地说出当日之事。

当时仁正帝卧病在床，御医数次暗示药石无灵，应当做好准备。可仁正帝偏就不肯写下诏书。岑融着急，惠妃着急，就连杨执园也着急了。他垂泪去劝仁正帝，仁正帝一言不发。杨执园说着说着跪在床头，老泪纵横："官家啊……你这样熬着，是想熬出什么？"

当日情势所迫，仁正帝一直住在惠妃宫中。他理应把天子之位传给岑融，可他不甘心，更怕岑融上位后对岑煅不利。但若是传位给岑煅，或是其他皇子，又怕岑融会立刻对自己下毒手。如此犹豫，如此迟疑，仁正帝最终还是熬不过岑融的折磨，松了口。

"什么折磨？"岑煅低声问。

对天子的折磨大多不由肉体而来，岑融和惠妃熬的是仁正帝的心智。仁正帝彼时卧床不动，吃喝拉撒全得人服侍。岑融不允许杨执园入内，不允许其他内侍宫人为仁正帝换下沾满秽物的衣裤和被褥。往往等到仁正帝无法忍受，哭着哀求，才命人去打理清洗。内侍宫人总是面带嫌恶，说话充满嘲弄，仁正帝虽说不了什么话，却听得一清二楚。

惠妃和宫人喂饭时，将饭菜倒在仁正帝脸上或枕上。饥饿的老人如猫狗一样趴着啃吃，耳边尽是昔日宠妃与儿子的嘲笑，他几度气得晕厥，又沾着满脸饭粒醒来。

杨执园偶然撞见一次，又惊又怒，却无计可施。他同样被岑融控制在惠妃寝宫之中，隔几日才能与仁正帝见一面，哭一次。

最后是仁正帝熬不住，应了岑融的要求，找来乐泰等人拟诏书。

岑煅一言不发，又问："之后呢？"

杨执园瞪圆了眼睛，双目浑浊俨然将死之人，却硬生生拼出前所未有的力气，大吼："是他！是岑融！！是他生生捂死了官家！！！"

拟好诏书，送走乐泰等人，当夜仁正帝便驾崩了。杨执园彼时还在院中等候召见，忽听宫中传来几声闷响。他心知不妙，连忙寻了个空隙悄悄匿进树丛，跑到窗下偷看。

仁正帝躺在床上，惠妃按着他双足双手，岑融抓着被子，狠狠压在他脸上。可怜仁正帝毫无反抗之力，挣动几下便彻底断了气。

杨执园惊骇莫名，正要寻路逃跑，转身已被岑融的人发现，即刻被擒住。

"他原本也要我死。幸好那侍卫中有一人顾念我昔日赠银的恩情，拼死救下我一命。纵然如此……你看我今日这样，离死期也不远了。"杨执园咬牙道，"岑融弑父、弑君，心狠手辣，人人得而诛之！"

他忽然大声咳嗽，重重跌回床上。靳岄忙把他扶着躺好，地窖中满是杨执园嘶哑的哭声："官家……官家啊……是奴无能……奴救不了你……官家……"

岑煅始终沉默，他上了地面，只静静站着。杨执园所说之事太过可怕，他脑中一片混乱，除却激动、愤怒与憎恨之外，还有他自己也感到陌生的疑窦。

靳岄紧随他爬上来，陈霜担心杨执园的状态，与纪春明一同下了地窖。地窖中哭声渐低，靳岄看着岑煅，等候他开口。

但岑煅的话完全在靳岄意料之外。

"你信吗？"岑煅盯紧靳岄，"是真的吗？"

靳岄并未立刻回答，他沉默片刻反问："你怀疑杨公公在撒谎？为什么？"

岑煅紧紧地看着靳岄，目光里有锐利刀尖，令靳岄心中掠过一丝不安。

"我怕这又是你用来骗我的伎俩。"岑煅低声道，"靳岄，我并非不信你，只是……越是与你熟悉，你就越是令我害怕。你聪颖，但狡猾。忠诚，但心机太重。你恨岑融，所以……所以……"

岑煅把剩下的话吞入腹中。他一生坦荡光明，做事做人从来磊落，交到贺兰砜这样一个意气相投的朋友，本以为靳岄也是与贺兰砜一样的性子，可越是和靳岄相处，他越是感到沉重不安。

他对待靳岄，像对待一个朋友。但靳岄对待他，像臣子对待君王。

靳岄把手拢在袖中，他指尖发冷，半晌才问："还有呢？"

院中此刻只有岑煅和靳岄、贺兰砜两人。沉甸甸的苦闷压在岑煅心中，他良久才开口。

"又或许，这是爹爹的谎言。"岑煅眼中藏满阴云，每一句话都令他胸口发闷，"爹爹不想让三哥继承皇位，又怕三哥对自己不利。或许三哥与惠妃娘娘根本没有下手，那遗诏正常拟就，爹爹是天寿已尽不得不走。他与杨执园一同设计这个弥天大谎，是要挑起我和三哥之间的争斗。三哥若败了，万世污名，绝无洗清可能。"

岑煅背脊发冷，头皮发麻。恐惧如污浊的黑水，浸染岑煅胸口。

"爹爹，是会做出这种事的人。"

仁正帝在岑煅心中从来不是一个好的父亲。岑煅对他的感情，有大半是君君臣臣父父子子的规约。要真论较起来，仁正帝膝下这么多个儿子哪一个是他最爱？岑煅无论怎么比较，都只能想到早逝的太子。

而身为长子，太子能得到仁正帝永恒的怀念，岑煅有时候在夜深时回想，也不禁会怀疑：那是因为大哥走得太早。他未来得及显露出自己真正的性情，未来得及在人世的诸多选择上跟仁正帝起冲突。于是，太子永远是最好的儿子，不会忤逆，不会令人生气，不会觊觎帝位，他是安全、稳妥的一种怀念。仁正帝因此爱他。

太子殁后，所有人都认为岑融是仁正帝最疼爱的孩子，是储君的不二人选。然而天长日久，仁正帝始终不肯立储，岑煅与母亲谈及此事，总是不解仁正帝究竟在犹豫什么。谨妃却点醒他，仁正帝不是犹豫，是根本不愿意。

岑煅如今再回想，只觉浑身冰凉："他不愿意立三哥为储君，因为他清楚三哥和他是同样的人。为了达到目的可以不择手段，天子心肠从来冷硬如铁。但爹爹年迈之时，他孱弱了，开始害怕铁石心肠。"

他等待靳岄的回答。但对于他的疑问，靳岄只是轻轻摇头，笑着问道："殿下还有余裕犹豫？"

岑煅一愣："什么？"

"玹王如今已是命悬一线，你该想的是如何保全自己和跟随你的这许多人。”靳岄抬手指向院墙之外，夜色中梁京城沉寂如一头巨兽，只有几处稀疏但灿烂的灯火，“今日你回城时，没有听见夹道百姓喊的什么吗？”

岑煅等人回城的时候还早，但外城已经渐渐开始热闹。队伍擎着西北军的旗帜，很快被人认出来，一时间街巷尽空，提篮拎浆的百姓纷纷涌上大道，冲队伍扬声欢呼。

西北军大捷的消息已经传到梁京，玹王殿下重组莽云骑，白霓将军回归，众人如何合作、如何用计、如何把金羌军打得屁滚尿流，已在潘楼上说唱了许多日。目不识丁的百姓从前在唱词和说书人口中知道忠昭将军靳明照的事迹，如今又以同样的方式得知玹王的功绩。

百姓把玹王和忠昭将军联系在一块儿，“有玹王在，咱们大瑀就放心了！”“玹王镇守西北境，就如当初忠昭将军一样！”如此种种传言，如风一般卷入梁京大街小巷，甚至顺着燕子溪与沐清池，一路流入宫内。百姓在清苏里靳府门前放灯时，议论纷纷，玹王俨然是大瑀最好的将军。

“岑融当日以杨松儿一案挑动民心，没有谁比他更清楚民望多么重要。”靳岄说，“如今的你就是当初的他，你以为他不会怕吗？你以为他对你没有起过一丝一毫的杀心？殿下，莫非到了今时今日，你还觉得你的三哥会放过你？”

岑煅忽然抓住了靳岄的肩膀，吼道：“军报不久前才送到宫中，梁京百姓难道有通天的手眼本事，这么快就知道西北军大捷？是你吗？还是明夜堂？靳岄，你我本该真心相待，你不要让我看低了你！”

岑煅压抑着自己的愤怒，靳岄从这愤怒之中捕捉到一种难言的痛苦。靳岄乐于见到岑煅的成长。岑煅本可以成为和岑融一样，甚至比岑融更锐利狡黠的人。自小在宫中察言观色受尽屈辱，靳岄不相信岑煅没有这份心智。但岑煅又确实志不在此，他分明懂得一切，却不愿去耍弄这些钩心斗角的本事，如今的愤怒与痛苦都是被靳岄逼出来的。

世事所迫，他能选的路其实并不多。

“殿下，宁将军、你的妻子、西北军将士、从小跟着你的随从、瑾太妃，你不为自己，也得为他们想想。与其在此与我纠缠孰真孰假，不如——”

“我只想知道杨执园说的是不是真话！”岑煅怒吼。

靳岄丝毫不惧，一字字道：“殿下，一切全看你怎么想。你希望它真，它就是真的。”

六月的梁京满城榴花，明夜堂后院里一排石榴树，一半结了拇指大小的青果子，一半还残留火红的柔软花瓣。

岳莲楼在树下摆了桌子，正仔细认真写着什么。阮不奇溜过来仔细一看："还写唱词呢？又是夸岑煅的？你回来就一直一直写，潘楼都唱好几回了，还不够吗？"

"以前那是夸玹王的，这些是骂岑融的，怎么一样呢？"岳莲楼看了眼已经写好的唱词，又笑道，"这儿还有几份赞纪春明和夏侯信的，你看不？"

阮不奇不看，坐在树下抬头盯着头顶的青石榴。

"我昨晚看到陈霜哭了。"她喃喃说，"他来明夜堂这么多年，我头一回见他哭。"

昨天下午，纪春明满脸慌乱跑来找陈霜。吃完午饭的杨执园在地窖里用自己的裤腰带绕颈自缢，已然死了。

陈霜直到深夜才回来，坐在房顶不吭声。阮不奇远远看见他的背影，想靠近时，却听见了他低低的呜咽声。

"男人哭的时候，我又不知怎么哄。"阮不奇咬着一片草叶，叹气道，"陈霜不开心，我也不开心了。"

岳莲楼瞥她一眼："坏东西，平时我不开心的时候，你可天天都乐死了。"

阮不奇跳起身："那怎么一样！"

岳莲楼懒得与她争执，墨笔却悬在纸上，迟迟落不下。杨执园死了，是自杀。那是真的自杀吗？他不知道，也不愿意去问。只不过杨执园没了，世上就再也不会有人知道当初仁正帝驾崩，究竟是天寿尽了闭目而去，还是因他人下手含恨而死。

岑煅做出了选择，靳岄和明夜堂也一样。

在得知明夜堂要帮着靳岄做这件逆天大事后，沈灯狠狠跟章漠吵了几次。他认为章漠已经糊涂了，为了帮靳岄，是要把整个明夜堂全都砸进这件九死一生的祸事里。江湖人素来与庙堂两不相干，因有靳岄，明夜堂已经深涉庙堂之事。沈灯以往帮忙设局、解决某些棘手人物，从来任劳任怨，毫无怨言。唯有这一次，他大发雷霆，甚至气恼到掀了章漠的桌子。

岳莲楼看了看天，风雨欲来。

他收拾纸笔，拎起一壶子酒去找陈霜，陈霜却跟沈灯去了靳岄家中。

靳岄此时正准备拜访谢元至，抬头看见两人，有些迟疑。沈灯最终被章漠说服，章漠见陈霜心情不佳，便让沈灯代替陈霜保护靳岄。陈霜一一告知靳岄，又对他致歉："公公后事只有我和春明操办，春明又有官职在身，不便露面，我手头活儿较多，不能随你一起去了。"

靳岄抱了抱陈霜，陈霜面色平静，低声道："不必安慰我。我晓得这是公公自己的选择。他活着，不过是为了给你和玹王带几句口信而已。"

与沈灯慢慢往谢元至的家走去时，靳岄几度想要开口，却又难以启齿。他不知道章漠是如何说服沈灯的，心中只是愈发地感到愧疚。

沈灯与章漠吵架的那几天，陈霜白天去照顾杨执园，晚上与靳岄一同教贺兰砜识字学兵书。他偶尔会提起沈灯，称沈灯是他在明夜堂中除了章漠之外最敬重的人。

初入明夜堂，照顾陈霜的一直是沈灯。沈灯不会说柔软好听的话，开口就是训斥，好在陈霜学东西很快，这几年间跟着沈灯东跑西走，见识了许多《侠义事录》上的人和事。沈灯很少提自己的往事，唯一一件能拿出来品味的趣事，便是他青年时代遭逢灾祸，半死不活时被一位少女救下，从此一心紧紧系在少女身上。后来少女嫁了他人，他不得不放下，至今仍孑然一身。

贺兰砜称沈灯为"大侠"。陈霜问贺兰砜为何这么说，贺兰砜讲不出个所以然。靳岄心想，要让沈灯这样的人做自己不情愿之事，何其痛苦难受。

来到谢元至家门前，沈灯左右看了看，低声道："没有尾巴。"

终于等到他开口跟自己说话，靳岄忙道："岑融答应过我，不再打扰我的生活。看来这次他说到做到。"

他叩了叩门，很快门内传出童子的应门声。前来开门的除了童子，还有谢元至的夫人殷氏。殷氏膝下无子女，把靳岄当自己孩子般看待，一见他便欢欢喜喜拉他进门。

沈灯在门口呆站，殷氏回头笑道："这位大侠，进来再说话。"

两人眼神对上，各自都是一愣。沈灯跨过门槛，带两分惊疑："远姑娘？"

殷氏仔细打量，笑着喊道："是沈灯大哥吗？"

靳岄茫然停下，正想细问时，童子已经在旁催促。他只得留下沈殷二人，随童子进入后院。御史大夫乐泰与夏侯信、纪春明已在谢元至书房中等候多时。

当日岑煅离开地窖后，纪春明紧随陈霜下去，见到了兀自大哭的杨执园。靳岄又已经把杨执园所说的话告知谢元至，书房中四人，只有乐泰与夏侯信不知情，正面色苍白地听纪春明复述杨执园的话。

夏侯信顾不得与靳岄叙旧，他同乐泰几乎是一模一样的脸色，又惊又愕，但仍能保持冷静。

纪春明细细说完，眼前两人陷入沉思。乐泰熟知纪春明为人，对他的话毫不怀疑，夏侯信不熟悉纪春明，想了又想，问道："杨执园说的话能确认是真的吗？"

靳岄："是真的。"

夏侯信："有何证据？有无其他人看到？或是……"

靳岄又道："是真的，玹王殿下已经确认。"

夏侯信登时闭嘴。他瞪着靳岄，两人在沉默中交换了不言而喻的眼神。

"大逆不道，"夏侯信忽然用力拍扶手，低声道，"大逆不道！"

靳岄给自己斟茶，轻舒一口气。看着纪春明一脸愤怒和认真，跟乐泰比画着形容杨执园多么凄惨，有愧疚漫过靳岄胸口。在所有筹划中，他们需要纪春明，却不能让纪春明得知实情。纪春明极其信任靳岄和明夜堂，他不会怀疑靳岄所说的话。由纪春明跟乐泰诉说杨执园所见到之事，可信程度大大增加。

实则连靳岄自己也不相信杨执园的话。但真假如今已经完全不重要，杨执园的真正想法是否和仁正帝相关，也根本无须反复考虑。岑煅决定信，靳岄也决定信。

他们得到了一把最锋利的刀，岂有不用之理？

长风吹过榴花，脱落的花瓣跃过院墙，随风远去了。宫墙中榴花也同街巷里的一样开得热闹，亭中小桌摆着热茶，岑融撇去一片落在茶杯上的花瓣。

"五弟，你可还记得这儿曾栽过一株极高的山茶花？"岑融指着亭子周围笑问，"靳岄最为喜欢，可惜后来被我失手烧了。"

岑煅坐在他面前："记得。"

岑融点点头："靳岄恨我，所以他记得住。"他看岑煅，岑煅没有回答，似乎没听懂这句话。岑融心头暗恼，他此前以为这个五弟木讷笨拙，如今看来，其实是什么都紧藏心中，不漏分毫。

“五弟，马儿还够吗？”他忽然笑着，狐狸眼弯弯，语气亲昵关切，“有人说西北军里头多了许多高头大马，都是金羌军里才能见到的好种，轻易买不到。我听后骂了那人一通。我说五弟怎么可能跟金羌买马，金羌可是我们的敌对国，要同我们抢白雀关的。怎会有将领跟敌人来往？何况五弟连金羌人都没见过，你这是胡说八道，其心可诛。”

他说完又轻轻一叩桌子，指节轻响，想起了什么似的：“不对，你见过喜将军，也曾潜入金羌大营……是哥哥记错了吗？”

如今的岑煅凡事都要多想几分，尤其在面对岑融时。他察觉这是岑融的试探，等岑融停口后，他略略一忖，认真回答：“回官家，我确实见过喜将军，那时候西北军统领还是张越。我带随从潜入金羌大营，不料被早有防备的雷师之擒获。”他笑得无奈，“我记得张越还因此参了我一本，说我目无军纪。”

岑融看他两眼，点头道：“确有此事。”

“我若真跟金羌有什么往来，又怎会杀了雷师之，还砍下他的头来？”岑煅朗声大笑，“不知是谁嚼的烂舌根，让他到封狐城去看看，要真能在马场里找出什么高头大马，我便把这将领之位让了给他。”

岑煅喝下一口茶，很快又说：“官家……”

岑融微微一笑：“生分了，就同以前一样叫我三哥吧。”

“那成，三哥，还有马不？”岑煅面上挂着与以往毫无二致的笑，就着岑融这个话题追问，“我听说广仁王的军队在南疆赤燕买了不少马，北军跟北戎关系缓和，也能买马，偏就西北军对着金羌，也没有买马的途径。三哥若是有马，再多给我一些吧？尤其是莽云骑，需要好马、骏马，可如今都是些西北军中服役多年的老马，不成的。”

他说白霓回到西北军后，看到那些老弱马儿，几乎天天逮着自己责骂。说他没本事，连一匹好点儿的马都无法给西北军找回来。说到动情处，岑煅也不免唉声叹气，情绪低落。

而他越是不掩饰情绪，所说的话、所做的事情，看起来就更为真实。在岑融的印象中，岑煅一直都是这样的五弟，心思不重，更谈不上有什么心机。

岑融心想：这样的蠢人，我防备他做什么？

茶喝完了，事儿也说完了，岑融要岑煅留下用膳，岑煅却说妻子身体不适，得回家照顾。辞别岑融离宫后，岑煅长长松了一口气。有贴身随从低问：“今日去谢先生家吗？”

“不去了。”岑煅说，“回府吧。”

暮色浸染梁京屋舍，四面煌煌，如一场大火暗暗燃烧，天上地下铺尽了金红之色。岑煅骑马慢行，在马儿身上擦去手心冷汗。

他选择相信杨执园的话，但今日岑融流露的一丝杀心，仍令他感到毛骨悚然。

此时谢元至家中，殷氏与童子摆好了饭食。乐泰等人与谢元至一番长谈，人人面色凝重，不愿留下吃饭，纷纷告辞。靳岄惦记独自在家中的贺兰砜，也同谢元至辞别。临走时他抬眼看了看沈灯，沈灯与殷氏微笑告别，他能从殷氏眼中窥见一丝残余的泪意，却看不出什么详细前情。

似乎是知道他心中满是好奇，走到一半，沈灯叹道：“总看我做甚？想问我跟你师娘的关系？”

不出靳岄所料，殷氏果真是曾对沈灯有过茶饭之恩的人。

殷氏闺名殷小远，父母双亡，从小随父亲旧友殷谷游历江湖，学过一些挺漂亮的功夫。沈灯年轻时行为莽撞，招惹了不少仇家，有一回遭仇家追杀，寡不敌众，被砍了好几刀，刀刀致命。仇家见他气息奄奄，扔他在路上便走了。若不是殷小远从集市上回来见到躺在雨水里的沈灯，怕是世上早就没了沈灯这个人。

沈灯说这是茶饭之恩，实则是救命大恩。殷小远把他背回家中，养父殷谷起初不愿救沈灯，发现沈灯身上的明夜堂印记后便改了主意。

靳岄奇道：“那殷大侠也是明夜堂的人？”

“殷大侠？”沈灯忽然一笑，点头道，“对，他也是明夜堂帮众。见我只剩半口气，自然要秉持同门之谊，救我一命。”

他在殷家那小院中住了三个月。殷家家贫，没空余的床铺，他便和羊儿一块住在羊圈里。殷谷懂得医术，常给他开些奇怪的药，看病的手法有时候是望闻问切，有时候却只点着沈灯的额头，念念有词。

靳岄想起他在驰望原的经历：“巫者给生病的小羊小马祛除邪气，也是这样做的。”

“总之我好赖是活下来了。远姑娘待我极好，我感激她，便对她说，此后凡是她的事情，沈灯万死不辞。”沈灯扭头看靳岄，“怎么，陈霜还说了别的？”

靳岄忍着笑：“嗯。”

沈灯也不隐瞒：“对，我喜欢她。”

沈灯行事直接，喜欢殷小远便日日去看她，跟她说话，送一些小物件儿，写酸诗，竭尽全力逗她开心。他彼时是江湖中人人称颂的少年侠客，英俊潇洒，玉树临风，却不知为何，就是无法擒获殷小远的心。去的次数多了，连殷家隔壁的姑娘都开始给他绣腰带，偏偏殷小远不为所动。

他反复思忖，把问题归结在殷谷身上。殷谷十分不中意他，常当着他的面提醒殷小远：江湖人干的都是脑袋别在裤腰带上的事情，不要嫁这样的人。

沈灯气得很，但又无计可施。殷谷毕竟救过他一命，又是明夜堂前辈，他只得忍气吞声。

他当时已经在明夜堂中负责刑罚与纪律，管理严格，明夜堂中的人极为畏惧他。殷谷知道他身份，愈发地在殷小远面前强调他的不好。沈灯气恼起来，对殷谷和殷小远的关系生出好奇，开始偷偷查殷谷的过去。

殷谷虽然加入了明夜堂，但他跟明夜堂里的绝大部分人都不熟悉。沈灯从未见明夜堂的人来拜访过殷谷，也没能从老前辈口中问出关于殷谷的一丝消息。翻查了所有卷宗，沈灯终于在一个小册子里发现了殷谷的记录。

“他是在萍洲城的明夜堂分堂入的册。”

萍洲在江北十二城中，靳明照过去在北军服役时，曾在萍洲城待过一段时间。靳岄甚至想起，贺兰金英与父亲的相识也发生在萍洲城。殷谷加入明夜堂时，萍洲城仍是大瑀国土，靳岄奇道：“萍洲城又如何？”

沈灯摆摆手，跳过这个话题，继续道：“我又继续往下查探，发现此人来了大瑀之后便一路往南。我当时是在仙门城受的伤，而他那时候已经在仙门住了许多年。仙门这地方有个特点，稀奇古怪的宗派特别多，装神弄鬼的人容易混口饭吃，就跟北戎的巫者似的。”

靳岄笑道：“你对北戎巫者有什么不满吗？”

“我不喜欢北戎的巫者。那殷谷也擅长装神弄鬼。”沈灯顿了顿，又道，“后来发生了一件大事。殷谷与人起争执，失手杀了人，那人是江湖上某位大侠的独子，那大侠来到明夜堂要我们交出人来。我奉命去找殷谷，却发现他带着远姑娘逃跑了。”

沈灯最后在列星江畔的杨河城发现了殷谷的踪迹。他带着殷小远一路北行，似乎想逃回列星江北面。被沈灯拦截之后，两人打了个昏天黑地，沈灯顾念他的身份，不敢下重手，生怕殷小远难过。但两人年纪相差二十余岁，纵然殷谷身手了得，最终也不敌更年轻的沈灯。

殷谷被沈灯重创后，沈灯本想把他带回明夜堂，不料殷小远却跪下哀求，请沈灯放殷谷一命。她自小与殷谷相依为命，已将殷谷当作自己的亲生父亲，她提醒沈灯曾对自己有过一个允诺。

沈灯与殷谷父女对峙，踌躇数日，最后还是收起了刀。

“殷谷必须逃回北戎，他杀了人，不认错也不认罪，明夜堂不能留这样的人，那大侠出了悬赏令，他若还留在大瑀，活不过三天。按照帮派刑规，他离开明夜堂，我就要毁去殷谷身上化春六变的所有功力。”沈灯叹气，“但远姑娘又一次拦住了我。”

殷谷从杨河城回北戎，一路上千难万险。当时正是深秋，掐算时间，他踏过北戎边境时应该是深冬。天寒地冻，他若是毁去全身内力，变作废人，只怕根本熬不过这段寒冷的路途。

殷小远跪下哭求，甚至说出了“我可卖身为奴为妾”这样的话。沈灯心中大恸，他哪里是要一个奴婢或是一个妾侍？而这句话也愈发令沈灯明白，自己恋慕的人，实在是从头至尾，都没有对自己动过心。

那是他进入明夜堂之后第一次做自己不情愿的事情，他没有废去殷谷的内力，反倒一路护送，直到殷谷进入萍洲城，最终穿过边境线，回到北戎。

靳岄听得出神，两人站在月色里，他忽然生出疑窦：“回到北戎？殷谷……是北戎人？”

“是啊，巧得很，你还认得他。”沈灯唇角一勾，“他的北戎名字，叫阿苦剌。”

靳岄登时站定。

“北戎人，懂得化春六变，会医术，巫者。岳莲楼和阮不奇一说起这个人，我便知道一定是他。”沈灯说，“殷谷当年是因为受北戎大巫排挤，在烨台待不下去才来的大瑀。远姑娘父母行商，把他带到了萍洲城，他与殷家情谊很深。远姑娘父母离世后，他便照顾起彼时只有五六岁的孩子。一晃眼，竟然已过了这么多年。”

沈灯看着树梢的果子，眯起眼睛，深深呼吸。夜间的清风挟带初秋未消的暑气，拂面而过。

“我当日送他到边境线，他下跪谢我。他年纪比我大，辈分比我高，我把他拉起。他说我人不错，但明夜堂却不辨黑白，他杀人分明有理有据。我嫌他啰唆，催促他快走。他过了那边线，回头又跪我。他感激我不因他是北戎人而痛下杀手，与我承诺，若日后见到大瑀人，他也一定好生对待。”

沈灯扭头看靳岄：“你觉得他做到了吗？”

靳岄满腔澎湃情绪堵在喉咙里，竟是一个字也说不出口。他从不相信的命运织就了千丝万缕的大网，将世事人情全都笼罩在内，他不幸是其中一人，他庆幸是其中一人。

“阿苦剌爷爷……我和贺兰砜都觉得，他身上有一股子北戎人少见的侠气。”靳岄喃喃道，“原来如此……原来如此……”

沈灯陪他又走了一会儿，回头笑道：“当初放走阿苦剌，确实是我不情愿之事。”

他回到大瑀，却再也找不见殷小远。数年后才知是那江湖大侠把人掳走，囚在府中狠狠折磨，待殷小远一身恶病，便把人丢进了花街柳巷贱卖。沈灯提刀去杀了半府的人，章漠的父亲带他上武林大会，痛陈那大侠盛名背后的污浊丑事，并以明夜堂为沈灯作保，此事才算结束。

之后，明夜堂倾尽全力找到了殷小远，沈灯却发现自己仿佛被命运缠缚，仍旧与心爱的姑娘擦肩而过。

“你知道你的先生因为什么而辞去太傅之职吗？”

靳岄：“因为他去鸡儿巷寻欢作乐，却不肯付钱，还把人店面给砸了。朝中有人弹劾他，他也不辩白，直接请辞。”他忽然想起，谢元至请辞后不久便娶了殷氏。

“他不能辩白，因为他根本不是去鸡儿巷寻欢作乐的。”沈灯说，“明夜堂找出远姑娘的时候，我不在梁京。等我赶回来才知，原来靳夫人无意从堂主娘亲口中得知此事，十分怜悯远姑娘遭遇。她又不敢拜托别人帮忙，便打算自己拿钱去赎。她带着人去鸡儿巷时，恰好在街上遇到谢元至。谢元至问清原委，认为靳夫人不便在鸡儿巷抛头露面，自告奋勇，代她去了。”

谢元至自然是不能辩白。他赎出殷小远，怜悯她身世可怜，更没打算在朝堂之上陈述殷小远之事。借机辞去官职后，谢元至带殷小远去见岑静书。岑静书察言观色，发觉两人言辞神色中均透露出对彼此的好感，便趁势拉起了这根红线。

沈灯回京之时，正是谢元至与殷小远成婚之日。章漠的父亲和少年章漠陪他喝了一晚上的酒。酒尽时，他也终于放下了。

靳岄万没想到还有这样一段渊源，愣在当场。

“京中发生的事情，是远姑娘告诉我我才晓得的。”沈灯低声道，“小将军，谢先生是好人，靳夫人也是好人。远姑娘能有今日际遇，或许也是因为我当日心软，松手放了阿苦剌一命。是这天怜悯我一瞬的善意，才会设计出靳夫人与谢先生，救她出苦海。”

他盯着靳岄映出灯火月色的黑眼睛。

“沈灯说话算话。”他低声道，“小将军，我绝不同意章漠使明夜堂入如此险境。但我也知道，他是个有恩必报、言出必行之人。为了靳夫人，为了章漠和明夜堂，我决定再帮你一次。”

闷雷在远山中酝酿，电光闪动。这一年的梁京，在六月底迎来了一场时日漫长的大雨。雨连续下了大半个月，令人想起前年发生在沈水下游的可怕洪灾。有仙门、游隶来梁京的商客欲言又止，梁京百姓追问，他们才从沈水下游浮尸遍地，说到泄洪时天地变色的惨状。

一来二去，自然会提及当时在游隶城坐守的岑融。

传言随着风雨，以极快的速度在梁京蔓延：定山堰开闸，淹死了沈水下游十几万人，是因为三皇子岑融不肯开沐河泄洪口。他用沈水十几万人命祭祀邪神，改了天命，扳倒梁太师后坐上了天子之位。

百姓哗然。又因为这故事稀奇得厉害，人们不管信或不信，见到人便忍不住谈论一番。

流言半真半假，无孔不入，渗透得厉害。朝中大臣们原本对此事有所耳闻，但人人不敢擅自提起。如今茶余饭后，言谈晦涩，总要有意无意地互相探问，把流言中匪夷所思之处剥去，官员们眼神闪烁：你听过吗？可是真的？

把这流言告诉岑融的是御史大夫乐泰。

不出他所料，乐泰刚刚说完，岑融立刻暴怒，拍案而起：“一派胡言！是谁说的？立刻给我查办！”

乐泰立刻跪下，愁眉苦脸：“官家，空穴来风，事出有因。这查也……不是一时半刻能查出来的事儿。”

岑融大吼：“那便倾尽全力查！无论查出什么，决不姑息！”

乐泰欲言又止。

原来自从盛可亮卸职后，常律寺卿一职换了好几个人，全都做不长久，唯有常律寺少卿这几年来都是卫岩担任，倒是有几分功绩。若要在京内查流言发生之处、传声之人，必须依赖常律寺，可常律寺卿一职如今空悬，御史台即便有查办的心力，做起事来也不够迅速有效。

“那便提拔卫岩。”岑融说，“我见他做事尽心尽力，很是不错。”

“我也正有此意，”乐泰又说，“但御史台商议了几回，卫岩一家都在京中，与朝中官员关系千丝万缕，这查起来，确实不好办。”

岑融听明白了：“御史台要推荐谁？”

乐泰抬头：“夏侯信。”

岑融立刻皱眉：“他是梁安崇旧部。”

乐泰回道：“此人虽是梁安崇学生，但一直以来从未在京中任职，是极为边缘之人。我等查办梁安崇案件，也未见梁安崇与其有什么牵连。夏侯信此人在昌良、仙门两城任职时，民望甚高。此人虽油滑狡黠，但做事公正，不偏不倚。”

岑融忽然想起，靳岄似乎对自己说过，此人是能臣。他心中微动：“你认为他可信？”

乐泰：“官家如今正是各处笼络人才之时，何不趁此机会，试一试夏侯信？姑且调他回京，暂任常律寺卿一职，专程查办此次定山堰流言之事。若办得不好，再调他回仙门当城守便是。若是办得好，官家满意……”

他絮絮叨叨说了许多，岑融一一听了，渐觉有理。乐泰身为御史大夫，能告诉他此番流言，岑融心中对他愈发信任，点头应允。

乐泰告辞时又禀：“此前跟官家奏报过，梁京守军军务懈怠，请调北军建良英将军整顿军务。听闻建将军明日便可回到京中。”

岑融漫不经心：“好，设宴款待。他年事已高，此次回京整顿军务，此后便不必回北军去了。”

乐泰走出房门，与守候在外的兵部尚书交换了眼色。兵部尚书入殿，行礼后细述整顿守军军务的种种安排。

梁京大雨仍旧未停，建良英将军率部归来，把部队留在城外，轻装简从进入梁京。

他回京的第二日深夜，靳岄便冒着大雨，在夜色掩护下叩响了建府后门。

第十三章

逼宫

多年后，梁京百姓回忆起大元二年的豪雨，总要提起七月廿日。这一日正是白露，梁京城上空滚动巨大的雷声，深秋的暴雨如同箭矢，狠且重地砸在空无一人的街巷上。

皇宫中，岑煅冒雨求见岑融。在殿外等候半个时辰后，全身上下尽已湿透，岑融才召他入殿。

后宫的长廊遮挡了雨水，仍泼湿裙角与鞋尖。瑾太妃带宫人穿过长廊，抵达太后宫中。惠太后见她带来了时令糕点，便将人请入宫内。虽然之前她对瑾太妃充满敌意，但如今岑融已成为天下至尊，她身居太后之位，自然不好再跟瑾太妃计较。

糕点有岑煅从宫外带过来的，也有瑾太妃自己做的。太后笑道："玹王真是有心。"

说着聊着，她忽然看见了瑾太妃身后的一位宫女。那女子瘦削矮小，约莫十六七岁年纪，太后指着问："哪里来的生面孔？我怎没见过？"

瑾太妃笑道："是我宫里的新人，姓阮。还不快见过太后。"

那宫女啪地跪在地上，双肩瑟瑟发抖。太后冷笑道："就这胆子，能成什么事？"

惊雷乍然滚过，宫中一片惊叫，唯有下跪的少女岿然不动。

雷声同样惊动了正与岑煅商谈的岑融。他苦于应付要马要人要钱的岑煅，正是不耐烦之时，被雷声吓了一跳。

忽听殿外宫人高声禀报："御史大夫乐泰、各部尚书、常律寺卿求见！"

惊雷如巨轮碾过梁京上空，余韵似折断树枝般咔咔脆响，一场浇灭天地的暴雨。

靳岄与章漠坐在玉丰楼最高一层的楼阁上。京中房舍低矮，唯有玉丰楼此处可以看见宫内屋宇。雨水豪泼，令人无法远眺。琉璃瓦失去光泽，天上地下一片茫茫。

因天气太糟，没有客人上门，玉丰楼就开了他们这一桌。两人也不吃菜，一口口抿着酒。

"什么时辰？"靳岄问。

"已经开始了。"章漠只简单一答，"你认为你与乐泰这一番布置中，最大的变数是什么？"

靳岄思索良久，默默摇头。他无法预计什么是变数，只盼宫中行动的几方人能灵机应变。他最期盼的，是明夜堂的人不要受到分毫损伤。

按照以往惯例，每日午膳前，圣人[1]总会到太后的慈宣殿问好，并陪太后一同用膳。但今日瑾太妃在慈宣殿等了许久，不见新容出现。

"怎的不见圣人？"瑾太妃笑问，"我还专门备了给她的点心，是她家乡最出名的师傅做的。"

"新容今日不来。"太后掩嘴打了个呵欠，雨天令人疲乏，言辞无聊的瑾太妃更是令她昏昏欲睡，"她如今有孕，身子沉重，这几日雨水太大，我便免了她这些礼节。有什么好吃好用的，一会儿命人送到她那边去便是。"

瑾太妃心头一惊，干笑道："原来如此。"

太后看她："你找新容有事？"

瑾太妃说没有，太后与她又干坐了一阵子，起身称累，下了逐客令。瑾太妃起身，一脸踌躇："太后……"

太后叹气："早看出你有事要说。"

瑾太妃指着身后那年幼的宫女："她前几日在宫里看到了一些事情，和

① 对皇后的尊称。

后宫嫔妃相关。”

她言辞闪烁，身后少女又一次惊慌跪下，太后左看右看，屏退众人，带了几分不耐烦：“说吧。”

殿内只剩三人，那少女忽然抬起头来。太后撞上她的眼神，登时一惊。还未反应过来，那少女忽然从地上蹿起，以迅雷不及掩耳之势跃到她身边，一只铁爪似的手箍紧了她的脖子，另一手按住她的额头。这是个随时可以拧断她颈骨的姿势。

太后登时色变，却又不敢出声呼喊。这少女身手极其了得，她怕自己还未喊出一句话已遭不测。但她毕竟在后宫待了多年，机变迅速，右手飞快一扫，拂落桌上茶杯。

茶杯落地前一瞬，太后忽然整个人往前扑倒——是少女拖着她脑袋跨出一步，茶杯险险落在少女足尖，没有一丝声音，太后被她拖得登时跪倒在地，却又被少女手肘一顶腰，轻轻卸力，膝盖落在地毯上，悄无声息。

只听瑾太妃低声道：“不奇，别伤了她。”

少女解下头上发带，把太后双手捆在背后，扔回榻上。她动作迅疾利落，太后满心惊慌：少女不似宫中之人，她对太后的身份毫无敬畏，竟敢拖着自己跪地。太后不敢再乱来，低斥瑾太妃名字：“李秀，你和岑煅是想造反吗？”

瑾太妃神情淡然：“若是不这样做，哪里有姐姐你跪我的这一天呢？”

梁京城外，建良英的部队正率领梁京骁虎营、飞龙营和白鹰营三营的守军徒步进山。

骁虎营统领提醒：“建将军，今日这般大雨，何必进山操练？”

建良英年事已高，须发俱白，但仍精神矍铄，声音更是洪亮：“官家命我整顿守军军务，怎么，你不乐意？”

统领赔笑：“将军言重了，我是担心山泥不稳固，雨一时半刻停不了，会出事故。”

建良英勒停马儿。他和守将行在最后，此时抬眼看向蜿蜒的队伍，点头道：“那便命三营停下，不必进山了。”

统领脸上掠过喜色：“好，我这就命他们回头——”

“不必，”建良英说，“原地驻留，雨中操练！”

统领急得顿足，眼看建良英下马，连忙紧紧跟上：“将军，纵然您是来整顿军务的，可守军怎可离开梁京城郊？这是……这是……”

“是什么？守军依照兵符出动，如今兵符在我手中。我若不遵官家旨意，率守军进入梁京，那是谋逆。可我今日是带你们进山操练，三营中已经留了三百人以备不时之需。”建良英回头问，“莫非你是算准了，梁京今日会出事？”

统领脸上淋满雨水，声音发抖：“属下不敢。”

他不再出声阻拦，建良英大步朝已经静立的队伍走去。在两人身后还有几位士兵跟随，其中一位捕捉到统领悄悄递来的眼神。他越走越慢，落在最后，趁众人不备，牵着马儿闪入林中。

雨势太大，那士兵的身影很快便消失了。他借着密雨往大营赶去。

半个时辰后，士兵回到大营。很快，营中冲出三骑，两骑左右分散，奔向城外其他两营，一骑穿过大雨往城门奔去。马背上的士兵朝守城军士亮出军牌：“我乃骁虎营校尉，有要事入宫面圣！”

惊雷持续不断，几乎淹没了人声。

此时宫中德政殿内，岑融狠狠一拍书案，厉声道：“御史大夫好大的胆子！”

乐泰与各部尚书、常律寺卿跪在殿中，他手持一卷奏折，高声诵读。

岑煅立在一旁，不声不响。那折子上所说所写全是岑融的罪状。他过去如何因纠结臣怨，罔顾沈水下游十几万人命，开闸放洪；他纵容毫无官职之平民干涉政务，以谋私利。最重一条罪状，便是他弑父弑君，大逆不道。

“好一个不忠不义不仁不孝不明不德！岑煅，我倒小看了你，你何时笼络到这么多……”岑融忽然一顿，眼神扫过殿内众人，了然一笑，“原来如此，夏侯信，邓白，孙嘉圣，乔英师，你们都是梁安崇的学生。”

他一指岑煅，怒吼道：“你与梁安崇果真是一伙！”

夏侯信朗声道：“秉义发声，并不因我等从前曾是何人弟子，又受何人恩惠。我等为官多年，心系百姓，敬重先帝。你如此忤逆狠毒，天下人人尽可唾之，今日就算死了，臣等也要为先帝争这一口气。”

“欲加之罪，”岑融丝毫不惧，他缓慢落座，“何患无辞？”

“常律寺和御史台已将来龙去脉调查清楚。”夏侯信说，“你弑杀先帝，是证人杨执园亲眼所见。”

岑融瞳仁一缩，厉声道："杨执园？！"

他目光缓缓扫过殿内数人，最后落在笔直站立的岑煅身上。一切并非临时起意，而是早有预谋。岑融忽然起身站起，大吼："来人！"

吼声淹没在雨声之中。殿外一片沉寂。

守在德政殿外的内侍与官兵尽数倒在院内一角，已被岑煅的人看管起来。血水渗入草丛泥土，咕嘟作响。

门外的安静令岑融面色剧变。乐泰从怀中掏出一份诏书，放在案上："官家，这是御史台拟好的退位诏书。"

德政殿后，一名瘦小太监瑟瑟发抖。他捂着自己的耳朵，但什么都听得清清楚楚。回头看了眼宫墙，他拼命爬上假山石，艰难翻过去，落到石板铺就的道路上。

宫中静得可怕，他顾不得大雨泼面，拼了命地往前跑。

德政殿外没看到禁军，这很不寻常。但他知道此去不远就是太后居住的慈宣殿。他跑得越来越急，摔了一跤又匆忙爬起，下巴与鼻子鲜血淋漓，他突然哭了出来，迎着瓢泼大雨边哭边用尚未变音的声音喊："……救、救——"

话音未落，咚的一声，他栽倒在地，昏了过去。

一位身穿禁军服的青年落在他身后，把他拖起绑好，扔在角落的隐蔽处。见那小内侍被淋得狼狈，青年随手摘了张大叶子挡在他脸上。

同样身着禁军服的沈灯大步走来："你认得？"

陈霜摇头："不认识。只不过我当时离宫时，也差不多同他一样年纪。"

沈灯忽然按住他肩膀，两人闪进树丛后躲避。身侧长廊上走过一行人，为首的妇人雍容华贵，陈霜只看她发饰衣裙一眼，登时睁大了眼睛。

"圣人，太后已经命你不必前去服侍，你何必又……"妇人身旁侍女低声道。

"这雷雨天，太后睡不安稳。我去看看便回。"新容低声回答，"快走吧，这雨有点儿冷。"

一行人在雨中挑着避雨的廊亭走，抵达慈宣殿外时，新容忽然一愣。

殿外站着几名陌生的禁军与内侍，不见她平时熟悉的人。

内侍还未通传，殿门便打开了，从中走出的是瑾太妃。

瑾太妃称太后困倦，用完午膳便睡了，又说她和自己谈往事谈得热烈，不舍得让自己离开，醒后两人还要继续说话。“新容不必操劳。等太后醒来我便告诉她你已来过。”瑾太妃笑道，“你身子沉重，切莫乱走了。”

新容向她见礼，朝昏暗的殿内看了一眼。“桃英和秋白呢？”她微笑道，“母后歇息时，总要她俩在身边陪着的。”

“今日与我说话说得高兴，聊到一些过去的事情，她便让她俩退下了。”瑾太妃笑答，“找桃英和秋白是有什么要事吗？”

新容摆摆手，忽然抬腿迈入慈宣殿：“不了，我跟母后说句话便走。”

瑾太妃一怔，不敢阻拦，生怕被她看出不妥，新容行动飞快，已经转入寝室内。

床上垂挂纱帘，隐约可见其中之人正是太后。新容低声问：“母后，可是身子不适？”

纱帘之后，阮不奇藏身被中，一双手卡在太后颈后。太后不敢出声，全因她衣裳被阮不奇剥个精光，背上抵着冰凉刀尖。自己若是出声，不仅丑态尽现，命也可能立刻交待在这十几岁的小恶鬼手中。新容只带了一个侍女进入寝室，念及她腹中还有龙子，太后踌躇不定，只得忍气吞声，不敢开口。

阮不奇在她身后出声，嗓音低沉，跟太后极为相似：“只是困了，你走吧。”

新容又走近一步：“母后，尧儿今日说想你，我晚上带他来看你可好？”

阮不奇想起岑融的孩子单名一个尧字，便应道：“好。我累得很，你不必陪我，回吧。”

新容便退了出去。她与瑾太妃告别时说起儿子吵闹，言辞平常亲切。待离开慈宣殿走入长廊内，新容忽然站定，深吸一口气，抓住身旁宫人胳膊。

“苏良，速去找官家，太后出事了。”她低声道，“尧儿近几日生病，母后不会让他冒雨来见。且她最不喜瑾太妃，又怎可能在自己入睡时任由太妃待在身边？如今时辰，官家应该在德政殿，你把我的话原原本本告诉官家，他会懂的。”

宫人冒雨跑走。新容坐立不安，脸色渐渐惨白。她扭头看向德政殿，眼中掠过一抹惶惑。

若是瑾太妃真的对太后下了手，只怕官家也已经受制于人。

新容抢过内侍手中雨伞，冲进了大雨之中。她跑了几步，忽觉腹中沉重，不敢再动，忙拉过两个内侍，低声道："你去寻禁军统领司徒歌，告诉他官家有难，立刻援救！你速去找一匹马儿，出城，去找守军！"

两位内侍白着脸匆匆离开。新容踟蹰片刻，撑伞回头，扶墙快走。

雨雾之中，房顶影影绰绰，两条人影。陈霜问沈灯："靳岄是不是说过，无论如何都不能伤害圣人？"

"嗯。说是与他姐姐乃旧相识，又帮过他。"沈灯眯起眼睛，"不必管她，任她回宫吧。"

陈霜："若她再去求援……"

沈灯笑道："她如今不过是个有孕的妇人，行动困难。除了禁军、守军，还有什么人能求援的？只要你我把求援之人拦在宫门，便无人知道宫中发生了什么。"

雷雨成了天然的掩护，宫内禁军虽不停巡查，但视野受限，耳中尽是雷声雨声，这大大方便了他俩活动。假扮作禁军而潜入宫中的明夜堂帮众不止这几人，只是各自隐而不发。章漠和靳岄都叮嘱，除非必要，一切都让岑煅的人先行动。

两人掠过房顶，追那两名内侍而去。

梁京内城，朱雀大道。往日热闹的街上空无一人，雨水疯狂流淌，耳中除了雨声便是雷声。一匹马儿从道上奔来，忽地停住，马上之人勒紧马头。

"什么人！"马上将领怒喝，"我乃骁虎营校尉……"

朱雀大道中央，一位身着水红色轻衫的人抬起头来。他头戴笠帽，颈上金环坠一枚血色红玉，左右手各持一剑。那剑蕴了内力，隐隐散出红光。

"凤天语……"那校尉恨声一唾，"岳莲楼，今日这祸事明夜堂也掺和了进来？"

"没有噢。"岳莲楼仰头一笑。雨水从笠帽帽檐坠下，如无色细珠，他眼皮涂一抹桃红色胭脂，笑得眉眼弯弯，妩媚俏丽。那校尉一把剑还未拔出，岳莲楼身形忽然消失，不过眨眼的工夫，马儿忽然一声嘶鸣，竟是岳莲楼双足落在马头上，腰身半躬，凤天语如一把剪子铰向校尉脖颈！

"在这儿杀了你，便没人知道明夜堂也插了一脚。"

一切不过瞬发，校尉立刻后仰，靴子卡在马镫上，一时脱身不得。凤天语狠狠一合，校尉以剑鞘去挡，不等岳莲楼招式使完便立刻扭转剑鞘，生生将凤天语去势消除。岳莲楼“咦”了一声，隐约带笑，身形一变，已从马头跳下，落入街面积水之中。

那马儿从头颈处身首分离，凤天语上浓稠血迹被雨水冲洗，化作淡红一缕。校尉赤足站在地面，赤足一踏，大吼一声，举剑袭去！岳莲楼笑着说一句“你倒有趣”，闪身躲避，右手凤天语从下往上削向男子肩膀。校尉迅速变换招式，剑鞘往后一挡，整个人弹了出去，趺趺撞撞几步，捂着下腹。

岳莲楼双手剑使得异常灵活，两柄剑如同他的两只手，校尉挡得住明面的一招，却没挡住岳莲楼左手朝他腹部刺去的一剑。

“明夜堂在筹谋什么！”

“筹谋？”岳莲楼近身，两人一呼一吸间过了二十多招，只听岳莲楼边笑边说，“明夜堂不过是帮一个小忙，没有什么可筹谋的。”

他武艺终究比那校尉高出许多，校尉下腹至腿脚全被鲜血浸染，终于跪在地上。凤天语一左一右卡在他脖子上，他朝岳莲楼吐了一口血，恨声道：“你们害不了官家！宫中还有司徒……”

话未说完，他脑袋已经咕咚滚落。

被他吐了一口血唾沫，岳莲楼气得脸色青白，抖着手撕了衣片在脸上猛擦。他杀人时以笠帽遮挡面部，擦完便随手扔去笠帽。章漠叮嘱他自己杀的人自己处理，他呆站在街中，不舍得责备章漠，胡乱找一个人暗骂：“都怪阮不奇！”

稀里糊涂逮着阮不奇腹诽，他正思索如何处理这一人一马的尸体，忽然在密雨中捕捉到一丝不同寻常的震动气息。

岳莲楼心头一跳，乍然抬头。

皇宫方向，绵长的钟声响起，霎时间惊破被豪雨彻底笼罩的梁京城。

“什么——”

玉丰楼上，送菜进门的大掌柜双手一抖，酒菜跌落地上。他顺势跪下，惊呆了：“是……是圣上……没了吗？”

“不是。”章漠站在窗前眺望，无奈雨帘太密集，皇宫方向什么都看不见。他回头与靳岄交换一个眼色，两人面色全都蒙了一层阴霾。

钟声接连不断传来，密集但凌乱，敲钟之人只有第一下是充满力度的，之后便越来越弱。

但不管如何，这钟声确凿无疑地向整座梁京城传递了一个消息：宫中出事了。

“小将军，你在此处不要乱走。”章漠抓起佩剑，“我去看看。”说完便从窗口滑了出去。

雷声夹杂雨声，山中树木瑟瑟而动。正在雨中操练的骁虎营、飞龙营、白鹰营三营将士几乎齐齐停手。令人心惊肉跳的钟声淌过落雨的阴沉天空，震得山峦间不住发出回响。

三营乃守卫梁京的主力，守军将领立刻上马，勒令自己麾下的士兵整队。三位将领齐齐回头，看向山道上骑马肃立的建良英。

建良英戴了铁黑色战盔，战甲上布满累累伤痕，那是他几十年沙场征战留下的痕迹。雨水如帘从战盔上落下，他一双苍老眼睛不动不摇，并不因那钟声而流露半分不稳。

他带来的北军将士人数虽少，但恰好挡在了山谷要害，三营将士除非冲杀，否则不可能突破建良英设下的防守。

将领们面面相觑，忽然明白今日的操练也是梁京变故的一部分。

“建将军，让开吧！”骁虎营将领大喊，“梁京生变，我等尽忠职守，你若不让，只能冒犯了！”

建良英亮出兵符。

“骁虎营毕畅，你可还记得六年前你在围猎中打下先帝想要的那头鹿之后，先帝是如何说的？”建良英沉声道，“先帝赞你勇猛英豪，不拘小节，你本该受死，但先帝没有怪你。你彼时不过是骁虎营中一员校尉，但多亏那头鹿，先帝记住了你。两年后你被擢升为骁虎营统领，先帝还与你谈过那头鹿。他何等赏识你，你应该记得的。”

他看向另一个人。

“飞龙营段九达，三营统领中你最为年长。十年前你家中遭难，妻妾三人并稚子横死府中。我记得当年刑部尚书还是盛可亮，他代行常律寺卿之职，那杀人者是京中富贾的亲戚，与吏部尚书有莫大联系，最终只判了刑狱三年。你憔悴不堪，在饮宴上失声痛哭，仪态尽失。是先帝仔细询问你来龙去脉，命御史台启案重查，才治了那几人死罪，甚至将吏部尚书拉下马。段九达，案犯行刑当日你朝着皇宫方向长跪，表示誓死护卫先帝，为先帝鞍前马后，你可还记得？”

段九达怒道：“我老段岂是无心之人，只是……先帝已……”

建良英注视最后一位将领。

“白鹰营季康，你是三营统领中年纪最轻之人，娶了先帝爱女黎夏公主为妻。先帝多次赞你年轻有为，三年前黎夏公主生下孩儿，先帝更为稚子赐名。若非先帝，你如今不过是北军中一名小小士兵，还需花上十几年时间，才能跻身白鹰营，更别谈成为白鹰营统领。”

段九达喝道：“建良英！你究竟想说什么！若要回忆先帝恩泽，也等我们料理了梁京的事情再说！”

“你们可知先帝是怎么死的！”建良英忽然出声怒吼。

皇宫东南侧的鸣天楼上，新容大口喘气，松开了钟锤。

鸣天楼素来由专人管理，没有御史大夫或官家手谕，谁都不能敲动鸣天钟。这钟是专为昭告天下皇家各类喜事丧事而设，或是每年正月初一清晨，从寺中请来高僧，亲手敲响第一声。

新容扶着隐隐作痛的腹部坐倒在地。内侍们惊慌跪地，瑟瑟发抖，哭着哀求：“圣人饶命……”

新容闭上眼睛，她听见钟声余韵仍在宫中回荡。这已经足够警示宫中所有人，宫内有极大变故发生。她强行闯入鸣天楼，敲响鸣天钟，能做的也仅仅到这儿为止。

“去……悄悄地，尽快把尧儿带到鸣天楼，不要让任何人发现。路上若见有人拼杀，便绕路而行。”新容抓住宫人衣襟，流露出前所未有的凶狠模样，“若不能把尧儿带来，我定令你做鬼也不安乐。”

德政殿内所有人也都听到了钟声。

大臣们面面相觑，钟声混杂雷声，震得众人耳朵脑壳嗡嗡作响。岑融失声而笑：“就算你们能逼我在这退位诏书上盖印，也得看你们能否走出我这德政殿！”

他左右环视，看着吏部尚书与礼部尚书恨声道："我待你们不薄，你们竟……"

话音未落，他趁众人不备，一把抓起案上玉玺高高举起。乐泰大惊："官家！"

"不必再喊我官家。"岑融已经隐隐听见了外头的冲杀之声，他笑道，"禁军已经来了，且看……"

手腕忽然一痛，岑融扭头便见岑煅抓住自己手腕，力气大得能将他手臂拧断似的。"岑煅……你！"岑融与他顽抗，众臣不敢上前，岑煅眉头微皱，死死攥住岑融手腕。

"三哥，真是你杀了爹爹吗？"岑煅压在他耳边问。

岑融气得浑身发抖，那玉玺几乎拿捏不住："那是杨执园胡说八道！"

岑煅长长一叹，用所有人都能听到的声音说："果真是你。"

岑融又惊又怒，恨得咬牙："岑煅！"

两人扭打中，玉玺忽然脱手而出，砰地砸在了地上。地面用石板铺就，坚硬无比，玉玺登时裂作一大一小两半。

岑融失声大笑："好哇！这下谁都别……"

众臣尚未反应过来，斜刺里忽然冲上一个人。他一把扯走案上的退位诏书铺在地上，抓过两半玉玺合为一体，毫不犹豫，重重按下！

朱红色大印落下，诏书已成。

一连串动作太快、太出乎意料，就连乐泰与岑煅也呆住了。岑融双手被拧得发痛，上身压在案上，他血红的眼睛狠狠瞪着手握玉玺的人，如同濒死的野兽一般嘶哑长吼："纪春明——"

电光射亮整片天空，钟声已经彻底消去。

沈灯扔下两位报信内侍的尸身，远远眺望鸣天楼。陈霜跃上宫墙，抄出怀中竹笛，高声吹响。这是一个给明夜堂帮众的警示，众人应当亮相，护住德政殿，以确保岑煅等人一切顺利。

但沈灯如今真正担心的，是明夜堂的人可能无法离开皇宫。

"禁军统领叫什么？"他问。

"司徒歌，他过去是禁军校尉，岑融称帝后擢升他为禁军统领，他是岑融的人。”陈霜跟在沈灯身后往德政殿方向奔去，宫中禁军数量众多，他也不禁担忧起来，“灯爷可还记得每年元宵节，负责从宫中射出燃火金凤的禁军？那便是他。”

沈灯微微一怔：“此人膂力不可小觑。”

他想了想，对陈霜说：“先擒住司徒歌。岑煅也带了不少好手进来，我们只做我们该做的事情。岑煅是生是死，看他自己吧。”

陈霜点头答应。两人赶到德政殿前，远远便见到一列禁军飞速奔来。雨水涂红了他们的帽檐、佩剑与衣袍，步声整齐，堪比滚雷。

为首的男子肩宽腿长，沈灯眯了眯眼睛：如此身手，正是司徒歌。

他不再犹豫，从怀中抄出一柄小剑，脱手飞出。

两人此时还穿着禁军服饰，大雨中看不清面貌，谁也没提防沈灯掷出那把小剑。等小剑飞到身前已然来不及，司徒歌立刻弹身跳起，小剑贴着他脚底飞旋而去，霎时便抹了身后七八名禁卫的脖子。

司徒歌顿时明白这位才是最难对付的人。他拔剑出鞘，低吼一声，迎击沈灯。

陈霜跃上墙头，他怀中满是暗器，轻盈灵活，很快便将沈灯与司徒歌前后的禁卫清理干净。但跳上宫墙之后，仍见到四面八方有禁军蜂拥而来。明夜堂此次只是协助岑煅，真正关键之处还在于岑煅和御史大夫必须立刻拿出退位诏书，宣布岑煅即位，才能镇住禁军。

宫中禁军只听命于皇帝，至于皇帝是新皇帝、旧皇帝，那都无所谓。

陈霜左右一看，奔向德政殿。

司徒歌与沈灯打得正欢。他虽然不是江湖中人，却也听过江湖中不少传闻，明夜堂化春六变内功乃是武林一绝，司徒歌试探片刻，立刻认出：“明夜堂沈灯？”

沈灯不言不语，手中长剑使得几乎没了影子。两人在瓢泼大雨中过招数百下，双剑一击，砰地各退两步。

雨珠乱迸，沈灯淋雨太久，双目发疼。司徒歌脚下雨水流淌出淡淡血丝，是他方才已经伤了司徒歌，但只伤了皮肉。

“好内劲。”沈灯低声道，“这是少林的内功。你是少林门人？”

“小时候学过两年罢了！”司徒歌举剑再度逼近，剑尖直指沈灯心口。

沈灯急速后退，只见司徒歌尾指在剑柄末端一推，那剑刃忽然旋转起来，雨水四处激飞。沈灯大吃一惊，他看不到剑尖究竟在何处。

沈灯不得不原地一跃跳上宫墙，躲开这一招。他听见竹笛声不断响起，长短各有变化，是陈霜在德政殿屋顶指挥明夜堂帮众。那处十分稳妥，寻常箭矢根本射不到。沈灯心中一定，从怀中捞起一把暗器投向司徒歌，旋身一跳，落在司徒歌身后，举剑便刺。

司徒歌哈哈一笑，反手用剑挡住这致命一击，空着的左手忽然猛地往沈灯胸前一抓！饶是沈灯反应极快，胸口也被他连着衣裳狠狠抓下一块皮肉，登时鲜血淋漓。

“虎爪门？”沈灯不怒反笑，“你到底学了几家的本事？”

“管他几家，能杀你们这帮逆贼就是我的本事！”司徒歌怒吼一声，举剑劈向沈灯！

雨中忽然传来呼哨之声，如雏鹿清啸，更似孤狼夜嗥。

司徒歌腹上猛地一痛，跌跌撞撞后退几步，靠在墙上。一支黑箭刺破他的铁甲，竟扎入了肉中。他不过愣怔一瞬，再抬头时沈灯已经跃上宫墙。司徒歌因痛因怒而失声大吼，他举头四望，终于在墙上一角看见一位身穿禁军服的青年。

青年手持乌金色大弓，那是司徒歌从未见过的弓，甚至就连青年的模样也令他惊奇——幽绿色眼睛，棕褐色长发，一张天人般的脸庞，不似这混乱人间凡俗之物。

司徒歌捂着伤处后退，只见那青年接二连三地发箭，黑箭锐不可当，力度极强，穿过一人躯体后仍能射穿下一个人的肩膀，身边涌来护卫司徒歌的禁卫纷纷倒地。

明夜堂的人，还有岑煅带来的人，这些训练有素的好手迎上禁军，一时间根本分不出胜负。雨势太大，司徒歌渐渐焦躁，他至今未能见到官家、圣人与太后，恐慌抓挠着他的胸口。

司徒歌忽然在雷雨中听见了竹笛之声。

他抬头四望，在远处的德政殿屋顶上看见了一个手持手指大小的竹笛，正不断吹笛的年轻人。

那显然就是指挥之声。

一把抓住腹中黑箭，司徒歌把嘴唇咬得鲜血淋漓，狠命一拔！那黑箭连带着血肉被他生生拔出，他立刻将箭搭在他的弓上。他举弓，闭上一目，抬高箭矢，朝着那吹笛青年的位置，拉开弓弦。

沈灯浑身一冷，失声大吼："陈霜！"

狼镝从司徒歌手中飞射而出！

贺兰砜以极快的速度搭箭，毫不犹豫射向那支狼镝！

铁制箭尖狠狠一碰，偏了一偏。陈霜已听见呼啸而来的箭矢破空之声，但雷雨声阻碍了他的判断，他往右一闪，恰好迎着那箭撞了上去。

狼镝刺破他左膝盖，司徒歌膂力极强，箭术极稳，那箭矢破入骨头仍有无穷力气，竟彻底扎破陈霜膝头，带着血肉从他膝后窜出，刺入德政殿屋顶。

贺兰砜收起大弓，落地狂奔。他来不及了。陈霜从屋顶跌落了下去。

沈灯知道赶过去已赶不上，见贺兰砜朝德政殿去了，他回头抄起地上一把剑，狠狠朝司徒歌方向掷去。

司徒歌肚腹中箭，又这样鲁莽拔出，中心一个血洞汩汩淌血。他躲过沈灯的剑，顺势在自己衣上撕下一截布，往血口子里一塞，堵住了不住流出的血。

在明夜堂帮众潜入皇宫之前，章漠仔仔细细地对每一个人叮嘱过：除非万一，否则绝不要杀伤宫中任何一人，将人击昏、捆绑藏起就行。

明夜堂终究是江湖帮派，他不愿过多涉入庙堂，此次并非为了帮岑煅，而是为了帮靳岄。能有生杀大权的，只沈灯、岳莲楼、阮不奇三人而已。

沈灯提剑跃近，再不留手。

自从陈霜到明夜堂，他便一路照顾陈霜长大，他无儿无女，完全把陈霜看作自己孩子。那支狼镝还沾着司徒歌的血肉，就这样穿破陈霜膝盖，沈灯心头大恸，呼吸都变得艰难。陈霜是明夜堂轻功最卓著之人，江湖人谁人不知他绰号"无量风"？

如风一般迅速，如风一般来去不可捉摸，如今伤了膝盖，他不知陈霜以后要怎样活着。

司徒歌本以为方才沈灯已经竭尽全力，不料此时招招式式才如狂风骤雨，扑面而来！

沈灯在招与招之间几乎没有留一丝空隙，他把剑舞得如同密笼，把司徒歌死死笼罩其中。

贺兰砜那支箭实在尖锐强劲，司徒歌纵使堵住了血口，但衣裳很快被鲜血染透，足下已是一片血泊。他浑身都是大大小小的刀伤，纵然如此也狠狠刺了沈灯几剑。

沈灯怀着要为陈霜报仇之心，招招狠辣，毫不留情，无奈此时又有一拨禁军赶来，他身边没有贺兰砜这样的援助，眼看就要被禁军围住。

“沈灯！沈灯！！”司徒歌狞笑，“我司徒歌能手刃明夜堂沈灯，说出去也不算跌了面子！”

他突然一蹲，抬脚横扫，把沈灯整个人踢了出去。沈灯肩上腿上被刺了几剑，行动渐渐不够灵活。司徒歌吐了一口血唾沫，掩剑走近，抬手便扎！

只是眼前忽然一花，他还未来得及反应，便听见头顶一阵响雷轰轰滚过。司徒歌一声不出栽倒在地，头颅缓缓滚落。

是章漠双手持剑，铰下了他的脑袋。

奔近的禁军见到这江湖人用一招便取了司徒歌首级，登时大惊，个个踟蹰不前。禁军犹豫间，章漠把沈灯拉了起来，双手一合，原本握持在手中的双手剑合为一把毫无缝隙的长刃。

“这一招常见岳莲楼用，你倒是许久没亮过了。”沈灯笑道，“堂主，来得可真及时。”

章漠左右一望：“陈霜呢？他不是负责以竹笛指挥明夜堂行动吗？”

沈灯三言两语说完情况，章漠脸色已经大变。他扫了一眼禁军，沈灯立刻道：“我可以对付。”

章漠拍拍他肩膀，跃上宫墙，看准了德政殿的位置，披雨而去。

此时德政殿中，纪春明刚刚在退位诏书上落定大印。他听见外间传来骚动之声，仿佛有人自德政殿房顶滚落，又或者只是一道平平无奇的雷声。

岑融一张脸恨得几欲扭曲，他在岑煅掌下挣扎不已。岑煅低声道：“三哥，算了吧。慈宣殿里也有我们的人，太后与圣人已在我控制之中。”

岑融愣住了：“岑煅，你怎么会变成这样？！你……”

“今日我若放过你，只怕你会将我挫骨扬灰。”岑煅低声道，“三哥，你知道我从小秉性如何。若不是你对爹爹下这番毒手，又冷眼看我在封狐苦苦支撑，连一匹战马也不愿给，我不至于做这样的事情。”

“五弟！爹爹之死与我毫无关系！乐泰……乐泰当日也看到的，爹爹传位与我，是他老人家自己的决定——”

岑煅打断他的话：“三哥对爹爹从来没有起过一丝一毫的杀心吗？”

岑融呼吸急促，根本答不上来。他的双手颤抖着，当日面对倒地的父亲却不呼救求医，他此时手心忽然湿润，仿佛是老人艰难的呼吸又一次喷在他掌心之中。

“那便是有了。”岑煅目光十分冰冷，“你不冤。”

他一把拎起岑融：“这退位诏书，由你命人去念。你若一切听从我的意思，我岑煅面对这么多人许诺，我不会伤你性命，更不会伤你娘亲、新容与尧儿。但你若是不从，三哥，别怪五弟心狠。”他面色狠狠一沉。

岑融忽然来了精神，他尖声大笑，指着岑煅对乐泰等人道：“你们信他？”他又指着自己，“我能信你？岑煅，你和我一丘之貉，行事狠毒，你与我又有什么区别！我今日退位给你，只怕我根本活不过今夜！”

岑煅静静扫了殿中众人一眼，最后目光落在纪春明身上。

“三哥，纪春明曾与你一同扳倒盛可亮，他在刑部就任大司寇虽然只有几年，但没人比你更清楚他的品性。我岑煅今日在你面前说的每一句话都是允诺，若他日有违此诺，大司寇尽可上奏弹劾批评。我岑煅决不否认。”

他看向岑融：“三哥，今日在德政殿里的，没有一个不是心怀此国此民的忠臣。”

岑融哑声一笑，却再也说不出一个字。德政殿周围没有禁军靠近，守城的三营兵士无影无踪。他不知岑煅利用了什么力量，但这样的安排足以说明，岑煅对于自己坐着的这个位置，是志在必得。

章漠一路腾跃，落在德政殿前。殿前守卫的士兵全都是岑煅的人，雨太大，他们并未立刻认出他是谁，纷纷拔剑。章漠一言不发，跃过众人头顶，快步往德政殿旁的草地奔去。

贺兰砜裸着上身，正扶起陈霜。他把上衣撕为两半，一半让陈霜咬着，一半包扎陈霜受伤的膝盖。陈霜双目赤红，腿下已是一片殷红血液，尽数化在雨水里。章漠跪在他身边，先摸了摸他的脸：“别怕，我来了。”

贺兰砜茫然无措：“怎么办？”没人比他清楚那两层箭矢的狼镝拥有怎样的杀伤力，陈霜膝盖中央是一个空洞，被箭尖刺破的地方，骨头几乎都碎了。

章漠弯腰把陈霜抱起，低声道："我们回明夜堂。"

才走出两步，德政殿大门忽然开启。岑融面色灰败走出大门，先是看见章漠，抬头忽然瞥见贺兰砜，登时惊得挪不动步子。

纪春明从众人身后钻出，大骇："陈霜怎么了？！"

章漠没有理会纪春明，只盯着岑煅："都结束了吗？"

岑煅点头："结束了。"

章漠立刻转身。岑煅忙喊："等等！宫中有御医……"

但章漠已经跃上宫墙，飞速离去。

岑煅只得转向贺兰砜："贺兰砜，按我之前说的，去敲鸣天钟。"

贺兰砜登上鸣天楼时，看见十几位内侍宫人躲在楼中瑟瑟发抖围成一个圆圈，圈中坐了位服饰华贵但面色苍白的妇人。妇人抱着一个熟睡的孩子，腹部隆起，静静看向贺兰砜。

贺兰砜认得新容，跪地冲她磕了一个头，起身奔向通往鸣天钟的楼梯。

新容紧抱孩子闭上眼睛。片刻后，大钟敲响了。

钟声轰然，前后相连，是结结实实、力度十足的十下。这是紧急召集群臣的信号。

慈宣殿内，瑾太妃慢慢抬头。慈宣殿外围满了禁军，因太后在内，禁军不敢轻举妄动，但若岑煅不能成事，她插翅难飞。瑾太妃起身缓慢走到寝室，太后已经被阮不奇从被中拖出，穿上了衣裳。

瑾太妃："……我没说过给她穿衣裳。"

阮不奇整理太后的衣襟。"人都要死了，总得体面点儿吧。"她拍拍太后霎时苍白的脸，"好歹也长得这么美，死了被臭男人看光，多不好。"

太后立刻滚下泪来，她也听见了外头的钟声。她看见阮不奇拿出一卷白绫，吓得语无伦次，急急忙忙跪在地上，跪爬到瑾太妃面前。

"妹妹！李秀妹妹，瑾妃妹妹，姐姐求你，别杀我。我知错了，我真的知错……"她一下下打自己的脸，哭着赔罪，"以往是我有眼无珠，我不该……"

瑾太妃踩着她的手："我喜欢什么，你便要破坏什么。圣人没了，还有你压我一头。姐姐，我这些年过的日子和奴婢有什么不同？大冷天的你说你的手镯子掉到池塘里了，让煅儿去捡；三伏天里你说要吃新鲜的莲子，命我坐在日头下剥。你都还记得的吧？煅儿原本有个妹妹，可就是因为你，还未满月已经没了。这几十年来我不够乖吗，姐姐？我害过你吗，姐姐？”

她狠狠地踩太后的指节，咬牙道：“我不单恨你，我还恨纵容你的那些人。你瞧他们一个个的，都死了，我反倒还长命一些。煅儿说是你和融儿弄死了他，好哇，姐姐！我佩服你，你做了我不敢做的事情。他宠你爱你这么多年，如今在皇陵里，定然也想着你呢。”

太后疯狂摇头，眼见阮不奇手持白绫走来，横下一条心猛地大喊：“救——”

一声惊雷炸响，震得窗棂簌簌作响。阮不奇一把捂住她的嘴巴，另一只手抓住白绫，在她颈上飞快绕了几圈。

太后睁眼瞪向阮不奇。阮不奇手中有一个凉丝丝的东西落进她嘴巴里，就着她张口呼喊的动作滚进喉咙。阮不奇冲她隐秘一笑，猛地一扯白绫，太后登时双目突出，挣扎不已。

阮不奇抓住白绫另一端，跳上房梁后翻越落地。白绫被高高拉起，太后身体悬吊在房梁上，拼了命地挣扎。她舌头渐渐吐出，尿水滴落，没多久彻底软了手脚。

阮不奇没有回头，她其实挺怕上吊而死之人的眼睛。她把白绫系好，拍拍手掌：“事儿结束，我走了。”

殿外隐隐传来喧闹之声，她凑在窗边听，有内侍在宫中奔走尖叫：“官家退位了——官家退位了——”

推窗再看，外头的禁军已经撤走，重新出现的士兵里有一些阮不奇的熟面孔。那是岑煅从西北军带来的人。

阮不奇松了一口气，跳出窗外。瑾太妃忽然拉住她：“不奇，你事儿还没做完。”

阮不奇：“做完了呀，我不是已经杀了那漂亮太后吗？靳岄说了，让我少开杀戒，但太后不能留。太后是广仁王宋怀章的表妹，若是留着，说不定会把广仁王叫来给岑煅添麻烦。太后如今是知道自己儿子做不成皇帝，气得自杀了。广仁王就算知道岑煅当皇帝，他也没啥可说的。”

瑾太妃指了指被捆着扔在一旁的内侍与宫女：“他们，你得解决。”

阮不奇站定了：“他们也欺负过你吗？”

瑾太妃：“这倒没有。但你到我这儿来，你得听我的吩咐做事。”

阮不奇哈哈一笑，飞快摸了把瑾太妃的脸：“这位姐姐，你弄错了吧。

天底下能吩咐我阮不奇做事的人只有堂主，你算老几？听好了，我不乐意杀的人，谁都没法让我动手。他们和你无冤无仇，你不喜欢，把他们赶走就是了。”

瑾太妃急道：“若不赶尽杀绝，只怕后患无穷！”

阮不奇甩开她的手，跳上屋檐。她终究忍不住低头对檐下之人说：“你和岑煅真不一样。姐姐，说到底，你与太后，彼此彼此罢了。”

瑾太妃被她这句话气得发抖，紧紧攥住拳头，忽觉手上有异，低头一瞧，是指上一枚指环不见了。

阮不奇对这皇宫毫无留恋。她去德政殿找到岑煅带来的人，士兵带她去马厩，护送她出宫，告诉她明夜堂的其他人已经离去。阮不奇抹了一把脸上的雨水，冲进了密密的雨帘中。

内外两城城门紧闭，她亮出岑煅西北军的军牌才得以通过。守城士兵穿着飞龙营的军服，阮不奇心知是建良英说服了三营守军，齐齐倒戈，站在了更“正义”的岑煅这一边。

她无暇细想这些事情，只想立刻回到明夜堂，与章漠等人会合。

抵达明夜堂，阮不奇才进门便闻到一股血腥之气。明夜堂帮众人人面部紧绷，阮不奇吓坏了：“谁受伤了？谁伤了呀？！”

她一路跑进后院，先看见的是坐在厅中浑身缠满布条的沈灯。阮不奇把长鞭插在腰带上，狂奔入厅：“灯爷！”

沈灯问她是否顺利，阮不奇飞速把事情说了个清清楚楚。她偷了瑾太妃一枚指环喂进太后口中，这是瑾太妃杀太后的证据。为明夜堂留这样一个尾巴，实在是章漠不敢完全信任庙堂之人。若他日岑煅为难明夜堂，明夜堂至少还有可以牵制岑煅的东西。

当然，章漠手中的证据不止这一样。

沈灯的伤势并不轻，但他不肯回房休息，一定要坐在这儿等。阮不奇回头再看，陈霜的房间外站着章漠、岳莲楼和靳岄。三人都没有打伞，大雨淋透全身。

“陈霜，陈霜怎么了？”阮不奇也顾不得沈灯受伤，一把抓住他衣襟怒吼，“灯爷，你不是看着他的吗！”

陈霜膝盖受的伤十分严重。明夜堂在起事之前请来了江湖上几位侠医，包括郑舞的义母贝夫人。他们需将陈霜膝盖剖开，取出其中碎裂骨头，以烈酒盐水清洗后再缝合。那支狼镝有两层箭尖，锋利异常，连骨头都可撕裂，又掺杂了司徒歌的血肉，处理起来愈发麻烦。

陈霜数次晕厥，又不断被痛醒。阮不奇来到房门前，血腥气在雨水里混着泥腥，愈发明显。

贺兰砜坐在竹林里，裤子上一半都是陈霜的血。他盯着陈霜的门口，箭筒扔在一旁，里头二十多支狼镝在雨水里闪动寒光。

岑静书和靳云英这两日住在明夜堂，两人撑伞走来，低声向靳岄询问陈霜的情况。

房中忽然传来混乱声响，似乎是有人踢翻了什么东西，一片杂乱中传出青年的哭声。

岑静书把雨伞塞到靳云英手里，提起裙摆，大步走向房门。她毫不犹豫，推门而入，门开的瞬间陈霜的喊叫清晰得如同就在所有人耳边响起。

沈灯在亭中站起，又摇摇晃晃扶着柱子坐下，双目发红，鼻中酸涩。

靳云英把雨伞移到阮不奇头顶。阮不奇扭头看她，靳云英满脸的泪。阮不奇正要问她为何哭了，开口才意识到自己喉中哽咽，眼前浮起浓重水雾。

陈霜是忍不住了才喊的。没有任何麻药能止住他的疼痛。

“娘……娘——”

靳岄知道他一定是疼迷糊了，否则他不会忘记自己曾经斩钉截铁说过，他一点儿不想念，也不会去找卖掉了自己的女人。

他疼得失去理智，才像个孩子般想起要娘亲怜悯。他哭着大喊，声音嘶哑，上气不接下气，任谁听到都会流眼泪。太疼了，他哭着冲不存在此处的那个人哀求：“娘，娘，求你，你救救我。”

第十四章

余韵

梁京的百姓大多数并不知道白露这日究竟发生了什么。豪雨持续了三天，日后人们再回忆起来，连那两次莫名其妙的钟声也记不清楚了。那真的是钟声吗？怎么可能敲两遍？或许是雷声，因那一天的雷实在太大、太大了。

只有住在燕子溪甚至沐清池旁边的百姓会记得，白露过后那日清晨，雨愈发下得滂沱，宫中水池涨水太高，满溢而出。流出来的都是血水，把沐清池和燕子溪全都染红了。

百姓也并不清楚宫中龙椅上何时换了人，又换了什么人。新帝大赦天下，街头巷尾的人们好奇困惑：两年前不是有了新皇帝吗？这么快就死了？

这改换天地的时刻，就这样在深秋罕见的豪雨中过去了。

岑融没有死。他被锁在大源寺内，剃了光头披上僧服，就像哑了一样，没再出过一声。太后的尸身被发现，是因太过思念先帝，痛苦不堪，选择了自缢。她的尸身被送入皇陵。

新容生下岑融的第二个孩子时刚刚入冬。梁京下了一场大雪，内侍匆匆跑来跟岑煅禀报，是个健康的男孩儿。

十一月又称长至，新容在大源寺旁的堰桥寺落发为尼，法号长净。此月下旬，广仁王宋怀章风尘仆仆入京，求见新帝。他想带走岑融的两个孩子。

两个孩子如今在圣人的照顾下生活，宋怀章软磨硬泡，甚至出动了靳岄。他找到靳岄，靳岄自然想起在赤燕时他曾怎样帮过自己和母亲。广仁王要那两个孩子的原因十分简单：他一生都未婚娶，没有子嗣，而这两个孩子身份尴尬，在皇宫内生活并不见得安稳平静。他是岑融的表舅，与孩子有亲缘，把孩子交给他是最好的。

瑾太妃多次劝说岑煅不要留手，不要有多余的恻隐之心，应当斩草除根。但岑煅并没有听取母亲的意见。他和靳岄见了几次面，更邀请宋怀章一同饮酒长谈。

永和二年，新帝继位后的第一个除夕，宋怀章带着两个孩子离开梁京，启程返回南境。

靳岄与母亲、贺兰砜一同去送行。宋怀章见到岑静书，在城门下了马。岑静书又一次同他致谢，宋怀章只是笑笑，问她如今生活如何，是否安乐。等看到靳岄，宋怀章脸上掠过一丝复杂神情。

“我确实没想到官家能答应我这个要求。”他与靳岄走到一旁，低声道，“你究竟对他说了什么？”

靳岄也是吃惊：“我以为是你说服了他。”

两人沉默片刻，俱有所感。最终让岑煅放两个孩子去南境的原因，或许并不在靳岄、宋怀章身上。

岑静书和贺兰砜掀开车帘子，车中尧儿正抱着弟弟呼呼大睡。纵使他是哥哥，却也只有两三岁年纪，话都说不利索，更不知自己的命运在一场泼天大雨中彻底改变。见不到母亲时他确实哭过，但哭累了也就这样睡了。岑静书小心上了马车，把一小块玉系在尧儿身上，摸摸他的额头：“好好生活下去吧，别辜负你爹爹一番苦心。”

宋怀章的车队路过山下，绕行一圈。他拍醒尧儿：“跟你爹娘道别了。”

尧儿茫然不知何意，宋怀章掀开车帘，抱起他望向山上的大源寺与堰桥寺。尧儿不明就里，但听见“爹娘”，忽然又放声大哭。宋怀章哄他不听，叹气道：“哭什么？你这样哭，他怎么舍得走？”

不出靳岄和宋怀章所料，兄弟俩离开梁京的第二日，岑融在大源寺厢房内自缢身亡。他留下一纸遗书，痛陈自己弑父弑君、戕害兄弟之罪。

正是春节，梁京气氛热闹，人人欢畅。堰桥寺的新尼哭了一夜，世间再无人知道他这样悄无声息死去。

岑煅在皇宫花苑的亭中呆坐一夜，亭外泼了一地的酒。他忽然也想起那株被岑融烧掉的山茶花。他不知岑融为什么这样频频地提起那棵高大的花树，此时再回忆起来，他仿佛看见亭外细雪中仍有火红的花朵次第绽放。

花树最终在烈火中焚烧殆尽。那火是岑融亲手点燃的。

明夜堂后院的杏花开放时，陈霜终于能拄拐行走。

他左腿仍旧无法抬起，只能拖拉着行走。明夜堂请来的一帮子名医都已经散了，只有贝夫人还留在梁京。贝夫人十分留恋梁京的繁华富庶，阮不奇与岳莲楼逮着空儿就领她去春风春雨楼看漂亮姑娘和俊俏男子，章漠不肯给这两人花钱，贝夫人一拍额头，费用由她全包。

靳岄吃惊，仔细问岳莲楼，才知道如今郑舞的青虬帮已成列星江上赫赫有名的水帮。青虬帮里的水盗都是在大风大浪里滚过来的，武艺和技术很快折服江上水帮。加之列星江诸水帮中最有威名的船老大是个女人，岳莲楼陪着她喝了整一个月的酒，船老大一拍膝盖，接纳了青虬帮。

靳岄把这事儿告诉陈霜，陈霜又告诉章漠，章漠与沈灯闲聊时被贝夫人听见，她气得眉毛都竖起来了："这跟岳莲楼有鸟关系！"

原来真正让船老大接纳青虬帮的原因，居然是玉姜带过去的金银珠宝。那老大十分喜爱这些亮晶晶的东西，更喜欢挂着亮晶晶耳饰、长着亮晶晶眼眸的玉姜。岳莲楼没发挥半分作用，天天不是在船上钓鱼就是在杨河城里喝花酒，醉了便满地打滚，哭着闹着，抓住郑舞的腿就喊"堂主让我疼疼你"。

明夜堂鸡飞狗跳几天，岳莲楼灰头土脸跟贝夫人道了歉，不敢再乱说话。

家里发生的事情与以往实在没半分差异，陈霜行走不便，每日不是在明夜堂里活动，便是走到对面靳岄家中待着。

他受伤那日疼得太厉害，早不记得自己胡乱喊了些什么，只知道自己被岑静书抱着，最后晕了过去。此后再见到岑静书，他便愈发不好意思起来。岑静书对他很是亲切，平日里少不得要骂靳岄几句，但对着陈霜，从来都是和颜悦色。

这一日，因喂鸡时把鸡撵到路上结果丢了一只的靳岄又被岑静书数落。他坐在陈霜身边砸核桃兼嘀咕。陈霜侧头去听，靳岄把核桃仁放进他手里，顺口问："今儿腿疼吗？"

陈霜起先十分忌讳别人问他这些事情，无奈岳莲楼与阮不奇两人脸皮极厚，每日早起和就寝时，只要人在明夜堂，就要溜进陈霜房间里，摸着他的腿眼泪涟涟地问一句：“疼吗？”

问的次数太多，陈霜已然麻木。

他若说疼，岳莲楼便抓起他袖角擦眼泪鼻涕，然后从怀中掏出一堆春宫画儿赠给他：“多看看，心里会高兴些。”

他若说不疼，阮不奇就拿着辫子梢儿在他膝盖包裹着绷带的地方挠来挠去：“贝夫人说不疼就该痒了，现在痒吗？”

那支利箭刺穿了骨头，但好在它足够锐利，司徒歌膂力又极为强劲，他膝盖中碎骨清理之后膝骨仍旧完整，只是中间一处空洞无法再生。就算皮肉痊愈，那骨头也长不回来，陈霜尝试过靠自己站起，但不扶什么，实在做不到。

应付明夜堂的人已经消耗他一天大部分的力气，他实在没有太多时间去忧愁、悲伤和愤怒。他也不知道该对谁愤怒。他真的喊过“娘”？他让那个女人救救他？陈霜只觉得毛骨悚然。不可能，他不会的。他从不惦念她，只是偶尔，会在想起来的时候恨她而已。

“不疼。”陈霜说，“你问第三遍了。”

靳岄砸得累了，把核桃放进陈霜手里。陈霜给他一个个捏碎，靳岄惊讶道：“化春六变内力还可以做这个？”

陈霜笑道：“厉害得紧，佩服我吗？”

靳岄：“佩服死了。”

陈霜问：“贺兰砜什么时候回来？”

靳岄想都没想：“这几天就到。”

宫变之后不久，贺兰砜便回了封狐城，把宁元成升任西北军统领的消息带了回去。他过年时回了几天，元宵之后又启程北去。岑煅不知有什么筹谋，上月一纸军令把贺兰砜和白霓都叫回梁京。

陈霜看他：“你猜到是什么事儿吗？”

靳岄不敢猜，摇了摇头。

第二日一早，靳岄就被岑煅叫进了宫里。岑煅称帝后想给他一官半职，但靳岄坚决不受。岑煅无可奈何，只隔三岔五把他叫进宫里，说说话，吃吃酒。

陈霜拄着拐杖来找靳岄，不见人影，回头时看见纪春明拎着一罐子酒站在身后，伸手要来搀他。

“不必不必。”陈霜谢绝他的好意，“找我还是靳岄？”

“当然是你。”纪春明与他一同往明夜堂里走，后院一树杏花开得极为嚣张热闹，纪春明十分喜欢，隔三岔五就拎酒来跟陈霜说话。

章漠、阮不奇与岳莲楼分别出门办事去了，明夜堂里只剩沈灯一人安排事务。他得知纪春明来了，火速赶到后院杏树下，叮嘱纪春明：“陈霜现在可喝不得许多酒，你若灌醉他，我跟你没完。”

纪春明连连摆手：“不敢不敢不敢……”

两人又说又笑，直到夜色降临，纪春明才依依不舍离去。陈霜送他到后院门口，目送他远去，忽然听见路面另一边传来马蹄声。

陈霜耳尖：“飞霄！”

抬头再看，撞破夜雾，如天神般来到他面前的，正是贺兰砜。

贺兰砜风尘仆仆，把飞霄安置在明夜堂的马厩里，扭头上上下下打量陈霜：“你能走了？”

陈霜：“勉强吧。靳岄去宫里同岑煅喝酒了，还未回来。你要不在我这边坐坐？”

“不了，我回去等他。”贺兰砜解了兜帽，陈霜发觉他神情紧张。但贺兰砜不多说，他也不便多问。

贺兰砜拎着弓箭走进家门，岑静书和靳云英刚刚吃了晚饭，又惊又喜，忙把饭菜又热了起来。

靳岄回到家已是二更时分。他进门便看见房中透出烛光，立有所感，院门还没关好便急急忙忙跑过去。贺兰砜把一身寒气的靳岄迎进屋里，洗了热帕子给他擦脸。靳岄直勾勾地盯着他，欲言又止。

贺兰砜对他情绪的变化极为敏锐：“喝的什么绝世美酒？居然喝了一天。”

“白霓呢？”靳岄问。

“去兵部报到后，兵部安排了地方让她住下。”贺兰砜问，“军令上没说清楚让我和白霓回来为了什么，你知道吗？”

“原本不知道，但今日晓得了。”靳岄道，“我不是去喝酒的，建良英将军、御史大夫和兵部尚书都在。”

靳岄的手在微微颤抖，指尖还带着几分寒意。他眼中映着烛光，随窗缝的风飘摇，像藏在他瞳仁里从未熄灭过的热情。

贺兰砜几乎屏住了呼吸，他感受到靳岄身躯中蕴藏的如火焰一般灼热的激动。

靳岄一字字道："岑煅说，他要从北戎手中，收回江北全境！"

第十五章

抵达

岑煅的想法并非一时起意。早在他得知大瑀和北戎签订碧山盟、割让江北全境时，他已有夺回之心。但直到此时他即位，才有扭转乾坤的可能。

在他把靳岄叫到宫里之前，他已经和建良英、兵部尚书、御史大夫把一切商议清楚。

北军原本由建良英统领，建良英手下有张越、鲁园两个副统领。张越已经被卸职，如今建良英退役后，只剩鲁园。但建良英认为，鲁园其人并不适合担当北军统领。他性格木讷老实，缺乏机变，军中将士与他相处融洽，但上阵打仗却不够灵活。

建良英举荐了一个人：白霓。

白霓入伍后便跟着靳明照一同管理西北军，她又是莽云骑的将领，大瑀少见的女将军，即便在北军中也声望颇高。白霓如今回归西北军，而西北军的统领是宁元成。这两年间，西北军军务重整，几乎全是岑煅和宁元成下的力气，宁元成熟悉军务，将士也听从他的调配，白霓若继续待在西北军中，宁元成管理军队会有诸多不便，恐生事端。

此次北战是建良英戎马生涯最后一战，他可以带白霓熟悉北境的边防、地势及两军情况。待战争结束，白霓便可执掌北军，守定大瑀北疆。

同时建良英还说了另一件让他担忧的事情。靳明照在世时，与自己的弟子书信来往频密，靳明照在书信中也提到西北军、莽云骑的管理问题。

靳明照曾强调过，莽云骑是西北军最精锐的骑兵，他们永远冲锋在前，执行最危险的冲杀任务。艰苦的训练和强大的敌人，让莽云骑里的人拥有一种天然的凝聚力，他们会紧紧靠拢在将领身边，并且只听将领之命。靳明照还在的时候，他既是西北军统领，也是莽云骑统领，无论裘辉、游君山，哪怕是白霓，纵然他们在莽云骑中屡立战功，但能牢牢把控莽云骑、率领莽云骑的，永远只有靳明照一人。

而如今西北军统领是宁元成，莽云骑的统领却是贺兰砜。

有战马及周王坡之战的功绩在前，莽云骑兵士非常钦佩贺兰砜，贺兰砜虽为异族将领，但在军中声望不比宁元成低。这是一个非常危险的信号。只要白霓、贺兰砜仍在西北军，只怕宁元成就难以服众。西北军战况复杂，岑煅有心让宁元成历练，但也不愿在内部给他制造太多障碍。他与兵部尚书、建良英多次商量之后，做出了决定。

一是调动白霓前往北军，以培养她担任北军统领为目标，让她熟悉北境情况。二是在此次北战中，把莽云骑一分为二。其中一部分由贺兰砜直接带往北境，参与北战，并在战争结束后留在北军之中，以他们为基础，在北军建立一支有力的骑军部队。剩下的仍然留在西北军，交由宁元成亲自管理，并继续壮大，恢复靳明照所在之时莽云骑的声势。

岑煅把靳岄叫到宫中，实则是为了告诉他自己的决定。靳岄听完之后久久不语。岑煅以为他生气了，但见靳岄对他一跪。

岑煅的安排，已经充分顾念了白霓、贺兰砜的去处，尽量不委屈任何人，也不压制任何人。靳岄忽然又一次清晰地感受到，岑煅考虑事情的时候，并没有把自己帝王的身份置于最重要之处。他希望面面俱到，更希望达成自己的目标。

江北全境划归北戎之后，北军撤退，军部扎在杨河城内，两国以列星江为界。摆在面前的难题是：北军如何渡江？

列星江上数个大码头，船只来往频密。但由于列星江一直是大瑀境内的河流，没有边防任务，大瑀从未打造过足量军船。碧山盟订立后，列星江成了边防线，仁正帝彼时确实有过建立水军的想法，但尚未执行，他便去了。

岑融上位后撤走了水军的资金调往南境。三十多艘军船如今仍是只有龙骨，不仅不可使用，因为疏于养护管理，甚至有不少已经坏了。

没有军船，杨河城的将士便不可能越过大江，抵达江北。

这问题十分棘手，岑煅苦思多日不得要领，跟靳岄提出的时候，靳岄几乎不假思索："借船。"

"从何处借？"

"列星江水帮。"

"水帮是江湖帮派，怎么可能把船借给朝廷？"

"北境大战不仅是朝廷的事,还是与大瑀百姓息息相关之事。"靳岄说,"碧山盟订立之时，我在碧山城中，亲眼见到城内百姓如何痛苦，甚至以身殉国。官家若是有兴趣，不妨找杨河城城守问一问，在这几年间，列星江水帮与江北的北戎军队有过多少冲突。"

这些都是岳莲楼在列星江畔看到的事情。他虽然日夜饮酒，胡言乱语，但在停留列星江的一个多月时间中，把列星江水帮的各处细节全都看在眼里。水帮多是义气儿女，岳莲楼虽不大喜欢水帮的人，但回来之后，没再说过水帮一句坏话。

"水帮与江北的民军有联系，北军若想拿下此战，不可不依赖民军。我们撤离北境这么久，城中布防如何变化，北戎军队行军作战什么风格，只怕没有人比一直在北境活动的民军更清楚。"

靳岄说完后，岑煅与建良英交换了一个眼神。建良英一声长叹："靳岄，你真的不愿入朝为官？"

靳岄毫不犹豫："不愿。"

贺兰砜听靳岄讲到此处，忽然问："你不做官，莫非要天天在这儿喂鸡扫地？"

靳岄："我和你还有十万件该做的事情，有那么多可以去的地方，你真想我当官，困守在这儿？"

"那不行。"贺兰砜又问,"我到时候也领着莽云骑,去杨河城坐船过江？"

"那倒不必。"靳岄笑道，"你忘了封狐北城吗？"

贺兰砜立刻想起，封狐北城与南城之间隔着一道江，而江面下便是粗大铁索。只要将铁索拉紧，搭上木板，便是一座可让马儿通过的木板桥。

大瑀与金羌对峙结束后，金羌撤了军队，不久后北戎也从封狐北城撤兵。如今的北城又成废城，实在是潜行偷渡的绝佳地点。

两人越说越兴奋，直到听见院中鸡鸣。靳岄问："你怕吗？"

"不怕。"贺兰砜平静道，"若北战能逼出阿瓦，我高兴还来不及。他害你落了个奴隶印记，这件事我一辈子也不会忘记。"

"你说不定会在战场上遇见虎将军，还有浑答儿。"

"那正好。遇到他们，我就跟他们狠狠打一架，让他们还有整个烨台都晓得，当年的高辛邪狼，如今已是大瑀的狼面将军。"

靳岄又是困惑，又是好笑："怎么什么事情到你嘴里，都是天下不值一提的小事？"

"与你相关的才是大事。"贺兰砜停住，思索挺久，才轻声补充，"我想做的也是大事。除此之外，都不算什么。"

靳岄心里那点儿担忧被他压了下去。他在渐渐浓重的睡意里迷迷糊糊地想，自己似乎也不怕了。

没睡太久，院子里鸡飞狗跳，把两人吵醒了。

阮不奇新养的两只小狗常见靳岄在院中喂鸡，天天一早就从明夜堂偷溜出来，钻进靳家院子学着撵鸡。贺兰砜睡得不够，靳岄让他继续安躺，自己则披上衣服出门。

院里不仅有狗，还有陈霜。陈霜惦记着昨夜贺兰砜的神情，特意来问问是否有什么明夜堂能帮上忙的地方。

然而不仅是靳岄，就连岑煅也不想再麻烦明夜堂了。他想把明夜堂从庙堂里摘开，靳岄却知道，许多事情并非天子一人就能决定。

他告诉陈霜，自己想让白霓和章漠拜个义姐弟。江湖人崇敬勇武之士，白霓一介女流，武艺卓绝，又是女将军，江湖中人但凡提起没有不佩服的。章漠与她成了义姐弟，江湖人不至于认为明夜堂和朝廷勾结，而来日若朝中真有人想对明夜堂不利，翻出宫变旧事，也可因为白霓北军将领的身份多几分忌惮。

陈霜对此表示无可无不可，答应转告沈灯。

靳岄端了碗粥，坐在他身旁边吃边问："我过几天得去一趟杨河城。为的什么事儿，暂且不能跟你讲。你要跟我一起去吗？"

"我？"陈霜看着自己的拐杖和左腿，笑道，"你问错人了吧？"

"我从北戎回到大瑀，有哪一天是你不在身边的？"靳岄说，"我不是要你服侍我，陈霜，我当你是朋友。"

陈霜沉默很久："我仿佛一个废人，何苦拖累你？"

靳岄喝完粥，把碗一撂，抓住他肩膀："听好了陈霜，我现在不问你能不能去，也不问你腿还疼不疼，我只想知道，你想不想，你若想，我就带你去。这一趟或许我得在杨河待上大半年，为一桩大事，贺兰砜过两日便回封狐，若是没有你，我这大半年跟谁聊天说话？况且我只是觉得，你不会愿意永远待在梁京，待在明夜堂的后院，天天光看这些树啊花啊鸟啊雀啊。"

陈霜还是不吭声。靳岄笑道："阮不奇都告诉我了，你天天晚上不睡觉，坐在床上练功。之前不能行走的时候，沈灯和堂主也发现你偷偷练功，骂了你好几次。"

陈霜："小将军何必为我这么执着？"

母鸡带着小鸡，在院子里东奔西跑，狗追得不亦乐乎。靳岄朝狗子扔去一块石头，回头说："你是陈霜，是天底下独一无二的陈霜。以往都是你保护我，这次我想保护你。"

贺兰砜两日后便离开了梁京，带着圣旨和御史大夫的信启程西去。白霓没有离开，到家里见了岑静书和靳云英几次。她带着锦儿，岑静书母女喜欢得紧，抱上了就不舍得松手。纪春明这日来时，靳家门户紧闭，他转入明夜堂，熟门熟路地找陈霜。

原来岑静书又去找锦儿玩儿了。靳云英仍三不五时上堰桥寺，求见比丘尼长净。她与新容自小相识，情同姐妹，但新容始终不肯见她。靳岄与靳云英一块儿去的，怕是要到傍晚才能回来。

天色尚早，纪春明这日带来的不是酒而是茶。他与陈霜在树下煮茶说话。

一杯茶喝完，陈霜说："春明，我要去杨河了。"

纪春明大吃一惊："你……你怎么去？你腿还成吗？"

"坐马车，不必走路，没有关系。"陈霜撑着脸看他，"去杨河，或者去其他地方。我喜欢随处乱走，打算跟灯爷一样，也写个《侠义事录》，把天下的江湖事都记一记。"

纪春明擦了把眼睛，再抬头时眼眶泛红，神色却异常坚毅："我寒窗苦读十余年，我考功名，我也有自己的愿望。”

陈霜静静听着。

“我是刑部大司寇，我有自己要做的事情。官家初登帝位，当年梁安崇留下的许多手尾还未解决，不少冤假错案仍堆在我和常律寺卿案头。上至朝中大臣，下到乡野百姓，桩桩件件，错综复杂。”

纪春明脸上没了他面对陈霜时的紧张。

“我仍记得，考上状元那一天，我在爹娘灵前发誓，我要做一个好官，清明、坦荡，顶天立地的好官。我要让世人都知道我纪春明的名字。若是做不到，我至少要让我经手的案子清白干净，要让所有事主都说一句，纪春明此人虽然懦弱、胆小、微不足道，但他为官清正，真是不错。我留在这朝廷一日，就得做对得住自己的事情，我……”

纪春明喘着气，他忽然忘了自己接下来要说什么。

“我会给你写信。”陈霜说，“你记得要当一个好官，让四海都知道纪春明。好让我闯荡江湖的时候，一报你的名字，大家伙儿便立刻对我毕恭毕敬：哟！您就是青天大老爷纪大人的朋友！陈大侠吃喝住行，全不要钱！”

三人此行轻装简从，靳岄是带着借船任务去的。一路往北而行，途中他忽然想起，四年前的冬季也是几乎一样的情形：他在车里昏昏欲睡，白霓骑马，在车外护送。

靳岄探头出去问：“白霓，你想到了什么？”

“送你去北戎那时候是冬天，到处飘着大雪，可冷死了。”白霓笑道，“如今却是春天了。”

穆穆清风，春草疯长，一切相似，却又如此不同。

靳岄缩回车中，陈霜收好书册，问他此行目的。靳岄便一五一十地说了。陈霜想了想：“杨河城的明夜堂分堂里头，我知道有人跟水帮关系不错。岳莲楼若不是去别处，应该也把他一块儿带来，他倒是认识水帮的船老大。”

靳岄笑道：“还有别人也认识呢。”

陈霜：“……”

靳岄数手指：“玉姜啊，郑舞啊……”

听见郑舞的名字，陈霜嗤笑一声，脸上露出毫不掩饰的憎厌。

春季的杨河城十分热闹，靳岄一行人抵达时恰逢清明，城外许多踏春之人，仕女戴帽骑马，少年与浪客在路上留下鞭声与笑声，白霓看得很是快乐。

靳岄反倒心事渐渐沉重，他不知自己能否顺利说服水帮的人。

在城门迎接他们的除了明夜堂分堂的人，还有一身新装的玉姜。

靳岄乍见玉姜，差点儿认不出来。玉姜全无赤燕奉象使的一丝痕迹，皮肤透出健康的麦色，长发简单束在脑后，额上勒一片花纹繁复的抹额，比之前又长高了一些。她看见靳岄和陈霜从车里露头，立刻欢天喜地奔了过来，抱住靳岄时，靳岄摸到了她掌心的粗茧和细细的伤痕。玉姜快乐地向他展示手心痕迹，原来都是练武和渔网的勒痕。

一番寒暄后，马车进城，三人住进了明夜堂分堂。

玉姜在分堂门口便下了马车，不肯一起进去。分堂的帮众瞧见了她，一个个露出警惕与不满。靳岄好奇拉了个人细问，原来是列星江水帮不久前跟明夜堂起了冲突。

杨河城码头颇大，客船货船来往不息。章漠早就想在漕运中插一脚分一杯羹，无奈列星江码头被水帮把控得十分严实，一文钱都不肯漏出来。尤其在得知明夜堂这些江湖帮派的想法后，水帮防范更严，轻易不让江湖人上船，怕生出不必要的事端。

江上水帮林林总总，足有数百个，其中名气最大的水帮名为游家帮。游家帮主要做货运，拥有近百艘大船，几乎统辖了列星江上下游所有河道。如今执掌游家帮的是一个女子，水帮的人都喊她游娘娘，具体名字已经无人知晓。

青虬帮被岳莲楼一路带到列星江，第一晚去拜会的便是游娘娘。游娘娘好珍宝，玉姜拿出的赤燕珠宝十分讨她喜欢。岳莲楼也是那时候才知，原来游娘娘不仅喜欢珍宝，还喜欢漂亮人儿。

有了珍宝，在游家帮主持下，青虬帮迅速融入列星江水帮，现今已是水帮中流砥柱，做事干活十分卖力，挣的钱比以往当水盗多了几十倍。

“据说游娘娘要把玉姜培养为水帮接班人，嗨，谁知道呢，反正，反正这小姑娘还挺凶的。”帮众小声嘀咕，暗指玉姜。

不久前列星江开冰，正是春季捕鱼时节，明夜堂帮众偷偷坐小船进江网鱼，不敢点灯，凭借星光月光，一船人仗着艺高人胆大，玩得不亦乐乎。

不料游家帮的船驶来，没注意江中有小船，直接撞了上去。游家帮那艘船被撞破了一个洞，明夜堂的小船则直接翻覆在江心，差点没把人淹死。帮众恼了，拎着不停呛水的伙伴直接跃上游家帮的船要讨说法。游娘娘大发雷霆，捆住明夜堂的人一路拖到分堂扔在门口，个个都是遍体鳞伤。

这事儿至今还未处理清爽，明夜堂帮众见到水帮的人，自然一脸愤懑。

靳岄霎时感到压力重重。他与陈霜、白霓当天夜里就去了码头，求见游家帮游娘娘。

有玉姜引见，三人顺利上船。游家帮的大船比青虬帮的船大两倍不止，船上还有老人小孩嬉闹玩耍，看得靳岄一愣一愣的。游娘娘只允许靳岄一人去见她，白霓和陈霜只得留在了甲板上，目送靳岄和玉姜入内。

白霓与船工聊起列星江江水的状况，现在正是春汛，江面波荡，她在大船上站立片刻已经觉得头晕目眩，不禁紧紧抓住身边的扶栏，压制欲呕的恶心感觉。

陈霜听见头顶有古怪声音，抬头一瞧，竟是郑舞。

郑舞当时正坐在桅杆上远眺，看到陈霜便立刻落了下来。他和在赤燕时的模样并无太大分别，仍赤裸上身，露出结实健壮的肌肉。他皮肉漂亮，肌肉块垒分明，陈霜虽然不喜欢他，但也忍不住多看几眼他那壮实身躯。郑舞上衣松垮地系在腰上，能看到腰间不少文身图样，似乎从腰间一直蔓延到他光裸的背与肚腹之间。

陈霜看饱了，勉强问一句："吃饭了吗？"

郑舞用古怪的神情打量陈霜，目光最后落到陈霜的腿和拐杖上。

"瘸了？"他问。他专挑陈霜不愿意提起的事情，陈霜没了聊天兴致，慢慢移动到甲板边缘，和郑舞拉开距离。

船舱内灯火通明，游娘娘屏退众人，只留玉姜。游娘娘年约四十，身材高大，气势惊人，打扮与玉姜十分相似。高高束起的长发，色彩繁杂的抹额，衣装轻便，露出双臂、肩膀与肚腹大片蜜色的肌肤。靳岄认得清楚，她胸前挂的一串红玉正是玉姜所有之物。那几枚红玉陷入她胸前丰盈沟壑之中，随着她的呼吸缓慢起伏，在灯火里熠熠闪光。

游娘娘一言不发，抬眼看向靳岄。她容貌美艳，只静静在烛光中斜坐，竟令人霎时生出无穷紧张。

为免游娘娘认为自己轻薄，靳岄不敢再看。

“玉姜说你是她的恩人。”游娘娘上下打量靳岄，“模样倒是秀俊，难怪能讨小姑娘欢心。”

靳岄笑道：“游娘娘才是天上地下绝无仅有的人物。”

他牢牢记住玉姜的嘱咐：此女喜欢听奉承话，但讨厌做作扭捏的拍马屁。

游娘娘显然没觉得他这奉承高明，笑道：“我知道你是谁。那年大瑀质子的队伍过江，用的也是我们游家帮的船。你爹爹是名满天下的大将军，我当时远远瞧见你，便想，他儿子倒是一副病秧子模样，怕是熬不过北戎的冬天。没承想你这么厉害，不仅回来了，还闹出了许多事情。”

“靳岄此番前来，是有要事求教游娘娘。”靳岄三下五除二，简单把事情缘由详细阐明。

游娘娘草草挥手：“想让我游家帮乃至整个列星江水帮运送军队去北境，可以，我只有一个要求。章漠，或者明夜堂阴阳二狩，在我们面前下跪道歉，我便原谅明夜堂，答应你这个请求。否则便是我游娘娘无法服众，对不住我游家帮的人。明夜堂坏了我们一艘好船，还擅闯游家帮主船，这梁子我们可算是结下了。”

来之前靳岄已经跟分堂的人商量好了，他连忙接话：“明夜堂将会赔两艘同样的大船给游家帮，等堂主章漠来到杨河，他将亲自登门拜访，以表歉意。”

游娘娘大笑，指着船板：“下跪，懂吗？跪在我面前，我要江湖上赫赫有名的章漠章堂主，跪我一个女人。他若愿意，我便答应你的请求。在没跪之前，我决不会允许你们跨过列星江。”

玉姜一下甩开她的手站起。游娘娘一愣，低斥道：“玉姜！”

“你为难靳岄，我不高兴！”玉姜大声道。

游娘娘有些恼，很快又道：“这不是我跟你恩人的事儿，是游家帮和明夜堂的矛盾。你怎么总是拎不清？过来，我一会儿再仔细同你讲。”

玉姜还要再辩，靳岄忽然道：“游娘娘说得对，这是游家帮和明夜堂的矛盾。你是游家帮的船老大，我人微言轻，怕是不能说什么有分量的话。”

游娘娘哼了一声：“忠昭将军、顺仪帝姬的孩子，当今圣上的旧友，明夜堂的座上宾，听闻你和北戎什么人也有联系。人微言轻？靳公子未免太过妄自菲薄。”

“那我跪可以吗？”靳岄坦然一笑，撩起袍角，毫不犹豫便跪了下来。

“靳岄下跪，一是为明夜堂所做的错事道歉。”靳岄说，“二为感激列星江水帮这几年间协助北境民军、大瑀北军抗击蛮军之功绩。三为游家帮吸纳青虬帮，接纳玉姜与郑舞，他们兄妹俩都是我的朋友，我感激游家帮。四为游前辈维持江面多年运输往来之秩序，为游家多年守定列星江不动摇，为你们的侠义心肠。这最后，是为游娘娘巾帼不让须眉之威势。娘娘虽为女子，但列星江上下乃至大瑀全境，谁不知你在男人堆里也闯出了不得了的名堂？”

游娘娘静静看他，良久才道：“都说男儿膝下有黄金，你这样跪我，值得吗？”

“列星江水帮对大瑀的意义，对此次北战的意义，比黄金更重千倍万倍。”靳岄看着她。

舱中一时沉寂，游娘娘的目光始终在靳岄身上打转。眼前男儿虽然下跪，但从容不迫，不卑不亢，竟有几分读书人少见的侠义之气。

她思忖许久，大笑挥手：“起来吧。你们想怎么运？”

“北军统领也在船上，她可以与你细谈，白霓将军和游娘娘都是女子。”靳岄说，“她钦佩游娘娘侠义之名多年，早想和你结识，无奈一直在西北军中服役，实在没有机会。”

“哟，还是个当兵的女人。”游娘娘朗声大笑，“快，叫进来！我要见见她！”

白霓很快被玉姜带进舱内，陈霜仍在甲板上吹风。他试着不用拐杖站立，但船不能给他安全感，只要他松开拐杖，膝盖就疼得厉害。

临走时贝夫人登门拜访，仔细看过他的伤势。腿上伤口完全愈合，只有当时的箭疤和剖开皮肉清理时留下的十字形伤疤。贝夫人说他可以走动，只是会不大利索，需要适应，毕竟从受伤到现在，已经过去了半年。

但陈霜每每试图以双足站立，左膝仍疼得入骨。

陈霜正想着这些不知如何去解决的事情，郑舞又凑了过来。他不跟陈霜说话，只一个劲儿地打量他，目光认真，像探究着什么必须立刻获得答案的问题。

“我是瘸了，但暗器我还是用得很好。”陈霜提醒，“试试吗？”

郑舞：“我到底哪儿让你不高兴了？你我都是琼周人，当个异姓兄弟正好合适，为何你总看我不顺眼？”

陈霜："你也不是没有自知之明。"

郑舞欲言又止，走远几步又回头瞪陈霜。这一夜顺利获得游娘娘的应允，靳岄和白霓回程一路都十分高兴。靳岄在杨河逗留过，他带白霓和陈霜去吃酒，吃到一半，郑舞竟追着来了。

白霓和靳岄说起往事，谈得兴起。店里没位置了，陈霜拎了壶小酒，同郑舞坐在店外。他看出郑舞有话要对自己讲。陈霜被靳岄和白霓感染，也因为来到杨河，远离了伤心地梁京，他甚至觉得膝盖都没那么疼了，能够平心静气，和郑舞聊上那么两句。

他正被自己的慈悲感动，郑舞却说不乐意在这儿吃酒。陈霜颠颠怀中暗器，和他来到列星江边。

列星江码头附近有一处山崖，郑舞与他坐在崖边，就着月光喝了几口酒，抬头看陈霜，用琼周话开口："你怎么瘸了？"

太久没有听过琼周话了。陈霜本来什么细节都不想说，但不知为何，面对郑舞，他好像可以同他分享一些难以说出口的心事。他也用琼周话开口，一打开话头，便再也停不下来。母亲的事情，他在宫里的事情，往事历历，以故乡的言语倾诉，仿佛冲淡了痛苦。

郑舞安静地听了，听完问他："你有定海符吗？"

见陈霜听不明白，郑舞干脆起身脱衣。

陈霜："你干什么？"

话音刚落，他大吃一惊。郑舞双腿、臀部上，竟然都是青黑色的文身，张狂肆意，从双足一直攀爬至腰间。

陈霜知道那些文身的意义。在琼周，许多海客会在双腿上纹满定海之符。他们相信这些符咒落定在皮肤上，便会紧随海客一生，它会保佑海客站定在任何风浪之中，绝不会从船上滑落海洋。青黑色的文身是让海客强大的保障。它刻在腿上，双腿就有力量，刻在手臂上，手臂便足够强壮。

"你当时不能躲开那支箭，瘸了腿，一定是因为没有这些。"郑舞说，"琼周男儿人人身上都有定海符，你也应当知道它的意义和作用。"

陈霜别过头："行了，废话少说，你把衣服穿上。"

郑舞却一把按住他的肩膀："我懂得怎么画定海符，我给你画！只要有了这定海符，你的腿一定能重新用起来。简单得很，你只要脱了衣裳，我可以准备色料与刀子……”

话音未落，陈霜手中酒壶竟然碎了。郑舞被陈霜目光慑住，不敢再说，悻悻抓起衣裳穿好。

一片热忱换来陈霜的冷脸，郑舞不高兴地把酒壶碎片一片片往江里扔。山崖太高，听不见响声，一摊酒液在崖上被月光照得发亮。他醉醺醺地问：“你扔了拐棍试试吧？万一已经能用，而你胆子太小，没发现……”

“没有拐棍，我站不起来。”陈霜对着他倒是能说出这些话来，他知道郑舞不会对自己露出怜悯的眼神。

“成废人了。”郑舞说。

“嗯，废人。”陈霜点头。

“明夜堂不要你了吧，”郑舞又说，“来青虬帮呗。我船上那位腿被鲨鱼咬掉一截的老头，你记得吧？装个木腿子，跑得不比我慢。”

“我腿还在。”

“那也没用了。”

陈霜忽然恼了，抓起酒杯砸过去：“你他妈闭嘴吧！谁说它没用！我就算只剩半条腿，也是明夜堂轻功最好的人！是这个江湖上跑得最快的无量风！”

陈霜投掷暗器的准头素来是最好的，酒杯直冲郑舞脸上飞去。郑舞连忙躲避，手正好撑在那一片酒液上，猛地一打滑，整个人竟从崖上翻滚了下去！

陈霜连犹豫的时间都没有，甚至没来得及抓起自己的拐杖，他左膝瞬间跪起，右足一蹬，就如他以往使用轻功的每一瞬间一样，“风报柳”的内力霎时布满全身，整个人如离弦之箭，朝郑舞跃了出去！

山崖下恰好藏着一个山洞，陈霜蹿出山崖时又恰好抓住下坠的郑舞的衣领。他狠狠一提，拼起全身力气把郑舞摔进那山洞里。山洞浅窄，郑舞跌进去撞得结结实实，他嗷地大叫，抱住了脑袋。

“你手劲不能小点儿！”他大喊，“这是第二次，我要被你弄死了！”

陈霜也闪进了山洞，闻言立刻回骂：“你再吵吵，我直接把你踹进列星江。”

郑舞转头看他，笑道：“怎么踹？用你那瘸腿？”

陈霜低头看自己左膝，这时才察觉到入骨的疼痛。他左脚霎时发软，忙扶着山壁站稳，但左足吃不住力气，不停颤抖。他心中惊慌，想回头找拐棍，但拐棍被他遗留在上面了。

他背靠山壁坐下，只觉得那种疼痛愈发剧烈，令他整个人都开始发抖。他甚至感觉到自己伤处裂开，血液渗出，浑身如被大雨浇透，冷得牙关打战。能杀死人的剧痛在骨头复燃，他撕开膝盖处的裤子，剧烈喘气，又怕又惊。但月光明亮，膝盖并无异样，伤疤仍在，却不见一丝血。

郑舞凑到他身边，看着他膝盖笑道："就是这儿啊？娘来信跟我说了你的事，这不挺好的吗？我身上的伤比你膝盖上多多了。"

陈霜根本听不进他的话，郑舞又说："我背上，你看过吧。小时候被打的。最严重的一次我差点儿就死了，要不是我娘把我救活，你没机会认识我这样一个人。"

"你骗我，你知道这儿有个洞口……"陈霜愤怒极了，"如今你我被困在这里，我动不了，你也没法离开！把我的拐棍给我！"

郑舞按住他的膝盖，陈霜疼得立刻哼出来。郑舞狠狠按下去，察觉膝盖骨上一处凹陷才松了手劲。

"陈霜，陈大侠，别装了，你的膝盖早就好了。你怕什么？怕你动弹的时候会把它弄坏吗？"

陈霜一拳打向郑舞的脸，手被郑舞抓住。郑舞笑道："怎么，腿瘸了，内力也不见了？这是什么绣花拳头，能打到我？"

陈霜阴沉低吼："不想活了，你该早说。"

正要出手，郑舞忽然摩挲起他膝上的伤疤。陈霜背脊蹿过一阵寒意："别碰我！"

郑舞站起，嘴角一勾："看来不逼你是不行了。"他忽然抬起一脚，直接踹向陈霜心口！陈霜防备不及，整个人飞了出去，翻滚着直朝列星江坠下！

"无量风！"郑舞在洞口笑着大喊，"你是无量风啊陈霜！"

风声掠过陈霜耳朵，恐惧压过了左膝强烈的痛感。他忽然大吼一声，在坠落江面之前旋身一滚，双足平平踏过水面，竟贴着列星江江面掠过。江上有几艘游家帮的船，陈霜拔足狂奔，几乎以垂直于船身的姿势奔上甲板。他落在甲板上，稳稳当当，如一片最轻的羽毛。

玉姜正在甲板上打理渔网，忽被陈霜吓了一跳。

"你好啦！"她回过神来，跳起来抱住陈霜，"你的腿好了！"

还没好完全，还有一点儿微弱的不适和痛感。但方才令人浑身剧颤的疼痛如同从未在他身上出现过一样，已经无影无踪。陈霜愣愣站着，垂目看玉姜：“我好了吗？”

“你都能用轻功了，当然好了。”玉姜乐完了才意识到这是游家帮的主船，忙小声说，“没有帮主准许，江湖人不能上我们的主船，你小心点儿。”

春风从列星江上吹来，穿过陈霜衣角，拂起他肩头披散的长发。山上风吹笙鹤声，山前人望翠云屏，陈霜狠狠一揽玉姜，笑道：“对，我好了。”

游娘娘从舱中走出，只见一片白色影子掠过眼前。江上有人放声清啸，如挣脱牢笼之翠羽，轻盈地飞跃着，往沉沉夜色中遁去。

山崖上郑舞看得不够清楚，但他认得那快乐的笑声。随之笑了一会儿，他忽然回过神，忙趴在洞口大喊：“陈霜！我！我在这儿！你得把我弄下去！”

陈霜已经忘了郑舞还被困在那洞中，也根本听不进郑舞的声音。明夜堂的无量风正如一阵风似的掠进杨河城，寻靳岄去也。

列星江上游，封狐南北两城之间的河道，沉重的铁索声在水下错杂响起。宁元成说服了封狐城城守，得以进入封狐城地下的一处密室。密室紧挨河道，排列着十几个铁制绞盘。士兵们清理了陈旧锈迹，吃力转动绞盘。

沉没于列星江之下的铁索便渐渐收紧，露出了水面。

莽云骑一分为二，贺兰砜在此夜率领两百余骑兵，穿过木板搭成的桥，进入了废城，封狐北城。

北城荒废多年，如同鬼城。他们穿过荒无人烟的废城，贴着英龙山脉往东而去。骑兵全都做了伪装，一部分扮作商旅，一部分扮作护送商队的保镖，但谁都能看出这不是一支寻常商队，商队不可能有这么好的马。

很快，贺兰砜带着莽云骑进入英龙山道。他们要从山道穿越英龙山脉，往碧山城疾奔。

在莽云骑穿越英龙山脉时，建良英和夏侯信也抵达了杨河城。岑煅收到靳岄报喜的信件当日，建良英与夏侯信便启程了。两人带着随从日夜兼程，路上花去大半个月时间。

夏侯信身为常律寺卿，此次前往杨河是担当与北戎谈判的使臣。建良英则是此次北战的将军，他抵达杨河城之后，立刻带白霓进入北军军部，让白霓熟悉北军的战力与布局。

靳岄说服了游家帮帮忙，北军整装待发，但目前还不是最好的渡江时机。

“先渡江，让北戎看到北军实力，再行谈判。”夏侯信说，“排兵布阵之事，全听建将军和白将军指示。”

建良英问起了靳岄的意见。

游家帮同意运送北军之后，游娘娘给了靳岄一个十分重要的提醒：北戎有军船。

北戎占据碧山城码头，不仅干涉货运，也着手打造自己的军船。不过北戎军船全都以货船改造，且没有火炮，只是方便军队移动作战而已，在草原上行军布阵的军人并不习惯使用军船。

“必须先毁掉他们的军船，否则游家帮的船一启航就会被反击。”白霓说，“另外，游家帮的船不是军船，没有可以攻击的远程武器，是个大问题。”

“武器有的。”靳岄笑道，“青虬帮有武器。”

其余三人都看着他：“一个小小水帮，哪里来的这些武器？”

“我以前听陈霜说过，琼周海客崇敬海神，他们会把大鱼、巨鲸看作海神化身。但也有一部分海客会用含有麻药的鱼枪猎杀大鱼、巨鲸。青虬帮不是做这个的，但他们的船上有鱼枪。”靳岄比画，“鱼枪长五到六尺，以巨大弹弓射出，尖端异常锋利，能扎入大鱼、巨鲸皮肉。”

白霓和建良英立刻明白，他们可以制造这样的鱼枪，作为远程攻击的武器。若没有这些武器，北戎守军的弓箭队强悍无比，游家帮根本无法顺利靠岸。

“我们把现有的长枪进行改装就可以做到，但此间种种花费……”靳岄看向夏侯信。

“钱的问题完全不必担心。我来之前官家说了，整个大瑀都是北军后盾，要钱、要人、要粮，他都会为我们筹措。”夏侯信立刻说。

靳岄心中愈发安定。建良英指着江北十二城的地图：“北军攻击路线是从碧山城登陆，随后直冲萍洲而去。只要我们最终占据萍洲城，便有了与北戎讨价还价的本钱。”

白霓补充：“北军登陆之前，我们要运送一批士兵潜入碧山城，此外还得依靠民军力量。”

“明夜堂阴狩不日抵达杨河城，她和游家帮会为我们联系民军。”靳岄说，

“贺兰砜和莽云骑已经启程，我们不可再拖。”

一个月后北戎天君阿瓦的天寿节，就是北军发起攻击的时刻。

在这一个月间，列星江两岸充满了复杂诡谲的气氛。先是江北十二城的民军忽然前所未有地活跃起来，百姓与民军配合默契，给北戎守军制造了许多麻烦。之后不久，碧山城码头起了一场大火。据说有人看见火中有白色鬼影来去如风，码头被烧毁一半，碧山城守军不得不找来大量工人修复。

驰望原草场刚刚转绿，春风还未吹化北都城外积雪，江北各城的军报已经接二连三传入王宫。天君阿瓦只看了几份，面色凝重异常。

“大瑀要抢回江北全境，”他冷笑道，“也不掂量掂量，自己是否真有这个本事。”

但放下军报，他与幕僚都不禁忧心忡忡。

因北戎协助大瑀合力围击金羌的队伍，金羌与北戎已经断交。阿瓦百思不得其解，不得不亲自向金羌使臣解释，北戎从来没有做过这样的事情。但在金羌使臣亮出狼镝之后，阿瓦心中一亮，登时明白是什么人在作怪。

金羌认为高辛族和怒山部落原本也是北戎管辖的地方，是北戎天君统治不力，才有后面诸多祸事。金羌使臣说话难听，拂袖而去，阿瓦如何挽留都没能让金羌回心转意。

而一直监视怒山部落的人传回讯息，怒山部落的人不知从何处得到一笔钱，如今竟然在怒山做起了马匹买卖转运的生意。高辛马和白原马不断运送往大瑀西北，而渐渐地，也开始有金羌和大瑀的商人在怒山落脚，一条新的沟通南北两地的商道正在逐渐成形。

一波未平一波又起，怒山部落脱离北戎后，格伦帖与岐生部落也蠢蠢欲动。两部落紧贴最为嚣张跋扈的青鹿部落，格伦帖与岐生的牧民饱受青鹿欺辱，早就敢怒不敢言。

又因青鹿部落首领的女儿嫁给了烨台部落的浑答儿，两个部落紧紧联系，格伦帖与岐生便天然地形成了青鹿、烨台的对抗同盟。

阿瓦天天面对这些事情，早已焦头烂额，听到大瑀要抢回江北全境的消息，他在忧愁之余又觉得庆幸，让内部团结的最好方法是制造外敌。如今外敌不需要制造便主动出现，他求之不得。

在靳岄等人还不知道的时候，北戎的青鹿、格伦帖、岐生与烨台部落集结了一支军队，穿过春天的驰望原，往萍洲城进发。

此时贺兰砜率领的莽云骑刚刚穿过英龙山脉。他命队伍就地扎营，注意隐蔽。英龙山脉上山峰很多，如今又是雪化之际，山路泥泞难行，上山的百姓并不多。

贺兰砜骑着飞霄来到一处高台，远远望去，能清晰瞧见正在修复的碧山城码头。

他当日就是在此处朝靳岄射去了一箭。如今那补好的鹿头就系在贺兰砜的腰上，他的熊皮小刀则由靳岄贴身收藏。

月亮还差一角就足够饱满，贺兰砜眺望头顶明月，久久伫立，不发一语。

他戴上贺兰金英给的狼面具，冰凉的铁器贴紧他的皮肤。

他成为过去不敢想象的贺兰砜。

他曾坚决远离的土地如今就在脚下。它等待贺兰砜回归，等待一头高辛邪狼打破自己与生俱来的诅咒。

第十六章

狼面

五月，北戎天君天寿节当天，碧山城热闹非凡，一片欢腾。近一个月以来一直暗地活动的民军也销声匿迹，北戎的碧山守军不敢松懈，城内满是巡逻兵士。城外的码头，修复工作仍在进行，工匠们汗流浃背，不停敲打。

入夜之后，火是从军船上先烧起来的。

自从碧山城码头起火，守军警惕心起，军船的防范做得比以往更严密。但这一夜的火起得蹊跷，它是从军船桅杆上点燃的。火瞬间烧着了船帆，浓浓的火油气味弥漫开。军士们又骂又喊，救火的人全都看到了火影中立在桅杆最高处的人影。

青年一身白衣，模样俊秀，一声长笑后双足跃起，如飞鸟般掠入下一艘军船。

不出片刻，连在一起的军船被彻底点燃。北戎蛮军纷纷救火，或以利箭射击那古怪人影，无奈那人灵活异常，最后竟遁入江中，消失在茫茫夜雾里。

一名目力很强的军士正举着弓箭，面色忽然一变，扭头往码头上的塔楼奔去。他一边跑一边用北戎话大喊：“将军！江上有船！不点灯的船！瑀贼来袭了！瑀贼……”

话音未落已被人一剑捅穿。原本在码头一角工作的工匠纷纷从木堆中抽出铁剑，朝码头上的军士冲杀过去。

军船的火被暂且扑灭了一半，越来越多的人看到了江面上黑魆魆的大船。

船只没有点灯，吃水极深，行驶到大江中央才被码头灯光照出轮廓。

陈霜落回游家帮主船，不久，以郑舞和玉姜为首的青虬帮水工也从水里爬了上来。

“都凿穿了。”郑舞对靳岄笑道，“一会儿就能看到效果。”

他话音刚落，远远地便看见一艘还在燃烧的军船无声无息陷入漆黑江面。

借着火势，趁混乱的守军忙于救火，青虬帮的水工潜入水底，凿穿了北戎军船船底。军船接二连三沉入江中，以游家帮主船为首的列星江水帮大船，终于穿破夜雾，露出了它们沉默的巨大身躯。

火光明亮，碧山守军看清船上情况，全都大吃一惊：大船上密密麻麻的并非船工，而是一身铠甲、身骑战马的士兵！

守军将领立刻明白发生了什么事。他从塔楼高处跳落，先命人去城墙点燃求援的火信，自己则骑上马儿往城门狂奔。求援，必须求援，这是大瑀北军一次计划周密的突袭！

然而他未到城门，眼前忽然一花，是百姓推倒了悬挂花灯的木架，挡在他的前方。这将领骑术高超，他一勒缰绳，身子后仰，马儿随之腾跃起来，跳过了那熊熊燃烧的木架。在跃起的瞬间，他拉弓搭箭，箭尖在木架上一掠，钉起了一块燃烧的木头。箭矢破空而去，带着火焰，落在城墙的柴堆上。火焰登时腾起，这是碧山城向附近诸城求援的火信！

马儿落地，径直往前奔跑。马背上一具无头尸体咚地滚落。

阮不奇甩着将领的头颅跳上高处，远远扔了出去。“倒是厉害，死前还能报信。”她望向城墙，城墙上十六处火信次第亮起，这求援的信号看来是已经传出去了。

阮不奇俯瞰全城，民军正在各处点火，分散守军兵力。她想起曾在北都见过的一场大火，那被朱夜以高辛箭点燃的火龙落在南城，死了无数的人。阮不奇不太喜欢火，火太危险了。

她转头如一只轻巧灵活的黑猫在屋宇上腾跃，眼角余光看到一支射来的黑箭。阮不奇抓住一看，却不是狼镝。她心头暗忖：碧山守军弓箭手臂力太差，连贺兰砜十分之一都够不上。

朝射箭之人奔去，阮不奇不忘提高声音大喊：“大家伙儿注意安全——别死了——咱们大瑀人——不做北戎鬼——”

街巷中响起哄然的应和声，民军提着刀剑，百姓拎起铁锅铁铲，把分散的碧山守军团团围住。

码头上，列星江水帮的船只渐渐靠近。碧山守军已经回过神来，列出箭队，着火的箭矢一根接一根往水帮船只上射去。只见箭雨密集，火焰如陨星般落下，很快点燃了船上甲板和船帆。

但大船上的兵士岿然不动。船工纷纷涌出，一部分人负责灭火，另一部分人则扛出了长长的鱼枪。

郑舞站在游家帮主船上，吹起号角。青虬帮的鱼枪只有十把，但在这一个多月中，列星江水帮利用长枪改造出两百多支尖长鱼枪，更制作了一百多个巨大弹弓。船工把鱼枪卡在各船的大弹弓上，吆喝着号子后退，把弹弓拉到极致。

守军一轮火箭过去，换箭之时忽听一声极长极悠远的号角声，如巨鲸啸声从江面传来，震得人耳朵生疼。

伴随天外鲸歌，夜雾中无数冷铁疾飞而来！

鱼枪锐不可当，如长钉一般刺向码头，蓄满了力，北戎箭队士兵躲闪不及，接二连三被钉在地上。有的鱼枪扎入一个人的身体，还没消势，又扎进紧随其后的另一人体内。一时间码头上尽是惨叫哭号。

游家帮的船终于靠岸，白霓当先勒紧缰绳，马儿前蹄立起，一声长嘶——大瑀北军骑兵从船上跃下，如风如雷，踏上了碧山城码头！

郑舞的号角声为之一变，鱼枪攻势停止，船工们奋力拖拽鱼枪的长绳，把鱼枪收回船上。江上船只不断晃动，一船骑兵落地，船立刻后撤，腾出空间让另一艘满是骑兵的船靠岸。骑兵身后是数量同样庞大的步兵，一时间，整座碧山城似乎都被北军将士的吼声与步伐声震动。

城内民军和百姓愈发激动，阮不奇与明夜堂帮众不再插手打杀碧山守军，众人开始以极快的速度巡城，扑灭城内火焰，救出被困的百姓。

一声长吼！北军在白霓率领下，终于冲破了码头的防守，突入碧山城。

北戎军船无人照料，不知为何突然再次爆燃，火光照亮了大片山壁与江水。一个苍老的船工在火里放声大笑：“好哇！好哇！烧得再猛些吧！”

明夜堂杨河分堂的人认出了他：“是碧山造船的老师傅！被北戎蛮军抓走后一直受辱，被迫为蛮军修理军船……”

陈霜当即跃起，如羽毛般掠过火光染红的江面，从大火里拎出那老翁：“老伯莫死，咱们北军要造军船，还得你帮忙。”

他把老翁放在了游家帮主船上，老翁又哭又笑，回头朝着梁京方向下跪叩拜。军船烧得厉害，甚至压过了碧山城墙上的火信，仿佛江北此夜最明亮的一支火烛。游娘娘忽然跳上舱顶，夺过郑舞手中的号角，吹出一长段婉转曲折的号音。

“水帮！救火！”她放声大喊，“碧山回到大瑀手中，以后由北军守着，咱们水帮不能毁了自家和碧山百姓的吃饭地儿！”

水帮船工哄然一应，从各船纷纷跳下，往燃火的码头和军船游去。郑舞左看右看不见玉姜，脸色发青：“玉姜！”

陈霜抬手一指，玉姜竟也在下水的船工之中。“玉姜比你能干多了，你除了会吹个号角，还能做什么？”

郑舞被他气得笑了：“你以为做鱼枪容易？训练这江上的船工学我们水盗的本事容易？我还没跟你算账，那日你——”

话音未落，他胸口正正吃了陈霜一脚，整个人立刻横飞出去，嘭地摔进江水里。郑舞从江面钻出，又是好气又是好笑。这一脚看似沉重，但没留任何伤痕，也不觉痛，他一面在心中骂陈霜忘恩负义，一面又不禁佩服起陈霜的功夫。

陈霜一脚踹完，早掠出主船往碧山城方向去了，甚至懒得回头看他一眼。郑舞抹了把脸上的水，加速向玉姜和军船方向游去。

碧山城内，北军如黑色的水流从码头涌出，四处流泻，渗入碧山各处。北军驻守江北多年，熟悉碧山城内地形，又有民军协助，如入无人之境。白霓是铁了心要在这一晚上占据碧山城，给北戎一个下马威。北军行动迅疾，但并不凶暴，骑兵开路，步兵紧随其后，北戎士兵只要放下手中刀弓投降即可保证性命无虞。

三更时分，碧山守军军营被北军攻破。

“回杨河，跟建将军汇报战况。”白霓对陈霜说，“接下来就看桑丹城守军什么时候来到了。”

碧山与桑丹两座城池相距不远。江北的北戎蛮军主要驻扎在碧山、桑丹与萍洲三城，这三座城池同时也是江北十二城中最富庶繁华的地界。碧山城求援火信燃起之时，已被桑丹城守军的塔楼士兵捕捉到。

当夜，两千援军离开桑丹军营，往碧山城奔去，率队之人正是浑答儿。

从桑丹城往碧山城，脚程快的话需要十日。离开桑丹后不久，浑答儿便发现碧山方向的熊熊火焰被扑灭了。他先后派出六名斥候前往碧山查探消息，以确定究竟是碧山守军胜了，还是敌方赢了。但六名斥候无一人回报，他们像被春天的驰望原与茂盛森林吞噬了。

浑答儿愈发不安。他命令队伍日夜兼程，夜间也不得休息，骑马疾奔。

在距离碧山还有两日路程的夜里，他们忽然遭到了袭击。

穿过森林的时候，浑答儿警惕心起，派了两名斥候前行查探。但斥候一去不回，越吹越猛的夜风送来了血腥气，队伍中人面面相觑。在他们前往碧山的路上似乎埋伏了某种巨兽，吞下零零散散的斥候，等待军队靠近。

乌云遮蔽月色星光，浑答儿忽听见一声脆响，是甲胄碰击之声！

“后撤！”他大吼。

声音未消，浓夜中有箭矢破空而来。利箭掠过士兵头顶，直直击向浑答儿！浑答儿挥刀一挡，那箭擦过刀刃击中他的战盔，浑答儿脑袋登时嗡嗡作响。他还未回过神，战盔已从中央裂开，落到地上。

浑答儿惊骇莫名，他一把抢过随从的战盔戴上，抓起那箭细看。箭矢通体漆黑，尾羽纯白，与狼镝十分相似，但箭尖竟有两层，分作菱形，锐利无比。浑答儿心惊肉跳，大瑀军队哪里来的这样的利箭？！这等精铁，据他所知，只有血狼山上的高辛人才能打造。

箭声又起，不射人只射马，前排马儿的头颈、下腹和前肢都有防护，但黑箭极其锐利，竟能破开这薄薄铁片扎入肉中。马儿纷纷痛叫倒地，又听一阵雷鸣般的马蹄声，数百匹战马从林中跃出，直冲浑答儿队伍而来。

浑答儿并不慌乱，他带够了人，两千骑兵对上这百来号伏兵，不可能失败。他立刻布阵，队伍左右散开，试图包抄。

乌云被风吹散，月色透亮，浑答儿忽见那队伍后头插着一面玄黑色旗帜，旗帜上以金银细线绣出无穷云纹，迎风展开。黑色军旗是大瑀北军的标志，但他从未见过北军有这样的旗帜。袭击他们的队伍训练有素，战马矫健，且马儿身前布有铁制硬甲，甲上还有尖利的枪刺。桑丹守军突遭袭击，并没能讨到任何好处，防线甚至立刻被对方冲开，未能形成包抄之势。

“这是金羌的铁鲁达！”随从过去曾见过金羌与大瑀之战，认出了战马铁甲的真面目。浑答儿嘿嘿一笑：“好个金羌贼子，诬陷咱们和瑀贼勾结，原来真正勾搭在一起的是他们！”

浑答儿迅速指挥士兵变阵后撤，那黑马黑甲的古怪骑兵队伍中忽然蹿出一人一马，直冲浑答儿而来。

月色照在那人棕褐色长发上，浑答儿忽然看见了那青年面上佩戴的黑色狼面具！狼面具阴沉凶恶，面具之下一双绿色狼瞳，月光照亮眼底，透出熊熊杀气。

“贺兰金英！”浑答儿失声大吼，那青年马儿迅疾，片刻已经逼近浑答儿。马儿高高跃起，马上之人提刀劈砍，与浑答儿手中大锤狠狠一撞，浑答儿在极近之处看到青年的双瞳与下巴，他忽然心头一凛：“不——贺兰砜？！”

贺兰砜一击即退，飞霄后撤数步，与浑答儿拉开距离。“好久不见，浑答儿。”他说。

浑答儿又惊又怒，破口大骂：“你竟成了瑀贼帮凶！回过头来打北戎人！”

贺兰砜骑马绕着浑答儿转圈，闻言笑道：“我从来都不是北戎人。”

浑答儿：“可烨台人好歹也照顾了你这么久！我以前虽然对你……但我也帮过你！”

贺兰砜：“烨台的恩情，贺兰一家永远记在心中。至于你我，既然在这儿遇上了，便分个高下吧！”

马儿疾冲，他提刀再次狠狠劈砍，角度刁钻，刀势凌厉！

浑答儿尚处于震惊之中无法回神，连忙举起手中双锤格挡。贺兰砜膂力极强，与他印象中那位饱受他和都则等人欺辱的少年已经判若两人。浑答儿吃痛一哼，双锤虽然挡下了贺兰砜这一击，双手虎口却齐齐震裂。他手腕一转，双锤落地，原来锤柄藏着铁链，竟是一对流星锤。

浑答儿甩起流星锤，沉重巨锤呼呼作响，砸向跑开的贺兰砜。贺兰砜在巨锤砸到之前双手一撑马背，腾空跳起，躲过了这一击。他跳起时将大刀插在地上，抓过背上的擒月弓开弓便射，人未落回马背，箭矢已离弦。

火星迸溅！箭尖击在锤上，巨锤去势不消，但方向却变了，打了个弯儿直接砸向浑答儿身下战马。

马儿当即痛嘶，跌倒在地，眼看是活不了了。浑答儿从地上跳起，抓起手上仅剩一个的巨锤，而贺兰砜已经提刀掠来。

两人都舍了战马，一人持刀，一人持锤，瞬间打了近百招。月色照亮驰望原，浑答儿气喘吁吁："你哪儿学来的这些功夫！"

"我是驰望原最好的弓手，也是最好的刀手。"贺兰砜冷冷一笑，刀柄忽然一转。这一瞬间浑答儿没来得及收好力气，往贺兰砜身侧跌去；贺兰砜的刀转了一圈，刀刃擦着浑答儿握住巨锤的手臂飞快一削！

浑答儿失声大吼，刀尖削去了他一根尾指，贴着他的手臂又切下一片皮肉！

他当即松手，跪跌在地。那根手指已不知飞去何处。贺兰砜抓起他的大锤往后头扔去，大锤砸断了桑丹守军部队的旗杆，在旗帜倒下的瞬间，莽云骑骑兵们嘿嘿长呼，刀枪鸣响。

贺兰砜提起痛得浑身颤抖的浑答儿，跳上战车，用北戎话大声道："桑丹守将浑答儿已败在我手下。我乃大瑀北军莽云骑统领贺兰砜，只要放下武器，绝不杀伤你们任何一人！"

他声如洪钟，周围鏖战的北戎士兵听在耳中，都是一惊。众人抬头望去，只见贺兰砜立在战车之上，漆黑军甲令他看起来如同天神下凡般威风凛凛，一头棕褐色长发被此夜月光照亮，绿色眼瞳与黑色面具，都让士兵们霎时间想起驰望原上流传的邪狼传说，与震慑过北戎所有人的贺兰金英。

曾有一头高辛邪狼化为人形，他在战场上立下功勋，成为北戎第一位异族将军，却又在碧山城以高辛箭亲手射杀老天君哲翁。传说新天君阿瓦本来已把这头高辛邪狼斩杀马下，不料邪狼反而受到天神与神女庇佑，化身狼面将军，领军作战，把高辛族与怒山部落从北戎的土地上，彻彻底底、干干净净地切了出去。

"高辛邪狼！"有士兵尖声大喊，扔下武器扑通跪在了地上。

第一个人扔下武器，其余人面面相觑，紧接着便有第二、第三人松手。漆黑的草原上短小的草茎随风翻滚，"高辛邪狼"的惊叹声远远近近传来。莽云骑骑兵来到贺兰砜身后，与他一同静静接受众人的注目。

贺兰砜欣然接受北戎士兵的恐惧和崇敬。

他高高举起擒月弓，用前所未有的坚定声音回答："对，我正是高辛邪狼。"

拦截了桑丹守军之后，贺兰砚与碧山城的北军会合。北军奔袭桑丹城，以破竹之势拿下桑丹。

建良英一直只听过莽云骑威名，没见识过贺兰砚的领军能力。白霓和岑煅都称贺兰砚优秀，建良英半信半疑，得知莽云骑在碧山城外以不杀伤桑丹守将浑答儿的方式降服两千敌军，他吃惊得连问三次：“军报无误？”

贺兰砚确实没想过要杀浑答儿。在莽云骑斥候禀报桑丹守军出城之事时，他细细询问过守将的容貌，确定那就是浑答儿。少年时贺兰砚在浑答儿与都则手下受尽了屈辱，但他也记得，北都城南大火时，是浑答儿与都则在火场救出了卓卓，当年他从碧山去大瑀找靳岄，也多得浑答儿帮忙。

有恩有恨，他放平自己的心态，以战士的身份与浑答儿打了这样一场。

浑答儿也并不怨恨他，只是小拇指没了，着实痛苦，哪怕包扎好了他也一直哼哼个没完没了。他是战俘，被押进碧山城，才得以跟靳岄见上一面。

他没想到靳岄如今长得这样高大，也没料到当年唯唯诺诺，对自己笑脸相迎的大瑀质子，冷漠起来会是这样一副让人心头害怕的模样。靳岄跟他闲谈几句，叮嘱军中大夫好生照料，便挥手告别。浑答儿看着他消失在军营之外，步伐迅疾有力，已经完全不是当年在烨台的小奴隶。

靳岄出城寻找在碧山城外遛马的贺兰砚。

央龙山脉上还残留积雪，山脚已是一片翠绿。两人碰面后，靳岄让贺兰砚带他去看当日射箭伤了自己的地方。贺兰砚死活不愿意，靳岄不住恳求，他不情不愿地把靳岄抱到飞霄背上，两人共乘一马，往山上走去。

“建将军夸赞你，你听到了吗？”靳岄问。

贺兰砚面上微红，羞涩让他忍不住笑：“听到了。”

靳岄：“不奇说你笑得牙齿都掉了。”

贺兰砚：“听她胡说。”

靳岄：“北军攻碧山城，陈霜和阮不奇不允许我上船，阮不奇还把我绑在了分堂里。我当时心里就一个念头，我一定要上船，我要去列星江。”

贺兰砚：“我是高辛邪狼，你不必担心我。”

他如今说出“高辛邪狼”四字也毫不在意。春风吹起靳岄的长发，他嗅到靳岄头发里新鲜的皂角气味。第一次听靳岄说他身体里住着狼，也似乎是这样的时刻。这样的话从别人口中说出是不行的，必须由靳岄来讲。只有靳岄说，贺兰砜才会相信，自己成为高辛邪狼似乎也不是什么坏事。

“我当然知道你是高辛邪狼，但你始终是肉体凡胎。”靳岄侧头道。

贺兰砜:“你是不知道,我那时候威风极了。我心想要是靳岄在这儿就好了,见我这模样，一定高兴得发狂。”

靳岄笑他狂妄，笑他学会了岳莲楼不要脸的本事。

飞霄慢吞吞地踏上了高台。高台位于山腰，能远远眺望碧山城码头，但距离相当遥远。

贺兰砜紧张得说不出话,靳岄看了半天,回头道:“厉害啊贺兰砜,这么远,你也能射中我。”

贺兰砜又愧疚又难过。

此日高天晴朗无云，列星江两岸是玉屏一样的翠绿青山，水帮的渔歌远远传来，如一个太过舒适而令人困乏的好梦。

两人下山时，贺兰砜聊起了贺兰金英的事情。他在封狐城帮西北军打仗的时候与岑煅结交，岑煅是个饱读诗书又有身份地位的人，贺兰金英便请他给自己的孩子起了个名字。

靳岄又惊又叹。贺兰金英其人实在是太过精明，如今岑煅成了大瑀皇帝，他儿子由大瑀皇帝亲自赐名，以后怒山真成了沟通南北的重要城池，他们一家不知多么威风。

“叫泽泽。”贺兰砜说，“岑煅听说血狼山终年燃烧，说孩子火气足，命中缺水。这是什么意思？我听不懂。”

靳岄：“官家也是精明，这是正经名字吗？”

贺兰砜：“很好听啊。驰望原的人都重视名字，名字是我们这一世在人间的印记。天神依赖名字来分辨各人命运，安排灾厄或幸福。”

他问靳岄：“你现在信命吗？”

“或许是信的吧。”靳岄道，“但我的命不是由天神勘定的，只有我能亲自决定自己的命运。大和尚说我儿孙满堂,我没有,说我出将入相,我也没有。没人知道我会遇上这么多人，经历这么多事。我会在这儿，是我自己选的路。我不会让天来左右我的命运。”

贺兰砜心说：我也一样。

“等这仗打完了，我们便走吧？去闯荡江湖，去把沈灯《侠义事录》里写到的地方一一走遍。”

靳岄说完，半天没等到贺兰砜的回答。他扭头看他。

贺兰砜沉默眺望驰望原广阔的草场。他碧绿的眼瞳里盛了墨一样的底色，碧山城外整齐列布的军队已经立起近百面黑色旗帜，那面绣了云纹的旌旗正在贺兰砜眼中飘扬。

北军启程离开碧山城这日早上，靳岄打点行李时，白霓忽然冲了进来。她跑得一脸热汗，往靳岄手里塞了一封信。

信是岑静书从梁京寄来的，落款时间是一个月之前。

在岑煅的主持下，御史台、常律寺和兵部给靳明照翻了案。靳明照冤情洗清，被追封为永毅侯，牺牲的西北军将士家人全都拿到了抚恤金。岑煅更是命人重修靳明照衣冠冢，解封清苏里靳府。岑静书写这封信的时候，靳府后院的梨树和杏树花都落尽了，长出青涩的小果了。

靳府解封那日，清苏里围满了人，车马根本无法通过。纪春明手持圣旨而来，宣读完毕后亲手撕下封条，打开铁锁。梁京百姓在清苏里燃放大灯，过节般欢喜雀跃。他们又哭又笑，灯贩不收任何人的钱，每盏灯上都写着状元郎纪春明曾亲手题在墙上的大字：其天朗朗，其日昭昭。

隔三岔五，总有人在靳府门口留下礼物。有时候是布衣百姓，有时候是瘸腿断手的士兵，回家静养也偏要来靳府望一眼。余下的多是江湖人。江湖人操着大嗓门，来到府门前立刻变得轻声细气，有时候见到岑静书和靳云英，大汉们便红着脸远远跑开，走远了才回头拱手作揖。

“此情此景与以往无异。我常记得你姐弟二人少时顽皮，踞墙头偷看江湖侠客赠礼，闹出许多笑话。今日云英又得了活鱼数条，我们将赠予京中乞儿，人人都吃上饱饭才好。

“落笔时窗外青杏窈然。犹记去岁春迟，父子同归，如今又是一年春好，待你与砜儿归家，想必正是品杏之时。

“沙场凶险，唯愿我儿与砜儿万事平安。”

靳岄看完一遍，又从头一字字看起，生怕自己看错、看漏了什么。白霓抱住他，把他紧紧圈在自己怀中，就像当年陪他去北戎时一样。靳岄已经看不清信上文字，他开口想说话，声音却是哽咽的。

“爹爹不是罪人……不是罪人……靳家还在……”他语无伦次，哭完又笑。

贺兰砜来找他，白霓去跟建良英报信。靳岄举着那信纸，眼泪一直流。贺兰砜草草看了一遍，信上有许多不认得的字，但大体能看明白。

靳岄听不清楚贺兰砜说了些什么话，耳朵里尽是嗡嗡的声音。从当时离开大瑀，前往北戎开始，这一路无数辗转、苦厄、艰辛与疼痛，一并在他身上复活了一般。他胸口痛得说不出话，放声大哭，又累又倦。

贺兰砜陪了他很久很久，听他语无伦次地说话，听他哭，听他说靳明照的事情，陪他一起把那封家书看了一遍又一遍。

北军穿过桑丹城一路往北而行。北戎蛮军在其余城池驻兵不多，一路长驱直入，在距离萍洲城还有一个月路程的时候，他们终于遇上了阻拦的北戎蛮军。

率军之人是烨台虎将军。

莽云骑在碧山城外大出风头，贺兰砜的威名早就传到了北戎天君耳中，虎将军扛着马牙刺掠出阵前，笑声震天：“贺兰砜！出来吧！和我比一比，让我看看你成了什么样！”

北军的黑旗在风中招展，属于莽云骑那面云纹旗却不见移动。两军隔着草原对峙良久，虎将军连吓带骂，终于把一位将领从北军队伍中激了出来。

那人穿着北军的黑色战甲，头戴战盔，看不清面貌，只认得背上有弓，手中握有一柄长枪。

“大瑀北军统领白霓，来与虎将军一战。”

虎将军大吃一惊：“你不是……死了吗！”

白霓已经驱马奔来！趁虎将军这愣怔的一瞬，白霓拉弓放箭。她臂力并不逊色于贺兰砜，用的又是高辛人提供的铁箭，黑箭去势如风，连珠般扎入虎将军马儿身前的地上，逼得马儿连退数步。

两军对垒，骑将出战，虎将军这一退步已在气势上输了三分。北军士兵中吹起号角，欢呼声震天般响起。

马牙刺是凶狠的兵器，但十分沉重，普通人轻易用不了。白霓也是第一次对上这类兵器，经验不足，过了数十招后，马牙刺狠狠一刮，带走她手中长枪。

虎将军长笑："白霓将军！怎么，你还有别的武器吗！"

白霓骑在战马上，仅剩腰间一柄匕首和背上的大弓，眼看就要落败。虎将军一心要把刚刚丢了的面子赢回来，拼尽全身力气举起马牙刺，朝白霓一砍而去。

一片白影闪过，虎将军手腕一疼，竟已经豁开一道血口！

他勒马立刻移动躲避，却看不到白霓用的是什么武器。日光灿烂，云层退去，才见到白霓手上似乎拖着一片软布，灿然生光。

虎将军心头一凛："软剑？！"

"炎蛇剑。"白霓甩动软剑，注入内力，银白的剑身缓缓变为金橙之色。

此时在后方的营帐之中，靳岄正在奋力挣扎。阮不奇把他捆得结实，他倒在地上蠕动，怒吼："阮不奇！放了我！谁让你捆我的！"

"贺兰砜。"阮不奇丝毫不打算保密，"明夜堂的人不能上前线，陈霜去列星江打鱼，贺兰砜让我看紧你。'就像你上次把他捆在分堂里那样，但你别告诉他是我让你做的'，我阮不奇指天发誓，这就是贺兰砜那狼心狗肺之人的原话。"

靳岄："……"

阮不奇给躺在地上的靳岄喂果脯："好惨哟，小将军。"并假惺惺抹了把眼泪。

靳岄无计可施，嚼着那果脯，命阮不奇把他扶起。

"我今日见白霓出营时，身上多了一把软剑，你可知道是怎么回事？"

"游君山的炎蛇剑。"阮不奇立刻回答，"当时你杀了游君山，沈灯就把游君山的炎蛇剑给收了，说要研究研究。白霓早在梁京城的时候就悄悄去过明夜堂，跟堂主询问游君山当时的细节。"

靳岄心知这是白霓的体贴。游君山毕竟与她一起生活多年，她对游君山有极深的感情，纵使面上不提，始终也是在意的。而不问靳岄，是不想让靳岄再想起伤心事。

章漠命沈灯告诉白霓来龙去脉，沈灯不仅说了，还将炎蛇剑一并还给了白霓。白霓起先是不愿意要的，但在启程来杨河之前，她又去了一趟明夜堂，走的时候终究还是带走了炎蛇剑。

游君山此人留给白霓的，除了锦儿和曾经甜蜜、如今痛苦的回忆，也只剩这一把罕见之剑了。

炎蛇剑在白霓手中灵活似蛇。从拿到炎蛇剑到现在，白霓已在暗中习练了千万次，这软剑对于她，如同第三条手臂。她像游君山一样把炎蛇剑藏在手臂上，贴肉缠着。永远冰凉的剑身时时刻刻提醒她，此剑主人曾经是谁，又给过她什么。

马牙刺是吃力气的硬兵器，与软剑恰好互相克制，一时间两人战得不分高下。草原上砂石乱飞，几乎遮蔽了视线。两军将士轰然擂鼓、欢呼，一声比一声高亢。白霓丝毫不受外界影响，抄起背后长弓，连珠般疾发五箭，再度逼退虎将军。

虎将军一后撤，白霓立刻从马上跃起！她身子轻盈，又有武艺，虎将军应变迅速，扫起马牙刺旋转如风，几乎砸中白霓双足。白霓在空中旋身一滚，投下一支狼镝。狼镝与马牙刺相击，马牙刺转势一慢，白霓已落在虎将军身后，挥手掀去虎将军战盔。

虎将军立时侧身翻滚，弃马落地。未等白霓变招，他穿过马腹，从另一侧掠上马背，马牙刺再度砸向白霓双足。

白霓立在马背上，左右手拉开软剑，狠狠冲虎将军颈上一甩。她撤了内力，软剑如布帛般柔韧，瞬间缠上虎将军脖颈！

千钧一发！

马牙刺在距离白霓双足不足寸许的地方停下，虎将军圆睁双目，须发凌乱，狠狠瞪着白霓。软剑边缘锐利，已经切开虎将军脖颈皮肤，只要白霓移动双手，或是马牙刺把白霓砸飞，他便会立刻身首分离。

“把你这怪兵器扔了。”白霓说，“你儿子浑答儿正在碧山军营做客。他是生是死，全看虎将军选择。”

烈风吹来扬沙与草籽，卷过马儿静止不动的四蹄。

良久，马牙刺猝然坠地。

北军将士哄然一吼，号角声呜呜吹响。两军将士一者悲愤，一者狂喜，各自提刀亮剑，冲杀过去！

擒拿下虎将军，这场胜利大大振奋了士气。

建良英与白霓等人商议接下来的行军路线，营帐中挤满了将领。贺兰砜去探望虎将军，不出所料被他一顿痛骂。但得知贺兰金英与卓卓平安无事，一直住在怒山，老人又显出几分欣慰。他闭嘴不吭声，贺兰砜给他留了点儿吃食，匆匆赶回营帐。

江北十二城面积辽阔，分布形态如一个巨大的扁圆。如今他们穿过了碧山城、桑丹城、敏洲城、古鄂城，如一根细针，由南向北刺入。

前方就是此次征战的尽头，萍洲城。

北军深入江北，军队如一根长线，极容易被人从中剪断。一旦蛮军在周围设伏，截断军队并分开包抄，将是北军大劫。而其他各城池也仍有零散蛮军活动，与民军对峙许久。

“虎将军既然能拦在我们的路上，说明北戎天君必定已经知道了我们的打算。虎将军是他派来的。”白霓道，“接下来我们要迎战的，只怕是比虎将军更凶猛的将领。”

“凶猛倒不一定，但必定很能鼓舞士气。”贺兰砜忽然说。

白霓奇道：“谁？”

贺兰砜：“云洲王。”

白霓没听过这名头：“云洲王是谁？”

建良英捋了捋胡子：“云洲王就是北戎天君阿瓦。哲翁在世时，他确实是北戎罕见的猛将，行军作战风格十分狠辣，绝不留手。”

原来北戎各部落都有大将，能抗击北军的将领足有五人之多。但五部落内乱中，怒山的敏将军被杀，不久前怒山部落与高辛人又在西边大闹一场，岐生和格伦帖的首领不得不远征平乱。贺兰金英与远桑折损了两部落的不少兵力，岐生首领受了重伤，格伦帖首领如今还守在西边，以防范怒山与金羌。如今出战的，已是仅剩的精锐。

“只剩青鹿和烨台两个部落。”白霓明白了，“如今北戎民心离散，对天君有诸多不满，听闻岐生和格伦帖也要脱离北戎，阿瓦是不得不亲自出战。”

“烨台刚跟我们打了一仗。阿瓦率领的军队中大部分是青鹿部落的精锐，另外还有岐生和格伦帖的一些将士。”贺兰砜继续说，“岐生和格伦帖的人和青鹿部落实在不是一条心，青鹿一直都是北戎最蛮横的部落。擒贼先擒王，我们只要拿下阿瓦，一切将迎刃而解。”

众人纷纷点头。白霓细看地图，将北军分作三个部分，一部分左右分散，潜入其他城池控制守军，一部分先行查探，摸清楚北戎蛮军的行军路线，剩下一部分则抓紧操练，迎接接下来的大战。

北军旧将以鲁园为首，起初对白霓一面存着敬意，一面又暗含不服。但白霓独战虎将军并取胜，其英姿完全折服了这批莽将，人人听得认真。建良英尤为钟爱贺兰砜，时不时点贺兰砜的名字，让他发表意见。

“狼面将军，这是你大哥的称号吧？”建良英说，“不成，得给你取个新名号。”

众将左右相顾，最后是鲁园一拍脑袋：“就叫狼面侯吧！多威风！贺兰砜就是咱们北军莽云骑的狼面侯！”

众人纷纷附和，贺兰砜一张蜜色脸庞窘得发红，他求助般看向白霓，白霓却也笑着：“好哇！你立下这功勋，我和建将军一定向官家讨赏，让你威威风风，当北军的将领。”

这名号让贺兰砜很不好意思，他嘴巴紧闭，最后连靳岄也没告诉。

数日之后，一名查探的斥候深夜回报，他们发现了蛮军踪迹。

两军都没想到会在此处、此时相逢。阿瓦没料到北军行进速度这样快，北军没料到阿瓦的蛮军竟集结得如此迅速。白霓等人原本以为虎将军的出现是因为烨台距离此处最近，所以来得最快，现在看来，是阿瓦在碧山出事之时，就已经率军出发了。

第一场战争爆发于东侧，在沧河城外。蛮军一支六百人的先头部队趁夜急行，被沧河城守军发现。沧河城守军已被四面八方传来的大瑀北军战报吓得混乱，城中又有民军作乱，守将看见夜行军队一身黑甲，便以为是北军接近，立刻点燃火信。

不远处恰好有一支千人的北军部队，见火信亮起，以为是其余分队突袭沧河，将领遣人去探。

两支部队不期而遇，当即冲杀起来。

这一战的情况尚未送抵北军军营，位于西侧的斥候部队被蛮军歼杀，六十多人殒命，只有一只信鸽带着战报飞了回来。

沧河城一战，北军获胜，但西侧斥候部队无一人幸存。白霓当即调整战略。

北戎蛮军人数比北军多，北军不可拖延，必须速战速决。沧河城的敌军将领受不住刑，说出了主力部队的位置。收信当夜，北军拔营而起，黑甲黑骑如沉默江浪，卷过只有风声的驰望原。

北军先锋部队分为数支三百余人的队伍，分别歼灭北戎军队游离在外、担任侦察或潜伏任务的零散部队。两军骑兵均擅长骑术箭术，相互比较起来，难分高下。但贺兰砜率领的莽云骑因马儿全是优质的高辛马、白原马，速度更快，耐力更强，如一头无声无息的黑狼，屡屡在不可能之处，咬断敌人脖颈。

等阿瓦察觉自己的军队正在不断消失时，北军与蛮军仅隔一脉山川。

晨晖在东方亮起，萍洲城外已经列满了战马与士兵。两军对垒，草原上却只有风声与马嘶。

白霓随军出战，她与贺兰砜立于高处，看见了萍洲城城墙上身着盔甲的北戎天君阿瓦。据探子回报，蛮军原本已经走出萍洲城之外，但北军的游击战打乱了他们的部署，北军主力部队又来得太快，蛮军不得不退回萍洲城死守。

萍洲城内火烟四起，苍白天空布满了灰色的爬痕，越高越淡。白霓扫视战场，不敢擅动。占据了萍洲城的蛮军等于占据了有利地形，萍洲城以往是北军军部驻地，易守难攻，是大瑀北境最重要的城池。

“北军人数不比蛮军，草率攻击不可取。”白霓左右四顾，“陈霜和阮不奇呢？”

两人正在营帐里跟靳岄较劲，他们被白霓叫走后，靳岄立刻出帐，骑上自己通体雪白的马儿就走。他一介文士，到战场毫无用处，也并不想打扰贺兰砜等人布军作战，便一路小跑，上了正对着萍洲城的山。

在山上站定不久，他便见到陈霜和阮不奇各骑一马奔出军营，往南去了。靳岄一看便知，这两人是回碧山城求援的。

如今情况，唯有增加军队人数才可与萍洲持久对峙，直到逼迫天君阿瓦认输，答应大瑀的请求。那时候便是夏侯信出面的时机。

但从这儿去碧山，纵使有陈霜、阮不奇这样的身手也得大半个月，靳岄不知白霓等人能否坚持这么久。

正思忖间，他眼角余光忽然瞥见萍洲城西侧的英龙山脉末端有些异动。那几座山峰高处，影影绰绰显出了无数人影。靳岄心中狠狠一动——他看到了一头熟悉的巨兽！

“风鹿，高辛的风鹿。”此刻在白霓身边的贺兰砜也看见了西侧山峰上露出的鹿角。那头巨鹿被日光照得熠熠闪光，鹿背上斜坐着一个长发女子，身背大弓。太远了，贺兰砜只能看到个轮廓，分辨不出来人是谁，但他认得那头鹿。

他回头对白霓说：“将军，高辛神女来了。”

山巅之上的靳岄仍在竭力试图分辨那雾气绰绰之中显露的人影究竟是谁，但未等他分辨清楚，无数将士忽然冲破雾气，从仍笼罩着白色积雪的英龙山脉上，如浪涛般滚滚而下！

与此同时，正对萍洲的山谷中，黑色巨流涌出。黑甲黑骑的北军分五支部队出击，如扇形般包围了萍洲城。攻城梯、飞虎爪纷纷上阵，十余张沉重的床弩也被推出。

怒山部落的士兵骑着战马轰然而来，他们手持大盾，抵御城墙上暴雨般射下的密箭，掩护北军士兵靠近城门。

莽云骑在攻城一战中负责运送剑弩，云梯很快搭起，贺兰砜始终紧盯着城楼之上的天君阿瓦。出发时夏侯信反复叮嘱白霓等人：生擒阿瓦，不得伤他性命。

朱夜骑鹿奔来，她不认得北军的人，只冲贺兰砜扬起手臂。

“你大哥和卓卓在家里看小孩儿，巴隆格尔和阿苦剌随我同来。”

贺兰砜问：“带了什么好东西？”

朱夜笑骂：“你就知道伸手跟家里要东西！”

山脚轰然巨响，三辆撞车缓慢驶出，车上安设撞木，顶端覆盖精铁，车轮半陷入地，显然十分沉重。

“这是怒山部落给大瑀北军的礼物，三辆撞车内有车舱，蓄有铁箭五千根，全是你们的了。”

这一仗艰难无比，白霓有了怒山部落的助力，不肯给萍洲和阿瓦一瞬的喘息机会，北军和怒山部落接连换阵，攻击一轮紧接一轮，竟是一直都没有停过。密集的箭雨布满了草原，蛮军以火箭攻击北军，春日干燥的草根被点燃，不料夜间竟下起一场大雨，将火头浇得一干二净。

借着大雨掩护，北军终于在第三日夜晚登上城墙。

蛮军武器强悍，第一拨强行登墙的北军几乎全都被刺死，死后被扔到城墙之下。贺兰砜见势不对，命莽云骑与怒山部落的箭手列成两队，齐齐发箭。弩车再度上阵，长枪射入萍洲城墙，箭矢的密集攻势压制了蛮军的抵抗，撞车不断冲击城门时，第二拨黑甲步兵终于登城！

贺兰砜也在其列。他拎起刀便在城墙上飞跑，四处寻找阿瓦。

萍洲城中火光四起，暴雨浇不灭吃了火油的屋舍，贺兰砜听见有士兵在身后用大瑀话大吼："你们敢烧我的萍洲城！"

这一瞬愣怔，眼前忽然掠过一道刀光！

贺兰砜就地一滚躲过那柄大刀，抬头便见被大雨淋得一身精湿的阿瓦。

闪电掠过黑沉天空，轰然巨响，两人持刀斗在一处！

阿瓦狠狠咬牙："竟是你，贺兰砜！"

贺兰砜眼神冷厉，电光与火光掠过他的眼瞳，森然如怀仇的饿狼。他刀法大开大阖，全赖远桑传授，几下将阿瓦掀倒在地，他低声应道："这是怒山人的刀法，是怒山人要向你们复仇。"

阿瓦也是久经沙场的老将，他手持长刀，步伐有力迅疾，将刀尖从下往上狠狠一撩，在贺兰砜胸前黑甲上重重划了一道。黑甲却不见裂开，阿瓦立刻变招，长刀平挥，贺兰砜缩身一躲，战盔被长刀掀翻，惊雷闪电中，他一头棕褐色长发散在雨里。

阿瓦逼近再击，此时一丛黑箭射来，城下轰然巨响，北军士兵齐声高呼："城门破了！"

阿瓦大吃一惊，闪身躲避箭矢时脚下一滑，竟从城墙破损的缺口处栽倒！贺兰砜来不及思索，立即冲过去一把抓住阿瓦的手。

雨水湿透了两人衣裳，手心湿滑，几乎握不住。眼看阿瓦就要松手滑落，贺兰砜以极其危险的姿势拖拽阿瓦，试图把他拉上城墙。阿瓦忽然掠起长刀，竟抬手砍向试图救援自己的贺兰砜。贺兰砜差点松手，阿瓦就势一拉，把贺兰砜也拽下了城墙。

铮的一道裂石之声。贺兰砜在翻过城墙的瞬间把长刀扎进了石缝之中！

两人险之又险地挂在城墙上，因太重了，长刀无法支撑，一路划破墙皮下落，火光四溅。

有了方才的缓冲，两人摔在尸堆上，一时头昏脑涨。贺兰砜勉强爬起，长刀不知掉到了何处，他身上只有擒月弓与狼镝。阿瓦就趴在尸堆旁，一动不动。

贺兰砜生怕他死了，连忙把他翻起来。就在阿瓦翻身瞬间，贺兰砜足踝忽然狠狠一疼——一支黑箭扎入了他的小腿。

贺兰砜愤然大吼，一脚踢开阿瓦。阿瓦在草场上滚出几丈，跌得晕头转向。

“你不是想要狼镝吗？我给你狼镝！”他扬声大吼，狂笑一般，“贺兰砜，高辛邪狼！你永生永世都没有使用狼镝的权利，除非你被狼镝杀死！”

贺兰砜拖着伤腿靠近，阿瓦从地上一弹而起。两人呼吸间交手数招，最后以摔跤的姿态扭打在一起。

萍洲城熊熊大火，天穹雷光滚动。无数黑甲战士围绕两人骑马走动，贺兰砜只当身外一切全都不存在，他只想着一件事：战胜阿瓦，战胜驰望原天神授命的神子。

他脚上终究是受了伤，未几已被阿瓦掀倒在地。阿瓦踩着他的胸膛，从腰间抽出最后一支狼镝。白羽的黑箭，单层箭头，这是贺兰砜用过并渴望过的箭矢。

一声惊雷滚过，照亮黑甲战士身后的一片漆黑山坡。有白马从坡上飞奔而来，贺兰砜听见熟悉的声音在豪雨中呼唤他的名字。

他反手从箭筒中，用中指与无名指抽出一支双层箭尖的狼镝。

阿瓦一眨眼，贺兰砜忽然消失了。下一瞬间，他被人按住肩膀，从背后勒紧喉头。

冰凉的箭尖抵在阿瓦的喉结上，阿瓦不自觉地吞咽唾液，喉结处的皮肤被箭尖划破，疼痛如尖刺般尖锐。

“高辛人，你没有资格使用狼镝！”阿瓦破声大喊，“狼镝是北戎天君才可赐予的恩惠！你——”

贺兰砜浑身已被雨水浇透，却丝毫不觉得冷。他想起自己第一次杀人后，那一泼热血如何令他日夜做尽了噩梦。而他当时是为救云洲王才杀的人。他信任的云洲王，却在之后用计在靳岄手臂上烙下了永远令人屈辱的奴隶印记。

高辛人，我允许你使用那支箭！

他也永远记得阿瓦当时喊出的这句话。

“天君，这是我的狼镝。”贺兰砜紧贴他的耳朵，如念咒一般，低缓沉重地开口，“高辛人有自己的箭，不需要任何人允许，也不需要任何人恩赐。”

他说出了今夜面对阿瓦的第三句话：“跪下，否则我杀了你。”

天地仿佛为之一静。北戎士兵惊恐地看着他们的天君被邪狼挟持，大瑀北军则静静围拢在这狭小的斗场之外，等待结果。

箭尖微微陷入阿瓦的皮肤，温暖的血液流入衣襟，和雨水彻底混在一起。他肩背剧颤，似是愤怒，也似是惊惧。

靳岄的白马穿过北军黑骑时，阿瓦双膝恰好砸在积满雨水的草原上。

北戎天君在高辛邪狼面前下跪了。

狂风暴雨之中，不知是谁喊出了第一声——

“狼面侯！”

贺兰砜今夜并未佩戴狼面具，他的目光越过密雨，和靳岄的眼神纠缠在一起。

“狼面侯！狼面侯！！狼面侯！！！”北军士兵挥动兵器，奋力大喊，声浪如雷如涛，席卷了此夜被雷雨洗刷的驰望原。

一个被命运挟持的传说消失了。新的传说在雨中诞生。

第十七章

鲸舟

离开梁京时还是初春，待一切尘埃落定，已进入炽热的盛夏。

贺兰砜每天练兵，天气酷热，莽云骑所有将士都脱了上袍裸着肩背，汗珠铺满皮肤，在烈日下如抹了一层油。

建良英与夏侯信进入了北都，商谈碧山盟废除之事。北戎天君阿瓦雨夜中向高辛邪狼那一跪，彻底折损了北戎人的斗志。四大部落各怀心事，阿瓦要面对和解决的问题多如牛毛，夏侯信启程前说，这一次谈判，他有九成九的把握。

“我听说了夏侯信的事情。”白霓对靳岄说，“我真是没料到……你居然会愿意和他共事。”

“我是不是很对不住爹爹？”靳岄问。

两人正骑马巡视萍洲城外围，莽云骑在山脚下练兵，许多北军将士与怒山军人在旁围观。大瑀人和怒山人、高辛人原本语言不通，但北军将士几乎人人熟通北戎话，怒山人与高辛人也懂得说北戎话，众人便以北戎话交谈、争论，十分热闹。

北军原本以为怒山人暴躁难相处，怒山人也以为大瑀兵士高傲不友善，但相处下来，除了服饰、发色与打扮之外，两军将士并无太大差别。

朱夜那张大弓是她亲手打造的，合起来便是一把琴，她和军中数量不多的女兵相处融洽，和白霓更是一见如故。她平时总在家中照顾孩子，早已厌倦，这回出远门自然不愿意太快回家。白霓正打算派人去梁京把锦儿接到身边，朱夜便以“看看白将军的小姑娘”为由，待在萍洲不肯走。

她不走，其余人自然也不走。巴隆格尔一身高超摔跤本事，折服不少军中士兵。阿苦剌则天天同营中军医争执，吵完了几人又一同埋头研究病例，争论北戎医术与大瑀医术孰优孰劣。

“靳将军一定以你为傲。”白霓笑道，“他以前老跟我们说，靳岄这人呀，从小想着要去燕子溪划船弄桨。可你现在做成了许多大事，岂不令他惊喜？”

靳岄远远望着贺兰砜的身影，嘀咕：“我现在也想去划船弄桨……”

白霓没听清他的话，继续说道：“江北这仗算是打完了，但要处理的事情却仍然很多。当下最棘手的不是如何缓解北戎同大瑀的关系，令我头疼的，是如何安置江北的民军。在这几年里，民军虽是草莽侠士，但也做了不少事情，这次北征功劳更是不小。可民军与北军始终不是同路人，往后北军统辖江北，必定要跟民军起冲突。”

靳岄不禁陷入沉思，这个问题若处理不好，只怕之后北军在江北将处处受制。

他思索良久，抬头看见白霓正紧紧盯着自己。

“有何法子？”白霓问。

“我，我不知道！”他勒转马头，“将军自己想吧！靳岄一介布衣，哪里懂得这么多！”

白霓在他身后笑骂：“混账孩子！就不能帮姐姐想想！”

靳岄回头大喊：“我不管这些事儿了！再也不管了！姐姐多跟鲁园他们商讨吧！”

阿苦剌在林子外头刷洗骆驼，靳岄的马儿奔来，溪水乱溅。阿苦剌重重一哼，靳岄几乎条件反射，立刻从马上溜了下来站好：“阿苦剌爷爷。”

阿苦剌年纪大了，苍老得愈发快。这几年在怒山部落里操劳，白发白眉白胡子，一双眼睛倒还是精光四射。他仍旧一副巫者打扮，骨头、玉石做的珠子编在发辫里，眯起眼睛时不怒自威。靳岄乖乖站在一旁看他洗骆驼，半天才想起自己有话要说：“阿苦剌爷爷，你记得殷小远姑娘吗？”

阿苦剌立刻抬头，目光愈发凶狠：“你认得？”

靳岄便细细把师母的事情说了。他略去殷小远在花街柳巷吃苦一事，只说她独自一人生活，后来机缘巧合遇到了谢元至，如今生活得很好，唯一的遗憾便是，武艺都没了。

阿苦剌是何等敏锐之人，立刻便知殷小远受了许多苦。他沉吟良久，长叹一声："我是把她当女儿一般看待的。"

这话题打破了他和靳岄之间的沉默。得知靳岄晓得自己与明夜堂的渊源，阿苦剌面色很糟糕，嘀嘀咕咕骂了明夜堂很久。他问起靳岄现状，问起贺兰砜在大瑀的种种经历。一老一少从没聊过这么多，阿苦剌还让靳岄试着骑骆驼，靳岄坐得很不舒服。贺兰砜来到溪边时，靳岄正狼狈地趴在骆驼背上。

贺兰砜把他抱下来，阿苦剌突然道："我不回怒山了。"

靳岄立刻欢喜接话："你要去看师娘吗？"

"不去。"阿苦剌嘿嘿一笑，"我也学沈灯，周游江湖，但我绝不会踏上大瑀土地半步。"他想了想又说，"江北不算，我不会跨过列星江。我，要往北去。跨过白原，应该还有陆地，还有别的部族和乐趣。"

靳岄问："你不想念师娘？"

"不想。"阿苦剌洒然道，"各人有各人的命途，她若真是挂念我，便自己来寻我。"

他也不同朱夜等人打招呼，自顾自骑上骆驼走了。

贺兰砜和靳岄骑马跟在阿苦剌身后，送他走出很远很远。两人返程时天已经黑了，驰望原上空星星密布，仿佛一条浩浩长河，跨越天穹。

"今晚的列星江一定很美，星河倒映，天地两川。对了，列星江水运恢复，我听玉姜说，青虬帮这次立了大功，水帮给了不少奖赏。"靳岄仰头道，"郑舞打算换一艘大船。"

贺兰砜立刻明白了靳岄的意思："你想要青虬帮那艘旧船？"

"说是旧船，但也正是结实的时候。"靳岄已经跟郑舞谈过，郑舞爽快，不要靳岄一分钱，称可以把旧船直接送给靳岄，连青虬帮这个名号一起。他现在铁了心要加入游家帮，正不知如何处理"青虬帮"这个水盗名称。

贺兰砜沉默片刻，低声在靳岄耳边道："白霓今天问我，可否留在北军练兵。"

靳岄微微一惊，转头想要细问，贺兰砜："她说狼面侯威名刚刚立起，可不能就这样跑了。"

靳岄心中微叹，勒停了飞霄。马儿静静站着低头吃草，两人下马，牵手散步。靳岄在溪边站定，捡起石子一颗颗扔进河里。石片贴着溪水飞过，惊破浸满星光的涟漪。

“你觉得呢？”贺兰砜问。

“狼面侯啊，狼面侯……”靳岄笑着嘀咕。贺兰砜对这个称号始终怀着些许羞涩，靳岄每每提起，他就要拧他耳朵，让他笑得无法再说下去。贺兰砜此时又伸出手，靳岄却一下跳开。

“先别说我，你自己是怎么想的。”

“你让我留下来，我就留下来。”贺兰砜说，“你要我跟你闯荡江湖，我们今晚就可以走。”

靳岄静静看他，还是那句话：“你的想法呢？”

贺兰砜半晌才说：“没有你，我不可能成为狼面侯。没有你，贺兰砜也不能够来到这里。我一直朝着你奔跑，靳岄，你给我一个答案。”

“你有自己的狼镝，你还有自己的心。”他静静注视贺兰砜，“这回换我朝着你跑吧。”

溪水恢复平静，缓缓流动，夏日的萤火在林间草丛里翻飞，孤狼长啸，雪山千年前就矗立在驰望原。或许千年后也一样。岿然不动地，日夜变幻地，在他们身边沉默倾听。

许久许久，贺兰砜才缓缓吐出一句：“我想留下来，继续当狼面侯。”

他怕靳岄生气，但靳岄丝毫没有。

“好威风啊，狼面侯。”靳岄笑着看他，年轻的黑眼睛里盛满真心诚意和喜悦，声音软得像掠过他们鬓角的风。

靳府杏子成熟时，靳岄果真回到了梁京。

他是同夏侯信、建良英一起回的，没进家门先进宫门。宫中热闹极了，岑煅的第一个孩子刚刚出生，赤燕王和王妃来朝参拜献上宝物，总之一片繁忙。靳岄等得无聊，内侍知道他是岑煅好友，如今又是永毅侯世子，对他十分恭敬，亲热程度和以往大相径庭。

靳岄不适应这种亲热。他捧了碟糕点在德政殿外头的院子里边晃边吃，忽然看见草丛中有棵新树苗，刚刚种下不久，土腥气仍浓。

“这是什么树？”

“小将军，不是树，是茶花哩！”内侍仍习惯喊他小将军，“官家想看茶花，赤燕王特地带来的，好几株呢。”

靳岄心头确实有几分难言的感动：“也不知能不能活。”

一直等到他昏昏欲睡，岑煅才匆匆奔来。他接了夏侯信的奏报，拉着靳岄上下打量，确定他平安无恙，立刻又问起贺兰砜如今情况。靳岄对答得又困又累，回到家时没来得及跟母亲和姐姐多说几句话便睡着了。

第二日，他一早醒来，谁也没惊动，先独自在府里仔仔细细地走了一遍。假山石仍在，桃李杏树仍在，池塘仍在，只是换了几尾鱼。母亲新养的猫狗对他这个来去自如的陌生人充满警惕，缩在灌木丛下悄悄看他。

“爹，我回来啦。”他站在院子里，冲不在此处的人，悄悄说话。

他等到母亲和姐姐起床梳洗，三人亲亲热热用了早饭，手挽手出城扫墓。这次回京，他心中毫无牵累与挂碍，开心坦荡，走路仿佛带风。岑静书说他长大了反倒没点儿沉稳，靳岄认真听教，没走两步脚底又像生了风一样快活。

中秋夜他本该回到萍洲和贺兰砜 起过，但母亲和姐姐百般挽留，靳岄便推迟了归程。此夜正和纪春明、岳莲楼等人饮酒看灯，岳莲楼一个劲追问章漠何时启程去萍洲见白霓，并与白霓结为姐弟。章漠烦得很，点了他哑穴，岳莲楼说不出话，嘴巴仍叭叭乱动，滋扰他人。

酒才过半，官家派人请靳岄进宫一叙。

宫中也四处点灯，光华灿烂。岑煅在花园的亭中接待靳岄，两人说说笑笑，靳岄一直等着岑煅步入正题。

一壶酒几乎见底时，岑煅有了几分醉意。他盯着靳岄，没头没脑来了一句：“真的不能留下帮我？”

靳岄仍是毫不犹豫：“不留。”

“白霓信中说，你和贺兰砜之后有远遁江湖的打算。但贺兰砜如今在北军中操练莽云骑，在莽云骑练好之前，你总不能就一直跟在他身边，什么都不做吧？”

“什么都不做多好啊。”靳岄打了个饱嗝。

岑煅：“以前可不知你这般厚脸皮。”

靳岄笑了：“人总是会变的。”

岑煅立刻抓住他这个话头："那你的想法还会变吗？"

靳岄斩钉截铁："不可能。"

岑煅知他坚决，终于不再提了。两人又喝了几杯酒，岑煅开口："好吧，但你记住了，无论如何，我都把你和贺兰砜当作我的朋友，只要你们有事相求，我一定帮忙。"

"不敢劳烦官家。"靳岄笑道，"也不会有什么麻烦事儿，我和贺兰砜能文能武，都可解决。"

岑煅流露了几分怅然："我如今万人之上，你们不打算当我是朋友了。"

靳岄放下酒杯，迎着岑煅的目光，缓慢而沉稳地说："天下人人都是你的臣民，官家，身为九五之尊，你怎能有朋友？"

岑煅心中如被惊雷一慑，久久不能言语。是了，靳岄说对了。他妻子自称臣妾，孩子以后将自称儿臣，连从小一块儿长大的宁元成见了他也要下跪叩拜，礼数做足，高声喊一句"臣"。

他成了天下之君，此后周围便只有俯首之臣。

岑煅心内大恸。他是至情至性之人，以往为了自保，流露情绪的时刻并不太多。他低头掩目，沉默许久，再抬头时眼眶湿润。

"我有一物要给你和贺兰砜。"他命内侍取来一块金牌，牌上刻有龙纹，背面铭有靳岄的字。

"这是什么？"

"我的承诺。"岑煅说，"只要岑姓子孙一日坐在这龙椅上，便决不伤害你和贺兰砜，还有你们的后人。"

靳岄大吃一惊，忙把金牌放在桌上，起身下跪："官家，万万不可！"

岑煅硬把他扶起："我不要你们跪我。既然你们不愿意，我也不要你们当我岑煅的朋友。但这点儿庇护我还是有本事给的。你且拿着，若是实在不需要，把它熔了、当了，换钱买酒也可。"

靳岄满腔的话，如今是一句都说不出来了。岑煅这份心意如此沉重，他把金牌收入怀中，抓起酒壶，和岑煅重重一碰。

离开皇宫时，靳岄骑在马上昏昏沉沉，忽听道旁有人喊他。他猛一抬头，面前竟然是夏侯信。

岑煅给他那金牌绝对不是临时起意，今夜匆匆召他进宫，却已经铸好金牌刻好字，就等着送到他手上。靳岄慢吞吞下马，脑筋一转，便已猜出夏侯信在宫外等自己的原因。

“夏侯大人不必惊慌，”靳岄笑道，“官家和我吃酒叙旧，并没有给我什么不得了的承诺。”

他开口这一句立刻把夏侯信准备好的说辞全都给堵了回去。

岑煅给靳岄这块金牌，确实和夏侯信有关。夏侯信回京后和岑煅诚恳谈过几次，说的都是他的不安。当夜他在萍洲城外，亲眼看到、亲耳倾听，北军上万将士如何高呼“狼面侯”，又是如何对忠昭将军的孩子靳岄毕恭毕敬。岑煅追封靳明照为永毅侯，靳岄身份地位又上一层楼，夏侯信心中常有危机之感。

他不断提醒岑煅当心靳岄，甚至要钳制靳岄。靳岄确实没有野心，可他和贺兰砜各有才能，又得人心，若被有心之人利用，恐怕会威胁岑煅的位子。而最好的办法，便是岑煅动用军令，将贺兰砜与靳岄牢牢控制在梁京，最好给二人安排个什么闲职，令这两人无法脱离朝廷监视，又不能真正施展才华。

唯有如此，才能巩固岑煅帝位。

他不知岑煅听进去了多少，但每每提及，岑煅都是一脸无奈。“夏侯大人不必多虑，我熟知靳岄和贺兰砜性情，这两人绝非心怀异念之人。”

夏侯信只用一句话反驳：“人心难测，臣便是最好的证明。”

此时在宫外截停靳岄，夏侯信还未开口便被靳岄堵住话头，一时只能笑笑：“世子聪颖。”

靳岄听他这句话，便知果然是夏侯信对岑煅说了些话。怀中金牌冰凉，靳岄却觉得它滚烫。夏侯信提醒岑煅警惕自己和贺兰砜，岑煅反倒铸造这样一块金牌，许了个不得了的承诺。

“等贺兰砜把北军的莽云骑练好，我们便不再理会朝局战事，夏侯大人尽可放心。”

夏侯信半信半疑：“你们打算如何？”

“乘舟出海，逐浪观鲸。”靳岄笑答，“我们都没去过琼周，更不知若海之外又有什么天地。贺兰砜与我志不在大瑀，大人万勿多虑。”

“出海又能做什么？”

“南来北往，沟通有无。”靳岄笑道，“做点儿趣致生意罢了。”

夏侯信长叹一声，笑道："是我狭隘了。"

"不，夏侯大人千万别这样说。"靳岄诚恳道，"你有如此考量，靳岄愈发确认，你是真正为国为民之能臣。"

只是夏侯信的谨慎多疑，偏偏遇上了靳岄、贺兰砜与岑煅这样的赤诚心肠。各有对错，各有考量罢了。

靳岄与他寒暄几句，上马道别。

马儿载着他，在夜雾与灯火中晃悠悠地往前去了。夏侯信听见靳岄的歌声，被梁京还带暑热的秋风断断续续，吹入他耳中：我去云山水路，我乘缥缈鲸舟……

这是永和二年秋季的中秋。第二日靳岄便与亲友道别，独自一人骑着白马，启程前往萍洲。

他朝他的狼面侯奔去。

第十八章

尾声

永和十六年秋，驰望原。

烨台部落外的小松林里，蝴蝶飞过熊窝，窝内空空如也。林中最粗大的一棵松树上搭着棚子，希楞柱蒙了毡布，一位少年正在棚中呼呼大睡。

他酣梦未醒，忽听树下一阵骚动，忙起身探出头去。

一位黑衣黑发的少女正收起大弓。她身骑棕色白原马，弯腰从树下捡起一只被黑箭射中的兔子。听到树上响动，少女立刻搭弓举箭，用大瑀话厉声喝问："什么……"

她乍见棚中少年，瞳仁震动，所有该说的话霎时都忘了。少年肤色如蜜，一头浓金般长发草草束在脑后，眉目精巧漂亮如同天神。

他以大瑀话反问："你又是什么人？"

少女回过神，没有放松警惕，仍用箭指着他："我娘乃大瑀北军统领白霓。"

少年嘿嘿一笑："抬出阿爸阿妈算什么本事？我阿妈还是高辛族神女呢！"

少女犹疑片刻，收起大弓："我认得高辛族神女，小时候她抱过我。"

那少年立刻愣了："她抱过你？我怎么不知道。"他说完纵身跳下，手脚极快，一把将少女马上的箭筒抢在手里。箭筒里十余支黑箭，少年拿出来一看，登时愣住——黑箭以精铁打造，尾羽纯白，箭尖两层菱形。

他吃惊问："你也有狼镝？"

"那是自然，"少女脸上扬起骄傲神色，"狼面侯是我义兄，我的骑射都是他教的。”

少年不甘心：“你……你最近见过狼面侯？”

“去年中秋他和世子回来过，带来了好多东西！如今大瑀各大城池都有他们的商行，卖的全都是外头的奇珍异宝。琼周血珊瑚做的项链你见过吗？特别好看！若海之外还有许多奇特的地方，我好想去终年下雪的地方看看。”说到骄傲处，少女手舞足蹈，露出快乐神情，“狼面侯和世子都是我的义兄，他们说过，等我骑射技艺能与义兄相当，就带我出海见见世面……”

少年认真听着，被她脸上灵动快活的神情吸引，不自觉也随之一起笑了。

少女看着他的笑脸，片刻后才察觉自己又忘了说话，忙扭头看向林子之外，生硬道：“你知道谁是世子吧？”

少年不甘示弱：“我当然知道！青虬帮船老大，在若海上有近百条货船客船，富可敌国。”

少女抢过箭筒，似是不乐意和他多讲，扭转马头跑出小松林。少年忙吹了个呼哨，一匹黑色高辛马从林中跑来。他背好自己的弓箭，上马追出去。

“实不相瞒，狼面侯是我叔叔！”他追在少女马后大喊，“我叫泽泽，这名字还是你们大瑀皇帝起的呢！喂！你叫什么？交个朋友行吗！”

两匹骏马在秋季的驰望原上飞奔，影子掠过半枯半绿的草原。英龙山脉与库独林山脉在高天与大地之间沉默矗立，负雪荷霜。

这是永裕侯世子与狼面侯离开大瑀，泛舟江湖的第十年。

万里山河仍在火焰般的落日中静卧，列星江仍自西向东滚滚奔涌。

海岳云涛，另有一番风流。

番外

凤天语

一

点状白斑落在棕青色羽翼上，仿佛白梅花瓣，赤燕的白梅燕因此得名。朱红色双爪抓住细瘦枝条，在微雨中细细摇晃，它飞起来时，叶梢抖落一滴硕大雨点。

雨水落在岳莲楼半闭的眼睛里。

他似乎清醒了，但手脚都被压着，每喘一口气，脖子上的伤口就火辣辣地疼。

有人在附近点火焚烧尸体，恶臭扑鼻。若不是这雨下得突然又绵长，怕是连他也会被一并烧死。而无论是把他扔在这里的人还是焚烧尸体的人，现在都已离开。岳莲楼的耳朵里盛满脏污发臭的水，什么都听不到。接二连三的白梅燕掠过狭窄视野。岳莲楼心里没有任何恐惧，他是空无一物的魂魄，与肉身只剩一根丝线牵连。

一蓬雨水从树梢落下。有人掠过他的视野，林中的白梅燕簌簌而起。

“沈灯——？”

飞掠而过的人停了下来。

“等等，乱葬岗里有人。”青年弯腰扒拉开断气的尸首，看见岳莲楼半闭的眼睛，狠狠吓了一跳，“堂主！是个小孩！”

二

岳莲楼睁眼打了个喷嚏，一把抓住身边的手：“不奇……”

阮不奇：“你刚刚乱喊什么？”

岳莲楼从树杈上翻身坐起：“什么时候回来的？灯爷呢？……行了行了，别往我鼻子里放奇怪的东西。”他扔了鼻子里的狗尾巴草，装作生气。

阮不奇不答他的问题：“你做噩梦了？”

“没有。”岳莲楼另寻一个话题转移阮不奇的注意力，“你的宅子都收拾好了？”

“差不多了。”阮不奇也落地，“你见过那江州第一才子吗？好俊哇！灯爷说认真打扮起来不比你差。”

岳莲楼笑道：“这不可能，江湖上最俊的是我。”

阮不奇又说：“我已经把才子绑回去了。”

岳莲楼：“……”

阮不奇：“顺道还绑了江州第一美人。虽然比不上朱夜，可也是个漂亮女子……”

岳莲楼打断她：“万一那才子和美人看对眼了，不要你了，怎么办？”

阮不奇钻进亭子里长笑：“好哇！让他们给我生个漂亮娃娃，我再玩玩。”脸色却又一变，“生娃娃太疼了，可不能让我的美人儿受这样的苦。”

岳莲楼无言以对。他连章漠，甚至连贺兰砜这样难以捉摸的人都能摸透，偏偏和阮不奇打打闹闹这么多年，愣是始终没看懂。

“让才子生吧。”阮不奇抓住跑过亭子的一只猫，边摸边说，“我还从没见过大肚子的男人呢。”

“加油吧。”岳莲楼一个头有两个大，掠出后院，去寻书房里的章漠。

方才做了那个梦，他心里总是惴惴。

岳莲楼许久没有做过与过去相关的噩梦。

他被赤燕炼药人扔在乱葬岗，彼时明夜堂堂主章鸣带着沈灯等人去赤燕办事，恰巧救了他。从赤燕回大瑀，一路风雨颠簸，一行人之中只有章鸣照顾过孩子，是他和沈灯一点点给岳莲楼灌药、治伤，把还剩一口气的岳莲楼从鬼门关拉了回来。

岳莲楼住进了章家，总是怯怯的。他脖颈的伤很严重，呼吸、讲话都会扯到伤处，疼得入骨。明夜堂的人很多，总有人过来跟他讲话，岳莲楼不想开口回答，便摇头点头应对。

唯有沈灯和章鸣例外。岳莲楼十分喜欢这两位江湖客，他们救过他的命，他牢牢记住沈灯从乱葬岗上掠过时，在自己眼睛里投下的稀薄影子。于是沈灯问他要不要学武时，岳莲楼艰难地开口：“我……想，我想……拜你……为师。”

章家和他年纪相仿的只有章漠。白心凤喜欢岳莲楼乖巧又漂亮，总爱给他作姑娘家打扮。直到沈灯把岳莲楼从章家带走，章漠始终不知这初来时臭烘烘，后来漂亮又标致的“妹妹”，居然是男孩子。

章漠见到他就要喊“臭妹妹”。当着父亲和沈灯的面虽不敢出声，和岳莲楼独处时，他爬树攀亭子，一口一个“臭妹妹”，响亮快乐。岳莲楼只要回头看他，他就会尴尴尬尬从高处跳落，学他爹爹和沈灯的做派，昂着头大声说：“你想跟我玩，你就直说吧。”

岳莲楼完全不理他。

“你可以牵我的手！”章漠蹦来蹦去，在他面前摊开圆胖的小掌心。岳莲楼静静瞥他一眼，章漠的脸立刻涨红，手却不肯缩回去：“我是练武之人，我……我带你去偷隔壁的杏子。”

他实在太闹腾，也太烦人。岳莲楼被沈灯带走的时候，很庆幸自己终于能摆脱这个令人烦躁的家伙。

沈灯把他带给了自己的相好，晴雾阁的老板。岳莲楼第一次晓得原来世上还有比章漠的娘亲白心凤还漂亮的女人。燕老板捏他的下巴，又抓他手脚，惊讶道：“好软的筋骨！”

“先把孩子在你这儿安置着。”沈灯说，“明夜堂最近有难，他不是明夜堂的人，不必跟着我们颠沛流离。燕子，你好生照顾他，我得空便来给他传功。”

在晴雾阁住下的第二个月，江湖上传来消息。明夜堂堂主章鸣惹恼了武林莽侠，被莽侠囚禁，大瑀全境五处明夜堂分堂被大火焚烧。白心凤与章漠暂失音讯。

燕老板带他去章家门外看过。那房子被火烧得厉害，连带隔壁家的杏树也成了黑炭。

岳莲楼心里头有些失落，章漠虽然烦人，但他偷回来的杏子真的挺好吃。

书房外十分安静，连平常在此值守的人也没了踪影。岳莲楼跃上院墙，运起化春六变的功力。立刻，书房中有人开口：“莲楼，过来。”

他知道自己来去踪迹都瞒不住章漠，干脆从窗口钻入，还未出声便有人问：“连门都不会走？”

岳莲楼才发现沈灯也在，立刻背手站直，笑嘻嘻地看向沈灯。这一看不打紧，他脸色突变，也顾不上装样子了，飞快跃到沈灯身边：“灯爷！你这伤……”

沈灯袍子上一片一片的血迹，伤处已经包扎好，但呼吸低缓，内力似是大大受损。

“灯爷，你先回去休息吧。”章漠说。

沈灯便离开了。岳莲楼一头雾水：“怎么回事？不奇和灯爷去一趟江州，怎么变成这样了？不奇什么都不说，是灯爷闯祸……”

“这事儿和你有关。”章漠低声道。

岳莲楼愣了片刻，扭头看窗外春景。

“阮不奇绑了江州第一才子和第一美人儿，这事情若是不尽快处理，怕是又要给明夜堂惹祸……对了，狼崽子要回大瑀了，他说他练好北军的骑兵，不打算继续当狼面侯，这事情你晓得吗……还有，陈霜——”

“这事儿和你有关。”章漠又一次重复，“不要再扯其他的闲话。”

岳莲楼便停了，许久才道："早跟你说过不要查了，查不到的。我连父母什么模样都想不起来，更别说小时候住在什么地方。"

他忽然烦躁起来："而且我说了，我不愿意查！"

章漠静静看他，按住他手背，低声道："莲楼。"

他这样喊岳莲楼的名字，岳莲楼根本无法生气，只得收声，静听章漠的话。

"灯爷给你查出来了。赤燕炼药人是从拍花子手中买的你，一贯钱。"章漠翻开案头书册。

岳莲楼："我就值一贯钱？"

章漠低笑："贵了，其实连一贯钱也不值。"

岳莲楼又看那册子，眉头忽然拧紧。二十多年前拐卖小孩的拍花子积攒了一笔银钱，金盆洗手，如今已是江州出名的大善人，彭吕。

"彭府高门大户，蓄养了不少武林好手。沈灯去探彭吕，没带不奇，怕不奇恼起来会大开杀戒。怎料正巧有几大高手在彭府做客，那彭吕一听灯爷问起过去之事，十分气恼，煽动众人出手。灯爷不愿丢明夜堂的面子，以一敌众，受了些伤。"

"我去看看灯爷。"

"你不可轻举妄动！"章漠在他身后说，"此事放在我身上，我定会让那彭吕开口……岳莲楼！"

岳莲楼身影已经消失。

十日后，江州彭府上下一百一十三口人被屠戮。

彭府院中石板地面上写了四个血字：旧债血偿。

这惊动整座江州城的大案，最后在一个乞丐口中问出了重要线索，那乞丐夙夜不眠，徘徊在彭府后门等待施舍。一日凌晨时分，他看见有人从彭府墙头跃出。

那人身高腿长，又穿了一身火红色衣裳，一时间难以辨认男女。乞丐是看到他袒露的平坦胸脯才确定应该是男子，但男子又少有那般俊美模样，令人一见难忘。该男子颈上有一个金环，金环中嵌一枚血色红玉。而最令人印象深刻的，是他双手各持一把还滴着血的细长银剑。

熹微晨光之中，那银剑隐隐散出金橙之色，灿然如霞。

江州彭府的消息是陈霜带回梁京的。

他快马加鞭，在城门处碰到了正巧出城的纪春明。纪春明以刑部大司寇身份往南去督办一起贪墨案子，看见陈霜，他立刻命人停马下车。

“真是岳莲楼干的？”纪春明把陈霜拉到一旁，开口就问，“一百一十三口人！十二个不足十岁的稚子，还有七位怀有身孕的女子，四十多个老人，岳莲楼……为何做出这样的事情？”

那彭吕金盆洗手之后再没做过拍花子勾当，他用积攒的银钱在江州开了几家商行，生意越做越大，如今晚年了，更是广结善缘，在彭府后院设下收留孤儿寡母、流浪孕妇或重病老者的善所。灭门惨案中，连那善所也被屠得一干二净。

陈霜不答，反问他：“这案子是江湖中人所犯，可否按江湖惯例来办？”

纪春明低声道：“不成的！江州城守本想把这事情压下来，可彭吕名声太盛，杀人的又是赫赫有名的明夜堂中人，我今朝从刑部离开时，已有不少折子，说的都是这件事。即便是我也无计可施。”

陈霜不解：“为什么？”

纪春明：“死者一百余人，这是天大的案子，刑部要管，常律寺也得管。常律寺现在由夏侯信看着，他是什么人你也清楚。”

陈霜脸上阴霾更盛：“如今江湖上也有人要发追杀令，我在江州没寻到岳莲楼。”

纪春明：“陈霜，你跟我说实话，是不是他干的？”

陈霜张了张口，却不能回答。在彭府灭门案子发生之前，他在江州见到了回去打理宅子事务的阮不奇。阮不奇告诉他，那彭吕就是当年拐走岳莲楼的拍花子。

岳莲楼确实有杀他的理由。

陈霜回到梁京分堂，还未进门便听见院中一片吵嚷之声。沈灯被无数江湖人围着，不时抬起手，用衣袖遮挡喷溅的口水。草草一听，都是骂人的，骂完岳莲楼骂沈灯，骂完沈灯骂章漠，包庇恶人、罔顾正义云云。

陈霜顾不得帮忙，先找到章漠说明如今情况。彭府灭门惨案太大、太重了，事发不过半个月，连梁京城也布满各种传言。有说岳莲楼化身修罗的，有说岳莲楼带着明夜堂数百人大开杀戒的，流言借势，越传越离奇，根本压不下来。

“岳莲楼人呢？”陈霜问。

“不知。”章漠跃上屋顶，“你和沈灯看着点儿家里的情况，我去找他。”

梁京说大不大，章漠熟知岳莲楼平时会去的几个地方，但一圈找下来，无论是潘楼还是鸡儿巷，到处都不见岳莲楼的身影。春风春雨楼里和岳莲楼交好的几个姑娘小伙儿，见了章漠还问他岳莲楼情况如何。众人都不大愿意相信岳莲楼会杀这么多老弱妇孺，可凤天语和那乞丐描绘的模样，又确实是岳莲楼。直到夜幕低沉，章漠才看见玉丰楼顶上有人点了一盏小灯。

那灯如星如豆，不细看根本不能察觉。

他掠上楼顶，站在点灯之人面前。岳莲楼面色平静，盘腿坐在楼顶，就着微弱灯光吃杏子。章漠接过他递来的两个果子，坐在他身边。

“你还记得咱们重见时的事情吗？”岳莲楼忽然问。

章漠正要问他江州之事，闻言一愣：“怎么说起这个？”

岳莲楼固执：“快说，记得吗？”

三

章鸣被莽侠囚禁之后，武林中人惧怕莽侠名声，不敢多言。白心凤带着年幼的章漠离开明夜堂，把他安置在北境的亲人家中。也正是那时候，白心凤和章漠在山中遭遇强匪，恰好碰上巡山的靳明照，两家结缘。

之后过了数年，白心凤费尽心思救出丈夫，重振明夜堂声威。年幼的章漠吃足了常人不能吃的苦，轻盈活泼的心境已无踪无影。明夜堂重建完成后，受尽折磨的章鸣病倒了，白心凤带他四处求医问药，明夜堂所有事务全都落到章漠身上。好在身边有沈灯，章漠在他的教导下很快熟悉明夜堂事务，活脱脱是一个小号的章鸣。江湖上知道他名字的人不多，干脆喊他一声“少堂主”。

那年冬季，白雀关外有流浪的大瑀武林人回到梁京，来寻明夜堂的庇护和帮助。那些都是章鸣年轻时的朋友，章漠自然全力接待。当时正逢梁京大雪，武林人吃饱喝足，要去听曲，可潘楼被雪压垮半个屋顶，已经关了。众人吵吵嚷嚷地往鸡儿巷去，章漠与沈灯跟在后头，远远看见鸡儿巷巷口一处彩楼挂满银色小铃铛。沈灯称那是离开梁京多年的舞班子晴雾阁，前几日才回来的，声势浩大。

一行人便涌入晴雾阁，各自坐定，台上正在表演。

台子周围坐着一十八位俏丽琴师，各自蒙着轻薄面纱，弹奏不止。台中一位身着火红色衣裙的长发女子，手腕、脚踝结了铃铛，脖子上缠着一片花纹繁复的缠带，缠带边缘也缀满了小拇指般大小的铃铛。她身体柔若无骨，每动一处，便有清脆铃声从密密琴声中突围而出。

耳力强的武林人纷纷低声议论，说这舞姬身怀浑厚内力，否则不能催出这样清越入耳的铃声。

章漠没仔细听众人说什么，那舞姬摄走了他全部心魂。

舞姬妆容浓艳，一双微微上挑的桃花眼，眼尾几道细细金线，往鬓发延伸。她额间点了花钿，双唇火红，摄人心魄的艳丽中又带几分纯然天真。这似乎是她最为擅长的舞蹈，周围一片喝彩之声，她看向哪里，哪里就有人尖声呼喊她的名字。

“莲儿——莲儿——莲儿——”

少女终于看见了章漠。她目光在章漠面上停留一瞬，很快移开，落到章漠身后的沈灯身上。

此时曲终，少女拉着台子上一根彩绸，从台上一跃而起，如仙子般凌空飞过，轻盈落在章漠身边。章漠只觉脸上热浪汹涌，女子带来一身令人头脑发晕、口舌发麻的香气，轻飘飘的无数钩子，挠得人胸口鼓胀，口讷言涩。

少女扭头看他，眼睛笑得弯弯，伸指一勾他下巴：“好俊俏的哥哥。”

章漠本能往后一闪，不料那姑娘身手利落，竟一把挽住他手臂：“灯爷，这位是谁？”

沈灯却是一脸无话可说的窘迫和古怪表情：“章漠，章公子。”

少女惊讶地捂着嘴巴，扭头细看：“哎呀……咱们晴雾阁可从来没见过这么俊的公子，莫非是专程来看莲儿跳舞的？”

一众武林人鼓噪、欢呼、吹口哨，章漠整个人仿佛被火烫了一般，狠狠把人推开。

少女“哎呀”一声，跌撞在栏杆上。章漠忙伸手去扶，那人却又滑到地上，低头不语。有喝醉了的武林人忽然冲上来，要帮这少女讨公道，拳头不由分说就往章漠脸上砸去。章漠正分神，躲得了一个没躲过另一个，被正正砸中鼻子。

喧哗与大笑瞬间在小楼里沸腾。章漠撞在栏杆上，看见少女正坐在地上看自己。他从未有过这样紧张的时刻，想细看那姑娘伤势，却又被身后众人的笑声推攘得下不来台。此时鼻中一痛，他抬手去揩，竟是鼻血。章漠匆忙擦去鼻下血迹，脸臊得通红，生怕姑娘瞧见了取笑。

少女揉着手腕慢慢站起，带几分凄楚，几分黯然，低声道："是莲儿没眼色，冒犯了公子。"说罢抬起玉葱般的手指擦拭眼角。

沈灯忍无可忍，大喝："够了——"

少女立刻打断沈灯："灯爷！你别责怪公子。是莲儿行止不端。我这样的身世，这样的人家……"她双手缠着绞着，再抬头时两颗泪珠恰好顺着俏丽脸庞落下。

章漠又茫然，又难过，忙走近两步低声说："姑娘……"

那少女立刻退开，凄然笑道："我姓岳，若公子不嫌弃，以后……常来看我跳舞便是。"

她说完还不走，又抬头含羞带怯、含嗔带泪看一眼章漠，这才扭头跑走。

身后江湖人一片叹声笑声。章漠彼时也才十几岁年纪，心中对女子生过稀疏好感，却从未见过这样艳丽又惹人生怜的姑娘，一时间心中全是她走时看自己的那一眼，愣愣站在当场，连沈灯的叹气声都没有在意。彼时恰好父母回到梁京，章漠身上事务暂且松了一松。没过几天，他又出现在晴雾阁。他总觉得自己担不起"少堂主"的名号，眼前少女并非江湖中人，他便隐瞒了自己的身份，只说名字。

岳莲楼其实早把他忘了。在晴雾阁跳舞的日子里，岳莲楼姿色出众难辨雌雄，有好色之徒以为他是女子，挑逗不止，而后得知他是男子，兴致反而更盛。岳莲楼每每遇上这样的人，总要狠狠折磨一番才罢手。在岳莲楼看来，章漠虽年轻，跟这些人也必然是一丘之貉。

他对章漠的所有印象也仅止于幼时的"臭妹妹"、杏子，还有雨天两个小孩撑伞蹲在池塘边看青蛙，晴日里钻狗洞出门放风筝……他没事可做的时候便躺在床上想过去的事情，开始还不觉得多，渐渐地越是回忆，越是清晰。但章漠那时候实在太皮太闹，岳莲楼烦死他了，实在没有任何好感。

因此再见到章漠时，岳莲楼是吃惊大于欢喜的。

章漠不像其他人一样喊“莲儿”，永远规规矩矩称：岳姑娘。仿佛这和别人不同的称呼，足以证明他对待这少女与别人不同。

晴雾阁是舞班子，不做出卖身体的生意，燕老板年轻时是江湖中赫赫有名的女侠，收留的尽是无家可归的穷苦姑娘。晴雾阁实则也是江湖中人交流与买卖情报的地方，章漠出入得频繁了，除了一些风言风语，江湖上也渐渐有明夜堂与晴雾阁的情报贩子有勾结的传闻。燕老板每每见到章漠，似笑非笑，不等章漠出声便去喊岳莲楼，末了还要叮嘱：“当心啊，我们这儿的人，心眼比头发还多。”

岳姑娘漂亮、伶俐，娇憨、天真，一句话能把章漠引得面红耳赤，下一句又让章漠窘迫，生怕冒犯眼前人。章漠只觉得与她说话快乐，看她跳舞也觉得快乐，至于别的，无暇也不敢细想。

冬季过得又快又漫长。章鸣的病有了起色，章漠每每见到岳莲楼，总忍不住跟他说家里的事情。得知章鸣好转、白心凤康健，岳莲楼流露难掩的开心。这样的次数多了，章漠不免好奇，以为眼前少女是父母旧识，渐渐说了更多家中的事。他提到沈灯屡屡劝阻自己来晴雾阁找岳姑娘时，眼前少女忽然放声大笑。章漠被她豪爽笑声吓了一跳，却又觉得新鲜，不禁与她一同笑起来。

春天来到时，明夜堂发生了一件大事。

明夜堂自开创之时，除堂主之外便一直设有阴阳二狩。阴狩是章漠的娘亲白心凤，阳狩则是夫妻二人多年老友。开春之时从西境传来消息，阳狩没了。阳狩之死令章鸣和白心凤悲痛欲绝。章鸣病情忽然加重，章漠再也无心到晴雾阁来见岳莲楼了。

半个月没见到章漠的岳莲楼听闻章鸣夫妻二人病倒，连夜潜入明夜堂要去探望恩人，才翻过院墙，立刻被沈灯抓个正着。沈灯抱着个五六岁年纪的女娃娃，怒目圆睁。此时有人正往院中走来，岳莲楼顾不得嘲笑他，拱手行礼后缩入屋檐下躲藏。

那几日章鸣昏睡不醒，明夜堂一片紧张与恐慌。章漠彻夜不眠，除了进房照顾父亲，便是到处忙碌。春寒料峭，他穿得单薄，偶尔被风吹起袍袖，瑟瑟颤颤。白心凤强撑着与他一同照料章鸣，见夜深了，便催促他休息。

“不奇，吃的什么？”章漠扭头问沈灯怀里的女娃娃，手掌上很快多了坨沾满口水的糖块。

若是平常，白心凤早已发现藏在屋檐下的不速之客。但她身体虚弱，又满腹忧虑，竟是丝毫未察。偷听三人闲聊，岳莲楼才晓得章鸣自知来日无多，执意要把堂主之位传给章漠，但章漠不肯接受，白心凤也尚未给章漠找到新的阴阳二狩，难以决断。

阴阳二狩是明夜堂堂主的左膀右臂，必然是堂主最亲近之人，不仅武功高强，且能够让章漠无条件信任。沈灯说他有合适的阳狩人选，只是那人浪荡无端，怕是不肯接受明夜堂和章漠管理。他说得详细，岳莲楼在檐下已然心知肚明。

沈灯抱着揉眼睛的女娃娃走了，只剩母子二人在冷风中对站。两人倾谈时声音很低，彼此安慰、相互鼓励，说到最末，总免不了几声长叹。似是为了放松章漠心情，白心凤忽然聊起他最近的动向：“听说你常去晴雾阁。我认得燕老板，她那里的姑娘都是不错的人。你喜欢的那位，叫什么名字？”

章漠像被施了定身法，半天才道：“你完全误会了，娘亲。”

岳莲楼忍住笑，竖起耳朵细听。

白心凤似乎也不信：“男人有哪个不喜欢救风尘？看见孱弱女子，自然要伸出援助之手，更何况你还是江湖中人。燕老板收留、教导的女子，大多出身贫寒，经历坎坷。但我们可不是那种讲求门第的人家，只要你喜欢，她又是人品性格好的……”

章漠制止了母亲的想象：“不是这样的。实际上……那人也并不需要我救。我跟那人没有任何你想象中的瓜葛。我如今只想着爹爹的病，还有明夜堂以后的事情。”

明夜堂如今虽然振作，但章鸣若离开，怕是许多仰慕章鸣而来的江湖客也将离心散去。章漠需要集结起自己的力量，他正为此事苦恼不已。人人喊他“少堂主”，然而他身边除了沈灯，再无任何可依恃的人。更紧要的是，他不相信自己有能力管理好偌大的明夜堂。

檐下的岳莲楼始终静静地听着，直到母子二人缓步离开院子，才翻身跃上屋顶。章鸣所在之处总有人看守，他自己也有无法现身的理由。他在月光中跪下，朝着那方向磕了几个响头。

起身时听见身后衣袂飘飞之声，回头便见沈灯落在身后。

“既然来了，我有事对你说。兹事体大，你务必好好思量计较。”沈灯说，“你如今还不算明夜堂的人，明夜堂接下来怕是还有诸多风雨动荡，你的决定将——”

“我答应。”岳莲楼说。

沈灯一怔：“答应什么？”

“你和堂主想让我做什么，我就做什么。”岳莲楼笑道，“岳莲楼惜命，但更知恩。”

岳莲楼消失了一个多月。章漠数次造访晴雾阁，始终等不到岳莲楼，心中惴惴。他有高兴的事儿要跟岳莲楼分享，章鸣醒来后沈灯说了些好消息，似是多年前救下的孩子要到明夜堂来帮忙，喜得他精精神神，病症去了大半。

岳莲楼回到晴雾阁那日，章漠一早便来了。他远远望见燕老板正跟岳莲楼说话，手在岳莲楼肩上拍了一拍。岳莲楼肩膀下意识一缩，眉头微皱。燕老板忙轻抚他肩膀，问了句：“上药了吗？”

章漠忙过去问他肩上怎么受了伤，又问他多日不见，去了哪里。岳莲楼这一天出奇地少言寡语，多是章漠在讲。章漠心情大好，像与老友重逢，一杯接一杯地喝酒，微醺时眼尾像被胭脂扫过，现出桃花瓣一般的颜色。

好不容易等章漠停口，岳莲楼笑嘻嘻凑近：“今夜子时，城外桃花庵，我在桥上等你。”

章漠一愣，岳莲楼不给他犹豫推拒的时间：“我有话对你说，与我身世相关。”他不由自主摸了摸自己脖子。脖颈上总是缠绕着轻纱或裹布，章漠从未见他解过。

“此外，还有一些心底的秘密，想告诉你。”岳莲楼冲他眨眼。

章漠笑道：“巧了，我也有重要事情跟你讲。”

当夜，章漠自然准时赴约。桃花庵附近有河溪商铺，夜间十分热闹，他在桥上看年轻的男女在河边放灯许愿，忽然听见不远处有争执之声。

几位喝醉的流氓纠缠落单少女，更出手拉拽少女，要掀开她头上纱帽。章漠出手拦阻，醉鬼见他年轻，举起拳头就要打下来。章漠几招将他们掼倒在地，耳边却传来少女惊呼，她被醉鬼推搡，眼看就要跌入河里。

章漠来不及拉她，眼前却一花——有人抢先一步，揽住少女腰肢，把她抱到安全地带。

那人背对章漠，一身利落的江湖客打扮，只有靠近了才闻到身上那还未洗净的脂粉香气。

岳莲楼正懊恼事发突然，为救眼前少女，他不得不打乱计划。他料想自己暴露身份时章漠一定又窘又怒，但他最喜欢看别人为自己烦恼、愤怒，一切原本都在他掌握之中，他得意万分，回头看章漠时却吓了一跳。

章漠正笑着，上下打量他。那张从来冷静的年轻脸庞满是爽朗笑意，没有一点点惊奇，仿佛早料到岳莲楼是什么身份，也早就知道他的坏心眼。

岳莲楼满腔期待全数落空，草草应付少女和旁人的道谢，头也不回跳上栏杆，往城中跃去。章漠紧跟其后，一言不发，岳莲楼却总有听见窃笑声的错觉，可回头看，章漠只是平静冲他微笑。

岳莲楼落在城墙上，忍不住问：“你今晚要跟我说什么事？揭穿我？嘲笑我？”

“我就知道你是男子。”章漠落在他身边，双目炯炯发光，“你可听过明夜堂？”

彼时岳莲楼年纪尚轻，狡猾却不够精明。章漠从小跟在父母身边，见了太多江湖中的钩心斗角、尔虞我诈，凡事自然多留一个心眼。晴雾阁客人议论岳莲楼时他也会竖起耳朵偷听，与岳莲楼喝酒谈天时更不会放过观察的机会。

岳莲楼颓然坐在城墙上，看着圆月亮：“没意思。”

章漠：“难道这种骗人的把戏就有意思？”

岳莲楼心道：骗别人自然没意思，骗你可就有趣多了。

“第一次见你，就知道你身怀武功。但你十分谨慎，从来不让我碰你脉门，更不会在我面前亮出招数。”章漠也随之坐下，“你这么小心，一定早就知道我的身份。你从来不说破，始终只喊我‘章公子’，我料想，你对我一定另有打算。”

岳莲楼这才扭头看他。

“你知道我身份，自然也必定听过明夜堂。所以你听我提起父母，才尤为感兴趣。我爹娘性格爽快，交友不拘年纪尊卑，我便想，岳姑娘必定也是他们的朋友，才会如此关心。”章漠继续道，“如今明夜堂正是用人之际，我身边又缺少可信可靠之人……”

岳莲楼听明白了：“你想招揽我入明夜堂？”

“阁下这样的人品与本事，仅在晴雾阁里跳舞逗乐，实在太浪费。”章漠说，“你有无人可比拟的天分与优势，借助明夜堂的名声，你可以成为全江湖乃至全天下人都晓得的岳……”

章漠的慷慨陈词忽然中断。岳莲楼看着他困惑的双目，忽然昂首长笑。

“那你便永远记住我吧。”他说，“我名为岳莲楼。”

“不错，你爹娘给你起了个好名字。”章漠笑道。

此话一出，他那从来笑眉笑眼的朋友脸上急遽地掠过了阴霾。岳莲楼起身立在城墙上，垂首看向章漠。

“我没有爹娘。”他说，“这是沈灯起的名字。”

“虽然你早知道我是男子，但当时察觉我就是‘臭妹妹’的瞬间，表情实在太过有趣了！”岳莲楼在玉丰楼顶上笑得打滚。

章漠啃着手中杏子：“你一年要提八百回。”

“你让我不高兴，我就提。”岳莲楼滚得全无仪态，佩剑当啷打在瓦片上。

凤天语是岳莲楼入明夜堂时章漠赠的兵器。岳莲楼彼时答应当明夜堂的阳狩，沈灯应承了，最后却卡在章鸣和白心凤那里。夫妻俩不愿意吃过太多苦头的孩子成为必然要遍历凶险的阳狩，只允许他进明夜堂当一个普通弟子。

岳莲楼佯装答应，转头便离了梁京，千里迢迢地去找莽侠的拥趸讨公道。莽侠当年囚禁章鸣百般折磨，江湖人虽然对此颇有微词，但碍于他地位太高、名气太响，谴责与反对始终成不了气候。如今章鸣虽然被救了出来，可莽侠的后人与弟子仍将明夜堂看作死敌，还在不停地编造污蔑章鸣与帮派的谣言，时时给明夜堂弟子制造麻烦。

谁都不知道岳莲楼使了什么法子，但总之，他一个月后带伤归来，拿到了莽侠后人与弟子的承诺书，答应过往恩怨一笔勾销，之后永不会骚扰明夜堂。

岳莲楼无非是想证明自己有能力成为新堂主的左膀右臂。而他也终于得到了恩人们的许可，从此光明正大，成了明夜堂新堂主章漠身边的“阳狩”。

凤天语是从关外捡回来的兵器，轻巧灵便，乍看是一柄短剑，拧动剑柄机关便裂为两柄细剑，是十分特殊的双手武器。岳莲楼起初对它毫无兴趣，但章漠试用给他看过之后，他又惊又奇，灌注了内力的“凤天语”竟然焕发出灿烂光华。

据沈灯说，这种会与特殊内力产生呼应的兵器来自西域，“化春六变”让它光芒产生变化，然而若有与之完全匹配的内力，光芒将更为惊人夺目。岳莲楼最喜欢这种闪亮的东西，章漠欣然应允。章漠的佩剑唤作“鸣龙”，岳莲楼便绞尽脑汁给自己的武器起了个“凤天语”的名字。

玉丰楼楼顶，岳莲楼从腰间拿出凤天语，就着月光端详。他微微往剑中倾注内力，剑身果然燃起金红之色。

“游君山那把炎蛇剑，和我的凤天语似乎是同一种东西。”岳莲楼说，“其实有件事我一直没跟你提起过，但灯爷知道。”

章漠：“你身上居然还有灯爷能知道，我却不能知道的事情？”

岳莲楼笑道：“是啊，说出来，我怕你担心。”

他握持双手剑，朝着夜空轻轻一击。

“小时候的事情很多都已忘记，但我记得这把剑。”岳莲楼轻声道，“我的记忆中曾见过有人用过这样的怪剑，平时是铁剑，挥动起来却有异色。我第一次学会把内力注入剑中，才忽然想起此事。灯爷见多识广，我问他这剑来自西域何处，可惜他也说不出具体位置。”

“灯爷一直在找你的爹娘，还有不奇的家人。”章漠起身道，“那假扮你做下这灭门大案的人，说不定知道你和这剑的渊源。”

岳莲楼坐在原地不动：“你不问我彭家灭门之事？”

章漠这才想起：“算了，不必问。和你结仇的人遍地都是，哪里问得过来？”

见岳莲楼不出声，他又继续说：“与你相识多年，你什么时候说真话，什么时候说假话，什么时候认真，什么时候胡闹，我岂能不知？”

岳莲楼许久后才开口：“不是我杀的。”

章漠：“我知道。”

岳莲楼扭头看他，笑道：“你这就信了？”

章漠：“我们明夜堂的阳狩不做这种伤天害理之事。他偶有胡闹，但温柔良善，是我最信任之人。”

岳莲楼纵然知道章漠对自己全身心信任，可章漠从来讷言，极少把心中所想直白讲出。听见章漠说这样的话，岳莲楼心头有万般情绪翻涌，不由得攥紧了凤天语起身。

“况且，那是我赠你的凤天语。”章漠看着他，“你绝不会用它伤害无辜之人。”

岳莲楼只觉得心口阴霾尽去，一片爽朗。他如鸟儿般飞掠而出，手中的凤天语焕发灿烂光彩。

章漠只听见他在自己耳边低声说了一句话，再想求证时，岳莲楼已经在十丈之外。

能听见的，只有他畅快的笑声：“走吧，堂主！”

四

两人一路走走停停，入夏时分抵达江州。刚走进分堂大门，阮不奇便带来了意外消息。

“那乞丐死了。”阮不奇匆匆跑入，“出事第二日，被官差问过之后便死在了城外，听闻被野狗啃去一半，真是可怜。”

章漠和岳莲楼心中都是一沉。除此之外，连卫岩也从梁京赶来督办此事，看来必然不能善了。

但阮不奇带来了一个更重要的消息：“彭府里还有一人活着，正是彭吕的小女儿，今年只有十岁。事发时她躲在柜子中，没被那凶手发现。但她从缝隙中看到了凶手的模样。”

岳莲楼面露喜色：“那正好，她可以——”

“她说了那凶手样貌，还画了大致模样。”阮不奇面露怜悯，“岳莲楼，那分明就是你啊。”

岳莲楼：“……”

章漠：“此人是有备而来，自然会把自己乔装得跟莲楼一模一样。”

阮不奇：“那小姑娘活着的事情，只有城守、常律寺少卿等三四个人知道。若不是我在城守书房里藏了几天，我也探听不到这么重要的事儿。”

岳莲楼抓住她的手：“好不奇，你是我一辈子的妹妹！”

阮不奇盯着他的手：“再不放手，你这辈子就到今日为止。”

章漠决定明日去见城守和常律寺少卿，把事情探问明白。把事情安排妥当后，他跟阮不奇说：“我想跟你的江州第一美人借点儿东西。”

阮不奇在梁京和江州各有一座宅子，都是靳岄置办的。

贺兰砜在北军练兵，无聊的靳岄便跑去怒山跟贺兰金英一块儿做起了买卖。一来二回，几年间积下了不少财产。他又拿了一点儿钱给郑舞，以感谢郑舞赠送青虬帮大船之恩情。郑舞如今是列星江游家帮数一数二的人物，货运客运生意做得红火。有了靳岄这笔钱，他新购置了大船，每个季度都给靳岄分红。置办两座宅子，对今日的靳岄而言只是小事。

江州这宅子和梁京府邸风格不同，穿廊叠园，步步见景。岳莲楼啧啧称奇，东走西逛。宅子里处处都是漂亮男子与好看姑娘，见到岳莲楼，人人都忍不住朝他多看几眼。这短暂的虚荣让岳莲楼心情稍缓，不那么忧愁了。

他跟江州第一美人开了会儿玩笑，又同江州第一才子下了棋。才子棋艺了得，岳莲楼抓耳挠腮，竟连饭都忘了吃，沉迷于研究才子的残局。

阮不奇嚼着卓卓托人送来的肉干：“第一美人刚刚跟我打听岳莲楼哩。”

章漠：“打听什么？”

阮不奇：“说他仿似天人，又问我他是否有婚配，家产多少，有无田地商铺。”

章漠冷笑：“你可得告诉岳莲楼，他一定高兴。”

阮不奇：“至于江州第一才子，他打听堂主你。”

章漠不解：“打听我什么？是否有婚配，家产多少，有无田地商铺？”

阮不奇：“才子跟我比试过，他问我是你厉害些，还是我厉害些。”

章漠愣怔时，岳莲楼不知何时掠了过来。阮不奇的话他只听了一半，嚷嚷道：“什么来路不明的东西，也敢对我们堂主起心思。阮不奇，你驭下不精，该打！”

两人又打又闹，章漠看向院子。江州第一才子正摇着折扇，冲他微微鞠躬。

见到章漠的第一面，城守便开始频频擦汗。

人证物证俱在，杀人凶手定是岳莲楼无疑。但朝廷上下，谁不知道明夜堂江湖地位特殊？北方边防军统领白霓是明夜堂堂主的义姐，明夜堂上下都与永毅侯一家关系密切，连北军的传奇将军狼面侯也同明夜堂亲近，更别说刑部大司寇纪春明亲自派人带来手书，称此案惊动官家，命城守务必仔细调查，不得冤枉无辜之人。

既然指明了“不得冤枉无辜之人”，那便说明大司寇和官家都认为，犯案的不是岳莲楼。城守愁得头发都快白了，梁京来了位常律寺少卿，可也没有多大作用，只行督办之责。

章漠开门见山：“听闻彭府有一位稚子幸存？我想见见她。”

城守心中吃惊，但也连忙安排。常律寺少卿卫岩和章漠见面问好，彼此没有多少交往，很快便无话呆站。等到城守把那小姑娘带出来，章漠观察她几眼后，转身离去。

片刻后章漠回到厅中，那小姑娘忽然浑身一颤，尖叫着捂住了眼睛：“是鬼！那个红衣裳的恶鬼！”她哇哇大哭，指着章漠。

章漠换上一身火红色衣裳，脸上更是化了与岳莲楼一般无二的妆容。他前襟大敞，露出颈上金环。小姑娘哭得愈发厉害：“戴金环的鬼！”

章漠草草抹去脸上妆容，脱了那火红色衣裳，蹲在小姑娘面前：“你再瞧瞧，我还是不是那红衣裳的恶鬼？”

小姑娘哭得上气不接下气，回头看章漠却愣住：“你……你不是……你穿了那衣裳，就是恶鬼……”

城守在一旁跺脚，命人把小姑娘带走：“章堂主，你瞧，你这不是吓着她了吗！这没有什么可怀疑的了，连那小孩都认得红衣裳戴金环的鬼，这，这活脱脱就是你家的阳狩……”

他声音越说越小，因章漠的眼神渐变严厉。

“她认得的不是岳莲楼，是岳莲楼的衣裳和妆容。”章漠说，“大人，明夜堂阳狩名声在外，若要杀人，怎么可能还特意穿上这些衣裳，是生怕别人记不住吗？”

他指着地上的红衣，微微一笑：“而且这衣裳，岳莲楼只在一个地方穿过。这并非他最常穿、最常用的东西。”

城守一愣：“何处？”

一旁低头喝茶的卫岩接话：“北戎，回心院。”

城守又跺脚：“那，那武器呢？”

章漠：“凤天语在大瑀是独门武器，在金羌却不是。”

城守脸色一变：“什么！明夜堂与金羌有勾连？！”

章漠耐心道：“这种内含异金的精铁，是金羌乃至西域一个特殊门派所用的。”

城守：“我的天爷……什么门派？”

又是卫岩接话：“西域，苦炼门。”

章漠不禁回头看去，卫岩举起茶杯，微微点头。

两人离开时，边走边说。北戎的回心院聚集各地各处的客人，其中自然也不乏从金羌去北都的江湖人士。而西域苦炼门在金羌势力不小，信众颇多。当日沈灯与阮不奇伪装成西域苦炼门的人在杨河城救出贺兰砜，苦炼门平白无故吃了这么一个哑巴亏，自然要想方设法讨回来。

章漠长叹：“用一百多人的性命来找明夜堂麻烦，苦炼门手段实在太过狠辣。”

“当初你们不也抹黑了苦炼门吗？”卫岩大笑，“睚眦必报，这是他们跟大瑀人学的规矩。”

卫岩以常律寺少卿的身份过来，他掌握的事情竟然比明夜堂还要详尽。

“常律寺是掌管大瑀刑狱的，总有些你们想不到的方法，做不到的事情。”卫岩说。

“既然如此，为何你一直不出手帮忙？”章漠思索片刻，“是为了见我？”

“正是。”卫岩点头，“明夜堂势力遍布大瑀全境，常律寺一直很想跟堂主交个朋友。无奈你们与刑部大司寇交好，而大司寇又和我不和，卫岩找不到机会结识章少侠，心中甚为遗憾。”

章漠从陈霜口中听到一些纪春明的事情。纪春明执掌刑部，夏侯信执掌常律寺，两人都有固执的一面，相互之间关系并不融洽。他理解卫岩的意思，境内大案要案，多是常律寺调查，而与江湖帮派攀上关系，很多时候事半功倍。明夜堂是最佳选择，可他又不能通过纪春明来结识章漠。

这次逮到机会，卫岩自然要利用起来。

章漠也不含糊，直接道：“多谢少卿。可少卿所说的事情，恰好也是明夜堂已经调查出来的事情。少卿有意和明夜堂结交，还得多几分诚意。”

卫岩朗声大笑：“好！爽快！”

他抬起马鞭，直指前方。那是阮不奇江州大宅的方向。

“我便再告诉你一个明夜堂还未查出的关键。”卫岩说，“阴狩的江州大宅里，有藏着尾巴的西域狐狸。”

五

江州大宅门口，阮不奇正逗小猫小狗玩儿。

自从得了两处大宅一艘大船，她整日瞎玩瞎闹，不思进取，一有闲工夫就回家中待着。沈灯和岳莲楼提醒她注意宅中各位美人的动向，但阮不奇怎能面面俱到？她每每滚回家，发现哪位美人不太寻常，查清楚便把人赶走，从不留恋。

连岳莲楼都说阮不奇比自己厉害。她收留各方美人，就如同收留小猫小狗，却不会对他们产生分毫爱意与挂念。章漠和她一块儿逗那些小东西玩儿。一只长相娇俏的小猫依偎着章漠趴下，与他十分亲近，把脑袋搭在章漠的手心里。

“好像岳莲楼。”阮不奇笑道。

章漠也笑了：“嗯。”

明夜堂的人都说，沈灯专捡小孩。他惯于江湖游历，路边河边看到被丢弃的孩子便顺手捡回明夜堂，已经成了习惯。和岳莲楼一样，阮不奇也是沈灯捡回来的孩子。她被扔在梁京城外一条壕沟里，用看不出来历的破衣裳裹着。沈灯路过时听见微弱声音，这才发现半浸在水里的婴儿。

阮不奇姓阮，因为哺乳她的奶娘姓阮。奶娘疼爱阮不奇，把她当女儿一样看待，章鸣便给小孩起了“阮不奇”这样一个名字。“她以后定是个不平凡的姑娘，”白心凤常说，“但在明夜堂长大……希望她不要变得太奇怪。”

章漠把阮不奇当作妹妹，阮不奇跟他和沈灯最亲近，对岳莲楼敌意一直很深。她认为岳莲楼吸引了章漠大部分的注意力，孩童的妒意和不甘心让她总用各种理由给岳莲楼找麻烦。

章漠有时候会想，阮不奇说不定是他身边亲近的人中，最惧怕寂寞的。

他摸摸阮不奇的脑袋，低声问：“不奇，那江州第一才子，你是怎么认识的？”

说来有趣，江州第一才子原本并不是那俊俏的青年。

传说中的江州第一才子是如今江州城城守。他年轻时风流倜傥，写得一手好诗，高中状元之后更是被冠以“第一才子”之名。

去年江州城中出现一位陌生男子，自称李舒，是江州城北李家的小儿子，父母行商在外，他体弱多病，独自一人回江州休养。此人风度翩翩，容貌出挑，甫一亮相便引人注目，加上写得一手好字，行文又豪爽洒脱，不久后大名便传遍了江州，连城守看了他的诗也拍案惊叹：此人才华横溢，在我之上！

如此这般，“第一才子”之名便换了人。

阮不奇那时候和陈霜、沈灯一块儿在江州布置宅子，阮不奇听闻李舒之名，又见到他容貌气度，很是喜欢。她邀请李舒到家里来住，李舒起初不愿意，她便趁夜把人绑了扔进宅中。奇的是，李舒称自己与阮不奇算是不打不相识，之后便成了朋友，常和阮不奇来往。

阮不奇有时候精明，有时候糊涂。尤其在自己喜欢的事情上，总是缺乏警惕。章漠把小猫抱起，放在阮不奇肩上：“你自己玩儿吧，我去见见那李舒。”

岳莲楼正与李舒下棋。

岳莲楼琴棋书画样样俱精，都是在晴雾阁里跟燕老板学来的傍身本事。但与李舒落子数局，岳莲楼心中暗叹：此人年纪轻轻，但在棋盘上运筹帷幄的本事不比灯爷逊色。

他不禁抬眼看李舒。

李舒生就一张美人脸，眼角下方一点黑痣，令其每每顾盼，总有无限情意。偏生他又骨骼清奇，眉目疏朗，这饱含男子英气的五官冲淡了他容貌中的阴柔之色。

岳莲楼明白为何沈灯说他与自己相似。

李舒注意到他的眼神，点了点头，示意他落子。

“才子好棋艺。”岳莲楼摸着下巴笑道，“对了，昨儿听不奇说，你问过我们堂主的事儿？”

“明夜堂堂主声名赫赫，李舒仰慕多年。”李舒答，“昨日一面，确实是少见的英伟少侠。”

岳莲楼勾着自己的头发叹气：“我以为才子会打听我呢。”

李舒:“我和莲楼不是已成朋友?可惜还未认识堂主,李舒心头很是遗憾。”

岳莲楼落下黑子，一颗颗捡起吃去的白子，漠然不应。李舒不得不提醒：“这一着太过冒险，你失地甚多……”

“我以为你倾慕我。”岳莲楼忽然抬头，冲他微微一笑，“不然为何假扮我杀人？”

话音未落，他手中五六枚黑子饱含内力，朝李舒激射而出!

当当当数声，黑子嵌入亭柱。

李舒身姿飘然，已经落在亭外。他折扇哗啦甩开，悠然扇动：“好凶的化春六变，这是哪一重的功力？”

岳莲楼已经抄起凤天语跃出亭子。

亭外池塘荷叶田田，两人掠过荷塘，瞬息间已经过了几十招。

岳莲楼起初轻敌，但面色渐渐凝重。能在一夜之间屠尽一百多口人的，绝非善茬。这位李舒不仅心狠手辣，武功与内力都古怪新奇，不似大瑀江湖人士。

李舒只用一把折扇与岳莲楼对招，折扇扇骨看似木头，实则是精铁，内力传入，焕发灿然光华。岳莲楼愣了一瞬，两人武器竟用的是同一种材料。

凤天语双剑与折扇重重一击，两人各退数步。李舒落在亭子高处，朗声笑道：“阳狩明明用剑，怎么就不舍得下狠手捅我几下？我这扇子可没有伤你的本事。莫非阳狩与我相处不久，已相见恨晚，不舍得下手？”

“怕你们苦炼门的臭血脏了我妹子的家！”岳莲楼一个后跃翻上墙头。

李舒脸色微微一变：“你怎么知道我是苦炼门的？”

“看过《侠义事录》吗？”岳莲楼忽然纵身一跃，瞬间闪到李舒眼前，“没看过便去买一本！你这武器与我凤天语相似，敢这样亮出来，看来也不怕被人识破。”

精铁碰击之声响起，李舒长笑：“难怪明夜堂要找我苦炼门麻烦，原来早把我们研究透了！”

他边退边打，声音还丝毫不变。

岳莲楼知道这次是遇上了强敌，眼看李舒要落入另一个庭院中，斜刺里忽然闪出一把长剑。

长剑光润银亮，自下而上插入凤天语与折扇之间，轻轻一挑，竟把那折扇挑飞。李舒心头一惊，持剑之人内力浑厚霸道，饶是自己武功卓绝，竟也抓不住那折扇。

折扇凌空飞出，凤天语趁隙直击！

李舒旋身一滚，从亭上落下，恰好抓住那落地的折扇。

“英则公子，好身手！”章漠收起鸣龙，拦住还要继续往前攻击的岳莲楼，朗声道，“在下明夜堂堂主章漠，久仰大名。”

岳莲楼脸色变了：“英则？！诛杀苦炼门长老、夺走门主之位的魔物，英则？”

李舒一愣，忽然大笑起来：“魔物？原来大瑀人是这样称呼我的？有趣有趣！在下正是英则，大瑀名李舒，见过堂主、阳狩。”

他回头看见身后还没弄清楚发生了什么事的阮不奇：“还有，阴狩。”

最后一字还未说完，李舒忽然一甩衣袖。他袖中藏有暗器，寒光迸发，齐齐射向阮不奇！

阮不奇下意识伸手去抽自己的长鞭，却发现腰间空空——她方才在门口玩猫狗，把长鞭落在了身后。她毕竟临敌多次，经验丰富，在看见李舒动作时已凌空翻起，抓住怀中小猫一口气跑上身旁树干。未跑到顶，她翻身后落，长手一抄，把李舒射出的暗器尽数收在手中。

不料落地时却与岳莲楼撞个正着。

李舒已经跃上墙头离去，章漠在后方紧追。阮不奇一把拖起岳莲楼，发现这人背上扎了两枚暗器，正汩汩流血。

“……你帮我挡暗器吗？”阮不奇把猫放走，气得笑了，“我需要你帮忙吗？我才不要任何人救，尤其是你岳莲楼。我可是和你齐名的阴狩，就算没武器我也——”

“行行行，知道了知道了。”岳莲楼恼羞成怒，“早知道你这么厉害，我就任由你被暗器扎死算了。都怪章漠，老说什么你是我妹子，你是明夜堂大家伙儿的妹子……”

阮不奇听岔了：“我就算是女子，也不用你帮忙！”

岳莲楼：“我才不愿帮你！要不是看你身边没武器，我也不会——”

阮不奇：“你这么多事干什么！”

说完把人往地上一扔，紧随章漠而去。

那暗器藏了麻毒，扎在背上，岳莲楼自己又拔不出来，在地上翻滚片刻，渐渐没了力气。

他眼角余光看见有人走近，是十分漂亮的孔雀绣鞋。抬头一瞧，江州第一美人。

“美人，要不帮我……”岳莲楼笑道。

女子平静摘下一支簪子，轻轻一拧。簪子中空，赫然是一根锐利长针。

岳莲楼：“……”

他就地一滚躲开那一刺，气得破口大骂：“阮不奇！你家里都养的什么妖怪玩意儿！”

月色澄明。

江州城城墙上有士兵远眺，忽然道：“少卿，人来了。”

城内屋宇纵横，只见李舒纵身跳跃，十分轻松，身后两条人影死死咬着。

卫岩扭头对守在城墙的江州城城守说：“瞧见了？这才是彭府命案的凶手，案子压根儿与明夜堂没有半点儿关系。”

一句话说完，李舒已经掠过城墙，往江州城外去了。阮不奇根本没停，紧紧追赶。章漠在城墙上停了一下，对卫岩和城守说：“这厮是江湖人，来寻仇的，由明夜堂来料理。”

话毕，他身影如被夜风吹散，消失无踪。

阮不奇虽然在轻功造诣上略逊色于陈霜，但她瘦小体轻，一路紧咬不放。李舒偶尔回头看见她紧随在后，又惊又叹：“可真能追！”

阮不奇落到一处高点，长鞭甩出，堪堪掠过李舒长发，竟缠住了一缕，狠狠一扯。

李舒登时一歪，滚下地来。阮不奇收鞭时李舒已经站起，他面色极差，心疼至极地抚摸自己的头发：“好大的胆子！敢伤我的头发！”

“你也好大胆子！”阮不奇怒道，“敢骗我，还伤了岳莲楼！”

她一记长鞭又至！力道千钧，在地面砸出一道深沟。李舒往后一跃，虽然恰好躲过，外袍下摆仍被凌厉鞭势撕破。

“好狠的鞭子！”李舒大笑，“传说明夜堂阴狩身藏十八般武艺，通晓天下武器，怎么光拿鞭子玩耍？再说你与那岳莲楼不是仇敌吗？既然相互看不顺眼，何苦为他强出头……”

话音未落，阮不奇身影一闪，已跃到李舒面前。

“我看不惯他——”阮不奇手腕一翻，亮出一柄雪亮细剑，朝着李舒心口扎去，“可天下能欺负他的也只有我！”

细剑扎了个空，刺入泥土之中。

李舒不见了。

阮不奇心中一惊，知道遇上了罕见的高手，拔剑立刻闪身跃起。还未落定到树干上忽然听见细细风声，她立即闪到树干另一侧，身侧响起几道暗器扎在树干上的声音。阮不奇呼吸放缓，霎时感觉到身后一股奇特压力。她如猿猴般飞速沿树干往上攀爬，发出轻轻笑声。

饶是阮不奇见多识广，也不禁感到一丝寒意。她爬到高处，双手抱住树干，身体猛地往后一撑，飞速旋身。

李舒退了几尺，阮不奇松手下落，直坠地面。她手上套了铁爪，抓住树干稳定自己。甫一落地立刻甩出身后长鞭，击向尚在半空的李舒。鞭影密密如大网、如骤雨，林中瑟瑟之声响起，被月色镀亮的叶片纷纷散落，如一场浩浩大雪。

但李舒再度消失了身影。

阮不奇不收长鞭，运起化春六变，耳朵捕捉到一丝衣袂舞动之声——竟在她头顶！

她抬头一看，李舒正朝自己直坠而下！手中折扇扇骨上亮出数枚长针，直指阮不奇。

阮不奇正欲后撤格挡，一股热风袭来。

长剑鸣龙如脱弦之箭激射而来！

剑尖与扇骨相击，声音清脆，银星四溅。

这一击力度极大，李舒竟一时无法抓紧折扇，折扇脱手而出。

他变招飞快，阮不奇眼前一花，只见这人攀附树干，那张脸上带着七分笑意，三分讶色，抬头望向密林树冠空缺之处。

章漠在这呼吸般的一瞬里，已经抓起鸣龙，抱着阮不奇站在高处。他双足压在高树树梢，身姿随树梢、晚风微微动摇，衣带飘飞，双目映着月色，有如谪仙。

阮不奇不再逗留，立刻后退。夜风中长剑雪亮，章漠脸色平静，开口时隐隐压着怒气。

“先伪装成我明夜堂之人，后潜入我阴狩家中，现在又伤了我家阳狩。”他冷冷一笑，“苦炼门是打定主意，要与大瑀武林、与明夜堂为敌？”

李舒嘿嘿一笑，翻上树枝。他从腰间抽出一柄软剑，形状与游君山那把炎蛇剑几乎一模一样。

“我改主意了。”他笑道，“和大瑀武林为敌有什么趣味？同堂主你结识，才是我英则毕生幸事。”

月色如银，鸣龙与焕发金红光彩的炎蛇剑狠狠一击，李舒长笑：“我可真喜欢你啊，章堂主——”

剑气凛冽，霎时撕破密林树冠。

六

岳莲楼正借着灯光，对镜细细察看脸上的伤痕。

那江州第一美人竟然也是苦炼门的人，武功虽然平平，但岳莲楼中了麻毒，跑不得跳不得，在院中一路翻滚，边躲边喊。无奈府中其他美男子、美女子信奉明哲保身教条，无人出门相助，若不是陈霜赶来，只怕岳莲楼已经被那美人刺了百十个窟窿。

“咦，不对……”岳莲楼回头问，“小霜儿，我不是借了你的通关文牒吗？你怎么出来的？”

“你偷我的，我偷别人的。”陈霜把那美人捆得结实，扔进房间里。

“什么偷不偷的，好难听呀。”岳莲楼说，“借你点儿东西怎么了？从小看着你长大，若不是沈灯拦着，我早已和你结拜为兄弟。”

“若不是灯爷拦着，结拜为兄弟后你迟早把我攒的那点钱偷光。”

岳莲楼打个哈哈：“一家人，真见外。”

他俊脸上破了几个口子，顾镜自怜，唉声叹气。

陈霜：“说正经的，我怕这回堂主不会留手。那苦炼门门主对上堂主，不知谁占上风。他杀了这么多人命，嫁祸到你和明夜堂身上，两件都是堂主最忌最恨之事。”

岳莲楼扭头看他：“你觉得章漠会杀人？”

陈霜：“为了你的事，很有可能。”

天色渐渐明亮，透出鱼肚白。忽听院中传来声音，岳莲楼认出来人身份，连门都顾不得出，直接从窗口跃出去。章漠提着鸣龙，和阮不奇恰好落在院中。

“你也受伤了？”岳莲楼闻到血腥之气，一摸才发现，章漠手臂一道深可见骨的剑伤。

岳莲楼脸色大变，章漠却抓住他肩膀：“李舒暗器上有毒，你别乱走动！”

“我好歹也在炼药人的药谷里待了几年，什么古怪草药没吃过？是有毒，麻毒，寻常人要躺三五日，我已经全都好了。”岳莲楼忙解释。他知道若是不说清楚，章漠是不会罢休的。

章漠抓住他脉门检查，片刻后才放下心来。

陈霜找出医箱给他包扎。章漠忍着剧痛，一言不发。阮不奇没人可以责怪，扭头骂岳莲楼。岳莲楼也不跟她一般见识，只忧心忡忡地看章漠的伤。

“幸好没伤到筋骨，”陈霜说，“这段时间堂主别动左手，凡事都让岳莲楼去做。”

岳莲楼立刻接话：“说得对。”

陈霜又问：“苦炼门门主尸首呢？”

“受了重伤，人没死，已经走了。”章漠说，“不奇，你去找分堂的人，再去官衙找少卿卫岩与城守。李舒内伤外伤很重，走不远的，现在去找应该很快就能找到。他往四郎峰方向去了。”

阮不奇立刻消失在窗外。

岳莲楼皱眉：“此人这么厉害？”

章漠点头：“他武功路数和大瑀武林完全不同。我不想杀他，是拼着这只手不要，才能刺中他心口一剑，令他受重伤，但又不至于立刻死亡。”

岳莲楼脸色一沉。

陈霜忙问：“堂主为何不把人擒拿下来？阮不奇和你在一起，她并未受伤，可以帮忙。”

“人是我放走的。”

岳莲楼一愣：“为什么？”

“我饶他一命，他用你的事情与我交换。”章漠说，“凤天语的出处，你的身世，都藏在苦炼门附近的弥陀山峡谷中。但我没说过以后都不寻找李舒，这一夜他可以逃，但他必定逃不了多远，没人帮他，明日一定能将他擒住。”

陈霜起身离开，说是去烧水。他顺便拎走了在地上翻滚的江州第一美人。屋内寂静下来，只有岳莲楼和章漠的呼吸声。

“我都说不需要查了。”岳莲楼咬牙道，“不用，不必要！”

章漠静静看他，眉头微皱，脸色苍白。

“连苦炼门的人都说李舒是妖魔，是恶鬼。你何苦为了问这么一点儿事情让自己受伤？一剑把他捅死算了，他这样的人，活在世上只会制造祸端。”

“莲楼，与你相关的，都是大事。”章漠轻声道。

明夜堂里许多人都是没有来历的江湖人，其中更不乏陈霜、阮不奇这样不知身世之人。人人都说不要找了，自己不想知道，但章漠和沈灯却始终执着。人之所以降生于此、流落至此的渊源，是一生的起点。

“你还有几十年岁月，若有一天后悔了，想知道你娘亲的下落，我可以告诉你。”沈灯曾这样对陈霜说，“若你永远不想知道，我便永远不说。你成了明夜堂的人，明夜堂不会让你后悔。”

岳莲楼明白，章漠心中也是一样的想法。

章漠手臂上的伤似乎转移到了他的身上。否则——岳莲楼心想——否则他不会觉得自己也疼，百爪挠心，却只能抱头沉默。

良久，章漠忽然说：“你破相了。”

岳莲楼抽了抽鼻子，语气故作凶恶：“老子破相了也是天下最好看的！”

章漠此时才终于露出一丝笑容，毫不犹豫应道：“是。”

是年冬月，金羌西侧的弥陀山脚下，岳莲楼摘下笠帽，抖落帽上的雪。章漠走在他前头几步，停下等他。

弥陀山附近有一处极深的峡谷，谷中有人居住。深谷难以攀爬，谷中人极少露面，章漠和岳莲楼武功卓绝，才能进入。

两人在谷中待了一个月。离开深谷时，谷外已是满天飞雪，寒意入骨。

雪停了一盏茶工夫，又绵绵密密落下来。风也越来越大了。两人难以行走，便找了个避风处歇脚。有化春六变护体，两人并不觉得太寒冷。章漠点起一簇小火，与岳莲楼一同烤火取暖，随口说起江湖上的事情。李舒音讯全无，消失得无影无踪，卫岩推测有人把他藏了起来；苦炼门失去门主，将有一场大乱，恶名更甚。

他说说又停停，静静等待岳莲楼开口。

“我一直以为我是被人丢掉的，就像阮不奇一样。”在章漠讲话的间隙里，岳莲楼终于出声，“或者跟陈霜似的，被我爹娘卖给了拍花子，炼药人又从拍花子手中把我买走。买来卖去，我就只值得这样。”

但他弄错了。

在他亮出凤天语的时候，谷中故人便认出，这是属于一位孤身离开深谷之人的随身武器。那位已经无人知道名姓的青年有一腔闯荡江湖的豪情。他带着包袱和双剑离开深谷，离开大雪，往温暖的地方去。

岳莲楼和那孤勇的青年长得有七八分相似。

“凤天语是爹爹在白雀关外找回来的。”章漠说，“你爹当年离开深谷，看来是一路往东去，在金羌住下来，成亲生子，才有了你。”

之后便是彭吕拐走岳莲楼，转手卖给了炼药人。

“我记忆中曾见过有人耍弄这样的双手剑，原来是他。”岳莲楼笑道，“可惜我当时年纪太小，记不清楚。”

章漠说要与他同来时，他还狠狠跟章漠发了一通脾气。他生怕自己身世之中有什么肮脏龌龊的地方会被章漠看见，自己又沦为章漠同情之人。

但此时坐在小火面前，看几步之遥的漫天飞雪，他庆幸有章漠陪在自己身边。

他始终被很多人放在心上，当作至宝，在过去，在现在。

“我们继续找吧。”章漠说，“指不定你爹娘仍活着。”

“不找了。”岳莲楼笑道，“不需要了。”

他并非逞强，而是真正洒脱。跋涉千里寻找的答案他已经得到，再苦寻下去，无非多添困扰。

大雪中传来遥远的狼嗥。岳莲楼耳朵一竖，只听那狼嗥越来越近，很快，不远处的山坡上出现了一匹白狼的身影。

“堂主，有个秘密想必你还不知道。”岳莲楼回头笑道，“我会驭狼。”

章漠：“什么？”

岳莲楼："如今在北戎流传的驰望原天神画像，就骑狼的那一张，画的就是我。"

章漠又气又好笑："你当初在北戎到底做了什么！"

岳莲楼大笑："你且等着，我把那白狼捉来，让你也骑一骑。"

章漠："不必……"

但岳莲楼身影一闪，已经掠了出去。

雪似是小了一些，风仍很大，地上积雪被吹卷起来，令人视线迷茫。章漠没有一丝迟疑，紧跟着岳莲楼跃出这个温暖处所。

他听见岳莲楼的笑声，洒脱，清朗。

番外

昨日霜

一

岳莲楼与章漠启程去金羌时走得仓促，岳莲楼的事儿交给陈霜，章漠的工作则由沈灯处理。

临近中秋，要给明夜堂帮众分发过节的物品，浩浩荡荡近百册子，都是人名。这些事往年都由岳莲楼负责，陈霜看得头昏脑涨时，听见院中传来说话的声音。

是纪春明来了。

北军与北戎一战，虽然获胜，但善后事宜十分麻烦。建良英和白霓拉着靳岄一同商议讨论，夏侯信却对靳岄百般提防，靳岄那时在萍洲城十分被动，左支右绌，过得艰难。贺兰砜又留在军部里训练莽云骑，靳岄身边没什么信得过的人，陈霜让阮不奇回大瑀联络明夜堂，告诉章漠北方发生的事情，自己则留在靳岄身边，随靳岄做起了生意。

这一留便留了四年。

四年间他几乎走遍了北戎每一个地方。随着战争的停止，北戎和大瑀的商队恢复往来，他同靳岄一起跟随商队南来北往，见识了许多事情，比沈灯去得还要远。他们还在怒山部落见到了贺兰金英、朱夜和卓卓，以及奶娃娃模样的泽泽。

卓卓长大许多，靳岄乍一看见骑着踏云奔来的卓卓，失声喊出："女装的贺兰砜！"

卓卓耳朵尖，一边挥舞马鞭跑来一边大喊："我才不是他！"

高辛人个个高大貌美，在陈霜看来，卓卓长相更在贺兰金英和贺兰砜之上。她如同血狼山峰上的圆月，如同驰望原的春风，只要看谁一眼，谁就落进她碧玉般双眸之中，仿佛坠入旋涡，不可摆脱。

她骑术出色，箭术更是丝毫不逊色于贺兰金英。怒山部落里年轻的小伙子们谈起卓卓，一脸倾慕和热爱。高辛人谈起卓卓，总要左右询问确定：她是高辛人的女王，对吗？可高辛族和怒山族已经融合在一起，卓卓对"女王"的位子毫无兴趣，天天上山打猎，逮住贺兰金英就问：我什么时候可以去大瑀打仗？

贺兰金英除了去北边跟白原族做生意之外，最大的乐趣便是遛娃。怒山部落的老人见了泽泽就慈祥地笑，他们笃信驰望原天神的传说，坚持认为泽泽才是驰望原天神降世的真正神子。

这些事情他都写入信中，收信人是纪春明。纪春明没见过夏季列星江上下同辉的星河，更没机会去江北，去北戎甚至英龙山脉。他在回信里告诉陈霜，"满怀歆羡"。

陈霜此时隐隐听见纪春明竟似与人在院中争执，忙放下笔墨出门。

陈霜的院子在明夜堂后门不远，纪春明来找他，总是独自一人从后门进入，手里不是拎着茶叶就是拎着酒。陈霜回到梁京不过半年，纪春明隔几天就来一次，两人天南地北什么都谈，关系倒是比以往还更显亲近。此时院中不止纪春明一人，还有另一位同样官员打扮的青年，模样稚嫩。陈霜只一眼便认出，他是御史大夫乐泰手底下的人。

陈霜给谢元至送去北戎特产的时候，在谢元至家中见过乐泰与这名为介杨的青年。介杨是乐泰的学生，仰慕谢元至许久，乐泰特意带他去见谢元至一面。那次匆匆一面，陈霜只记得此人长了张木呆呆的脸，有几分固执的迂腐，且并不喜欢江湖中人。

见陈霜走近，纪春明与那人中止争执，犹带怒气。

“怎么了？”陈霜笑着问，“是我院里猫儿狗儿太吵，惹恼介大人了？”

介杨果真一愣：“你记得我？”

陈霜心想：你这样问，看来你也记得我。他脸上仍是温和、亲热的笑容：“御史台介杨介大人，大名鼎鼎，如雷贯耳，陈霜怎会忘记？”

青年并未察觉他语气中一丝揶揄，带几分不情愿，但还是拱手作揖：“客气了。”

陈霜本来有满腹工作的怨言要跟纪春明倾诉，如今多了个介杨，只得正经待客。院子小巧，几棵树顶了满冠红叶，柿子挂在枝头，从北方往南方迁徙的小雀在树上歇脚，尖喙啄个不停，吃得津津有味。

介杨一声不吭，偶尔看看陈霜，偶尔看看小雀。

陈霜只得问纪春明：“他来干什么？”

纪春明一脸无奈：“他是乐大人的亲戚，去年的榜眼，如今在御史台做事。可他一心想来刑部，乐大人便让他结识我，与我多来往交流。”

陈霜：“他不喜欢我？”

纪春明：“他认为朝廷中人应当与江湖人保持距离。”

陈霜：“啊……”

纪春明实在忍不住，声音压得更低，凑近陈霜的耳朵抱怨：“此人好烦、好烦、好烦！”

实在是因为太少见纪春明对外人流露这般烦恼情绪，陈霜不禁笑起来。介杨坐在两人面前，一双眼睛在陈霜和纪春明身上打转，脸色愈发黑得可怕。

陈霜只觉得此人年纪比纪春明小，脾气性格居然比纪春明还执拗迂腐，着实令人捧腹。他正正衣冠，把自己的本事运用起来，化身一位端庄正派的前辈，对介杨说：“介大人，请用茶。”

介杨看那茶水：“里头是不是放了药？”

陈霜：“放……放什么药？”

介杨："蒙汗药。"

陈霜顿了一顿，眼中的笑意更盛："蒙汗药不便宜，介大人还不值得我使用。"

介杨："你们这样的江湖人，狡猾奸诈，诡计多端。"

陈霜仍是笑眯眯："介大人这么会说话，一定是被人打大的吧。"

介杨："不必阴阳怪气讽刺我。"

陈霜："啊，这就叫阴阳怪气吗？对不住，对平常人来说，这叫直截了当。"

介杨怔怔看他，忽然扭头对纪春明说："这人好没礼貌！我好歹也是个朝廷命官！"

陈霜恍然大悟，一拍手掌："哎呀，原来你是朝廷命官！介大人不说，我还以为你是夏侯信的儿子。"

介杨结巴了："什……我、我才不与夏侯信这样的小人为伍！"

陈霜拍拍他肩膀："介大人脾气性情和夏侯信一模一样，都那么惹人讨厌，你们不是一家人，整个梁京都没人信。"

介杨一张脸气得由红转白，噌的一下站起来，胸膛起伏，嘴巴一张一合："放……放……"

陈霜贴心地为他补充全句："放狗屁。"

介杨拂袖便走。

陈霜在后笑道："别哭呀，介大人。"

他玩得十分高兴，回头看见纪春明一脸复杂。陈霜察觉自己心口郁气已经烟消云散。

"介杨这样的同侪真是有趣。"他笑着坐下斟酒，"春明，以后多带他来玩儿。"

话音刚落，介杨又在院门现身。他满面愤怒，结结巴巴指着陈霜："口舌滑利，无、无耻之尤！"

陈霜目瞪口呆看着这人来了又走，良久才扭头对纪春明说："春明，他好像你。"

纪春明吓了一跳："怎么会？！"

陈霜笑道："像以前的你。"

纪春明坐了一会儿之后，沈灯处理完前头事务，也过来和他饮酒说话，谈起梁京城中发生的女鬼索命怪案。陈霜对此案没什么兴趣，只侧耳细听。沈灯问得巧妙，纪春明应对圆滑，陈霜听着听着，心中忽然唏嘘：不过几年，纪春明已然适应这官场，谁也别想从刑部大司寇口中挖出秘密来。

纪春明临走时，陈霜给他一包上好的药材，都是补身子用的。瑶二姐前几年成亲，不久前生了孩子，陈霜不便去探望，只得委托纪春明帮忙。他站在后门看纪春明渐渐远去，街巷弥漫微冷的雾气，秋夜灯火温暖。直到纪春明身影完全消失，他才收回目光。

后门对面便是靳岄简陋的小院子，自从靳明照平冤、靳府重开，那院子已经闲置几年了。

贝夫人本来在梁京城中行医，年纪大了就把生意托付给徒弟，打算去列星江找郑舞和玉姜安度晚年。她临走前到靳府同岑静书告别，说了些列星江风物、水帮声势。岑静书兴致大发，竟收拾行李，陪着贝夫人一同往杨河城去玩儿了。

如今靳府只剩靳云英和奴仆。她双手不够灵活，做不了重活，谢元至想了个主意，让她在家里开设学堂，专教贵胄人家的女孩儿读书识字。靳云英的学堂不仅有她自己，还有谢元至，她更邀请沈灯去讲江湖与武林之事，阮不奇若是得空，便去教女孩儿们一些强身健体的拳脚本事。

学堂起先被人认为稀奇古怪，流言四起，后来官家和圣人乔装打扮，带上皇子帝姬亲自上门听了一堂课，学堂即刻名声大噪，门庭若市。上个月靳云英开始招收寻常百姓家的姑娘，陈霜去帮忙，发现原本冷清寂寥的靳府，如今已是热热闹闹。

他给靳岄写信，靳岄兴致勃勃，说等贺兰砜辞去北军职务，一定与他回家，也学谢元至先生那般教教学生。

陈霜心里头有一些说不清楚的惆怅。他为所有人高兴。可他也有不舍得。仿佛每个人都有自己的命途，他们不停地、不停地往前去了，唯有他自己还留在原地。

秋夜渐渐冷了，他转身走回院子，忽听头顶传来声音。

“梁京的大官能和江湖人做朋友？”

是郑舞坐在墙头，悄无声息。

此人原本没有丝毫内力，但在水帮这几年，不知从何处学到了一些古怪的轻身功夫，行动起来悄然如风。

“什么时候来的？”陈霜问。

“从那黑衣服大人说蒙汗药开始。”郑舞咬着一根草秆，躺在墙头跷二郎腿。

“有话就说有屁就放。”陈霜说，“没被我打够是不是？”

郑舞：“看他衣装打扮，不是寻常小官儿。还是说，是你们明夜堂用钱养着那个人，好让他给你们的生意行方便……”

陈霜目光一冷：“你若找他麻烦，我定让你后悔当日生在这个世上。”

郑舞吐掉草秆，落到地面笑道：“嘿嘿，我知道他是谁。”

二

无论是陈霜写给纪春明的信，还是纪春明写给陈霜的信，相互递送，都要穿过列星江。游家帮如今是列星江上第一水帮，运送两岸客人往来，其中当然也包含信使。郑舞当初想给陈霜写信，便问了信使一些寄信的问题。

得知他要给萍洲城的陈霜去信，那信使表情古怪：“陈霜……是哪家的小姐吗？”

郑舞：“怎么了？”

信使：“月月有人给陈霜写信哩，那一手字，真是漂亮。”

郑舞威逼利诱，信使只得掏出信件。那是纪春明写给陈霜的信，封得很密实。郑舞哪怕有一百个岳莲楼的胆子也不敢私自拆开。他举着信，对着日光看来看去。

虽然原本识字不多，但在游家帮里学了不少东西，信中并无生僻字眼，隐约看到的几行字，他恰好都认识。

“盼与君来春重逢”，“落笔此夜，梨花又盛……笑饮往事，一一在心”，云云。

写信之人写得一手好字，郑舞即便练上三辈子也没有这么漂亮的笔法。信使返程仍坐游家帮的船，船上仍有郑舞。郑舞仍旧威逼利诱，拿到了陈霜的回信。

他故技重施，对着日光辨字。

“× 回雁 ×，长路 × ×……此地多美酒佳 ×，我与子望 × 夜对饮……盼相逢”，云云。

陈霜不仅同样写得一手漂亮书法，且用了不少郑舞认不出的字。此后郑舞生活乐趣之一便是在列星江上堵那信使，偷看陈霜和纪春明的信。

纪春明说，梁京下雪，朝廷科考……哎呀梨花又开了，阮不奇在梁京的大宅子太好看了，我当十辈子官儿也买不了这么豪华的宅子，岳莲楼劝我学人贪墨，被堂主和灯爷骂了一夜。

陈霜说，卓卓漂亮，泽泽漂亮，白原族来做生意的青年跟卓卓示爱，被卓卓打得满地乱窜……哎呀我又跟子望饮酒，血狼山月亮真大，可惜贺兰砜一来我就被子望赶走了。

玉姜老见他举着信看，问他看到了什么。

郑舞：“都是无聊的事情。”

陈霜从来不跟郑舞联络，郑舞对陈霜也丝毫不了解，至少在看到这些信件之前，他一直以为陈霜只是个轻功厉害的可怜琼周人。

虽然都是些无聊的事情，郑舞却渐渐无法忘记。他每个月最大的乐趣便是等待陈霜和纪春明的信，哪怕只能看到寥寥几行字，他好像也同他们分享了同一片景致。他的同乡，他对其看不懂又很好奇的陈霜，在大瑀有知心的朋友，走得那么远。天地蓦然大了，他没去过的血狼山与梁京，比想象中更为有趣。

玉姜说他疯了。游娘娘说他傻了。

偶尔渡江去找靳岄玩耍的岳莲楼倒是他的知己。他告诉郑舞：“偷信有什么意思，那些地儿又不是绝境禁地，你想去就去，见到靳岄或陈霜，便报我的名字，他们一定像对待我一样好好接待你。”

听完郑舞啰唆的讲述，陈霜从册子上抬起头来：“哦？像对他一样对你？”

郑舞这才察觉陈霜满脸不悦，忙道：“岳莲楼是个厉害的人，我的知己，教会我许多事情。你们之间有什么误会，我从中调解——”

陈霜直接打断他的话：“你这趟到底来做什么？”

郑舞这才想起此行目的：“梁京之前发生女鬼索命事件。有个死者曾是游家帮帮众，游娘娘让我到梁京来，给这家人送点儿吊唁之物。但我来了才发现他们已经搬走。我想问问明夜堂能不能找到这户人家如今的去处。”

陈霜烦得很，但郑舞和游家帮在北战中帮了大忙，靳岄非常感激。既然靳岄感激，陈霜自然也要以礼相待，他问：“叫什么？”

“姓李，家里主人叫李有福，死的是他儿子李进，住方禾巷尾。”

陈霜一怔，立刻转头去翻今日刚刚看完的名册。明夜堂有一位帮众恰好就叫李有福，岳莲楼还在他的名字旁添加了标注：家中有新丧。

陈霜一面暗叹岳莲楼着实厉害又体贴，一面迅速找到“李有福”。这人果真搬家了，新家地址是岳莲楼的笔迹，也不知他是什么时候打探到的。

陈霜抬头看郑舞：“好吧，岳莲楼这人，确实有一点儿厉害。”

郑舞放下心来，冲他咧嘴一笑。

陈霜平时十分厌恶这种笑容，只不过郑舞长相粗犷中带着天然的英气，剃了胡子勉强也算个英俊大汉，他做这个表情，丝毫不显猥琐烦腻。陈霜不由得又看他一眼，忽然发现这人颈上新添了一道文身，如藤蔓般从背部攀延到耳后。

第二日，陈霜拎着中秋礼品去找李有福，出了后门便见到郑舞靠在墙上等自己。

陈霜脚下生风，走得飞快，郑舞在后头紧追慢赶。来到李有福家门口，竟看见了纪春明和介杨。

发现陈霜来到，身后还跟着一条壮实汉子，介杨立刻像受惊的狗儿一般叫起来：“又是你这无耻狂徒！”

眼前的纪春明和介杨，无论是谁都比身后的郑舞可爱得多。陈霜笑得灿烂：“对呀，是我。你们来做什么？”

“找李有福，问一问他家的案子。”纪春明和陈霜交换了各自手头的信息。

李有福出门做事去了，家里只有他的妻子。妻子说起死去的儿子李进，哭得上气不接下气。原来那所谓的女鬼索命，不过是一对亡命之徒干下的好事。男人利用老婆姿色吸引年轻男子，待年轻男子喝下混了药的茶水昏睡后，便把人放血杀害。

陈霜和郑舞听得一愣一愣的。介杨倒是一脸严肃，在李有福妻子问为何要用这种手段杀人时，纪春明看了一眼陈霜，明显不愿说明。介杨心直口快："你可听过问天宗？"

陈霜心头一凛。

那对夫妻各自患了重病，求医问药都不得生路，最后信了问天宗。那问天宗北域司天士告诉他俩，如此这般杀二十人，放二十人的血，向天借命，两人才能好转。而那北域司天士所给出的二十人名单，实际都是与其结有怨仇或钱债之人。

"好一个借刀杀人。"郑舞见陈霜不悦，"怎么了？你认识问天宗的人？"

陈霜没理他，面色愈发沉重。

留下中秋礼品，陈霜安慰了那女人几句。众人离开李家，纪春明拉着陈霜走在前头，与郑舞、介杨拉开距离。他告诉陈霜，溃堤之灾后，问天宗几乎渗透了整片沈水流域。他们自称神的使者，救苦救难，里头也确实有不少能人异士。寻常百姓看到问天宗信众飞檐走壁，自然把他们奉作神仙。

"御史台认为，问天宗势力庞大，与当年在仙门城当城守的夏侯信有千丝万缕的联系。"纪春明低声道，"这也正是介杨憎恶夏侯信的原因。"

陈霜大吃一惊："这可不至于！靳岄试探过夏侯信许多次，此人虽然奸狡，却并非大恶之人。他如今已是常律寺卿，位高权重，何苦……"

他说到此处，忽然停住，是想起了梁太师。

"夏侯信不至于。"纪春明微微一笑，"靳岄当初的判断是准确的，这人油滑，但不居心险恶，凡事也敢直言。只是问天宗和仙门城关系太紧密，我认为他当初手底下说不定还有些什么秘密。"

他不再说下去，陈霜自然也不好问了。御史台、刑部、常律寺，三法司相互配合，却又相互牵制。陈霜对朝廷里的事情了解不多，也不大乐意去懂。纪春明和他再好、再亲近，有些话也是绝不能说透的。

众人道别后，郑舞又悄悄跟上陈霜。见他一直往城外走，郑舞没话找话说，又问："出城做甚？"

陈霜："去找李有福。"

郑舞一愣："还找？该给的不是都给了吗？"

陈霜："明夜堂的规矩是，但凡帮众家中有红白之事，或是堂主，或是阴阳二狩，或是灯爷，或是我，必须有一人前往，与家中主人见面说话。以往这种事都是岳莲楼去做的。”

李有福入明夜堂已有十年，是某个破落镖局的镖师，因手脚受过伤，不能再行镖，便在明夜堂的庄园里干活。陈霜必须亲自见他一面，同他说说话。郑舞笑，说这是明夜堂拉拢人心的手段。但他也不走，一步步地跟着陈霜。

不料陈霜才出城门，回头冲他一笑，霎时一阵风似的没了影子。山道上树冠摇动，隐隐传来陈霜的笑声。

明夜堂在城外有不少地皮农田，陈霜在庄园里找到正在修理水车的李有福。他陪着李有福说了一会儿话，李有福哭得哽咽，末了还对他连连道谢。陈霜在庄园里吃了晚饭，见外头有一条蜿蜒小溪，来了兴致。他走入林中，发现林子里藏着一个废弃的谷仓。

十分突然地，他想起娘亲带自己来到大瑀的一天晚上。

母子俩无处落脚，也是在这样一个破烂的谷仓里栖身。娘亲偷了些冷硬馒头和他分着吃，渴了就喝溪水。好在当时正是暑夏，天气炎热，倒也不觉得有问题。

溪水上一片发光的轻云，娘亲告诉他，那些叫萤儿，春生秋死，命途短暂。

那夜睡得不安稳，娘亲抱着他轻轻哼歌。陈霜已经忘了那是一首怎样的歌，只是那声音隐隐约约在他耳朵深处骚动着，令他口塞鼻窒。

贝夫人和大夫为他清理腿上伤口的碎骨时，陈霜丝毫不知自己疼成什么样子。他是数日后彻底清醒，才从他人口中得知，自己竟喊了“娘”。他太痛了，痛得忘了怨恨和憎恶，痛得要恳求抛弃自己的人回头救救自己。是岑静书毫不犹豫推门而入，像天下所有寻常娘亲一样抱住他。

明夜堂没人告诉他那天的事情，若不是他执意问，沈灯和章漠也绝不会告诉他。陈霜问出来了，自己反倒怔住，怅然了很久很久。

他在那一瞬间感觉自己十分陌生。

陈霜坐在谷仓门口，眼角余光看见有萤火光点在手边缠绕，定睛去看却什么都没有。毕竟深秋了，哪里还会有萤？

大雨忽然落下。陈霜躲进谷仓，发现谷仓已经塌了一半，勉强还有一处可以避雨的地方。天色随着突如其来的暴雨，瞬间黑沉如墨。陈霜摸索火石，在仓中拾掇枯草点燃，忽听见有人踏雨而来。

是被雨淋得湿透的郑舞。

陈霜只抬头看他一眼，他立刻把这一眼当作邀请，笑嘻嘻跑到陈霜面前坐下。他浑身湿透，大咧咧脱下上衣，一身黑色刺青在小火之中愈发显得骇人。

郑舞身上的刺青比上次陈霜看的时候更多了。他似乎把这当作一种乐趣，就像女子涂脂抹粉一样，他以这些大海、鱼龙、云霞缠绕的文身装扮自己的身体。

“好看吧？”郑舞笑问。

他背上几乎文满，胸前倒还光滑。暗夜灯火里看去，仿佛穿了件袒胸的斑驳黑衣。

“像头怪物。”陈霜说。

“怪物？不错，我喜欢你这样形容。”郑舞从脱下的上衣里掏出两个果子，给陈霜扔了一个，“今夜是咱们第三次独处，值得纪念。”

他仍对纪春明充满好奇，忍不住又问：“那个大官究竟是你什么人？”

陈霜吃了果子，很甜，是刚从树上摘的，也足够新鲜。仓外滂沱大雨，他扔了果核开口：“是我曾经想过一起浪迹江湖的朋友。”

郑舞：“然后呢？他怎么不同你一起走？”

陈霜笑笑：“他这样赤诚的男子汉，有自己的志向。”

纪春明至为可爱赤诚之处，恰好就是他回答的那句“我不能跟你去”。

“我有要去的地方，纪春明也一样。我们各自的愿望南辕北辙，一个驰骋天地间，一个却要在钩心斗角之处磨炼心魂。”陈霜说，“身居庙堂之人和闯荡江湖之人，必然会分道扬镳。”

郑舞听得半懂不懂，总之陈霜无法如愿。他看着火苗开口：“别人我不晓得，我倒是对你多了几分了解。你们明夜堂的人都差不多，你和岳莲楼一样，喜欢自由自在，不愿意受任何东西束缚。”

难得他说正经话，陈霜点点头。

“我们琼周人靠海而生，虽说大海无边无际，看似自由，但人怎能与海相斗？我们行船、打鱼，也不过就在船上生活而已。这也算另一种被困吧？”

陈霜惊得圆睁双目，不敢相信郑舞竟有这样的脑筋：“这些话谁教的你？”

“我自己想的！”郑舞怒道，“别看我这样，我在游家帮算是聪明的。”

“是是是。”陈霜笑个不停。

火光不住闪动，他发现郑舞正目不转睛看自己。“你离开琼周时一定很小，所以身上没有任何刺青。这是每一个琼周男儿都要装备的盔甲，没有这些东西，你不算真正的琼周人。”郑舞说，“你真的很奇怪。孤身一人流落大瑀，见到同乡也不热络。且不说我，游家帮上也有琼周来的船娘，她很喜欢你。”

陈霜：“你是来说媒的？”

郑舞笑着靠近他，盯着他的眼睛：“陈霜，你是不是特别讨厌琼周，还有琼周人？”

陈霜后来回忆这个雨夜，其实并不能清晰地知晓，自己为何要跟郑舞坦白一切。郑舞不是靳岄，不是岳莲楼、阮不奇。

但有一种直觉在肯定地告诉他：郑舞不会泄露他的秘密。陈霜甚至想起在列星江的山崖上，是这个人狠狠踹了自己一脚，让自己摆脱恐惧和忐忑。

他拨动渐渐暗下去的小火。雨愈发大了，掺杂电光和雷声。

“我是阉人。”陈霜说，“不能娶妻。”

郑舞：“哦。”

陈霜：“……”

他目光从火堆移到郑舞脸上，郑舞吐了果核，把头发里的水挤出来。

陈霜忍不住问：“你没有什么别的可说的？”

郑舞：“说什么？哦，我晓得你不亲近女人的原因了。”

陈霜突然提高了声音：“我是阉人！”

郑舞笑道：“行了，我知道了。这有什么？我们青虬帮的鱼三，还有游家帮的梁氏兄弟，也是阉人。”

水帮的阉人不少，他们在船上生活，远离陆地，只要能打鱼能行船，与其他人毫无分别。郑舞用脱下的衣服擦脸，末了发现陈霜面色古怪。他不善于察觉他人的细微情绪，但面对陈霜，敏锐程度自然不同：“怎么了？”

陈霜：“没什么。我怎么不知道鱼三是阉人？”

郑舞：“你没说之前，我也不晓得你是阉人啊。”

陈霜霎时无话可说。他看了一眼郑舞，隔一会儿又看一眼，心里忽然生出许多想跟他说话的念头。

他告诉郑舞自己是被娘亲卖到宫里当内侍的，一两银子，他一生就值一两银子。娘亲之后去了何处，他不知道，如今是死是活，他也毫无兴趣。

郑舞便问："那你想找她吗？她既然嫁给了琼周的富商，又在大瑀生活，应当不难寻。琼周人能在大瑀落脚，还做成大生意，少之又少。"

"别！"陈霜大喊。

郑舞在火光中静静看他："好嘛，那便不找了。"

陈霜只觉得郑舞其人实在很难对付。天大的事情，能把陈霜折磨得死去活来的痛苦，在郑舞这儿都像是轻飘飘的一阵风。吹过了，什么也没留下。

他扭头静听雨声，水从谷仓破了的顶上流下来，险而又险，从火堆旁淌过。火堆在稍高的地面上，尚算安全。电光闪动后不消片刻，大地仿佛震动，天穹也簌簌颤抖，发出巨响。

陈霜说了一个词语，发音跳跃，舌头在嘴巴里打了个卷儿。郑舞听懂了，也附和了一句。这个词代表若海之中的一种贝壳，壳的内层能泛起紫色的奇特反光，常被打磨成珠子，是珍贵的饰品。

"那是我娘亲的名字，她很美。"陈霜说。

像大坝缺了口一样，他一口气也不停地说了许多许多事。打扮漂亮的母亲，会唱歌的母亲，耳垂上戴着紫色珠环的母亲，她纤长漂亮的手，会给陈霜梳新奇好看的发型。陈霜不是没有想过她，可恨的是即便是最后一眼，她仍好看得像画中的人一样。他诅咒她所遇非人，诅咒她堕落，然而每每午夜梦回，又抠着自己喉咙呕吐，要把心里想的那些坏事全都吐个干净。他又恨她，又想她，渡海的一路被她紧紧抱在怀中，那令人依恋的温度总会让陈霜在无法忍耐的疼痛和打骂中生出幻想：她一定会后悔的，她还舍不得我，会回来找我。

"她应该过得很好。"跳动的火苗映亮陈霜的脸庞，"灯爷和堂主找到了她的下落，我没有问。但看他们的反应，她应是过上了在琼周从来没想过的安稳日子，也许有了新的孩子，早把我忘得干干净净。"

陈霜也惊讶，自己居然可以跟郑舞说这么多的事情。而郑舞，这个闹腾粗鲁的船帮水盗，居然这么冷静地倾听，并未说出一句令人反感的话。

直到天色渐亮，陈霜才觉得口干舌燥。郑舞扑灭了篝火，说："虽然你没有刺青，但你果真是琼周人。"

陈霜："什么？"

郑舞："琼周人跟娘亲一块儿长大，我们都依赖她们。"

陈霜怒道："我没有。"

郑舞看他："你不是一直记挂她吗？你被困在那座小小的岛上，从来没有离开过。"

三

这一夜梁京内外俱是雷雨。沈灯发现陈霜没有回家，他在陈霜院子里转了一圈儿，心里满是困惑。

陈霜若要出远门，不会不跟自己打招呼。这人兴趣寥寥，城中没有相好，除了纪春明也没有什么别的朋友。但他不会在纪春明家中留宿，甚至极少去拜访纪春明。只因数年前有一次被人看见他进出纪府，霎时间朝中流言纷传，说纪春明与江湖人勾连不清，刑部恐有大问题。陈霜此后行事便愈发谨慎小心，不敢再给纪春明惹麻烦。

沈灯一直等到三更，还是不见陈霜踪影。雨渐渐小了，电光雷声仍未停歇。沈灯不知为何，这一夜心中始终惴惴，他早起给马儿喂草时，才看见慢吞吞走回来的陈霜。

陈霜递来新鲜酥梨，两人用衣袖擦净，给马儿喂了几个，走到一旁边吃边说话。

沈灯立刻问他昨夜去了何处，那问话态度仿佛一位久候孩儿回家而不得的老父亲。

陈霜："同郑舞在一起。"

沈灯："听岳莲楼说，这琼周水盗酒量厉害，你与他斗酒了？"

陈霜："这倒没有。"

沈灯："耗了一晚上，莫非……"他抓紧了那梨子，"你又学阮不奇跟人打架？人呢？活着吗？没废吧？"

陈霜："灯爷你怎么变成这样了？"

沈灯靠回墙上，叹气："我是真怕了，天天忙活这些无用之事。你要是跟阮不奇那样又给我乱惹麻烦，我就把你安排去阮不奇的宅子，专门帮她看管宅内的诸位麻烦美人。"

两人显然都认为这是最可怕的惩戒，一个得意，一个连忙摇头。

“灯爷，若有人对你允诺，却又立刻反悔，你会不会生气？”陈霜问，“我记得你很重视承诺。”

“我不轻易许诺，一旦在心头认定，便绝不可能反悔。”沈灯答，“所谓江湖人无拘无束，唯有内心尺度，能让人守定承诺。”

陈霜：“我做不到。”

沈灯心头又是一惊：“你干了什么坏事？”

陈霜心想，或许称不上坏事？一夜长谈，是他说得太多睡得太少，脑子糊里糊涂，竟答应了与郑舞一同闯荡江湖。那厮当时说的什么？对了——“你既然无人陪伴，不如找我，我在船上呆得腻了，正好也想到处看看，什么梁京的水灯，什么北戎血狼山，你带路吧。”

他托腮笑着，看郑舞在余火里烘烤从农家讨来的红薯，点头应承。但简陋的早饭吃完，陈霜脑中忽然清明，立刻反手将郑舞敲晕，脚底抹油，溜之大吉。

沈灯：“……”

面对长辈愠怒责备的眼神，陈霜也觉自己对郑舞确实太过分。如果他面对的是纪春明，绝不会点了纪春明的穴道，把人扔在冷飕飕的谷仓里放着。但他转念又想，如果是纪春明，他绝不会把自己是阉人的事实如此直接坦白全盘托出。纪春明善良，他会怜悯自己。

陈霜却偏偏憎恶怜悯。他需要有人粗鲁踹他一脚，有人在他沉默不言的时候仍固执砸开他的壳。一切相互袒露的时候，他还需要有人直截了当地刺伤他。

而壳子破开了，他会感谢那砸壳的人。但与他同行，那是绝不可能之事。

他给沈灯留下一袋子银两，叮嘱沈灯交给郑舞。“此人狗皮膏药一般，十分麻烦，我得出门躲躲。”

沈灯问他打算去何处。

“去北戎，再往北去。”陈霜说，“说好了的，我和你一起写《侠义事录》。白原族里也有不少侠士，大都骑着马儿身披盔甲，很有意思。”

他回来路上，只觉脑筋一片爽朗轻快。他要迈出去了，不回头地、不停步地。他要远远离开困囿自己的那座岛，走入风来风往的开阔世界。

一看陈霜模样，沈灯便知劝也劝不住了。他看着陈霜收拾行李：“东西都带齐了吗？你那匣子宝贝信件呢？”

陈霜一拍包袱，笑道："带了。"

匣子里都是他在北戎陪靳岄的时候与众人来往的书信。大部分是纪春明的，有些是沈灯或者岳莲楼的。沈灯有次悄悄看过陈霜那匣子，里面藏了些干枯的花瓣，薄而脆，被陈霜仔细认真地夹着，保存完好。

沈灯隐隐觉得，无论什么人，牵挂上陈霜，都是一场大劫难。

这一日，直到深夜郑舞才来到明夜堂。他在谷仓里躺得浑身发冷，穴道解开后天又暗了，他迷路半天，幸好赶在城门关闭之前回到梁京。

拍了明夜堂后门，喊了陈霜名字大半天，陈霜没出来应门，倒是沈灯启门，给他扔了一包沉甸甸的银两。

郑舞："这是什么？"

"陈霜留给你的。"沈灯说，"他已经走了，叮嘱我转告你，有缘再会。"

郑舞盯着钱袋，眼里渐渐冒出火来："他骗老子！"

他揪住沈灯衣领："陈霜躲哪儿去了！老子把大瑀翻过来也要找到他！"

沈灯手指北方："过了北戎，再往北去。"

郑舞果真结实一愣。北戎，还有北戎以北，那都是郑舞从来没去过的地方。他忽然想起昨夜问过陈霜，琼周是不落雪、不结霜的地方，为何他娘亲却要给他起这样一个名字。

原来是女人年轻时与一位从大瑀过去的商客有过露水情缘。商客生病，在女人家中住了两个月，互生情愫。那商客说起大瑀的诸般风光，说到梁京，说到列星江、北戎，还有更北之处的山原川谷。挂霜季节，北雁南去，秋草黄绿，远方种种情景，全是女人从未见过的。后来商客走了，情浓时许下的诺言自然也同霜一般消失无踪。陈霜并不知道自己是否真的是这位商客的孩子，只是娘亲偶尔会跟他提起"霜"。

在溪边过夜的时候，她说，萤儿和霜，都是一样的东西，命途短暂，生死谁知。女人抱着小陈霜笑道："既然知道命途短暂，总得为自己打算，快活一刻是一刻，霜儿，你说对不对？"

郑舞愣怔许久，手渐渐松了，还带着愧意抚平沈灯的衣领。

"别执着，他铁了心要跑，"沈灯笑道，"你找不到的。"

常人若是听见北戎以北，早生了怯意。郑舞却浓眉蹙起："你这大爷竟看不起人？老子就要找到他，我郑舞真心待人，是他对不住我，骗我还打晕我！此仇不报非什么……反正不行！”

沈灯看着陈霜长大，但从未见过陈霜结交郑舞这种朋友。他兴致盎然，指点大路：“他走的是这条道。”

郑舞气哼哼离开，走出几步后回头把那袋银两扔了回来：“我不要他的钱！”

“孩子！陈霜是风啊！”在沈灯心中，这做事毫不顾忌的郑舞，虽然跟阮不奇、岳莲楼一般惹人讨厌，但真实率性，与陈霜较量起来十分新鲜有趣。他不禁冲郑舞笑着喊：“风怎会有落脚处？”

番外

醉千钟

一

每年的六月，紧贴血狼山山巅的月亮都像少女脸庞一样美丽饱满。

这样的圆月对高辛人具有特殊意义，他们没有为这一日命名，但总要以美酒佳肴、围火共舞来度过夏季最珍贵最明亮的夜晚。带泽泽去白原族领地做生意的贺兰金英与朱夜赶在这一天之前回到怒山，于是当晚宴席就地铺开，能醉死人的白原酒摆满了草芽茂盛的营地。贺兰砜和靳岄也从北军军营里赶了回来，再过几天就是泽泽的生辰，他们带来了白霓和明夜堂的礼物。

月上中天，开始学说话的泽泽坐在贺兰砜怀中，指着月亮喊："月亮！狼神！"

贺兰砜抓住他的手，指向靳岄："这个才是月亮。"

泽泽年纪还小，却已经和父亲及父亲的兄弟一样固执，硬要将天上的月亮认作狼神。靳岄竖起耳朵听，才知这是怒山部落的一个传说：怒山部落位置偏僻，部落里的传说故事与北戎也有许多不同，怒山的孩子常听的“狼神”传说，便与月亮有关。每年第六个月圆之夜，狼神会在驰望原复苏，它驭风而行，穿过墨绿色草原和漆黑天穹，降临在最勇敢的孩子梦中，带他一同历险，探索传说中的地下宫殿。

泽泽口齿不清地比画，朱夜很快讲完整个故事，把他抱了回来：“其他部落也有类似的传说，但不一定是狼神。”

口口相传的故事会在时间和不同的人之间渐渐变化。邪狼之说肆虐的时候，几大部落都极少提起“狼”这种生灵，唯有怒山在凋敝中仍坚持守住了自己的传说。传说另有其他版本：狼神复苏之时，会在驰望原游荡，如果遇上了喜欢的少女，它将化身高大英俊的男人向她表明心迹；又或者，狼神对人间的流言充满兴趣，它喜欢游窜于各个部落和营地，偷听人们夜间倾谈的话语。它会隐匿行踪，静静地徜徉在人类欢谈的聚会上，让雨水一样的话语落在自己的耳朵里。

贺兰砜喝得半醉，盯着头顶圆月问：“那我现在说的话，狼神也能听见？”

泽泽：“能！”

贺兰砜跟靳岄碰了碰酒碗，大声说：“世上根本没有狼神！那都是人们编造出来骗小孩儿的谎言！”

泽泽愣住，在母亲怀里蹬腿：“有！”

贺兰砜摇头晃脑：“若真有每年显灵一次的狼神，怎么在高辛人饱受邪狼传说之苦时，它从不亮相，也从不帮忙？可见所谓狼神，要么从不存在，要么就是无能胆小。若真是无能胆小的玩意儿，又怎么担得起‘狼神’之名？驰望原是人的领地，不需要这种沽名钓誉之神管辖！”

他越说越多，话一句接一句像箭矢一般蹦出来。靳岄连忙夺走他手中酒碗，但立刻又被贺兰砜抢回，继续倒酒吃酒。贺兰金英冲快要哭出来的泽泽招手，低声宽慰。朱夜和卓卓则靠近了靳岄，一个嘀咕“他喝醉了居然会说这么多话”，一个困惑于贺兰砜在北军军营里待久了，竟用上了许多听不懂的四字词语，可见日夜被靳岄熏陶，靳岄是他学文识字的最大功臣。

靳岄哭笑不得。

回到怒山的贺兰砜是贺兰金英的弟弟、逃避责任的高辛王，而北军军营里的狼面侯是备受敬重的大英雄。将士们对他满怀崇敬，私底下将贺兰砜在战场上的事迹添油加醋，变作流传甚广的传说。这其中或许有擅长编纂故事的岳莲楼之功，但就连靳岄自己也忍不住兴致勃勃地增添细节。“狼面侯”是北军将士心目中仅次于统领白霓的名将，只要贺兰砜出现在校场上，就能赢得一片欢呼，他的骑射之术被将士们仔细学习模仿，然而谁都没有他那样漂亮利落的身手。

除了靳岄，他还领受了他人崇敬和仰望的目光。这种体验太过于新鲜，也太过于令人欢喜，贺兰砜在北军军营里像彻底挣脱了囚笼的野兽，他敢于说任何从前讷于出口的心里话，大口喝酒，骑马在辽阔的列星江畔狂奔，就像小时候在小松林里打猎一样。他不再时刻紧绷，时刻提防着什么，这种种变化，落在靳岄眼里，只觉得非常有趣。

“由他去吧。”靳岄说。

贺兰砜边喝边聊，细细地描述狼神的懦弱与卑鄙。这从不显灵、从不帮助信徒的神祇，根本没有被人们崇拜敬重的资格。说到激动处，连部落里的人都觉得太过火，纷纷劝他停口。贺兰砜醉得眼神飘忽，说出口的话却仍旧铿锵：“我不怕狼神发怒。世间若真有神，那就让它来找我，让它在我面前显出自己的模样。我贺兰砜什么都不怕，何况——”

他昏昏然栽倒，一身酒气。

在月光里，靳岄搀扶他回到营帐中。这一晚本应平静过去。

本应如此——直到靳岄夜半惊醒。

他听见营帐里有古怪的嘟噜声，有野兽正抓挠着地上的毯子。他惊得一下坐起，伸手摸向身侧，贺兰砜却不在。帐子外仍有灯火，部落也有人巡夜，不该有野兽钻入，但听那声音和影子，是一头毫无疑问的巨大野兽。靳岄在床头摸索，抓起一把佩剑。这是贺兰砜的兵器，平时从不离身，他心中又是一突。

察觉他的动静，那野兽停止了嘟噜，扭过头来，黑暗中骤然亮起两束绿荧荧的光。

好大一头狼！

靳岄立刻持剑出鞘。他双眼适应了帐子里的昏暗，渐渐看出那头狼的轮廓。驰望原多狼，但狼总是群体行动，鲜少落单。眼前的巨兽缓慢站起，足有半个人高，浑身毛发浓密，隐隐散出血腥气。

一人一狼僵持对峙，靳岄察觉对手并未有进攻意图。他开口喊了一声：“贺兰砜！”

狼抬头，往前走了两步。靳岄退无可退，身后就是兽布围子。他握紧剑柄，在瞬间判断出可能的逃生路线：不可与此巨兽硬碰硬，应该立刻离开这狭小的毡帐。

他脚尖将被褥踢向那头狼，人同时飞蹿向帐子入口，滚了出去。他撑着长剑站起，回头一看，那狼竟然也紧随着冲了出来，仍与他隔了一段距离，并不靠近。

动静引起巡夜人注意，呼哨声一响，部落各个营帐次第亮起灯火。

就着灯火，靳岄终于看清那巨兽模样：灰白色皮毛如蓬松的小山，覆盖在狼结实健壮的躯体之上，狼脸上数道疤痕划破鼻梁，连眼角也有斑斑血迹。血尚未凝结，仍在不停滴落，新鲜的血气被风带到靳岄脸上。

狼的身后是小小的营帐，贺兰砜的衣服丢在狼方才站立的地方，沾满了血迹。

靳岄忽觉晕眩，震惊、错愕和愤怒让他无法在瞬息间分辨究竟发生了什么，高辛箭破空的尖锐响声袭来，贺兰金英拉着他后领躲开那支箭矢。箭矢直冲巨狼而去，但狼不仅不闪避，反而弹跳起来，准确无比地咬住了激射而来的高辛箭！

它躯体庞大，落地却十分轻盈，衔着高辛箭再次看向靳岄。

贺兰金英拦在靳岄面前拉开大弓，他身后还有同样持弓的朱夜，已抽出第二支高辛箭，在呼吸间恢复了进攻姿态。一时间，周围全是亮出武器，对准巨狼的人。

“二哥呢！”卓卓大喊。

所有人都看到了被巨狼拖出来的衣裳，正是昨夜喝醉的贺兰砜身上穿的。惊叫和愤怒的吼声瞬间布满了营寨，巨狼却静静走到靳岄面前低头放下高辛箭，并用前爪将高辛箭推给靳岄。月色照亮它的狼头，它脸上那几道伤口仍在渗血，仿佛永远不会愈合。

高辛箭滚到靳岄脚下，巨狼盯着他，缓慢地收起四肢，蹲坐在他面前。

一种奇特而熟悉的感受掠过靳岄心头。他不顾旁人阻拦，上前捡起了高辛箭，单膝跪地，蹲在巨狼面前。

巨狼绿莹莹的眼睛里有熟悉的表情，专注而平静。靳岄颤抖着手触碰巨狼的面颊，狼血沾满了靳岄的手掌心，巨狼眼皮低垂，把受伤的头颅靠在靳岄怀中。

“贺兰砜？”靳岄难以置信，颤抖着声音问。

巨狼伸出舌头，舔去靳岄掌心的血。

周围静了片刻，只有巨狼在靳岄怀里哼哼的声音。

卓卓失声大吼：“二哥变成狼了？！”

二

“这不是什么怪事。”朱夜说，“驰望原上确实有这样的传说，在月圆之夜对狼神不敬的人，会变成真正的狼。”

泽泽问：“我可以骑它吗？”

“你相信这种传说？”贺兰金英焦头烂额，“人怎么可能变成狼！我宁愿相信他跑了。

朱夜：“他能去哪儿？”

泽泽蹦来蹦去：“阿爸，我就骑一会儿，行吗？”

“先不管人能不能变成狼，它一直在流血，怎么办？”卓卓也加入了谈话，“二哥不会就这样死掉吧！”

泽泽大声：“死之前我可以骑吗？”

一家人远离了愤怒的怒山人和高辛人，带着变成狼的贺兰砜离开营地，正愁眉苦脸地商量对策。靳岄尝试给巨狼脸上的伤口止血，但很快发现伤口古怪，即便用布巾紧捂，也一样会透过布巾渗流而出。他不知道这些伤口怎么出现的，问贺兰砜，也就是巨狼，依然无法得到任何答案。

泽泽蹑手蹑脚地靠近，试图像骑上小马一样翻上巨狼的背。

巨狼扭动着把他掀下来，靳岄连忙接住那小小的身躯。泽泽装腔作势地哭，干揉流不出眼泪的眼睛。靳岄最吃这一套，安慰泽泽几句，果然劝说贺兰砜向泽泽低头。

巨狼只得趴下，把头搁在靳岄的腿上。一人一狼坐在草地上，看成功骑狼的泽泽欢呼。

巨狼的毛发并不柔软，它们像小刷子一样戳着靳岄的手心。靳岄察觉这是一头上了年纪的狼，除了脸上的伤口，还有许多已经愈合的伤疤藏在它的四肢和躯体上。它闭目平缓呼吸，只在靳岄低声询问的时候才把眼睛睁开一条缝。靳岄不明白为什么贺兰砜会变成这样的狼。他认识的贺兰砜年轻雄壮得像一头无所畏惧的野狼，即便真的变化，也不应该这般伤痕累累。

巨狼抬起头，耳朵在靳岄的下巴轻轻摩擦，尖利爪子在地上划出几道痕迹。

得知巨狼在地上写字，贺兰金英等人匆匆赶来。灯火照亮地上的一个……形状。

那不算字，只是一个形状而已。

卓卓："二哥当人的时候写字就很难看，现在变成狼更不懂怎么写了……"

巨狼愤怒地唬唬作声，恐吓卓卓。在众人的笑声里，只有靳岄用手指描摹那个形状，很快懂了："神？"

巨狼点头。

靳岄恍然大悟："你是狼神？不……你被狼神附身了？"

巨狼一下站起，泽泽吓得抓紧它颈上毛发。它倨傲地点头，那神态很不像贺兰砜。

事态变得过于麻烦，贺兰金英与靳岄去找部落里的老人和巫者，试图从传说里找出解决问题的办法。营寨的人们在附近徘徊，惧怕之余又充满好奇。巨狼驮着泽泽慢慢地走圈，小孩稳坐在它背上，开心得放声大笑。

没走几步，巨狼忽然停下了。

它抬头看着头顶圆月，耳朵动了动。

晚风从遥远的山巅吹落，穿山过岭而来，温柔抚摸它的毛发和泽泽金色的辫子。巨狼立在风中，毛发被风梳动。它静静地倾听着来自极远极远之地的声音，良久才弯曲前肢蹲下，让泽泽从自己背上下来。

泽泽回到母亲身边的时候，巨狼已经离开了。草浪涌动的驰望原上，被月色照亮的灰白色背脊像一叶小舟。它没有回头。

三

狼神的声音不是“声音”，而是直接从贺兰砜脑海深处震动的嗡嗡巨响。

贺兰砜不知道自己何时产生变化，而是在察觉自己躯体变得古怪之后，才听见脑海中的奇特响动。寂静黑暗的毡帐中，有什么在说话，像警告也像叮咛。贺兰砜因为躯体的变化和因苍老诱发的疼痛而嘟囔，属于人的种种情绪直到看见靳岄持刀对准自己，才浪涛一样回到他身上。

或者说，回到巨狼身上。

刀尖对准了狼的鼻尖。狼的畏惧与兴奋，同贺兰砜自己的伤心与惊愕混在一起，过分浓稠而令他难以消化。

好在靳岄很快懂得了他无法表达的那些话。和靳岄待在一起的时候，贺兰砜会感到长久而平静的安心，但又像午后酣睡醒来的瞬间，心中空空如也。然后很快，他再次听见了狼神的“声音”。

靳岄说错了，他并非被“附身”——是狼神占据了他的身体，并决心占有这个对其不敬的高辛人漫长一生的剩余时间。属于贺兰砜的种种都会像石头落水一样消失在狼神的意识中，这是无路可退的吞噬。

被吞噬之后呢？驮着泽泽的贺兰砜能感受到幼小孩子的依赖与温暖的人类体温，与他血脉相连的稚嫩生命令他忽然怀念起自己的人类躯体和一切经历。他在心中急急地询问狼神：我还能够恢复吗？

永不可能。被狼神吞噬的人类会彻底成为狼，你只有今夜，这月圆的一夜，还能保留人的一点点意识。那“声音”像雷一样在漆黑的夜空中震动，贺兰砜的视野变成了狼的视野，听觉变得灵敏，狼神的“声音”令他的心紧紧收缩，恐惧比愕然更迅速地占据了他的意识。

在察觉饥饿与嗜血的冲动变得澎湃时，他放下了泽泽，并头也不回地离开了营寨。翻越两座山头后，最明亮最珍贵的夜晚结束了。朝阳照亮巨狼的眼睛，野兽的感受前所未有的强烈，贺兰砜彻底被困囿于兽梦之中，只能浑浑噩噩地随着躯体的移动而行动。

巨狼不停地捕食猎物，在大地上狂奔着寻找自己的族群。它比世上任何人都要敏锐聪颖，能躲过最高明猎人的陷阱和箭矢，嗅闻出同类在荒芜原野中留下的细微气味。流浪十几个日夜后，它终于在森林里遇见了陌生的狼群。

非族群的狼要进入族群是一件艰难的事情，但它是拥有神力的狼神。令狼群畏惧的高大躯体与散发出来的压迫感，还有轻而易举击败头狼的身手，让它在当夜就成了新的头狼。狼们围着它走圈，有胆子大的悄悄靠近，舔它脸上的伤口和血。

这些并非寻常的伤口，狼们很快明白了这一点。它们是狼神与驰望原上其他神祇战斗的证据，神祇们在狼神身上留下伤口，而狼神扯断了神祇们的脖子。神祇们习惯寄身在人类身上，这让他们易于爱和被爱，也易于受伤和死亡。狼神同样拥有这样的能力，但它始终保持狼的形态。

贺兰砜忘记了时间。他不知道自己被狼神吞噬之后过了多久，只知道自己已经无法控制任何事情，唯一能做的便是借着狼神的眼睛、狼神的耳朵和狼神的四肢去感受周围的一切。这头不需要进食的巨狼身边渐渐集聚了数百只狼，它们度过了驰望原的秋季，在落下第一场雪的时候，终于抵达英龙山脉，找到了足以过冬的栖息地。

记忆的消失很像雪花消融的过程。贺兰砜忘记了很多事，他被囚禁在狼的身躯里，随着时间流逝，逐渐与狼同化。

所以当靳岄出现在狼群之中时，贺兰砜并没有在第一时间认出他来。

四

只身一人闯入越冬狼群的栖息地是极其危险的。靳岄并非不知道这一点，就连与他一起寻找到这儿的卓卓与朱夜也提醒他，要等到众人会合，才可继续进发。

但靳岄等不了了。

巨大的白狼，脸上有无法愈合的伤口——他们一路追寻着血迹，询问驰望原的牧人，终于在入冬之时在英龙山脉附近得到了确凿的消息。

靳岄是在深夜时分离开营地，深入狼群领地的。后来他再回忆这惊心动魄的一刻，只记得同样是梦中惊醒，他竟隐隐听见贺兰砜在山林深处呼唤自己的声音。

被狼群包围的时候，靳岄并没有强烈恐惧。牧人和猎人都说，那头巨大的白狼是狼群的领袖，靳岍确信贺兰砜会喝止狼群，会命狼群让开一条通道，让自己抵达他的身边。

但伫立在山崖上的白狼，有一双野兽的冰冷眼睛。

它俯视靳岍时，靳岍罕有地感到恶寒。他在刹那间明白：那不是贺兰砜。眼前是一群野兽和野兽的头目。对它们来说，靳岍只是送上门的绝佳食物。

靳岍后退了一步，又强撑着不让自己畏惧。他背着贺兰砜的擒月弓，抽出腰间的长剑。这是大瑀皇帝亲赐的佩剑，是狼面侯的标志性武器之一，刀柄上有足够醒目的狼面具标志。

“贺兰砜！”靳岍大吼。

巨狼昂首高呼。回应它的呼唤，狼啸之声从四面八方响起，渐渐形成了声音的罩子，把靳岍密实地包围在内。几头强壮的狼绕着靳岍走圈，随时准备袭击猎物。靳岍刹那间想起他和贺兰砜曾经历过的一次狼袭，只是当时两人并肩，如今却敌我异阵。巨狼脸上仍旧鲜血淋漓，不知为何，靳岍竟然万分确定：贺兰砜仍在那巨狼身上。这种执念让他握紧了剑柄。剑柄的配饰是他做的，缠手带也是他亲手缠的，他也打磨擦拭过锋利的剑刃，这是贺兰砜的剑，可也是他靳岍日日夜夜守着的利剑。

贺兰砜绝不可能伤害自己。这个念头掠过靳岍心头时，身边的狼也捕捉到了这分神的瞬间，它们同时跃起，扑向靳岍。靳岍持剑平扫，这是贺兰砜教过他的方法，在敌人来袭的瞬间一定要充分地展示自己的强大。剑尖掠过狼们的脖子，溅出新鲜的血。血的气味刺激了更多的狼，它们密密麻麻地涌上来，黑色的水浪漫过沙滩一般。

靳岍不能再退了，他前后左右都是绿眼睛的狼，它们渐渐收窄了包围圈，靳岍手腕忽然一痛：两头狼扑上来，一头咬上胳膊，一头咬上手腕。他松了手，长剑还未落地已经被狼叼走。

狼们不吃他，是要把他留着，让最强大的狼神先品尝冬季温暖的人血。

巨狼从山崖跃下。绿眼睛映照出靳岍风尘仆仆的影子，年轻的大瑀人脸上有狼爪留下的新鲜伤痕，右手垂在身边，狼牙刺破衣物，留下了深可见骨的伤口。他的瞳仁仍旧像墨一样黑，现在正被泪水浸湿。从他口中吐露的名字，令巨狼感到一种悚然的陌生。

它看到眼前的大瑀人白皙的脖颈从大氅中露出来。人类的皮肤与血肉，冬夜里散发着诱人的气味。咬断它或许就像折断一截树枝，会发出脆响，会溅出树汁。太轻易了，不足以让巨狼兴奋，巨狼一步步走近靳岄，看见靳岄左手握着一截银色的刀。

那是从一个人转移到另一个人手中的，镶着金珠的熊皮小刀。

巨狼认出了那把小刀。有什么从它身体的深渊里水泡一样浮上来，渐次破碎，发出让它牙根发颤的噼啪声。它张了张口，但无法吐露想说的话语，只看见年轻的大瑀人从地上弹起，高举熊皮小刀，朝它的脸重重刺下！

深渊沸腾了。巨狼无法动弹，刀刃刺入皮肉也不觉得痛，新的伤口让它睁大了眼睛。大瑀人把它扑倒，滴血的小刀从它面骨中拔出，悬在了眼睛之上。

“我说过，你如果再伤我，我一定杀了你。”靳岄大吼，“贺兰砜！回来！”

刀尖就要刺入狼的眼睛。

在怒山部落最年长的巫者口中，靳岄和贺兰金英听到了完整的传说。

狼神会吞噬对它不敬的人类，但这种吞噬并非绝无恢复的可能。巫者在自己皱巴巴的面庞上比画，试图说明狼神脸上每一道伤痕的由来。神祇留下的伤疤是困囿狼神的铁索，而狼神的眼睛是困囿贺兰砜的铁笼。

只要刺穿狼神的眼睛，就能让被束缚的灵魂得到解放。

贺兰金英道谢后起身离开，但靳岄却多问了一句：“刺一只眼睛，还是两只眼睛？”

巫者沉默了。

靳岄察觉不妥，又问：“你确定吗？”

巫者仰头，口中念念有词：“也许吧，也许吧。我太老了，我甚至算不出谁即将死去，又有几个孩子即将诞生在怒山。”

靳岄坐回她面前：“如果错了，如果你的方法完全不对，会发生什么？”

巫者：“伤害过狼神的神祇全都被它撕得粉碎，它变得仇恨一切制造疼痛和伤口的事情。如果我记错了，你可能会彻底激怒它。贺兰砜将永远也无法恢复为人。”

太年迈的巫者，唯一的优点或许只剩坦白。

而此刻刀尖就悬在巨狼的眼睛之上。靳岄停手了。

贺兰砜冲破了深渊。巨狼发出嘟噜的声音，伸出舌头舔舐靳岄脸上的伤口。

靳岄抱紧了巨狼的头，忽然笑着说："还有另一个方法。"

靳岄和贺兰金英离开巫者营帐时，巫者忽然出声挽留。她犹豫着，说出了另一个几乎不见任何流传的传言：那是在天长日久的筛选中，因为不够有趣而渐渐消失在人们语言中的分岔。狼神不让任何人类靠近自己，更别提触碰它面颊上的伤口。那些永不愈合的伤是化为人类的神祇留下的痕迹，传闻狼神因此憎恨与畏惧人类。但这不对——狼神明明中意潜入人间，倾听人们闲谈的各种事情。

巫者们被这矛盾的传说困扰，直到多年前来自烨台部落的阿苦剌在北都的巫者聚会中提起他游历四方时听到的一个小小传闻：狼神并不憎恶人类，相反，狼神喜欢人类。它不想化身为人，和它不乐意人类靠近自己，全是因为它想保护人类——人类一旦吞下狼神的血，就会变成一头终生流浪于驰望原的独狼。

那些伤口和血液，是痕迹，也是神祇的诅咒。

靳岄靠近了巨狼的伤口。他不畏惧与贺兰砜共享诅咒，如果不能确保贺兰砜恢复为人，至少这个方法，可以让他们依旧并肩而行，哪怕以狼的姿态。

巨狼在靳岄怀中挣扎，但夺回躯体控制权的贺兰砜仍旧无力，他又怕狼的爪子伤害摇摇欲坠的靳岄。靳岄吃下巨狼的血，那些源源不断的鲜血比深冬的河水更加冰冷，几乎冻僵靳岄的舌头和嘴巴。他艰难吞咽，冷血像冰块一样沉重地落入腹中，很快，被冻伤的麻木和滚烫的灼痛一起从腹部爆发，冰与火同时蹿上他的喉咙。他伏在巨狼身上，看见自己的双手渐渐长出粗硬的黑色毛发。

狼群发出惊恐的呼啸。眼前的异象令这些野兽畏惧地后退。靳岄在白色的积雪上翻滚，他开始缩小，怪异的野兽肢体从厚重的衣物中探出，而他的脸正在飞速变化，浓密的长发上长出了狼的双耳，布满细小伤痕的脸庞渐渐被狼毛覆盖。凋敝的黑色树干与枝条在他与巨狼身上，搭建了坚固的牢笼。

即便疼痛万分，靳岄的意识也尚未消失。巨狼在雪地里发出哭泣一般的嘶吼，艰难翻滚，忽然一跃而起，叼起靳岄甩到背上，朝着山谷的深处狂奔。靳岄趴在它的背上，依偎着它温暖厚实的毛发，动物的触觉正在躯体上新生，寒风挟带血沫扑在他的脸上，他丝毫不感到冷。

初升的太阳照亮了英龙山脉，刀锋一样切开黑夜。靳岄骑在狼背上，他不知道巨狼为何要奔入越来越暗的密林，白昼的降临明明令人感到欣喜。他朝空中伸出左手，看见从胳膊到手臂，那越来越浓密的狼毛。

阳光落在他的手臂上。瞬间，变化停止了。

巨狼的呜咽像愤怒的哭泣。它冲进了山谷的最深处，那个阳光根本照不到的地方。但天地怎可能拒绝白昼和太阳？四面渐渐明亮起来，他们蜷缩在阴影之中。靳岄惊愕地看着自己的手脚和身体。一切的变化全都中止，他仍保持人类的形态，然而长着狼的面目，狼的四肢，甚至连喉头发出的声音也像狼的呜咽。

靳岄脑中一片空白，他试图诘问贺兰砜或者狼神发生了什么，但尚未变化完成的喉咙，连一句话也无法说出。

贺兰砜没有脱离巨狼的躯体，没有恢复成人。就连他自己，也陷入了前所未有的恐怖境地。

巨狼靠近他，绿眼睛里带着痛悔和悲伤。靳岄跪在地上，用古怪的声音声嘶力竭地大吼——

五

“靳岄！”

有人拍打他的脸，靳岄猛地睁眼。灯火摇曳的毡帐中，贺兰砜正端着一碗水，准备兜头淋下。

“你干什么？”靳岄说完这句话，忽然浑身发颤。他急急地抚摸自己的脖子，声音正常，再看自己的手脚，没有黑毛，最后发抖地抚摸面颊，仍是人类的五官。

“你喝醉了，一直在做梦。是噩梦吗？我听见你大喊大叫。”贺兰砜凑近了试他额上温度，“你再不醒，我……”

靳岄看着他手里的那碗水，重重躺回床上。脑袋仍旧浑浑噩噩，但梦里的一切都无比清晰。他匆忙爬起寻找纸笔，想把它立刻记下来。但纸笔在这儿都是稀罕物件，一无所获后，他不得不看向贺兰砜。

“我做了一个怪梦，你帮我记住它。但……你听后不能笑。”靳岄对他招手。

贺兰砜坐到他身边，在清晨的昏昧中认真地听完了整个故事。两个人都不知道的是，卓卓和泽泽也听见了靳岄在梦中的大喊，来探望他的一长一幼，此刻在毡帐门口手牵着手，竖起耳朵。

不到一日，靳岄的怪梦便传遍了整个怒山。人们见到他先哈哈大笑，看到靳岄面红耳赤后笑得愈发大声。贺兰砜对他发誓，强调梦的内容绝不是从自己这儿泄露出去的，他誓言的凭据是擒月弓，靳岄不得不信他的话。被笑声和闲言包围的靳岄在怒山部落里游荡，感到每一个人都面目可疑。

唯独觉得卓卓和泽泽天真善良，一左一右牵他的手时也足够真诚可爱。

“你愿意为了二哥变成狼呀？”卓卓问靳岄。

“狼神，你骑了狼神？”泽泽也问靳岄。

梦中的一切，因为醒来后立刻复述记忆，而变得异常清晰。靳岄苏醒后才意识到，他在梦中曾化身为贺兰砜，想的尽是“干脆变成狼算了”“不会有人来找我”之类的事情。把这些话告诉贺兰砜，贺兰砜也只是认认真真地说：“那不是你的梦吗？是你以为我会这样想。”小小的争执和斗嘴后，靳岄又确信贺兰砜绝不会做出这样的事情。

“我也不会让你变成狼，虽然你长出狼耳朵的样子很有趣。”贺兰砜挠挠下巴，“我要是真的被狼神附身，我绝不任由它拿捏。我会冲到它的老巢，无论它在天上地下，也要揪出来。我会让他把我恢复，因为你一定会翻山过水地找我。”

靳岄点头。

贺兰砜笑着吹口哨，唤回在溪边饮水的飞霄。两人带着卓卓和泽泽出门玩耍，靳岄摘下草原上遍地盛开的小花，为孩子编制小巧的花环。“虽然只是梦，但我的选择是不会变的。”他说，“如果一切无法恢复，我会选择变成狼。咱们哪儿也不去了，就在驰望原上流浪。冬天回到怒山，春天启程四方，不想走动的时候就赖在你大哥家里，他总不能不养你吧？”

贺兰砜：“这种事情不会发生。我一定能解决狼神。”

靳岄：“我是说，万一。”

贺兰砜：“没有万一，在你变成狼之前我会干掉狼神。”

靳岄忽觉背后一阵寒意。他跳起来捂住贺兰砜的嘴巴，不让他继续往下说。连卓卓也在溪水里站了起来，一把抱起洗脚的泽泽。飞霄夹紧尾巴、竖起耳朵，一时间四野俱静，只有风声滚过盛夏的驰望原。晴朗的天空里，有偌大的声响隐隐震动。

这一晚，岳莲楼和陈霜抵达怒山，给泽泽送来了生辰礼。贺兰砜喝多了，做怪梦的人换作了他。梦中他再次化作白狼，却是一头孱弱、病弱的白狼，惹恼了年轻的猎人靳岄，被靳岄用箭矢射出满身伤痕。大瑀人的黑眼睛充满了憎恶与杀意，每一支从他弓弦射出的箭矢，都给白狼贺兰砜留下了无法愈合、永恒疼痛的伤口。

贺兰砜醒来时满身冷汗，深夜的营帐外仍有欢声笑语。他跌跌撞撞找到靳岄，又惊又怕地依靠着他。还未等说出怪梦内容，便听见岳莲楼笑着说："靳岄不要怕，我才不信那狼神有什么能耐，我才是能驭狼而行的真英雄。依我看，狼神只有吓人的本事，若它再到你梦中滋扰，我便剥了它的皮，拆了它的骨……"

话音未落，周围人异口同声："闭嘴！"

其中，以贺兰砜的声音最为响亮。

番外

当欢游

一

青虬帮原本只有一艘大船，还是郑舞送给靳岄的。

贺兰砜辞去北军职务后，两人花了半年时间寻访大瑀友人，差不多把南北东西全都跑遍，才回到列星江，乘船出海。青虬帮的名号自然也给了靳岄，连同那艘船一起。靳岄花了三年时间，把青虬帮从一艘船变作十八艘船的大船帮。

靳岄此时披着外衣，在甲板上打呵欠。船队快要靠岸，贺兰砜起得极早，把靳岄也吵醒了。

这是两人一同出海的第三年。

主船船舱、船头上挂着铁制的巨大狼面，桅杆高处有两根细瘦鹿角。鹿角遭遇风暴时被吹走一根，贺兰砜专程坐船去赤燕，找人又打了根一模一样的。

靳岍觉得这些装饰实在不伦不类，但贺兰砜喜欢，也由他去了。

船工喊靳岍为“靳老板”，或是“船老大”，称贺兰砜为“狼面侯”。这称呼完全改不掉，贺兰砜努力了几个月，最终放弃，任由他们喊去。

新来的船工里有不少十二三岁的少年，他们在大瑀南境生活，并不知道狼面侯的传说，只是看着这绿眼睛的男人，心中自然生出怯意。这些孩子大多是家中贫苦，无可奈何才上船做事的。青虬帮的老船工本不想要女子，靳岍搬出游娘娘和玉姜来，老船工立刻噤声，不敢多嘴。于是这十八艘船上有男有女，十分热闹。

贺兰砜正在甲板上踱步。这是他每日的习惯，早起把船工叫醒，教他们一些拳脚功夫，强壮身体。刚上船的人不适应大海波动，每日呕吐不停，被贺兰砜骂得边哭边吐，硬是熬了过来。

靳岍记得贺兰砜以往是不骂人的。在北军这四年，他染上不少军中习气，有时候控制不好，便会流露出来。靳岍倒不觉得这样不妥。贺兰砜好像时时刻刻都会让他惊喜。这高辛人身上多露出一点儿刺人的棱角，靳岍心里就多一分新奇，好的坏的，全都很有趣。

船队是往琼周去的。靳岍和琼周几处商行有密切来往，此刻船队满载赤燕与大瑀的玉石、绸缎、木器、铁具、陶瓷，全都是琼周富商热爱的东西。

日头渐渐升高，船工们结束训练，四散到船内各处。贺兰砜催促靳岍回去休息，靳岍叹气：“信还没看完呢。”

两人数月前从沈水进入若海。因上一次回家是两年之前，攒下了不少亲友们的信件。不料靳岍上船后生了一场病，烧得厉害，贺兰砜把装信的匣子随手一放，只顾着照顾靳岍，竟忘记了这件事，直到昨日才想起。

信足有五十多封，大瑀的、北戎的，字迹潦草的、龙飞凤舞的，应有尽有。

陈霜离开大瑀后先去了北都，又从北都往怒山去，最后一封信是启程前往白原族之前写的。白原族来怒山做生意的年轻人个个都被卓卓迷得迈不动步子，卓卓用陈霜当挡箭牌。年轻人们纷纷跟陈霜决斗，没一个打得过陈霜。陈霜心里头过意不去，邀众人喝酒谈心，不料反倒惹出新的事端。他直接坦白自己情况，示好之人顿时面色惊惶。他大笑两声，拍拍屁股就走。

贺兰砜尚不明白：“他怎么敢对别人说这事了？”

靳岍笑道：“倒是洒脱。”

卓卓也给他俩写信，送到明夜堂存放着。她写字潦草，半张是墨字，半张是画。这回换作靳岄看不懂，贺兰砜跟他解释："卓卓现在成了英龙山脉女霸王，怒山部落的人天天追着要她当首领。高辛人倒是转了目标，因泽泽太过漂亮，人人都认为泽泽才是驰望原天神真正的神子，我妹再怎么乱来也没人责备了。"

靳岄大笑："好威风！"

更多的信件来自大瑀。岳莲楼足写了二十多封，靳岄几乎怀疑，他闲着没事就会给自己写信，一封至少有十几页，蝇头小楷，密密麻麻。说的不是章漠的事情，就是沈灯、阮不奇的事情，偶尔提一提梁京朝廷。

贺兰砜和靳岄都喜欢看岳莲楼的信。或许是因为他一直混迹烟花巷陌，擅长说话谈天，写的信也有趣，林林总总，尽是快乐的事情。

比如沈灯被春风春雨楼的瑞火、瑞草姐妹俩看中，这两人白天不做事，专程跑到明夜堂来堵沈灯。沈灯相好其实不少，当年晴雾阁的燕老板就是其中翘楚。晴雾阁如今不在梁京做事，燕老板一颗心却还系在沈灯身上。她风姿绰约，又有一身武功，风风火火赶回梁京，跟瑞火、瑞草姐妹俩在明夜堂前比试，十分精彩。这场对峙持续三天三夜，连章漠这样的人都忍不住同岳莲楼在屋顶嗑瓜子看戏。三个女子看出商机，合计后干脆把沈灯抛在一旁，直接搭起了比试擂台，广邀江湖女侠论道斗法。

至于沈灯，数日前专程为一睹武林第一美人风采而启程前往南疆，压根儿不知道这件事。

又比如去年夏季梁京暴雨，城外山道泥水横流，刑部大司寇纪春明南巡回京，竟遭遇山体崩塌，连人带车埋在泥土之下。事情发生在夜间，消息传回京中时，恰逢官家在迎风池宴请群臣。御史台介杨介大人竟然连招呼都不打，立刻起身离席，骑马直奔城外。传说他在那山道中徒手挖了三天三夜，挖出车队马匹尸首后，跌坐在地，眼中淌下血泪。

至于纪春明，其实并未在车队中。他见雨势太大，留在驿站内，遣车夫先带行李回京。等山道清理干净，纪春明骑马经过，与在道旁呆站恸哭的介杨大眼瞪小眼。

据说大司寇叹了一口气，说："乖乖，你这手要写字的，伤成这样，岂不让人心疼？"

贺兰砜如今已能自行看信，读完手头这封，皱起眉头："血泪？乖乖？"

靳岄已经拆开下一封："岳莲楼说的话你信一半即可。纪春明是会说这种话的人吗？"

这一封说的是阮不奇。阮不奇有了靳岄的大宅子和大船，本来过得十分快乐，但之前西域苦炼门李舒之事给她带来极大阴影。她如今收留美人，总要想方设法探一探底细。有时候太忙了探不过来，便把仙门关的远桑找来，让远桑帮忙查探。

也不知远桑用的什么法子，把阮不奇宅中男男女女的美人迷得七荤八素。

阮不奇哭了三天三夜，对岳莲楼说："远桑若是喜欢，我和她分又有什么关系？何苦要这样抢我的玩具？"

远桑忙澄清自己绝无此意，穿山过水地劝了四处乱窜的阮不奇三天三夜。

贺兰砜："怎么又是三天三夜？"

靳岄："潘楼里说戏讲故事的人都爱讲三天三夜。"

贺兰砜十分困惑，挠着胡子："他又骗我们？"

他永远不能明白岳莲楼为何这样爱骗人，说话真真假假，不够诚恳。靳岄看着他笑："你胡子又长长啦。"

贺兰砜在北军时，有时候行军路远，常带着一脸络腮胡子回家。靳岄头一回见他那胡子，又是吃惊又是好笑。有胡子的贺兰砜是个结实的高辛男人，没胡子的贺兰砜就仍然是一匹年轻的高辛邪狼。

北军中将军大多留一把潇洒的胡子，至多简单修理，不会完全剃去。贺兰砜和靳岄出海之后却忍受不了，太热、太潮湿了。他们先是跟船工学习，把蚌壳磨锋利后剃去胡子，后来靳岄终于找到称手的剃刀，从此这事儿便由靳岄代劳了。

他为贺兰砜修剪胡子多年，手上功夫纯熟，贺兰砜一面看信，一面微微昂头。军旅生涯把他磨砺成一个愈发俊朗的青年。剃刀抹过他线条流畅清晰的下巴，短小胡茬细细碎碎落下。剃刀顶端圆钝，暗含力度，沿贺兰砜下唇边缘轻轻擦过。

贺兰砜舒服地闭上眼睛，笑着说："若不是船摇晃，我还以为我们仍在北军之中。"

二

船队在一个新码头靠岸，早有商行的人在码头等候迎接。

忙忙乱乱，等两人处理完手头事情，喝饱了商客好酒，一弯新月已经高高挂在头顶。

青虬帮的船工大都上岸玩乐，老的带着少的。每每有水帮靠岸，这座城镇便会变得异常热闹。青虬帮与琼周水盗完全不一样，行事规矩，至少绝不会欠钱不给，十分受镇子欢迎。

两人信步在街上闲逛，随手买饼子烤鱼充饥。贺兰砜听闻镇外有天然的温泉，撺掇靳岄和自己同去。

温泉虽然不大，但泉眼有好几处，各自冒着热气。有猴儿在泉中戏耍，贺兰砜和靳岄一到，立刻惊得湿漉漉乱跑。

正是初秋，池水温热，贺兰砜解衣下水，冲靳岄招手。靳岄指指一旁围观的猴儿，又指指贺兰砜脱下的衣服："我给你看着。"

贺兰砜的衣裳是大瑀和赤燕样式混合的样式，他自己亲自设计。靳岄起先觉得怪里怪气，但看久了越来越顺眼，尤其是胸口处凹凸不平的衣纹，很像大鱼的鳞片。他细细摩挲，皱眉思索。

"摸什么？"贺兰砜在温泉里问。

"想起船工说的故事，你说若海之外真有鲛人吗？"那衣纹绣得漂亮仔细，价格不菲，摸起来手感极好，靳岄不舍得放开，"鲛人的鳞片就是这样的吗？"

贺兰砜斩钉截铁："肯定有。"

靳岄："你怎么知道？"

贺兰砜："我没见过之前，也觉得世上没有长鼻子的怪物，结果赤燕满地都是。"

靳岄大笑："那是大象。"

贺兰砜："那一定也有鲛人。"

他话语里有一种不容置疑，也绝不怀疑自己的笃定。靳岄被他说服了："你带我去看鲛人吧。"

贺兰砜又一次毫不犹豫："当然。"

两人说话间，猴儿果真偷偷靠近来抢贺兰砜的衣服。靳岄跺脚站起，嗷地发出威胁的吼声。贺兰砜笑得呛水，猴儿们屁滚尿流地跑了。“留胡子是不是更凶一些？”靳岄摸自己下巴，“要不我也留胡子，咱们都留。”

贺兰砜：“随你。”

靳岄：“你说话做事能不能有点儿主见？”

贺兰砜：“可以。”他说完又笑。

“你还是当狼面侯威风一些。”靳岄说，“驰骋驰望原，北戎和大瑀人都知道的狼面侯。”

贺兰砜从水里起身，认真道：“当兵很好，出海也很好。”

青虬帮在这镇子上留了五天，启程往下一个岛屿去。

琼周并非孤岛，而是由近百个小岛屿穿珠子一般构成的浩荡列岛。琼周王居住在列岛中最大的一个上，面积和赤燕差不多。其余岛屿分布在若海之上，疏于管理。因而除了紧挨琼周王岛的十几个岛屿之外，越是边缘，便越有独立为王之势，比如琼周水帮。琼周水帮声名显赫，与琼周王族关系极为密切。青虬帮无意与水帮争抢生意，大都在边缘岛屿活动，除了些小打闹，勉强算平安无事。

在某些岛屿上，没有文字，没有钱币，甚至连语言也和琼周话大不相同。人们用珍贵的贝壳、珊瑚、珍珠跟青虬帮交换货物。与钱币相比，贺兰砜和靳岄都更喜欢这种以物易物的方式。如此盘桓三个月，青虬帮带来的货物都卖得一干二净，船却仍然是满的，各色各样琼周的东西，填满了船舱。

船队最后停泊在洼厌岛上，船工们已经做好了回大瑀和赤燕的准备，路途遥远，算下来或许至少得一年半载。奇怪的是，贺兰砜和靳岄却迟迟不动，转眼船队已经在这座小岛上滞留十几天。

其间遭遇过一次大风暴，损失了两艘船，幸好无人丧生。船工们修补船只，等待船老大和狼面侯发出指示。

这一日风平浪静，靳岄在船上左右找不到贺兰砜，下船才发现这人在沙滩上教小孩们认字。

围在他身边的除了船队里的孩子，还有洼厌岛上口吐奇妙方言的黝黑小孩，衣不蔽体，一个个却乖乖坐着，哪怕听不懂贺兰砜的话也紧紧盯着他。

贺兰砜身上总有一种容易吸引小孩的气质，孩子们都喜欢和他玩儿，喜欢看他练武射箭。靳岄怎么都学不来，偶尔还有些羡慕。他轻手轻脚走过去，映入眼中的却是沙滩上的一张地图。

这地图似曾相识——他第一次去血狼山的时候，曾在地上画出一模一样的图案，跟贺兰砜说明天地之大。

“这一片是若海，这儿是琼周。”贺兰砜没注意他靠近，正聚精会神比画，“赤燕和大瑀连在一起，但跟琼周隔着若海。这条江是列星江，夏季的时候……北方叫北戎，每到九月就开始下雪。你们见过雪吗？”

只有三两个孩子点头。

“雪非常非常冷，下雪的时候水面会结冰。冰，明白吗？像石头一样硬，人可以站在结冰的水面上，一直往前走。”

孩子们全都哈哈大笑，连那几个琼周小孩也呱呱跟着傻乐。

“水怎么会变成石头？”小船工说，“你跟船老大一样，说假故事骗我们。”

贺兰砜怔了一瞬，又说：“那你们见过大象吗？耳朵这么大，鼻子这么长。”

孩子们笑得愈发前仰后合，只有两个从赤燕来的小船工涨红了脸，齐声大喊：“是我们的圣象！”

得到贺兰砜赞同的颔首，两个孩子欢喜得眼睛弯弯。

靳岄静静坐在他背后，看他从地上拾起两片小小的透明鱼鳞。

“天下极大，你们看，这是青虬帮，这是洼厌岛。”贺兰砜把鱼鳞放在地图上，“至于我们，我们太小了，看也看不到。”

孩子们起初还在笑，渐渐停了，全都盯着贺兰砜放下的两片鱼鳞。

某种他们还未能完全明白却已经隐隐感受到的东西，像此刻的海风一样，浩荡而无垠地吹过。

孩子们散去后，靳岄坐到贺兰砜身边。

“你还记得这地图啊？”

“你告诉我的事情，我有哪些不记得？”贺兰砜说，“包括你画的梁京假地图，我也记得一清二楚。第一次去梁京，你不在，我自己瞎走，才发现你完全是乱画。”

靳岄笑：“好傻。”

贺兰砜抹去地图，抓起树枝写靳岄的名字。他如今写字已经足够流丽端正，写完“靳岄”，又写“明月出天山，苍茫云海间”。

“你想去哪里？”贺兰砜忽然问。

青虬帮何时启程，往哪里去，从来都是靳岄决定。他判断青虬帮的方向，拿捏做生意和买卖的细节，而维护船帮、修理船只、训练船工，凡是与做生意无关的一应事务，全交给贺兰砜。

靳岄靠在贺兰砜肩上，良久才问：“你知道我不想这么快回去？”

“嗯。”贺兰砜点头。

在洼厌岛停留的这段时间，他常常看见靳岄在甲板上眺望远海，手里拿着一张还未画尽的地图。他看的并非大瑀方向，手中的地图也仅止于琼周。

“琼周往东，若海之外，是什么地方，你知道吗？”贺兰砜主动问。

靳岄一下坐直，震惊地看他。

“我记得你说过，天下还有永远结冰的岛屿，有满地流金的山川。”贺兰砜继续道，“远行几十年归来的人还看过满身长毛的巨兽，比人更高的鸟儿……”

他回忆着靳岄跟他说过的事情，絮絮地说下去，靳岄忽然喊：“贺兰砜！”

贺兰砜：“嗯？”

靳岄沉默很久才开口：“万一我们也得远行几十年才能回大瑀、回北戎，怎么办？外面的岛屿、大海……说不定有更多的凶险，若是我们的船队出事了，我们如何跟船工和他们的家人交代？而且万一……一直往东去，我们永远回不来呢？我们会漂流到海洋尽头，据说大地和海洋的尽头是恶鬼宿居之处，它们会……”

贺兰砜按住他被海风吹得凌乱的头发，斩钉截铁：“恶鬼算什么，我用箭射死它。”

靳岄喃喃道：“高辛傻狼！”

贺兰砜缓慢点头，认可了这个称呼。

三

十一月底，海洋渐冷，琼周仍酷热着。

青虬帮船队分作两部分。一部分由贺兰砜信任的船工领着，共十二艘大船，启程回大瑀；另一部分由贺兰砜和靳岄领着，四艘大船，船上都是愿意跟他们一块儿去远海的人，离开洼厌岛，继续往东去。

大海仍旧平静，琼周很快就看不见了，四面尽是茫茫海洋。

他们穿过风暴、霞光，遇见许多新的岛屿。

有的岛屿上有人栖居，凶神恶煞。他们无法跟岛上之人沟通，贺兰砜便在沙滩上架起火堆，和船工撒盐烤鱼。浓郁香气引来古怪的岛民，贺兰砜得意万分，主动跟他们分食烤鱼，用船上的小货物跟岛民交换兽骨、玉石。

有的则是无人岛，环境或是险峻，或是幽静。船队会在这样的岛上停留久一些。靳岄偶尔会因为馋嘴误食岛上认不出的植物而生病，这时候整个船队包括靳岄自己，都免不得会被贺兰砜责备好几天。

人人被晒得黝黑，连靳岄肤色也深了。他身上那根深蒂固的书生气在这次远航中已经消失得无影无踪，常常身着单衣，甚至裸露半身，和船工一起在甲板上干活。

老船工教会了他们更多的事情：通过云彩和海洋的颜色判断风暴，鱼群迁徙的方向往往隐藏着秘密，海中孤单的岩石是不可接近的鲛人领地，海神的传说必须永远牢记在心……

这一日，贺兰砜正在舱内酣睡，舱门忽然被撞开，靳岄风风火火冲了进来。

“贺兰砜！”他一把拖起半睁开眼的贺兰砜，“快起来！”

贺兰砜霎时清醒：“出什么事了？！”

靳岄却满脸兴奋：“出现了！”

贺兰砜心头一悚：“恶鬼吗？我们到大海尽头了？”说着下意识去抓身边的擒月弓和狼镝。

“不不……”靳岄大笑，“鲸群！是鲸群！！”

满浸霞光的海面上，鲸群正在不远处移动。

它们身躯庞大，比大象更令人惊奇。船队上从未出过远海、从未见过鲸群的孩子们又惊又怕：“好大的鱼！”

有鲸映着朝霞自海中腾跃，湿淋淋的皮肤映着霞光水色。水雾如泉一样，从鲸群中层叠涌起。等朝阳彻底升起，海面已经恢复平静，鲸群继续往更远更远的地方去了。

这是它们和青虬帮在茫茫大海上的一次擦肩而过。

贺兰砜坐在船舱顶上眺望。他想起自己头一回在仙门城看到大象骸骨的震撼之感。每每目睹从未见过之事物，他便会一次又一次地慨叹天地之大。

年幼的船工又害怕又兴奋，围着靳岄七嘴八舌说个不停。不久前还质疑贺兰砜骗人的孩子们迭声询问：真的有长鼻子的怪物吗？真的有比人还要高大的鸟儿吗？

鲸群点燃了所有人的热情，船工们昼夜谈论海上流传的传说。

在一处陌生岛屿停靠的时候，靳岄在岛上发现了浑身雪白的猴儿。那些猴儿从未见过人，自然也不懂得怕人，抓起手边果子一路追着靳岄砸个不停。靳岄好不容易跑上山顶躲开，远远地望见附近海面上有一片嶙峋礁石。

礁石仿佛从海面生长出来，十分突兀。其中一块尤为高峻，中间有数个空洞。海风从空洞之中穿过，呜呜作响，频率有高有低，仿似奏乐。靳岄忽然想起鲛人传说。

他不敢走入白色猴儿的地盘，艰难万分地抓着藤蔓从山上爬到沙滩，正巧看见贺兰砜从主船上解开一艘小船，放它落水。贺兰砜冲靳岄招手，两人上了小船，往礁石划去。

“据说这就是鲛人唱歌的石头。”贺兰砜说，“今天天气晴朗，我们在这里等着吧。”

两人在小块礁石上坐下，边吃干粮边聊天。远远看见远方有白浪涌起，连忙凝神去看，但并非鲸群。

“若是岳莲楼在这儿，看到那些鲸，一定高兴得不得了。”靳岄说，“你记得吗？他看到鹿就去骑，连看到狼也要去骑，要真看见这些鲸，说不定也要去骑骑看的。”

贺兰砜冷静问：“一头鲸能吃下几个岳莲楼？”

靳岄笑完又说：“不奇一定也喜欢这种景色。陈霜轻功厉害，他从船上蹿到这儿根本不用船，光用两条腿就能抵达。”

贺兰砜看他，问：“想他们了吗？”

靳岄不否认：“嗯。”

他写了许多信，把这趟远海见闻一一记录，详细画了地图。贺兰砜说，船上的宣纸都快要被靳岄用完了。靳岄写完画完，把这些纸张用油布仔细包好，放在隔水的匣子里，珍而重之地保管。

若不是这趟远航，他也不知自己会有这么多牵挂。母亲和姐姐自不必说，白霓与岑煅他也时时想起，明夜堂诸位更是时常挂在嘴上，见到有趣的东西都不免要牵念他们。

贺兰砜揉揉靳岄脑袋：“小将军。”

两人一直等到月亮升上高天，仍不见鲛人出现。贺兰砜说这是因为鲛人得知这儿有两个真人，因此不敢出来。海风有如乐声，靳岄怔怔听着，良久恍然大悟：“根本不会有鲛人吧！所谓的鲛人歌声，不过是风穿过这有洞的礁石而传出的怪声罢了！”

他又气又恼，叹道：“唉，可惜。”

贺兰砜却笑着：“有的。”

说完跳进水里，往那礁石游去。

月色中他背部裸露，水光粼粼，如大鱼发亮的脊背。

他一个北戎人，初次在列星江上船时吐得七荤八素。后来坐船的次数渐多，这晕船症状自然也好了。靳岄起先还不知道这人水性不错，在列星江水帮船工的教导下，如今游得比靳岄还好。

靳岄还想起这人以前是绝对不吃鱼的。但在远海航行，不吃鱼根本无法生存。他至今还记得贺兰砜第一次主动蒸鱼吃鱼，那神情宛如就义——这是若海的鱼，不是驰望原的鱼。我吃若海的鱼，就只是鱼，并不是人的转世。

他有时候认真到近乎执拗，令靳岄哭笑不得。

爬上礁石后，贺兰砜冲靳岄挥手。靳岄抬手回应，忽然愣住，贺兰砜从怀中掏出了洞箫。

那是朞姬留给三个孩子的遗物，靳岄教他吹过。

靳岄心里怦怦直跳。贺兰砜坐定后把洞箫放在唇边。箫声悠扬，活泼泼在月夜中跃动出来。

这是他母亲喜欢的《燕子三笑》。

梁京城春季的雏燕在此天此海中飞转回巢。

海棠仍旧轻软，天色澄明洁净，燕子溪中小舟摇曳，年幼的靳岄被爷爷抱着，朝头顶飘落的花瓣与燕儿们张开双手，试图接住什么。

水傀儡和水秋千艺人在舟中表演，学会划船的靳岄与靳云英借了一艘船，一路从清苏里划过岷州桥。靳云英不敢唱歌，鸡儿巷一位漂亮姐儿见姐弟俩伶俐可爱，强行登船，一路行去一路唱。舟子里满是人们扔下来的花儿果儿，靳岄忘了划船，在花朵中寻找狮子糖。

巢中燕子换了一茬又一茬。靳岄跟爹娘发誓，自己绝对不会喜欢春天，因姐姐是在春天出嫁的。穿嫁衣的姐姐美得如同天仙，他却在岷州桥上号啕大哭，因姐姐婚后打定主意要去封狐城，他怕再也见不到姐姐了。路过的人们古古怪怪地看他，还未相识的纪春明抱着一箱书册匆匆跑过，远远扔下一句"当街痛哭，不成体统"。岑融和其他皇子在马车里掀开帘子笑他："哎哟，靳子望，你丢不丢脸？"

《燕子三笑》其实是一首情歌。

歌中人见到雏燕，第一次笑出声时，刚刚订下与邻家少年的婚约。

雏燕从南方回巢，产蛋孵化，巢中热热闹闹时，少妇抱着新生的孩子在檐下眺望飘满花瓣的燕子溪。

燕巢仍是那个燕巢，十几年过去，换作她的孩子指着燕巢惊喜："娘亲，听人说出征之时有燕子欢送，将士一定能平安归来。"

巢中燕子已经老了，新燕认不得旧人，但那快乐的寄托和希望仍然存在，像长流水，像不休风，生生不息。

贺兰砜第一次学这曲子是在北戎。这么些年过去，他从当初的磕磕绊绊，已经成为能流畅快乐吹完一曲的老手。

靳岄从未想过这首已经几乎湮灭在梁京人印象中的曲儿，竟会在这片陌生海洋中复苏。他们离开琼周洼厌岛已经过去快一年。在海上过年，在海上祭祖，新鲜中也有一丝怅然。

此夜月明，孤蟾如灯，海面一片银白的澄明月色，恍惚如梦境。

月色落在贺兰砜头上，他深棕色长发泛出亮金光泽，双目微闭，手指弹动。被风吹起的衣带缠绕在风里，他就是鲛人，是奏乐的天神本身。

世上怎么会有这样好的人？靳岄凝望着月色中的贺兰砜，注视着自己命运的异数。这一枚破局之子落下，改变了靳岄全部的命运。

“我听船工说，这附近有座岛屿，上面有奇特的人。”贺兰砜回到靳岄身边，说起了新的话题，“我想去找找。”

“人？还是兽？”靳岄仰头问。

“是人，都是男性，据说身材非常高大，捕鱼捉贝为生。”贺兰砜在自己下颌比画，“他们这里，有裂口，像鱼鳃一样。”

靳岄睁大了眼睛：“怎么可能！”

他这个模样实在太像船队里年幼的小船工，贺兰砜忍不住笑出声：“我不知道，这听起来确实古怪。据说这些人还能与鲛人对话，神奇得很。”

靳岄又问：“你想找他们？”

贺兰砜：“嗯，如果是真的，我想让一些这样的人到青虬帮来做事。他们能潜入很深很深的海底，找到罕见的宝物。”

靳岄听得认真。他不知道世上是否真的有身长鱼鳃的异人，但他愿意与贺兰砜一起去寻找。

两人乘坐小船返回船队。桅杆上，一个眺望远处的孩子忽然“咦”了一声。他指着贺兰砜和靳岄刚刚离开的礁石群。那处正有奇特的声音传来，略带沙哑，不似人声。

月光浸透的海面上三三两两浮动着墨绿色的长发。有什么人正坐在贺兰砜方才吹奏洞箫的礁石高端，沐浴月光，唱起了歌。

一时间天地俱静。贺兰砜和靳岄爬上船舱顶部，仔细聆听。

那鲛人所唱的曲调竟有些熟悉——它在重复贺兰砜吹奏的《燕子三笑》！

两人满是惊奇，心头如同被月色海风灌满，尽是喜悦。

“真有鲛人……是真的鲛人！”船工们纷纷涌到船头，小声说话，生怕惊动了那些陌生的客人。

它们与青虬帮隔着一段距离，唱完了腔调古怪的《燕子三笑》，又换另一首歌，音节破碎但音韵悠长，如星子天降，春风升腾。

不知过了多久，鲛人潜回水中，无影无踪。

贺兰砜扭头看靳岄，在那双温柔的黑眼睛里捕捉到同样的心情：“我们继续往前走吧。”

靳岄点头：“嗯。”

他们对彼此的目标毫不犹豫，如同今夜月色，通透坦白。

人生得意当欢游，
此月此水年年秋。

番外

此心系

一

泽泽被阿妈强迫学琴，弹得十指殷红，哇哇大哭。他这样天神般长相的孩子，咧嘴哭起来没任何人能抵挡，除了朱夜。

朱夜冷冷看他不流泪的眼睛：“把手上颜色洗干净，这是你叔叔从赤燕给我带回的胭脂，下次再乱碰，你得弹上三天三夜……”

话音未落，贺兰金英抱着一头小羊羔子冲进帐篷：“泽泽！怎么哭了！”

泽泽登时干号得愈发大声，往贺兰金英怀中扑去：“阿爸！我不活了！阿妈她……”

贺兰金英浓眉一皱：“‘我不活了’？这又是你姑姑教的大瑀怪话？”

泽泽拼了命要让他注意到自己的痛苦：“我才十岁，十岁啊阿爸。我想骑马，我想射箭，再不济，跟姑姑去血狼山打铁也可以……”

朱夜在他身后怒道：“还想骑马？！上回偷了姑姑的踏云，跟着陈霜差点去了白原族。若不是被他发现送回来，你早被白原大熊撕了！”

泽泽看他爹，一双眼睛流露出哀求和痛苦。贺兰金英完全无法抵挡自己孩子这副模样，对朱夜说：“朱夜，就让他歇歇吧。何必这么早教他练琴……”

朱夜冷冷道：“我四岁开始学琴。”

贺兰金英：“男孩子何必学琴？”

朱夜：“高辛族人人能弹会唱，不分男女。”

贺兰金英抓起泽泽的手指：“啊，我的泽泽……都流血了……”不料怀中羊羔子一脑袋蹭过去，泽泽手指上的胭脂痕迹霎时沾到羊毛上。

泽泽：“……”

贺兰金英：“……”他转身离开。

泽泽又闹又滚，无奈家中最威严之人是朱夜，最后他真的哭了，边哭边坐在朱夜面前，抽泣着弹琴。

“你真凶……”他心情不好，口不择言，“阿爸这么好的人，怎么会喜欢你……”

朱夜教他正确指法，淡淡道：“你弄错了，是我先喜欢上你阿爸的。”

二

朱夜是在英龙山脉出生的高辛人。她的母亲是上一任高辛神女，对高辛族被灭、血狼山易主之事至死耿耿于怀。

从懂事开始，母亲就不停告诉她：“高辛王引来北戎恶魔，屠杀高辛族人，他的子嗣如今在北都过着富裕幸福的生活，他们绝不可信任，能够为高辛族人复仇的也仅有你而已了。”

在英龙山脉宿居的高辛人但凡谈起高辛王贺兰野，不是唉声叹气，就是咬牙切齿。

在朱夜还未见到他之前，朱夜已经怨恨起高辛王和他的孩子们。

高辛人奉鹿为神，朱夜养了一头风鹿。她骑着风鹿去血狼山，经过烨台部落时，正好碰上部落中举行朗赛大会选拔。

一位与她差不多年纪的弓手骑着骏马飞奔过初绿的草场。他箭无虚发，十个靶子几乎连声被击中，咚咚咚咚，每一支箭都正中靶心。

朱夜远远看了一眼，心中微动。她箭术出色，已经是高辛族里罕见的高手，但那少年与她年纪相仿，一手箭术甚至超过了她。

她想起自己曾对母亲说过的话："我要嫁给天下最出色的英雄，要嫁能为高辛人夺回血狼山的英雄，至少他的箭术不能比我差。"

部落中的人们用北戎话齐声欢呼："贺兰金英！贺兰金英！！贺兰金英！！！"

朱夜大吃一惊，立刻回头。

少年仍骑在马上，束发的兜帽被风吹落，一头浓金色长发散在风中，双目如碧玉一般含着墨色眸心，被日光照得发亮。

三

朱夜改变了行程，她没有往血狼山去，反而在烨台部落之外的松林里待了几天。

松林中有一棵粗壮大树，树上扎了个小帐篷，朱夜不知那是什么人的地方，夜里她会在帐篷中睡觉，白天则偷偷溜到烨台，偷窥贺兰金英一家人。

她被烨台的巫者老头发现过。老头掌心很烫，抓住朱夜手腕时朱夜吓了一跳。但见她是高辛人，老头很快放过她，没有说什么。

朱夜之后行动更加隐蔽。

贺兰野原来已经死了，他跟瞎了眼睛的大瑀女人生了三个孩子，贺兰金英是最年长的一个。贺兰金英外出放牧的时候，他的弟弟会跟着部落里的其他孩子出门玩儿。但朱夜发现，这些孩子并没把那年幼的贺兰砜当朋友。他像部落里的奴隶，跟在大马身后奔跑，气喘吁吁地追赶别人，每日被呵斥、鞭打，都是常事。

最小的孩子则交托给部落中的女人照顾。那是个异常可爱乖巧的女孩，叫卓卓。

趁女人们不备，朱夜偷偷把卓卓抱了出来。

高辛王的血脉就是这三个孱弱、可怜的小孩子？朱夜只觉得一切跟她一直以来从母亲、族人口中听过的完全不一样。

她把卓卓放在小松林的帐篷里。卓卓醒来看见她，张口就喊："天神姐姐。"

见她头发凌乱，朱夜拆了重新为她扎好辫子。

三兄妹穿的都是部落里其他孩子的旧衣服，有什么就套什么，但朱夜发现卓卓身上还是有崭新东西的，她的腰带和鞋子都是新做的。

前两日朱夜藏在贺兰金英家的帐篷后面偷听，她晓得这些都是贺兰金英和贺兰砜缝制的。

贺兰砜是个奶声奶气的小孩，边努力压平皮子，边问他大哥："你是什么人？"

贺兰金英回答："高辛人。"

贺兰砜立刻捂住他的嘴，紧张又害怕："你不、不、不是！"

朱夜听见贺兰金英笑了。"怕什么？"他说，"在我们自己的帐篷里说是高辛人，不会有人听到的。"

"如果浑答儿知道，他会打我。"贺兰砜带了点儿哭腔，"我不怕他们，我不怕被打……但是我害怕，他们会欺负卓卓。"

沉默片刻后，贺兰金英语气轻松地说："没关系！我现在是朗赛大会上箭术最好的人，等我跟虎将军借了马，我就能去当兵。我会当上将军，以后再也没人敢欺负我们。"

卓卓又冲朱夜喊了一声"天神姐姐"。朱夜回过神冲她笑，卓卓怔怔看她，眼里流露欢喜，紧紧挨着她。

朱夜其实并不知道自己为何要把这小姑娘带到此处。但她很想做些什么，让卓卓开心一点儿。卓卓的手背上有一小块烫伤的痕迹，是昨日烧水时弄的。

贺兰砜当时在火上烧水，水将开时被浑答儿和都则叫去跑腿，回到帐篷里才发现妹妹的手被烫伤了，正隐忍着不敢哭。

他忍不住骂了卓卓。卓卓被他骂哭之后，他也呜呜地哭，抱着卓卓哄来哄去，抓过雪压在发红的小手上，亲着卓卓哭红的脸庞。

"卓卓，我给你弹琴吧。"朱夜掏出伤药在那伤处抹开，又把小瓶伤药塞在卓卓怀中，抓起了新月琴。

琴声悠扬低沉，朱夜低低唱诵，这是高辛族的传说，关于王、神女、月亮和鹿。卓卓听得入神，但她还未学会说很多话，听完后只能哼哼一句：“天神姐姐，好听。”

她实在长得可爱，朱夜心想：不知我以后的孩子是否与她一样好看？想着不禁亲了卓卓几下。

远远看见雪原上有人骑马，声音传来，正在呼唤卓卓。

朱夜把卓卓带回地上，卓卓踉踉跄跄地走出小松林，大喊：“哥哥！”

贺兰金英和贺兰砜立刻奔来，巫者老头与虎将军等人紧随其后。

贺兰砜直接跳下马，扑上去抱卓卓，但被愤怒的贺兰金英一把扯开。贺兰金英一把把卓卓抱了起来，摸她的手脚，拍拍她红润的脸庞：“没受伤吧？谁把你带走了？长什么模样？”

卓卓睁大眼睛，抬起双手：“天神姐姐！亮亮的头发，好好看，好好看！”

她嘻嘻笑着，抱住贺兰金英的脖子。贺兰砜才到贺兰金英腰那么高，哭得眼泪鼻涕都出来了，抓起贺兰金英的衣服不管不顾地擦。

实在问不出什么，贺兰金英却发现卓卓头上辫子的扎法自己从未见过。辫子末梢还系了两个穿起来的小松球，活泼可爱。

他看向小松林，松林中涛声阵阵，却不见人影。

卓卓把怀中的伤药塞到他手里：“是天神姐姐给的。”

此时的朱夜已经离开了小松林，骑着风鹿往北方血狼山去了。

但这一路上，她总是想起卓卓，想起被鞭子抽打却只能赔笑的贺兰砜，还有那高举长弓、朗声大笑的高辛少年。

四

贺兰金英一直以为他和朱夜在驰望原溪水边是初见。

那时候他被靳明照释放，其他战俘不愿意与高辛邪狼同行，他只好带着干粮离队，却在林中溪水边上，见到了骑鹿的少女。

他直到成亲之后才从朱夜口中得知，朱夜是专程在那里等他的。

高辛王后裔与神女相逢，相识。神女在高辛王后裔怀中看到了自己的伤药，她询问伤药来历，高辛王笑道："是一位天神姐姐给我妹妹的。"

那是一个阔大、复杂的森林，即便最有经验的猎人也会迷路，风鹿却能嗅出正确路径，通往平安之处。

那头巨鹿带着贺兰金英和朱夜离开森林，往烨台走去。

朱夜问了贺兰金英许多问题。令她惊讶的是，贺兰金英知道高辛族的事情之后，却并不打算在北戎掀起血战，向天君复仇。

平稳的生活磨去了贺兰金英的棱角，朱夜霎时失望至极。

离别时她甚至没有好好道别，心里又酸又苦。母亲说得没错，能为高辛族复仇的人，确实只有朱夜一个了。

再后来，便是在北都回心院，两人重逢。

几乎再见到对方的瞬间，两人从彼此目光中已经读懂对方的想法。一个要功成名就，堂堂正正当北戎的异族将军，一个要在北都酝酿大祸。

贺兰金英常去回心院，他只听朱夜弹琴，只跟朱夜说话。

每每试图表露心迹，朱夜便直接告诉他："你令我失望，我要嫁的人必须是高辛族的英雄，你永远不是。"

她如此坚决，贺兰金英之后便很少很少再提自己的心意。

直到朱夜点燃火龙，引发北都南城大火，一切才真正起了变化。

五

朱夜这一天没能教会泽泽弹出一节完整的乐音，倒是说了许多往事。

泽泽听得入神，转头就告诉了贺兰金英。

"阿妈以前对你不好。"他断定，"阿爸，你太可怜了。"

贺兰金英笑着拧他脸颊："你以为你说阿妈坏话，我不会生气吗？"

这一日正是新月，泽泽和部落的孩子们晚上不肯睡觉，点了篝火在营寨里跳舞。

贺兰金英四处寻找朱夜，发现她在山腰平台坐着，缓慢弹琴。

弹的是两人相识时那首曲子。

他来到朱夜身边坐下，与她同看月色星光。

“我是什么时候打动你的？”他笑着问朱夜。

朱夜琴声一滞：“我记得我说过。”

贺兰金英：“再说一次。”

朱夜放下新造的新月琴，靠在他肩上。

“你知道的吧，高辛族的神女代代相传，神女的使命是延续高辛族传说，她们嫁人、生育、抚育后代，练习武艺、骑术、箭术，所做的一切都是为了……让神女成为神女。我阿妈从我小时候就跟我说，神女的目标只有一个，就是复仇，为高辛族复仇。”

但她亲手点燃的城南大火却令她陷入痛苦和恐惧。复仇没有让她感到满足快乐，相反，她做了很久很久的噩梦，深信自己被天神诅咒，永远不能摆脱梦魇。

“可是英铎，你那天跟我说，”朱夜抬起头，夜色中她眼睛明亮，噙着笑意，“我是为你而来的。”

你是为了和我重逢，才会抵达北都的——这句话是朱夜的绳索，让她离开血腥泥淖，也令她终于敞开自己，接受了贺兰金英。

“我一直以为，是他们告诉你勒玛的事情，你才对我改变看法。”

“也可能吧。”朱夜笑道，“谁说得清楚呢？就像春天从哪一根草尖上开始，连天神也不能知晓。”

她还有一个秘密，决定永不告诉贺兰金英——神女是没有勒玛的。

神女的对象永远是高辛族中最强健、最有力的男人，这样才能保证神女可以生下健康的孩子，延续她的使命。她们没有资格选择自己的勒玛。

但世上没有高辛王，也就没有高辛神女。

她是最后一位神女，她的勒玛让她得到了拥抱爱人的资格。

（完）

后记

《狼镝》开始于2020年2月1日，结束于2020年8月21日，是我所有作品中篇幅最长的。写它的初衷、完结了的想法，很多都已经模糊了。大概跟其他故事也并无区别，因为一些叙述和表达的冲动而摸键盘，又因为心满意足而敲下了“完”。

这是个很长，又很短的故事。在寥寥数年间，靳岄和贺兰砜经历了天翻地覆的许多事，命运因此而改变。同时它也非常理想——遭遇挫折和灾厄的人们，最终都会得到幸福。我好像一直都在倾诉同样的话：去更广阔的天地，遇到值得爱的人，拥有幸福，拥有自由。

如果它们有片刻让你产生共鸣，我会非常非常满足。

感谢我的读者给了我充足的鼓励和支持。没有你们就不会有坚持到今日的我，也不会有这个故事和故事里的这些人。

感谢我的朋友，在我无数次低落、沮丧的时候，给予我毫不吝啬的鼓励。

感谢千十文化和我的责编，还有为这三本书尽心的所有人。

写到这里，想起在新疆和内蒙古旅行的朋友发来的照片。面对真正的辽阔和天地无穷的造物，所有的语言都失去了作用，人只能静静地、渺小地看着。山和海，天和地，怎样牵引和启蒙了人类的想象力呢？我又开始思考一些没有答案，但“思考”本身就足够有趣的问题了。

让我们在下个故事见吧。

凉蝉
2022 年秋

人生得意当欢游
此月此水年年秋

凉蝉